MW00714939

БОЛЬШАЯ
ПРОЗА

АНДРЕЙ
ИВАНОВ

АНДРЕЙ
ИВАНОВ

БАТИСКАФ

МОСКВА
2018

УДК 821.161.1-31
ББК 84(2Рос=Рус)6-44
И20

Художественное оформление серии *С. Власова*

Иванов, Андрей Вячеславович.

И20   Батискаф / Андрей Иванов. — Москва : Издательство «Э», 2018. — 448 с.

ISBN 978-5-04-092467-7

«Батискаф» Андрея Иванова погружает на дно существования. Читатель смотрит сквозь толстое стекло на странных людей, на их жизнь — и внезапно понимает, что он один из них, что нет разницы между привычным миром внутри прочной капсулы и страшным придонным миром снаружи.

УДК 821.161.1-31
ББК 84(2Рос=Рус)6-44

ISBN 978-5-04-092467-7

Первые два месяца в Копенгагене я не жил, а плавал в воздухе, как большой мыльный пузырь, покрытый чувствительными ресничками, которыми я осязал этот незнакомый город. Меня изумляло все... особенно звуки! они закрадывались в меня и оживали в виде странных снов; лежа на полу на картонной подстилке, пуская кольца в потолок, я гадал: каким должен быть источник этой чехарды, что распахивается в голове стаей разноцветных зонтиков... скользит между ребрами ужом... спицами вонзается в пятки... Я списывал этот эффект на действие контрабандного табака, за которым дядя ходил каждый второй четверг к какому-то знакомому курду (совершенно напрасно: табак был самый обыкновенный); дядя уходил, а я оставался и чутко прислушивался... В целях конспирации я не выглядывал из окна, не открывал на стук, не снимал трубку, даже не вставал, — я лежал на картонке с закрытыми глазами, тщась расшифровывать то, что слышал, и чудилось мне всякое! Звуки то ошарашивали холодностью, то щекотали, не желая укладываться в инвентарную систему образов; я улавливал целые композиции, которые проплывали мимо, невостребованные; как ребенок, я распахивал им навстречу руки, а они предательски ударяли меня в лицо; некоторые жалили, а потом сворачивались на груди, притаившись на минуту-другую, они впитывали мое тепло, заставляя сердце стучать быстрей, вприпрыжку, и вдруг со своенравием кошки убегали... вслед за шагами за дверью... стояли и смеялись за окном... Нужно не прятаться в четырех стенах, а дать городу к себе прикоснуться; ты должен запутаться в улицах, уехать черт знает куда, приставать к прохожим, ворожить над картой, ловить попутки... тогда однажды сам не заметишь, как все встанет на свои места. Но я размяк, я слишком утомился от погони... я залежался; меня даже музыка нервировала, музыка, которую включал мой дядя; вернувшись после своих дел, он брался за карандаш и включал *T. Rex*, я спрашивал: нельзя ли рисовать без музыки?

— Можно...

— Так почему бы не выключить?

— Теперь уж нельзя.

— Почему?

Он бросал карандаш, начинал ходить... рассказывал об ужасной жизни в лагерях беженцев, о всяких странных личностях, которые без видимых причин пропитались к нему неприязнью, к дверной ручке дядиной семьи они подвешивали фекалий, мочились на коврик, крали его ботинки, игрушки дочки, заглядывали в окно, намеренно шумно трахались... он снова взял карандаш и, размахивая им, как дирижерской палочкой, ходил, говорил, все больше повышая голос, ускоряясь и выходя из себя... монолог речушкой бежал в море, в котором начиналась буря: знаешь, в лагерных комнатушках стены тонкие, все слышно, у нас маленькая дочка, а эти идиоты там устраивали оргии!.. мы все прекрасно понимаем термины: *cultural diversity, tolerance*[1] и тому подобное, но — понимаешь ли, когда проживаешь так тесно, так кучно с самыми разными людьми, когда их так много, не важно, кто они — рабочие или артисты, средний класс или быдло — в толпе все смывается с человека, большими группами вас держат в длинных коридорах, в школьных комнатах, в кинотеатрах, увозят к черту на кулички, держат в кемпингах, ты чувствуешь себя скотиной, становишься частью массы, твои индивидуальные черты испаряются, ты забываешь свое имя, о профессии я и не говорю, какая к черту профессия, дипломы — подотрите ими ваш зад! в нашей стране пока вы не прошли сертификацию и не выучили наш язык вы можете подтереться всеми вашими качествами достоинствами достижениями! — в такой обстановке трудно жить — ты мигрант заполняй анкеты шагай от поста до поста интервью отпечатки пальцев все ценное сдать отвечай на вопросы справки документы фотографии лампа в лицо — тут ты и становишься мигрантом, у которого нет национальности, нет даже имени, так какая разница, придумал я себе имя или нет?.. спроси себя!.. я себе часто задавал этот вопрос: какая разница?.. людей, оказывается, так много... так много, едут и едут, одни приезжают, другие уезжают, поток идет, а ты сидишь, чего-то ждешь, ты должен сидеть, пока одних уносит волной, другая волна приносит новых, самых

---

[1] Культурное разнообразие, толерантность (*англ.*).

разных, у всех есть свои привычки, ты знаешь, в чем-то они все одинаковы — одинаково устали, одинаково недовольны, одинаково раздражены, одинаково напуганы, одинаково помяты бессонными ночами, а когда все живут в режиме ожидания и высокого нервного напряжения, любые термины теряют смысл, молись ты хоть Аллаху, хоть Фрейду, весь лагерь ходил мимо крупными буквами выложенного на стене лозунга: **we must cultivate the science of human relationships — the ability of all peoples, of all kinds, to live together and work together, in the same world, at peace**[1] — и что с того?.. ничего!.. все впустую!.. я пожил в Городе Солнца, поверь мне, эти лагеря, они и есть утопия Кампанеллы, я знаю, о чем говорю, восклицал дядя, я знаю, что в принципе глубоко в сердце все мы добрые, и каждый в отдельности взятый человек не желает другим зла, особенно тем, кого он не знает лично, но я также знаю, что все это разбивается о стену дискомфорта и неопределенности, самое неприятное — ты подвешен в воздухе, ты болтаешься на ниточке, ты чего-то ждешь, тебе говорят: вы ждете решения, и ты ждешь решения, потом приходят и говорят: вы ждете комиссии, и ты сидишь и ждешь какой-то комиссии, ты получаешь отказ, и тебе говорят: вам отказали, но вы можете апеллировать, ты обращаешься к адвокату, составляешь опротестование, узнаешь, что за дополнительные, государством не покрываемые часы, ты можешь, если заплатишь адвокату, продолжать апеллировать и обращать-

---

[1] Известное высказывание Франклина Д. Рузвельта: «Мы должны развивать *науку* человеческих *отношений* — *способность всех людей* любого происхождения *жить вместе* и работать вместе, жить в мире на одной земле».

ся в самые разнообразные инстанции, о которых государством нанятый адвокат не сообщит, и тогда у тебя появляется цель... — лебединая песнь моего дяди: адвокат, который их спас, вытащил его семью из ужасных условий, из хижины старых датчан, где они нелегально прятались: ей было восемьдесят три, ее мужу девяносто, его звали Свен, ее — Ода, они не говорили по-английски, дядя и его жена общались с ними через свою маленькую дочь (ей тогда было, кажется, семь и она уже здорово щебетала по-датски), почти полгода они жили на ферме в глуши, до ближайшего магазинчика с почтовым отделением двадцать пять минут på cykel[1]: вжих-вжих — прекрасное упражнение! дом восемнадцатого столетия, телевизор пятьдесят какого-то года, они его не смотрели, в шестьдесят третьем году им вдруг наскучило и больше не включали: masser af ting at gøre![2] древняя молочная ферма с низким потолком и маленькой дверью — мой субтильный дядя наклонял голову, кривился, а великан Свен проскальзывал как нитка в угольное ушко, не испытывая никакого неудобства, мой дядя им помогал по хозяйству, копал картошку, стриг траву, что-то красил, дел было не так уж много, но они все время трудились, находили, чем себя занять, и для дяди с его женой работу придумывали, девяностолетний Свен работал каждый день четыре часа, не больше, за те четыре часа он успевал сделать чуть ли не втрое больше моего дяди, — я такого старика в жизни не видел, признался он, это просто какой-то древний витязь, могучий, длиннорукий, силач,

---

[1] На велосипеде (дат.).
[2] Масса дел! (дат.)

Ода тоже работала каждый день, не меньше восьми часов, у них были коровы, свой магазинчик, они жили по-старинке, продавали молоко, делали масло, сливки, сметану: свой штемпель и наклейка с рисунком фермы Гудмундсенов; дядя писал письма адвокату, слал ему деньги (сбережения от лагерных pocket-money[1]), встречался для беседы, а потом возвращался к старикам и работал, те им немного платили, как только дядя сообщил адвокату, что у него кончились деньги, тот включил счетчик — и я этому сильно обрадовался, признался дядя, сверкая глазами (у него выступали слезы благодарности), потому что боялся, что он забросит мое дело, но он сказал, что осталось самое главное довести до конца, но это займет какое-то время, я согласился выплатить ему долг после окончания дела, чем бы оно ни окончилось, я подписал договор, это было очень хорошим знаком, так как ни один адвокат, как ты знаешь, не станет работать без надежды получить оплату за свое время, — подписывая договор, дядя с трудом сдерживал радость, он понимал — дело выиграно, осталось совсем-совсем чуть-чуть, и действительно, через несколько месяцев адвокат позвонил ему и сообщил: дело выиграно, — еще три года после получения документов дядя выплачивал адвокату, но это уже было совсем другое время, совсем другая жизнь, он открыто гулял по Копенгагену, ходил в школу, учил язык, получал социал, ходил в супермаркеты и бары — вокруг были граждане Дании, он верил: теперь-то уж начнется его стремительное восхождение вверх

---

[1] Деньги на карманные расходы (*англ.*); имеется в виду пособие, которое выдавали ищущим убежище.

по социальной лестнице... как много значит определенность!.. стоит из-под ног выбить почву, как ты превращаешься в ощетинившегося зверя... о *способности людей* проживать вместе под одной крышей я знаю всё, красивые слова, красивые картинки, вспомни Ильича, в детстве кто не верил в дедушку Ленина?.. ха, они тут в Европе придумали похожую мечту, приятно расслабляет, как успокоительное, сам малевал, знаю, нечем было заняться, я — художник, почему бы не помочь, чтоб было красиво, лучше я, чем какой-нибудь араб, чтобы я потом ходил мимо их мазни, они получат позитив и уедут, а мне жить, год, другой, бороться за свои права проживать тут, да, разноцветные билдинги, я красил, we are the family... we are the world we are the children[1] пел, да, что поделать, пел, и моя дочь пела, а на деле — лицемерие!.. им следовало написать на стене **Homo homini lupus est**[2] — вот это было бы честно, по крайней мере, у меня нет иллюзий на этот счет, их жеманные притворные лозунги, у меня от них изжога, быть может, кому-то они внушают оптимизм, надежду, у кого-то при виде слов Рузвельта бьется сердце быстрей, для кого-то что-нибудь да значат эти слова, но не для такого человека, как я, нет, такому человеку, как мой дядя, подобные лозунги не внушали доверия, как и мечети, он говорил, что очень многие из тех, кто получал позитив в Дании, презирали датчан, они кричали: Европа — это унитаз, а вы все — глисты и дерьмо, ха-ха-ха, мы скоро вас поимеем, так кричали они, с такими плакатами выходили на улицу, дядя своими глаза-

---

[1] Мы — семья... Мы — мир, мы — дети (*англ.*).
[2] Человек человеку волк (*лат.*).

ми видел, и его это возмущало, он бушевал: мне больно на это смотреть, говорил он, во что превращается Европа?!. — он приветствовал новую национал-консервативную партию *Dansk Folkeparti*[1], что было очень странно, потому что в день моего приезда он, как мне показалось, был настроен несколько иначе, то есть — он говорил абсолютно обратное! В тот день шел легкий снежок, в Эстонии было очень холодно, а в Копенгагене все таяло под ногами, и только мелкий снежок штриховал улицы, Копенгаген мне показался импозантным, дома были большие, покрытые малахитом окиси, в новеньком желтом автобусе обшивка сидений мне казалась роскошной, мосты, туннели, захватывало дух от сверкавших стеклами высоких современных зданий, город ослеплял, где-то посреди него вилась яркая золотая спираль какой-то церкви, я был раздавлен этим величием, роскошью, разнообразием... я приехал в куртке, которую прислал мне дядя лет пять назад, темно-зеленый дождевик с подбитым мехом капюшоном, для рыбаков и скаутов, лесников и егерей, охотников и любителей длинных пеших прогулок, я ее сильно заносил... он сказал: мое сердце сжалось, когда я увидел тебя в моей куртке, я ее носил последние три года, когда жил в лагере и у Гудмундсенов, ездил сквозь непогоду на почту, к адвокату в Орхус, за билет приходилось платить (Гудмундсены помогали); для меня эта куртка стала чем-то вроде знака того трудного времени, и когда я увидел тебя в ней, ты не поверишь, как сжалось мое сердце (от жалости ко мне или от жалости к себе или от воспоминаний о тех *трудных временах*, хотел

---

[1] Датская Народная партия, национал-консерваторы.

бы я знать, нет, не хотел бы); из Каструпа[1] мы приехали в центр, совсем стемнело, фонари светили ярко, люди вокруг были веселые, машины — новенькие модели, такие в Таллине еще встречались редко, я словно попал в будущее Эстонии: не было следов советского прошлого, страну навощили, людей накормили и приодели, магазины набили до отказа; мы обменяли доллары в кассе недалеко от Центрального железнодорожного вокзала, окошечко выходило прямо на улицу, небольшой хвостик, пока стояли в очереди, к нам подошли какие-то хмыри, ушлые с виду, наркоши, наверное, они знали дядю, обратились к нему по имени, что-то спросили, я не понял их вопроса, я не вполне понимал их речь, я тогда подумал, что это от аффекта, ведь я был еще на гонках, я незаконно покинул Эстонию, меня не хотели выпускать, когда я проходил паспортный контроль, меня остановили на воротах, всех пропускали, а я стоял, мои документы изучали отдельно, на это ушло тридцать мрачнейших минут моей жизни, отвели в сторону, где я уже не мог ни уйти вперед, ни вернуться назад, выход контролировали секьюрити, попался, подумал я, если бы кто-нибудь знал, что я чувствовал в те минуты, я думал, что мне пиздец, я был в розыске, я заплатил следаку пять тысяч крон и еще вещами носил взятку неужели сука не снял меня с розыска он же мне показывал как мое имя исчезло из списка вжик и строка с моим именем исчезла значит наебал скотина ментам нельзя верить, вот и все, мои документы унесли, я стоял и поводил ужасом наполняющимися глазами, все плыло, еле дышал, девушка, которая обратила внимание на

---

[1] Аэропорт Копенгагена.

что-то в своем компьютере, когда проверяла мою визу, с извиняющейся улыбкой повторила: это наверняка какая-то ошибка, сейчас они проверят и вы полетите, — я повторял: ошибка, у меня там есть виза, меня ждут в Копенгагене... — да, я вас понимаю, улыбнулась, совсем юная эстонка, хорошенькая, — наверное специально улыбается, чтобы я не задергался, их этому учат, пять минут, десять, двадцать, мы еще несколько раз обменялись улыбками... *ошибка, виза...* мне бы не выдали визу, повторял про себя... пустой зал, я и она, два секьюрити, моя жалкая улыбка, она берет телефон, тихо говорит, что сейчас узнает, я изливаю на нее нежность и благодарность — всем существом надеюсь, что сейчас сообщит: все хорошо, но вместо этого: подождите немного, я говорю: самолет улетает, — я задержала рейс, — ого, ради меня задержали рейс, я почти проваливаюсь в обморок, как тут появился охранник с моим паспортом, прошу, возвращает, вежливо, очень вежливо извиняется, по-русски, с сильным акцентом: *ошипка какая-то исвините просто черт снает што...* улыбается, я тоже улыбнулся — ему, девушке: ну, вот видите — *ошибка!* и рванул на мой самолет, меня приветствовала стюардесса, я ей сказал I am sorry for keeping you waiting, — never mind! welcome on board![1] английский from now on[2], только английский, говорил мне дядя в Каструпе, тебе больше не придется говорить на эстонском, never[3], могу тебе это обещать смело, выкинь из головы, он хлопал

---

[1] Извините, что заставил вас ждать! — Пустяки! Добро пожаловать на борт! *(англ.)*

[2] Отныне, с этого момента *(англ.)*.

[3] Никогда *(англ.)*.

меня по спине, — чего они хотели, спросил я, когда ханури-
ки отвалили, и мы обменяли мои доллары, — они хотели
немного навариться, — ??? — да, представь, развести тебя
собирались, — шутишь? — ничуть, представь, они предлагали купить твои доллары, я им сказал, что ты не *клиент*,
ты со мной, запомни: ты — мой друг, а не родственник, будет
лучше, если никто не будет знать о том, что ты мой родственник, — да, да, — они думали, я простачка пришел
прокинуть, давай делиться, зря мы вообще сюда пошли, но
здесь удобней всего, я надеялся, что их нет в Копенгагене,
что их вообще больше нет в Дании, нелегалы хреновы, —
с «куклами» у обменника, да они застряли во времени! —
точно... идеально никого нигде не встречать, — на каком
языке ты с ними говорил? — на русском, конечно, — я не
понял ни слова, — они литовцы, у них сильный акцент;
дядя забрал деньги себе, и еще пятьсот долларов, которые
мне с собой дала мать (и дедушка, но все равно, дядя после
утверждал, что я ограбил дедушку, и забрал у меня пятьсот
долларов, но поддался на уговоры матери — об этом она
мне сообщила уже после моего возвращения — и вернул
их мне значительно позже, через год), накупили еды, пива,
вина, и, дымя сигариллой, он говорил о том, что датчане
оруэллизируют его прошлое; и твое в том числе, добавлял
он, имей в виду, твое прошлое они оруэллизируют тоже,
потому что у нас — общее прошлое, ты должен это понимать, я тебя предупредил, не упускай из виду, и всегда пом-
ни об этом, с той минуты, как ты ступил на датскую землю,
даже если ты ни с кем не общаешься, вот как я (он почти ни
с кем не общался, кроме официальных лиц, с которыми он
вел особые разговоры, например, о своем бизнесе или сво-

их изобретениях), — его несло: они думают, что мы за «железным занавесом» жили, как в романе Оруэлла! Как хорьки в клетках, у каждого был номерок, все отмечаться ходили или что-то такое... Хватит с меня Платонова, невыносимый язык, его скотобойня — это просто фарс, чудовищная бойня русского языка! А тут еще Оруэлл... Мне такие страсти рассказывают о моей жизни, ты не поверишь, ко мне с такой жалостью порой относятся... Была одна пожилая тетенька, которая работала в АОФ[1], ко мне относилась с несвойственной датчанам симпатией, я думал, приличная женщина, с сердцем, с душой, но потом заметил, что она со мной как с убогим, что ли, и насторожился, стал прислушиваться, как-то разобрал, что она говорила о тоталитарном обществе, об Аун Сан Су Чжи, Нельсоне Манделе и прочих заложниках режима, она и меня, представь себе, занесла в такой список — жертв режима! — потому что я был из Советского Союза, это, конечно, приятно, до определенной степени, только ведь это неправда, она задавала всякие вопросы, но я перестал с ней общаться, это было омерзительно. Так вот, она как-то принесла книгу Оруэлла и говорит: я прочитала, я знаю, я все знаю, как вы там жили, бедный вы, бедные люди... Идиотка! Я ушел оттуда немедленно, обратился к моему социальному personlig rådgiver[2], попросил меня перевести в другую школу, мотивировал переездом, я действительно переезжал, меня задолбало Нёрребро, там одни педики, да и здесь их полно... *1984*! Ха! Но ведь это не так! Роман-то утопический и примитивный, малоинтерес-

---

[1] Arbejdernes Oplysningsforbund (*дат.*) — вечерние школы, курсы и школы языков для взрослых.

[2] Социальный личный советник (*дат.*).

ный! *Мы* Замятина куда интересней, он более абстрактный, он шире, потому что не нацелен на какое-то конкретное общество, он охватывает любое тоталитарное государство, схема, корешок, вот такой вот Замятин, молодец, а Хаксли — это ерунда, он все украл у Замятина, а потом преподавал французскую литературу Оруэллу, который стащил у него французский перевод книги Замятина — удивлен?.. вот так, от нечего делать посиживаю в библиотеке, почитываю... а что еще делать?.. особенно когда тебя гоняют по кафкианскому директорату, обучают искусству departmentality[1]... пускают тебя вверх по спирали, а потом вниз... опять вверх... и снова вниз... и дядя сделал несколько дымных спиралей, вращая рукой в воздухе, вздохнул, выпил пива и неожиданно объявил: Вообще, я о Совке с благодарностью вспоминаю. Терпеть не могу ханжество. Да кто они такие, чтобы судить того же Брежнева или Сталина?! Это же были личности! Какие бы уродливые и тупые ни были, но личности! На весь мир известные! А кто знает их лидеров?.. А?.. Кто о них что-нибудь знает?.. Они считают, что вторую мировую выиграли американцы с англичанами — союзники, которые четыре года ждали, прежде чем открыть второй фронт, и вступили в войну, когда Германия, в принципе, была уже сломлена под Сталинградом... и датчане, которые в той войне обосрались, говорят, что я не знаю историю, что меня не так в школе учили, что мои мозги промыли. Ага! Не русский народ выиграл войну, но —

---

[1] Контаминация английских слов department и mentality, которая означает образ раздельного мышления: когда человек одного ведомства не имеет никакого представления о другом ведомстве, несмотря на принадлежность обоих одному департаменту.

союзники. А русские — так, внесли свой вклад... Вот так. Нас неправильно учили в школе... Не спорю, было много маразма, но... они хотят, чтобы я согласился с их версией моего прошлого и с их версией мировой истории, *потому что я* — беженец и многим обязан, *поэтому* я должен соглашаться, должен кивать, должен быть благодарен. Теперь ты понимаешь, почему я просто ни с кем из них вообще не общаюсь? Они просто суррогатные люди, понимаешь?! Они не живые, а половинчатые. Как и их образование. Если математик, так только математика. Если садовник, так только по яблоням и грушам. Если рисует, так ничего не читает. И такими их сделала их система, которая еще более деспотичная, еще более страшная, чем сталинская. Пусть она не уничтожает и не гноит, зато она делает их уродцами, перекошенными уродцами. Да, они карлики, карлики, как и их государство. Такими их делает система образования. Тут такие люди, что эстонцы — я с уважением к ним, к эстонцам, отношусь, они — люди, а эти, эти просто механизмы, которых делают такими, чтобы контролировать. И они мне будут говорить о зомбировании. Такими штампами, такими карикатурами на нас забиты их головы, что волосы встают. Таких простых вещей они не знают! Они ничего о нас не знают, ничего! И довольны. Им достаточно того, как они воображают нас. Они довольствуются теми жирными красными красками, которыми их представления о нас намалеваны. Поэтому тут так трудно пробиваться, здесь бюрократия такая, что самый железный человек, прошедший даже нашу бюрократию, может сломаться! — и теперь он ходил по студии, размахивал карандашом и говорил, что он симпатизирует датским национал-консерваторам: наконец-то в Дании появилась партия, за которую мне хотелось бы проголосовать, я почитал тут на днях, эта тетка[1] внушает доверие, есть порох в датских пороховницах, надо остановить катастрофу, Дания — последний оплот, Англия, Франция, Германия — они провалились на хрен, они ничего не значат, поверь мне, Германия со своим комплексом вины... Франция — это пустое место последние сто лет... Ельцин спился, идиот, нужен новый сильный лидер... Англия просто сгнила... она отдала все самое лучшее Америке, туда утекли самые сильные гены, но Америка далеко, им наплевать на нас, загнемся — и черт с нами... я знаю — я видел — грядет полная катастрофа — кто не верит, пусть поживут в лагерях и посмотрят сами, я жил на Нёрребро первое время, я видел, что такое жить в смешанном обществе, это бардак, такой бардак, такая грязь, нет, Пийя все правильно говорит, и когда я получу паспорт, то обязательно буду голосовать за них, только за них, границы необходимо закрыть, и чем скорее, тем лучше, никого не принимать, никаких беженцев, потому что это убьет Данию, погубит ее, надо быть слепым, чтобы этого не видеть, слишком много черных, слишком много ворья и всякого отребья, отовсюду так и лезут, я понимаю: приятно выглядеть терпимым и великодушным, но все эти красивые лозунги никуда не годятся, я пять лет на них смотрел, в каждом лагере, в каждом лагере мой дядя ходил мимо красивых лозунгов, приветствовавших мультикультурализм, он считал, что они ровным счетом ничего не значат,

---

[1] Имеется в виду Pia Kjærsgaard — основательница Датской Народной партии.

и дело даже не в том, что люди нетерпимы к тем или иным проявлениям незнакомой культуры, дело не в нацистах или расистах, тебя просто выводят конкретные люди — не имеет значения, кто они: албанцы или русские, — больше всех доводили дядю до белого каления русские, на третий год проживания в лагере (переезжали они часто — жалобам не было конца, в Директорате не знали, что делать с такими нервными щепетильными людьми, как дядя и его жена, в конце концов, их поселили в лагере для больных и инвалидов, там они получали гораздо меньше денег и вынуждены были питаться в общей столовой) он стал русофобом: будешь в лагере, лучше держись подальше от русских, говорил он мне; терпение, требовалось ангельское терпение, чтобы выносить этих неандертальцев; одной из добродетелей моего дяди было именно терпение: он не уставал писать жалобы на этих идиотов в полицию, стафф-офис лагеря и Директорат, кретинов увозили — за ними приезжала специальная машина, темно-синяя (он ее рисовал, этой темно-синей машине, в которой увозили обидчиков моего дяди, он посвятил серию картин, которые, к сожалению, погибли, когда в лагере случился пожар — идиоты что-то варили у себя в комнате, наверняка, самогон), — почему-то получалось так, что на смену одним идиотам привозили других, которые с тем же усердием его изводили, начиная примерно с тех же проказ, на которых остановились предшественники... и все они были в первую очередь очень шумные: он привык отгораживаться музыкой, рисовал в наушниках...

— Так почему не наденешь наушники? — перебил я его (наконец-то появилась лазейка вставить словечко, я знал: собьешь его раз, и он заглохнет, весь пыл из него выйдет, и до конца дня он будет спокоен).

— Неужели тебе так моя музыка мешает? — удивился он (и как он не понимал?!). — Я думал, тебе нравится Марк Болан... Ну, ладно...

Он надел наушники, ушел с головой в работу; я снова остался сам по себе, я думал: странно, и когда в нем произошла эта перемена, когда он успел так возлюбить датчан, вот только он их ненавидел всем сердцем, а теперь они для него — оплот всей Европы, надежда европейской культуры, я услышал какое-то странное бульканье, это была кофеварка: черт! здесь даже кофеварка хрюкает иначе! — я налил себе чашку кофе — и вкус другой!

Когда я об этом сказал дяде, он ехидно посмеивался:

— Привыкай, привыкай! Тут и двери такие, ключи, замки, ступеньки, сами дома, и дверные косяки, посмотри, совсем иные стандарты! А еда! Какая еда! Еще намучаешься!

Он, кажется, опять готов был завестись; я, кофе, кофеварка и незаконченные картины на стенах — все мы минут пятнадцать слушали повесть о страданиях моего дядюшки, о его ностальгии, о его аудиенциях с ненавистными датскими чиновниках и о том как у него украли гениальное изобретение, дело в том, что несколько лет назад дядя заметил, что у него начали выпадать волосы и появился странный запах изо рта, приняв это за симптомы наступления старости, он стал пользоваться средством, стимулировавшим рост волосяного покрова, — BioHead (это походило на обыкновенный шампунь с изображением самодовольного мужчины в возрасте, который подносил к богатой седой шевелюре зубастую расческу), и для устранения дурного запаха изо рта — Sweet Smell; английские, прямо из Лондона, довольно дорогие, удобные, и самое главное — они мне помогали, дядя щелкнул пальцами, ни запаха изо рта, ни волос на подушке, я был доволен, но через несколько месяцев я вдруг стал замечать, что сделался апатичен, потерял интерес к женщинам, и во мне ничто не пробуждается, когда я еду в автобусе в школу для эмигрантов. А прежде это бывало регулярно, потому что в утреннем автобусе едут школьницы; а уж датские школьницы в нем всегда пробуждали интерес, я обеспокоился, стал задумывался, к врачу не пошел, сдерут с тебя деньги три шкуры за визит, я стал перебирать в уме все, что могло бы повлиять на функционирование половой системы, первыми в списке стояли: нерегулярная половая жизнь, нервы, алкоголь, курение... лагерь... потому в лагере... — я не дал ему отклониться: ну так что там дальше про изобретение? — он нахмурился: ах да, да... каким-то образом дядя понял, что бедой всему были капли и спрей, он прекратил употреблять лондонские штучки и все нормализовалось! дядя описал свой опыт со всеми подробностями; разоблачил гнусный побочный эффект капель, сделал перевод на датский (денег не пожалел), по ходу своего исследования нашел мексиканскую фирму, производителя необыкновенных леденцов, якобы устраняющих запах изо рта ничуть не хуже лондонских средств, эта фирма перестала существовать буквально недавно, три года назад, он установил, из чего изготавливались леденцы, и понял одну простую вещь: важно держать этот нехитрый состав на языке, просто на языке! Представь, я выписал формулу леденца и предложил его в качестве порошковой смеси! Вот мое открытие! — он достал из шкафчика пакетик с порошком и потряс им в воздухе. С этим пакетиком и зубной щеткой он пошел в бюро изобретений; его бумаги были рассмотрены за неделю до этого, он получил разрешение на демонстрацию своего изобретения; он не чистил зубы неделю — изо рта действительно пахло; он достал щетку, посыпал ее порошком и... Я так и вижу эту сцену: комиссия — три сонных толстяка: маркетолог, бренд-мейкер и копирайтер — за большим круглым столом, уронив щеки на грудь, толстяки изливают сомнение на дядю сквозь бойницы глаз. Шоу начинается! Дядя встает на небольшую круглую сцену и, как рекламный агент, чистит рот. «Самое главное, — говорит он громко по-датски, — надо чистить язык!» Он высовывает свой язык и чистит его щеточкой, тщательно-тщательно. Глаза толстяков внезапно расширяются и вспыхивают, они выкатывают на дядю ядра зрачков; они оживленно переговариваются, поглядывая на него, через секретаря они вызывают кого-то, просят дядю задержаться, с щеткой и тем, что бы там ни было у него в руках, подождите на сцене; дядя волнуется, ждет; в кабинет входит четвертый толстяк, такой же высокий, широкоплечий, с одышкой и верблюжьей мошонкой под подбородком, держа руки на животе, точно он нес живот, спрашивает, что им нужно, они его представляют дяде — директор их PR-концерна, они просят, чтобы дядя для него повторил свой номер, и дядя все повторяет, четвертый толстяк всплескивает руками и поворачивается к трем другим: да, да, он положительно кивает им, ему что-то понравилось, они все просят дядю выйти и подождать в коридоре у стола секретарши, потому что, обещают они, его сейчас вызовут — им надо провести маленькое совещание, оно было действительно маленьким, дядю вызвали через минут восемь, не больше, ему сказали, что ничего, собственно, нового он не изобрел, но вот на роль в рекламном клипе ему бы нашлось место: язык ты чистишь действительно здорово! — хвалил его директор PR-концерна. Если б ты согласился, можно было бы еще и в рекламе с шампунем или пеной для бритья сняться. Сейчас как раз в моде такой тип мужчины — маленький, поджарый, с печальными глазами и курдскими усами! Тем же вечером дядя яростно сбрил усы. Но самое ужасное произошло несколько недель спустя: проходя мимо какой-то аптеки, дядя увидел на витрине большой плакат: маленький, сухонький мужчина, чуть за сорок, с шикарными усами, какие носил дядя, стоял с зубной щеткой и высунутым языком, над и под ним извивалась надпись: «Обязательно почисти язык!» — это была реклама зубного порошка для устранения запаха. Так у него украли изобретение и образ! Но на этом его история не заканчивалась, он говорил о каких-то незримых путях, которые связывали его по рукам и ногам в этой стране, они ползали за ним, подкрадывались, и стоило моему дяде взяться за какое-нибудь дело, как тут же из ниоткуда вылетали длинные тонкие прозрачные эластичные веревки и связывали его, пеленали и отправляли в ближайший поезд, который увозил его за город, и дядя наутро обнаруживал себя в обществе незнакомой омерзительной тетки, на столе было много бутылок вина, он хватал одежду и с ужасом бежал в поисках станции.

— Вот такие муки, вот такие мучения, — приговаривал он, вздыхая.

Я готов был мучиться, никогда не был требователен, ничего изобретать я не собирался, взбираться по социальной лестнице тоже — моя жизнь до приезда в Данию: семь лет сторожем в двух местах и пишущая машинка (две сожженные рукописи), — я не был щепетилен, мог обойтись без еды совсем. А двери... чепуха! Да, они были необычные, ну и что? Мне это сразу бросилось в глаза, когда мы подошли к дому, где он снимал студию. Был поздний вечер, ярко светили фонари, здание срасталось с мраком и казалось высоченным. Дядя вставил ключ в дверь подъезда, повернул его — и перед нами распахнулся лифт! Огромный грузовой. Но это меня нисколько не удивило; даже не восхитило; меня беспокоили звуки...

Я пытался их сортировать: резкие и грубые были такими, как везде, только отчего-то заставляли тревожиться сильней, чем обычно (от некоторых даже бросало в пот, но причиной тому могла быть моя абстиненция); мягкие, малоприметные — в них жила какая-то пряность и робость — подкрадывались, как попрошайки или пугливые проститутки, застенчиво предлагали себя, стелились ненавязчиво, но стоило мне впустить их, как они поселялись во мне и надоедали, всплывали в памяти, играли в позвоночнике, я начинал испытывать к ним тягу, зависимость, стремился оживлять их в голове, прислушивался, искал, отодвигая шумы, словно коробки. Грохот! Тоже совершенно не тот, привычный грохот; он подолгу тлел в сердце и не уходил, как пьяный, выругавшись, стоит над душой, с ним было трудно совладать, вспомню, как гневно громыхнул грузовик или пронзительно взвизгнула роллетная решетка на витрине ранним утром, и задвоится в глазах пойманный зайчик, и поплывет похмельная земля под ногами, точно голова моя снялась с плеч и покатилась с прилавка кочаном по асфальту под ноги прохожему, который перешагнет через нее и, чуть не столкнувшись с курдским мальчиком, усмехнется и пойдет себе дальше, мальчишка поднимет кочан, оботрет его и на окно наше взглянет — ныряю, прячусь (сердце вскачь).

Каждый незнакомый звук влек за собой маленькое внутреннее приключение. Колючие вызывали мурашки; мягкие словно ласкали меня, и я умилялся.

— Наверное, какая-нибудь вентиляция, — говорил я себе (дурная привычка разговаривать с собой). — Хотя вряд ли...

— Что ты там бормочешь? — спросил дядя, снимая наушники и отрываясь от своего эскиза.

— Я пытаюсь понять происхождение этого странного звука...

— Какого?

— А вот, с улицы, слышишь?

— Хм, не знаю, какой звук ты имеешь в виду... Я ничего не слышу...

— Да как же! — изумился я: неужели не слышит? не может быть! — Вот подсвистывает, будто тянет воздух... Должно быть, машинка какая-то... Может, такой пылесос, которым убирают улицу?

Дядя прислушался, посмотрел на меня серьезно сквозь очки и сказал:

— Не знаю, о каких пылесосах ты говоришь. Для уборки улиц есть специальные машины, но я не слышу ничего. Слишком рано еще. На улице ничего, кроме дождя, нет.

Издевается он, что ли?!

(Основным правилом конспирации было: «не подходить к окну»; истолковать это правило можно было двояко: мой дядя беспокоился о том, что меня поймают и депортируют, или боялся, что комендант дома заметит меня, а это было бы нарушением одного из условий договора аренды студии: там даже ночевать запрещалось!)

Он меня так озадачил тем, что ничего не слышал, в то время как тихий звук отчетливо сосал у меня под ложечкой — аж вставали дыбом волоски! — что я не выдержал и выглянул в окно: улица была мертвой, раннее серое утро, ни души; ряд тоскливых бледных фонарей, каждый из которых смирно светил себе под ноги; мертвые машины, мертвые окна домов, глухие двери, гофрированные жалюзи и решетка арабского магазинчика; тоскливая телефонная будка, из которой, по признанию дяди, он звонил нам в Эстонию несколько раз (дешевые пиратские карточки, купленные в арабском магазине: звони по всему миру за сто крон!), и все это держал в своих влажных ладонях дождь, неторопливый бессмертный дождь. Действительно, не было ничего, что могло бы производить этот странный звук. Но я его слышал. Он был со мной и позже: на Юлланде и Фюне… в Норвегии и Голландии… Звук этот время от времени возникает и теперь, где бы я ни был, в моей голове словно волчок вращается.

— Ты бы лучше не маячил, — проворчал дядя.

И я лег на мою картонку, накинул одеяло и вздохнул, а он, создавая видимость, будто только что пришел и начинает работать, расставил на подоконнике заготовки картин.

Я лежал и рассматривал предметы дядиной ностальгии: пионерский галстук, подвешенный на раму найденного в парке велосипеда — трофей: дядя опасался на нем кататься, думал, что краденый, но выбросить или отдать в полицию не хотел, поэтому поставил велосипед на комод и навесил на него эскизы, план эвакуации из здания, в котором прежде мой дядя проживал, он унес план с собой, потому что хотел его использовать: «Этот план будет одним из слоев моих палимпсестов, как водяной знак, он будет проглядывать на серии картин, это будет один из основных элементов, потому что у каждого человека в сознании есть план побега, поверь мне, а если его нет, вот как в твоем случае, у тебя же не было плана, смотри, к чему это привело, ты чуть не сыграл в ящик, тебя бы распотрошили и пустили на органы, запомни: у каждого человека должен быть план побега, вот о чем будет моя серия картин, вот зачем мне нужен этот план эвакуации», — для этих же целей он хранил инструкции по эксплуатации различных бытовых предметов, несколько страниц «Пионерской правды», вымпел ДОСААФ, старое вафельное полотенце с советскими значками (в том числе с изображением Толстой Маргариты и шпилем церкви Олевисте), — предметов и эскизов было много, на столе не первую неделю стоял собранный натюрморт, который должен был стать фрагментом той же серии («нарисованный с разных углов, он войдет целиком, как кусочки пазла»), между тем законченных картин пока не было ни одной; некоторые незавершенные работы мне очень нравились, и я считал, что ему лучше не доводить их до конца, потому что он слишком усердствовал, намазывал слой за слоем, и чем больше он трудился, тем меньше они мне нравились, поэтому я его всячески отвлекал, и он раздражался (я предчувствовал, что нам не ужиться; много позже он признался, что и у него было такое предчувствие).

Помимо воображаемых шумов, были и другие звуки, вполне реальные. Я их добывал и впитывал; брал стакан и, прильнув к нему ухом, прослушивал комнатку, пиявкой ползая по стенам, как проглоченный Левиафаном доктор Измаил в поисках сердца рыбины, приставлял стакан к полу, влезал на стол и слушал потолок — чего только я не услышал вот так! чего только не шептали мне эти стены! Раз совершенно отчетливо подслушал ссору моих бабушки и дедушки, их голоса рвались сквозь поток воды из душа, следом включилось щелканье машинки, которую испытывал одержимый изобретатель, — телетайп, с его помощью безумец отправлял послания в будущее, и не только свои: к нему приходили странные люди, доверявшие ему свои надежды, я их видел, и того изобретателя тоже: гнусавый куритель большой трубки (один раз он ее оставил в фойе, убежал ответить на телефонный звонок, а я сидел за журнальным столиком и его трубку разглядывал: крупный калабаш с длинным извилистым чубуком, дорогая, и смесь курительная была пряно-ароматная, недешевая), суровый, бородатый, с закатанными рукавами и морскими татуировками, у него был легкий вельветовый пиджак и красивые запонки; дядя про него часто говорил, потому что изобретатель предлагал ему отправить письмецо в будущее — за 99 датских крон — не так уж и дорого, думаю, потому многие и носили ему свои послания, ведь брал немного, по датской мерке — совсем ничего; дядя сначала решил, что он — сумасшедший, если всерьез такие вещи говорит: мол, послания уходят в будущее, и теперь остается дождаться ответа (ответом могло быть что угодно: внезапно сложившиеся благоприятные обстоятельства, какая-нибудь удача, смена настроения и т. п.), но затем мой дядя решил, что тот был совсем не дурак, наоборот — хитрая бестия, расчетливый, умный, амбициозный и предприимчивый, это всех нас он за дураков держит, говорил дядя, ну и правильно, надо быть наглым прагматиком, всех презирать и использовать, тогда тебе буду платить и не за такой цирк! Изобретатель все рассчитал: в будущем его сигналы оценят и ему пришлют денег, надавят тут на кого надо, чтоб по эту сторону отозвалось… Просто так он не возился бы с машинками, у него все было учтено, все счета собраны, каждое приобретение было записано, он требовал возмещение за свои труды, бессонные ночи, нервы, лекарства — за всё! Любил хорошо одеваться, с напускной небрежностью ходил расстегнутым, не завязывал ботинки, я узнавал его по шороху любопытных шнурков, но зато какие у него были ботинки! В таких разве что артисты выходят на малиновую дорожку в Каннах! Он не стал бы корпеть на благо человечества из каких-то филантропических принципов; у него не было иллюзий, это вам не какой-нибудь сентиментальный чудак. Мечтатель? Глядя на его «мерседес», все становилось ясно: он бы и пальцем не шевельнул ради человечества! Все его старания должны были возместить потомки, и немедленно, прямо сейчас из будущего — перевод — сто тысяч датских крон ежемесячно и пожизненно. Иначе он уничтожит свои открытия, и тогда им там несдобровать! Без него их там не будет вообще!

Соседи у моего дяди были все, как на подбор, странные (и само здание, в котором находилась студия, тоже мне казалось необычным — это было нечто среднее между творческой резиденцией и домом отдыха для чиновников); через месяц я попривык, научился предчувствовать возникновение тех или иных звуков, одомашнил их и стал вполне осмысленно с ними обращаться: хромал по комнате вместе с подволакивавшим ногу драматургом, покашливал; когда включалась валторна, я знал, что это философ снимает стресс (так мне объяснил дядя, вернее, так объяснил моему дяде один из соседей, которому эту мысль внушил философ); монотонные, как на резиночках, скрипы сообщали мне о том, что взялся за монтаж своих фильмов обнюхавшийся порнографист; я отличал принтер фотографа от факса горе-предпринимателей, голоса посетителей психолога от репетирующей свои роли актрисы, — коротко говоря: освоился.

Иногда я нарушал правила: выходил в коридор и, подложив газету, чтоб не захлопнулась дверь, прогуливался до большого фойе, все внутри так и пело, так и пело, хотелось какого-нибудь безумства, я становился на стол и смотрел из окна во двор и дальше, в окна другого здания. Там шли активные заседания, большие конференц-залы были набиты людьми в пиджаках, там даже женщины были в пиджаках и с галстуками; они смотрели какие-то фильмы, что-то писали на стенах, спорили, разворачивали, а потом рвали какие-то ватманы, махали кулаками в воздухе, швыряли друг в друга предметами...

Но в сравнении с тем, как расширялся город, все это было ерундой; Копенгаген наполнялся грандиозными нотами вселенского размаха, мое тело струилось, замирало и оживало вместе с огнями маяков... я бродил по набережным, гулял в порту, засыпал в парках... Такие дни выпадали не так часто, как хотелось; мой дядя уходил по делам нечасто, хотя дел у него была куча (семерым не переделать), он ленился ими заниматься, гораздо больше он любил изобретать себе их, а потом вздыхал: сколько дел, черт побери! — и переходил на датский: masser af ting... der er masser af ting at gøre! for satan![1] Все его дела были очень важные, ему никак было не взять меня с собой, я бы мешал ему (особенно если то касалось трудоустройства или какого-нибудь кредита), и тогда — на свой страх и риск — он предоставлял меня самому себе. Мы с ним договаривались, что я буду ждать его в парке, или на остановке автобуса, или на перроне станции, он давал мне карту Копенгагена с подробными инструкциями и тонким карандашным пунктиром помеченными улицами и уходил с бумагами утрясать с чиновниками последствия недопонимания каких-нибудь букв закона — с ним это приключались на каждом шагу, он будто искал такой закон, чтобы споткнуться в нем о какой-нибудь параграф или артикль, а потом все неимоверно усложнялось и усложнялось ввиду его недостаточного знания языка. Он сильно возмущался, переживал из-за этих пустяков, но я прекрасно знал, что эти пустяки и столкновения, возмущения и расстройства суть страсти его жизни. Пока его

---

[1] Масса дел! Массу дел надо переделать! Черт побери! (*дат.*)

не было рядом, пока он там то да се, я отдавался городу целиком, свивался с ним в болезненном соитии, содрогался вместе с его цистернами и пружинками, курился и выплескивался из труб, стонал, зажимая свой рот, потому что ясно представлял себе, что в эти моменты делает мой дядя, меня это доводило до хохота. Я видел его, почти как в бреду, видел, как он, сильно озабоченный делами, торопится в департамент труда и социальной защиты, уменьшившись в размерах после очереди в департаменте, он бежит в школу вождения, став совсем крошечным, он стучит в дверь галереи, прикладывает руки к стеклу, всматривается внутрь: er der nogen hjemme?[1] — пищит мой дядя, не громче мышки, он жмет на кнопку домофона, на своем ломаном датском старается, объясняет: это я... Николай... русский художник... я вам звонил... насчет моих картин... что?.. нет, я не страховой агент, я — художник... Но право, мой дядя больше походил на страхового агента, чем на художника! В то время как он робко пытается проникнуть в галерею, я с самокруткой беззаботно растекаюсь по скамейке, я курю марихуану возле канала Стадсгравен, а он с номерком в кармане стоит на почте или опять идет к какому-нибудь чиновнику: сообщить о том, что он изобрел эликсир от выпадения волос, от дурного запаха изо рта, от полового бессилия, от преждевременного семяизвержения... Он всегда был записан на прием к какому-нибудь бюрократу, его всегда где-нибудь ждали, где-нибудь да был кабинет, в котором лежала папочка с его просьбой, не было такого омбудсмена, который не слыхал о моем

---

[1] Есть кто-нибудь дома? (*дат.*)

дяде, — вся его жизнь расписана по очередям. Ему не следовало выбрасывать те талончики и номерки, справки, заявления и просьбы, прошения и уведомления, отказы и извещения, которые ему присылали, — все это надо было сохранить, а потом сделать коллаж или статую, обернутую в эти бумажки. Получилось бы не менее впечатляюще, чем обои из долговых расписок Ай Вэйвэя. История жизни моего дяди — это очереди и кабинеты, беседы с чиновниками, это отдельные фигуры советников и адвокатов, групповые сцены, где одеревеневшие кабинетные работники срослись с папками и не в состоянии уследить за ходом мысли моего дяди, это вопросы и ответы, отказы и апелляции, это бессонница, а также упрямство, с которым он, неутомимый, объяснял замысел своего бизнес-предприятия. Удивительно, ему всегда удавалось вводить людей в заблуждение, все верили, будто он занимается бизнесом! Если какой-нибудь тугодум отказывался переходить на английский, дядя приходил к нему со своей тринадцатилетней дочерью, которая по-датски говорила лучше, чем по-русски, у нее и характер был как у датчанки, он признавался, что она никогда не переводила то, что он говорил — потому что это глупости, коротко констатировала она и требовала, чтобы он ей изложил дело, по пути он долго излагал ей дело, сидя в очереди он продолжал нагружать ее подробностями и тонкостями своего проекта, а она упаковывала весь его лепет в несколько емких датских фраз, при этом дяде все равно отказывали: «Но нам удалось чинушу озадачить! Ты бы видел его лицо! — с восторгом говорил дядя. — Он задумался! Он не знал, как нам отказать!» Помимо бизнеса и проектов, у него были всякие прочие дела, нескончаемые делишки... Как же мне повезло, что у меня нет дел! Я закрывал глаза и вслушивался, устремляясь душой в сферы, где не было никого... Боже, совсем никого! Только бряцающие бронзовые бляшки, только эмалированные пуговки, ржавые цепи и алюминиевые хлястики, клепки да ослепительные сварочные швы, падающие с неба свинцовые дробины, плывущие в тумане лепестки стальных роз, роняющих ртуть на головы прокаженных политиков... Все эти видения навевал мне Копенгаген, который исторгал неземной гул.

Да, Копен дышал иначе, нежели Таллин. Это был совсем другой город: серо-зеленый и ветреный, слегка окислившийся и холодный, пронзающий, пьянящий, неторопливо растопыривающий перепонки, и дыхание его было дыханием впавшего в спячку сытого ящера.

Я прозвал его «Копенгага». Это целая симфония, которую играет изо дня в день город, его звуковой фантом, его аудио-тень. Ультразвуковой узор, аура, душа города! Его невещественное отождествление, фантасмагорический оттиск, который, как пыль в луче света, плывет в параллельном разрезе, движется в онейрическом измерении, между видимым и невидимым, покачивается на струящихся паром нитях, как привидение девочки, которая давно соскочила с качелей и села на иглу, а детские качели все скрипят, все никак не перестанут тревожить мое воображение... Этот колоссальный призрак переливается нотами, поблескивает приглушенно своими гигантскими колбами, в которых замешиваются гудки и скрежет порта, плеск моря, шелест шин, чавканье слякоти и шорох сигаретных бумажек... Закрыв глаза и вслушиваясь, я видел громадные лампы с волосками накаливания, излучающими грохотание строек и вздохи умирающих, мышиный писк и стук печатей, разноцветные провода уносили возгласы людей, ими сказанные слова закупоривались в пробирки, чьи-то ноги бежали по мокрому асфальту, за ними ввинчивались взвизги дрелей, летело шипение до упора открытых кранов, ползли с бурчанием кофеварки, предсмертным клекотом коктейльных трубочек захлебывались вокзалы, где-то поодаль прогуливалось постанывание кораблей, и над всем этим часовым стоял храп беззвездных отелей. Мне грезились сквозь густое облако протянувшиеся мосты Копенгаги; подвешенные над твердью черепашьей рутины, они выдерживали тяжесть сверкающих молниями облачных колесниц, по ним текли желеобразные сгустки, бежали ручейки лавы, падали друг на друга доминошки. Эти мосты были отблеском, радиоактивным протуберанцем города; даже менее зримые, нежели отражения подлинных мостов в каналах, они крепились на очень тонких вибрациях в совсем ином небе, не таком, какое над Копенгагеном... и не в небе, что отражалось в каналах Копенгагена... нет, там совсем-совсем другое небо... небо полой тишины... выемка величиной с беспредельность...

Сидя на скамейке, запрокинув голову, подставив бледное горло холодному лучу, забинтованный этими видениями, как мумия, раскатывая перегуд моей симфонии по телу, я уговаривал себя, что нахожусь на другой планете, и мне ничто не грозит, я в полной безопасности. Копенгага — это планета, где я свободен, — мечталось мне, — на ней нет ни одной твари, которая жаждет моей крови... я могу расслабиться... могу разжать пружину страха... меня нельзя убить, потому что я тоже звук... аккорд, встряска мелочи в моих карманах без ключей, без ключей... что может грозить человеку без ключей?.. в этом чертовом мире без ключей жить нельзя... а я живу... ergo: не в этом мире!

Но нет, такой игры я долго не выдерживал, мне не удавалось успокоиться до конца. Это было невозможно. Столь же невозможно, как нельзя было переселиться целиком в Копенгагу. И до сих пор не удалось; вот уже больше десяти лет, как я пытаюсь разжать эту тисками сдавившую сердце боязнь за мою жалкую шкуру, и все бессмысленно, все бессильно, — чего только я ни пробовал, какие средства ни применял, все было напрасно. Страх, однажды пустив корни, поел меня изнутри, как грибок, и ни одно зелье уже не в силах изгнать его оттуда; страх из меня уйдет только тогда, когда мое тело, прогнив насквозь, рухнет и не сможет двигаться дальше, тогда с последним дыханием выйдет он из меня... и Копенгага... Мой предсмертный стон будет последним звуком этой симфонии!

Я собирал Копенгагу, полагаясь на случай; как слепой, я шел на звук, забредал в странные места и слушал, закрыв глаза. Замерев, мог простоять минут двадцать, вслушиваясь в плеск канала или грохот отбойного молотка в конце улицы, в работу шпателя или лопаты, скребущей по нерву асфальта; находил скверики, стелил себе толстую газету (*Berlingske Tidende*), которую подобрал в поезде и не расставался с ней ни при одной вылазке, она всегда была со мной — неизменная деталь камуфляжа, сидел и слушал, прикрыв глаза, зажмурившись, всасывал воздух, ловил тонкие нити птичьих посвистываний, впитывал звуки шагов, паутинки шорохов, вздохи автобусов, проносящийся как по льду ровный бег поезда... Застывал возле дерева, держа его за веточку, как старого друга за руку... О, никто не был столь близок к стуку сердца этого города, как я! Я стал его кардиограммой! Я распахнулся навстречу его дыханию, позволил ему себя проглотить и поплыл по его капиллярам...

Заходил в магазины, задавал вопросы по-английски, слушал ответы, прикрыв глаза ладошкой, или, когда обзавелся солнечными очками, просто закрывал глаза и слушал, перемещая голоса в свою симфонию, записывал в памяти, долго проигрывал, расщеплял, разбивал ответы на части, сплетал, скручивал, превращал в рожки, гобои, флейты, творил необыкновенное, слова становились каплями, падающими с сосулек в лужи под окнами кирпичных домов с бумажными цветами за стеклом, междометия превращались в хлопушки или вспышки, некоторые фразы извилисто загибались и становились клавирным менуэтом, пробирающимся сквозь трущобные уличные всхлипы, шмыганья, плевки, шлепки, шарканье, смешки и вопли на перроне... Ступеньки аллюром бежали вниз, потом вверх, ползли эскалаторы, зеркала врали, крали мой образ, пережевывали и выплевывали, отлив свое представление обо мне, передавали парфюмерному отделению, где для меня уже была отлита палитра запахов... Все это могло вытеснить не только мой внутренний образ (то самое отражение, ты знаешь), но и заместить меня самого, лишить глаза цвета, руки — ногтей, рот — зубов, язык — слóва!

Убегал в букинистические магазины, перебирал книги, передвигался плавной походкой от одной полки к другой, незаметно выходил с книгой, которая закралась мне под пальто, чтобы отоспаться, как котенок в шкафу на полке вязаной одежды, — порывисто листал, читал отдельные слова, а затем гневно выбрасывал в какую-нибудь мусорницу в парке, где невозможно было не только читать, но даже просто находиться: всюду были глаза, глазки, прищур, размышление, спекуляции, фотоаппараты, видеокамеры, приличные люди или собаки, собаки и голуби, голуби...

Снова шел в книжные магазины... Настойчиво дергал двери... Так, хорошо... Что у нас тут?.. Прохаживался, все обстоятельно изучал... Ну, предположим... Притрагивался к корешкам книг, как к органным трубам бруствера... отдергивал руку, как если бы по ним бежал кипяток... Дабы отвлечься, доставал вопросами продавцов, просил, чтоб мне нашли книгу Аргуса МакКвинна «Шорохи пустоты»... Они ничем не могли помочь... Раздраженный, шел вон. Быстро перебегал улицу, словно наискось перечеркивая страницу, некоторое время стоял, зажав уши, вслушиваясь, как грузно отваливается черновик, и шел дальше, начинал наново — в музыкальный магазин, чтобы перебрать начисто сотканное... Заговаривал с инструментами, трогал трубы, ронял руку на клавиши, невзначай прикасался к струнам, был галантен, как настоящий любовник, поэт, подходил к стендам с дисками, будто бы искал группу *Chamber pots*... Разумеется, безуспешно. Ничем не можем... Уходил, громко хлопнув дверью. Долго курил в парке, уставившись в воду: не изменилось ли что-нибудь в Копенгаге? Может, мне удалось внести маленькое скерцо в мою симфонию? Но все было так же монотонно, как и прежде: ничто не могло поколебать твердыню, непогрешимость симфонии была неизменной. Да, думал я, вот так и жить — не расплескать!

Однажды забрел в больницу и, подобрав какую-то бумажку (справка или рецепт), долго бродил коридорами, прислушиваясь, внимая голосам и рокоту колесиков, металлическим и пластиковым передвижениям, шуршанию тканей и воздуха... Когда меня, наконец, спросили, чем бы мне могли помочь, во-первых, это — я протянул бумажку и сказал, что нашел это и хотел вернуть человеку, который это потерял и, несомненно, теперь ищет, за что меня тут же поблагодарили, «...*and secondly, I'm looking for my dad, MR Green, MR Peter Harris Green,* — сказал я с достоинством. — *He was taken to hospital this morning, I wonder where he is...*»[1] Меня учтиво направили в регистратуру, откуда я благополучно нашел выход на улицу.

Так собиралась моя симфония — из самых неожиданных поворотов. Все то время, что я жил у моего дяди в маленькой студии на отшибе Копенгагена, я мысленно вил мою «Копенгагу»: подхватывал крючком тот или иной звук, подтягивал его и завязывал в узелок, сплетал, к примеру, взвизг пилы с криком чайки, или намазывал гул самолета на суховатый скрип кузова мусороуборочной машины, а под боёк тарахтящего мопеда подкладывал пистон медленно падающего ящика с конвейерной ленты упаковочной фабрики, на которой работал мой дядя...

---

[1] «...и во-вторых, я ищу своего отца, мистера Грина, мистера Питера Харриса Грина... Его забрали в больницу этим утром, мне любопытно, где он находится...» (*англ.*)

Он брал меня с собой иногда, в ночную смену, потому что:

— Было бы лучше, если б ты был со мной этой ночью, — говорил он (не доверяет). — Все-таки студия, в которой я временно живу, не предназначена для ночевок... Видишь ли, это такая студия... Потому хотя бы раз в неделю пусть там действительно никто не живет. Да и мне с тобой веселей!.. И ты посмотришь, что такое датская фабрика, а?

Я ничего не имел против; датская фабрика — отлично! Послушно ходил, собирал звуки, настойчиво вслушивался, как вибрирует под моей кожей двигатель машины, приводящей в движение конвейер, волоски на коже дрожали, сквозь нее проступали капилляры...

Кровь наверняка тоже дрожит, — думал я с восхищение. — Вот как тесно я связан с моей Копенгагой!

* * *

Завернувшись в спальный мешок, как в раковину, подтянув коленки к груди и заломив руки, ощущал себя получеловеком, личинкой, зародышем, головастиком, и от всего мне было жутко. Страх, холод и выкуренная на Кристиании грибная смесь обездвижили меня, сковали, сплюснули. Симфония угасла, в душе наступил мрак. Обессилев, я стал открыткой, которую дядя уронил, когда брал с полки «Похождения Симплициссимуса», и забыл поднять; на открытке: высоченная башня из красного кирпича на фоне бледно-голубого обморочного неба (кажется, де Кирико) отбрасывала катастрофически неумолимую тень на серый песок. Эта мрачная тень выпала мне словно карта. Серый песок тихо высыпался из меня. Это время. Оно выходило из меня. С каждым вздохом. Я курил, и дым, и пепел превращались в сырой привкус умершей ткани, которой протирала мама стекла, я курил и слышал, как взвизгивает стекло под ее рукой, напряженной, тщательной, но — всегда оставались пятна, сколько бы она ни возвращалась потом с газетой, она дышала и терла, газета, истрепавшись, став похожей на ветошь, газета рассыпается, падает на подоконник, оставляя горочку пляжного серого песка. Он хрустел под моими ногами, когда я шел к морю купаться, солнце было высоко, а иногда низко — я помню день, когда мы с мамой сбежали от всех в Клоога-ранд, мы долго шли, всюду загорали люди, мы искали дикое место, чтобы никого не было, мы ушли туда, где, как говорили, бывали нудисты, там пляж загибался косой — нет, лучше сказать: он загибался серпом, мы гуляли с ней по этому серпу, мне было, наверное, восемь, а ей — двадцать семь, мы были друзьями, пили лимонад, ели хрустящую кукурузу, забыли, что такое время, солнце садиться не спешило, крупные блестящие рыбки, их стремительные тени на дне, ребристом, как вода, и были среди них совершенно прозрачные, которые сами заплывали в ладони, мы их держали, не вытаскивали, держали в воде, ощущая, как они шевелят плавниками; я помню, как под моей спиной поскрипывал песок — как снег, а потом это чувство я носил несколько дней — спина сгорела, вечерами мама меня мазала сметаной... Дед залезал на большую трубу, которая стояла в Паллесааре, он разбивал ее на кирпичи — кирпичи мог забрать каждый, кто не боялся забраться на самый верх, мог взять сколько хотел, дед строил дом моему дяде, это была дача, которую он бросил, а дед ее продал за шестнадцать тысяч рублей, через два года эти шестнадцать тысяч превратились в ничто... которое мой дед завернул в носки и посылкой отправил дяде в Данию на адрес стариков Гудмундсенов, мы все гадали: кто такие эти Гудмундсены? Я лежал на картонке и трогал волосы, и ощущал в них — песок! Я засунул открытку подальше, но трубы и тени громоздились в воображении; я сбежал побродить по парку, но они меня и там преследовали, вырастали из ниоткуда. Стараясь отвлечь себя, взывал к Копенгаге, пытался нагнать ее, мысленно следовал за убегающим вдоль туманной улицы случайно потренькавшим два раза велосипедистом, следил за его клетчатой кепкой... Ветер уносился за поворот, за который я не мог зайти: там ждали ступени, ступени Дома культуры имени Яана Тоомпа, колонны, громадные зеленые флуоресцирующие буквины, разинутая пасть распахнутых дверей, старушки-гардеробщицы с завитыми седыми волосами и строгими взглядами, картины на стенах, таблички на дверях... гулкое эхо, люди во фраках, пюпитры, дирижер, инструменты, которые расчленят мою Копенгагу, стоит мне только показаться.

* * *

Несмотря на то, что все, казалось бы, было предельно просто, на самом деле все было невероятно сложно. В моем сомнительном положении надо было залечь, чтобы спасти свою шкуру, и пять лет не попадаться ментам. За это время меня не только сняли бы с розыска, но и мир изменился бы настолько, что в нем, я надеялся, не осталось бы места кровожадным крокодилам, которые клацали челюстями у меня за спиной. Они бы пожрали друг друга за эти годы, я был уверен в этом. Такие твари долго не живут. А пока залечь, затаиться...

Простое правило девяностых; одно из самых простых; входило в устав практически каждого. Каждый знал: случись что, надо затаиться и ждать!

А случиться могло все, что угодно и с кем угодно.

Надо ждать... Девяностые... Они не могут тянуться вечно...

Для меня девяностые — это не распад Союза, не паспорт иностранца, а возвращение в каждодневный быт «воронка́» в виде «бумера» и средневековой дыбы, где в роли инквизиторов пробовали себя бритоголовые братки, — вот чем для меня стали девяностые. Введение в норму пыток, которым люди с улицы находили вполне житейские объяснения, приводя в действие механизм сплетни: «пропал человек» — «да потому что задолжал, вот и пропал». Очень просто все объяснялось: «платить долги надо» — этой фразой всякое бесчеловечное действие узаконивалось, пытка или смертоубийство конвертировались в акт вполне законный и даже человеческий, а подвальные палачи обретали статус санитаров города, добрых джентльменов удачи. Но ведь долги-то вешали и так, да такие, что сколько ни плати, а они все растут, а менты потирают руки, потому что в доле; ведь человек пропадал и просто так, просто потому, что подставили, не приглянулся лицом, бросил косой взгляд, сказал не то или не так и — бултых! — на дно карьера. На улице могли подъехать и запихать в машину, никто слова не скажет: Берия и Сталин поработали над генофондом, превратили людей в скотов, покорных, трусливых. Сто лет понадобится, чтобы взрастить личность. Только не выйдет, нет у человечества этих ста лет. Все слишком ускорилось: интернет-инкубатор поглотил первые всходы. Девяностые со всей красноречивостью продемонстрировали бесчеловечность человека и готовность общества к дальнейшей дегуманизации. Следующий шаг эволюции: робот послушный.

Короче, надо было переждать пять лет...

Казалось, что тут сложного?!

И все же...

Банальность сценария — почти дважды два — как раз и была самым уязвимым местом. Слишком жесткая конструкция. Ни тебе скобок, ни тебе интерлюдии, ни тебе отступлений, вариативность не предусмотрена: ждать и точка. Сухая облигаторность. Но мой дядя все видел иначе; он не умел смотреть на вещи просто, любую дрянь ему надо было пропустить сквозь стереоскопическую призму своего сознания. Отсюда сложности, самые неожиданные. Вместо того чтобы просто предоставить мне кров, в том же спальном мешке на картонке, он превратил все это в детектив, вел себя так, словно укрывал всемирно известного террориста!

В первый же вечер он развернул передо мной карту мира — целиком! — ткнул в нее пальцем и сказал:

— Вот Дания!

— Так, — сказал я сухо.

— А вот Норвегия...

— И?..

— Хм, родина Мунка и Гамсуна... — Он говорил, неуверенно постукивая карандашом по Мадагаскару. — Думаю, что тебе надо именно туда... пока еще не совсем поздно. Я вот, — развернул какие-то программки, — уже и расписание паромов узнал... тут у меня было отмечено... Вот! Паром идет из Фредериксхавна...

— Зимой?

— Да, и зимой тоже. Скагеррак судоходен круглый год! Тем более что виза пока у тебя есть. Если б ты приехал летом, я непременно посоветовал бы ехать в Исландию...

— А мы не можем подождать до лета?.. Я с удовольствием поехал бы в Исландию!

— К сожалению, время не терпит, — причмокнул он, сворачивая программку, — законы меняются, и слава богу, давно пора закрутить гайки. Скоро тут станет полный швах, так что ничего не останется, как ехать в Норвегию, пока не поздно.

— А Швеция?.. может, в Швецию?..

— Да ты что!.. они там давно поняли то, во что только теперь начали врубаться датчане, шведы тебя даже слушать не станут: говоришь по-русски — сажают на первый рейс til Rusland[1] и машут вослед, бай-бай, май фрэнд! Никакой Швеции, забудь, только Норвегия!

— И что я там буду делать?

— А это я тебе за двадцать дней, пока твоя виза действует, и объясню...

---

[1] В Россию (*дат.*).

Вот так! Не успел приехать, как он уже вяжет по рукам и ногам. Диктует, планирует, зомбирует, пакует. Норвегия — что та же Америка Кафки! По его планам я должен был сдаться в норвежский Красный Крест. И чем скорее, тем лучше: «тем меньше тебе придется ждать позитива... там еще более-менее мягко рассматривают дела». Он придумал бы мне легенду, я выкинул бы паспорт, мою личность не установили бы никогда. Так он считал. Он был просто уверен, что это сработало бы, потому что личности-то у меня никакой, по его мнению, и не было! Да, это сработало бы, несомненно, — но почему-то только в Норвегии. Не в Дании, нет, не в Дании точно. В Дании такие проныры, они и в штанах мертвого человека учуют запах остатков разложившейся личности! Посадят, а потом на родину отправят — посылочкой!

— Тут все изменилось. Не те времена. В начале девяностых было проще, но даже тогда приходилось терпеть, очень много всякой дряни случалось, мы натерпелись... Но даже если бы ты приехал, скажем, в девяносто пятом, то, думаю, было бы куда как проще. М-да, жаль, очень жаль... Понаехали всякие... Тырят все подряд, врут напропалую и гадят на каждом углу. Надо, надо ужесточать правила. Правильно! Молодцы! Жестко теперь обращаются с беженцами, дела разбирают быстро, негативы дают направо и налево, не задумываясь, так как насмотрелись, наглотались... А вот Норвегия пока нет, туда еще не проникло столько паразитов. Там еще может фишка проканать. И, возможно, даже не придется долго ждать, — он оптимистично наполнил бокалы. — А у нас могут и в тюрьму закрыть, — и посмотрел на меня серьезно. — В Норвегию надо тебе ехать, в Норвегию... Выпьем. — Выпили. — Представляешь, там даже нет за-*крытого лагеря!* — Это меня не воодушевило, я тогда не представлял, что такое «закрытый лагерь». — Информа-ция из достоверного источника! Интервью с главой нор-вежского Красного Креста на Би-би-си слушал: закрытых лагерей в Норвегии на сегодня нет! Вот так...

И все равно, даже если там и не было закрытых лаге-рей, все это звучало слишком авантюрно, даже для меня. Он ухмыльнулся, покачал головой, повел усами и сказал, что все это как раз наоборот: очень просто!

Ну да, не себя он сажал на паром. Но таков он ока-зался: простое дело, которое он многократно усложнил, для него становилось простым, а в самой простой вещи ему мерещились непреодолимые сложности. Он жил в коконе посреди лабиринта. Плел паутину, чтобы созда-вать видимость своей весомости. Сомнительную важность в свою персону он вдувал соблюдением каких-нибудь правил, кругом были условности. Несносный формалист! Любой дурацкий разговор он превращал в нечто такое, отчего тянуло блевать. Он их заранее прописывал. Так он держал вожжи в своих клешнях, не отступал ни словом в сторону. Как же: все должно развиваться по продуман-ному им сценарию. Мы с ним прежде толком не разгова-ривали, ни разу, по сути. Наши телефонные переговоры были полны пауз и напряженного ожидания, вслушива-ния в зияние между словами. Наши письма состояли из претенциозных и в сущности ничего не передающих о нас самих конструкций (я всегда писал и пишу так, чтобы спрятаться, именно поэтому я считаю вопрос — возможна ли коммуникация — давно решенным: она невозможна, потому что язык ее не подразумевает, язык придуман для того, чтобы скрываться, обманывать, водить за нос, to pull one's leg[1]). Но все это перестало меня тревожить, смерть, которую мне обещали на протяжении последних недель перед отъездом, расставила все по своим местам, я увидел мир и себя в нем с кристальной ясностью, и наконец-то знал, чего я хочу, жажду: жить! любой ценой! Мне было плевать на формальности, на манеры, стиль, кинематограф, искусство, литературу... да, на литературу в первую очередь: я сжег все романы и все мосты, мне не к чему возвращаться. Я приехал к нему, чтобы укрыться, спасти мою жалкую шкуру, мне было не до прикида, а он мне: Норвегия! Мунк! Гамсун!

Человек только что вышел из каземата, только что бежал от удавки, летел из аэропорта, где его тридцать минут мариновали на границе (чуть не хлопнулся в обморок), и тут: Фолькепарти! Замятин! Оруэлл! Хаксли!

Ну что я мог на это сказать?..

Не ослабляя хватки, он высасывал из меня силы; возможно, он считал, что таким образом возвращает меня к жизни...

— Расслабляться нельзя! Надо сохранять пружинистость мускула! Вот ты сейчас на многое готов, и на этом запале надо двигаться, ехать дальше! Выстраивать новую личность, потому как старая ни к черту! Ни к черту! Вон, посмотри, чуть не угодил под самосвал исторического кала! Романтикам в этом мире не место. Запомни раз

---

[1] Дразнить, разыгрывать (*англ.*).

и навсегда! Засунь свой сентиментализм в задний проход и воздержись, пока не получил европаспорт. А лучше и не откупоривай до конца, потому как никому понос твоей души не нужен.

И над этими холодными словами шуршали шероховатые крылья Копенгаги, взмахи... еще раз взмахи... легкие столкновения архивных небесных ящиков, треск, гром и молнии! Его речи теснились в стенах студии, как и дым нами выкуренных папиросок, которые он скручивал при помощи хитрой машинки; в облаке дыма мне мерещились горы и фьорды Норвегии...

— Мне надо все обдумать, — сказал я.

— Конечно, надо, — он сворачивал карту, — правильно, наконец-то ты понимаешь: сперва надо думать... вот и думай! думай как следует!

Я думал...

...

...

Все это мне казалось слишком малоубедительным.

Я продолжал делать вид, будто размышляю над его планом... Пока его не было, я рылся в его вещах... и нашел записную книжку. Не удержался, полистал. В ней он записывал примерные наброски своих дел (купить: рейки для рамок, ватные палочки для ушей, напомнить сестре про горчичники, спросить, как ребро у отца и т.д. и т.п.). Там же были планы, адреса, телефоны, названия инстанций, куда он ходил по поводу всяких лизингов и прочего, и паутинные тезисы к тем разговорам, что у нас состоялись незадолго до того, как я вылетел. Там у него было написано: спросить, что говорит мать; спросить, что сказал адвокат; как скоро будет сделана виза; можно ли делать визу, если подписка о невыезде; поинтересоваться, есть ли какие-нибудь материальные ресурсы на первое время, — вот это у него было твердой холодной рукой в записной книжке записано, нет — занесено, в то время как у меня там земля под ногами горела и плавились штаны от горячего поноса, который валил из меня от ужаса.

Прочитав это, я понял, что дядя мой человек меркантильный и сугубо прагматичный, к искусству отношения не имеющий, — сколько бы ни старался развешивать картины на гвоздиках, сколько бы ни восхищался Фассбиндером, Шиле, Набоковым, у него есть и всегда будет в шкафчике вот эта записная книжечка, которая не позволит, никогда не позволит стать ему художником.

Когда я был маленьким и залезал к нему в комнату, рылся в его тетрадях, книгах и кассетах, я находил у него маленькие карточки, на которых он по-английски писал примерно такие же наброски к его беседам с девушками. Помню там было написано так:

Sveta: mention Franky Goes To Hollywood
Tania: mind gloves![1]

Те записки на меня производили волнующее впечатление; едва догадываясь, какой смысл он вкладывал в те слова, я восхищался его подходом; представлял этих девушек (портрет одной из них был на стене), фантазировал, как он встречается с ними, ведет беседы, как стоит, как

---

[1] Света: упомянуть Franky Goes To Hollywood (название поп-группы). Таня: предусмотрительно снять перчатки! (*англ.*)

открывает двери, пропуская вперед, как подает руку, что говорит; я тоже пытался подражать, рисовать я не умел, так хотя бы записки; у меня ничего не выходило, записные книжки не приживались, на картонках писать я не умел, почерк у меня был не бисерный и аккуратный, как у него, а кривой, крупный, да и вообще...

Мы продолжали жить в гордой конспирации: он рисовал свои картины, я сочинял свою легенду. Во избежание подслушивания дядя задраил щели в окнах, законопатил вентиляцию и даже завесил бы окно, если бы это не считалось в Дании признаком очень дурным; каким-то образом ему удалось сделать так, что в студию перестали проникать приятные нежные звуки, только грубые прорывались и тиранили мой мир, рвали на клочья мою Копенгагу. Мою душу охватывала глухота, симфония переставала струиться. Поэтому когда мы возвращались с прогулки, я, сжимаясь, тянул с возвращением, находил разные уловки, уговаривал его пройтись по парку, свернуть в обсаженную тусклыми фонарями аллею, покурить на пристани, предлагал послушать всплески воды, поскрипывание снастей и весел, посидеть в пустом кафе на набережной с бокалом Irish coffee... Я был согласен говорить о чем угодно — о Триере, Линче, Фассбиндере и даже о литературе; просил его не торопиться в студию, мне хотелось сделать пару рейдов по грязным улицам, где шатались узкозадые педики в кожаных куртках с меховыми воротниками, они игриво поводили плечами, громко спорили, ходили парами, мелькали блестками на сапогах и помахивали красными или оранжевыми перчатками, тоже отороченными мехом... Я хотел оставаться на улице как можно дольше;

я хотел быть там, где продавались наркотики и перебранивались сиплыми голосами проститутки, там, где в воздухе витала шмаль, и брызги из-под колес автомобилей летели во все стороны, там, где на ходу могли ошарашить скороговоркой: кокаин?.. фетамин?.. героин?.. Но он торопился в комнатку.

— Идем домой! Разве ты не продрог?.. Разве не хочется тебе согреться?.. Посидеть с бокалом виски и закуской?.. Поговорить о литературе?..

Ничего не оставалось, как возвращаться...

Я плелся за ним. Как в воду опущенный. Меня раздирали всякие противоречия. Клокотали возмущения. Я нуждался в слиянии с живыми существами, мне грезились пальцы рук, которые трогали мои татуировки, в воспламененном сознании проплывали ленты, вспыхивали бенгальские огни, журчал смех в горле, которое я сжимал... Но вместо этого я должен был идти и задраить свою Копенгагу в дядином склепе. Мой мозг принимался орать: неужели я должен платить вот этим? Если я выжил, если я помилован, то расплата моя — эта унизительная комнатушка? Он что-то говорил и об этом тоже. У дяди была философия, и она строилась на каких-то одному ему понятных этических нормах. Мой дядя — моральная личность, в отличие от меня, низкого... Например, он однажды ляпнул, что за все нужно в каком-то смысле платить, все вещи и действия в природе взаимосвязаны и пребывают в каком-то взаимодействии. Получив с неба куш, человек должен был заплатить частью души, отдать свободу, несколько лет жизни, или, например, выигрыш в лотерею мог повлечь за собой смерть близкого родственника.

Я подумал: он намекает на смерть бабушки; он, наверное, не посчитал это совпадением... Нет-нет, совпадений не бывает — есть только логика вещей, а значит: во всем был виноват я, подлый...

При этом жизнь его тоже не очень-то разумно была устроена, по большей части она получалась какой-то бестолковой. У него было полно свободного времени, и он не знал, как им распорядиться. Бегал, суетился; в его жизни было много ветра, шума, моря, каналов, поездов, гула пароходов и всплесков воды, — и что он со всем этим делал?.. Его прогулки были направлены в те части города, где проходили странные трассы, магистрали, он ходил вдоль улиц, мимо витрин, перемещался подземными переходами, катил в поезде или автобусе, блуждал в гипермаркетах; носил себя по городу, как воду в решете; делал несколько вещей одновременно; старался выйти из дому так, чтобы убить семь зайцев одной поездкой в центр; составлял списки, строил планы, расписывал свое будущее на несколько месяцев вперед. Это выметало вдохновение из его жизни. Она была пустой. В ней было столько смысла, что не оставалось места для инспираций. Он передвигался, нисколько не зачерпывая пройденное; мелкие делишки разрывали его на части, толку от этого не было ровным счетом никакого. Он часто таскал меня с собой, чтобы что-то показать. Хотя, что именно, сам не очень-то знал. Любимых мест в Копенгагене у него не было. Он уже ненавидел этот город. Я не знал пока за что. Потом понял. Этот город предлагал так много всего, и все это было моему дяде недоступно. Еще меньше, чем прежде. По той же причине: ограниченность в средствах. Порой меня посещали несвойственные мне меркантильные мыслишки: ради мизерного социала и такой комнатушки на отшибе Копена не стоило продавать трехкомнатную квартиру в Ласнамяэ. Я ехидно думал: Distraction he wanted, to destruction he fell[1] — он ушел на Запад, но вскоре Запад пришел туда, откуда он ушел, что само собой обесценило и подвиг рывка, и его достижение. Думаю, ему самому эта мысль частенько приходила в голову. Вся его эскапистика, умноженная на годы в лагере беженцев (допросы, угрозы, принуждение вернуться), была бессмысленна (бредни о свободе отбросим, поскольку теперь он превозносил Совок!); там, куда он бежал, себя найти не смог, а возвращаться было поздно... да и не к чему... оторвался он и завис где-то в тамбуре между тем и этим мирами, настоящий дэнди междумирия!

Тогда я и сформулировал приблизительно следующее: стремиться к лучшему (в мечтательном преломлении) совершенно бессмысленно. Сводишь концы с концами и ладно. Вообще, зачем к чему-то стремиться? Это же глупость! Гора не придет к Магомету, так пусть Магомет и идет в горы! Я лежу на картонке и курю самокрутки, мне ничего не надо больше... Потому что любое «больше», любое «лучше» рано или поздно оказывается чем-то банальным, еще более скучным, нежели то, от чего бежишь, перед тем, как прыгать! Запросто может оказаться, что, прыгнув, ты повиснешь в пустоте, и пока так висишь, все тебя тихой сапой обставят!

---

[1] Строка из песни Марка Болана *Dandy In The Underworld*.

* * *

Я объявил дяде, что остаюсь в Дании. Я не еду в Норвегию.

Несколько дней мы не разговаривали.

* * *

Копенгаген... Длинные проспекты, пруды, каналы, холодные стекла, пустоты, пустоты... Было много незнакомых своим выражением лиц, странных построек, новых запахов... Шаги на лестнице звучали иначе. Кофе пах как-то не так. Музыка текла подневольно, словно прорываясь сквозь тугую пелену. Дождь был другим. Небо было низким. Вода в каналах тянулась медленно и мучительно влекла за собой: хотелось идти и идти вдоль канала, идти...

Копенгаген существовал вне моего знания о нем. Я это отчетливо ощущал. Он существовал не для таких людей, как я или мой дядя. Мы тут были случайные персонажи, мы были точно не к месту и не у дел. Это было совершенно очевидно. Копенгаген своей строгостью и завуалированной помпезностью как бы старался исподволь дать это понять, ощутить, чтобы я осознал это и сам убрался поскорее. Этим мне Копен напоминал Питер. Безразличием, холодом, серостью, погодой, водой. Золотая спираль церкви Нашего Спасителя напоминала Адмиралтейскую стрелу. Здания биржи с парламентом тоже что-то напоминали. Кругом были позеленевшие крыши и скульптуры. Какие-то короли на конях, какие-то драконы со спиралевидными хвостами. Каналы. Разводные мосты. Я всегда мучительно переносил поездки в Питер, куда каждое лето меня тащила с собой мать, чтобы провести по музеям, церквям и паркам, чтобы я «пропитался культурой». Ей надо было меня «приобщать к истории». Таким вот смешным образом. Ей непременно надо было пройтись по набережным. Сфотографироваться возле какой-нибудь толстенной цепи или ростральной колонны. У нас дома было так много бестолковых фотографий, и все черно-белые! Сделанные дядиной «Чайкой II». Теперь мне казалось, что случилось самое жуткое: я попал в серию таких черно-белых снимков — то у колонны, то у цепи. Дядя наделал их в избытке, я был в самой различной одежде, при самом разном освещении, чтобы потом слать их матери, в течение года, а то и двух. Смотря как пойдет... Он запасся: ведь это ему за мной разгребать (он смирился с тем, что я никуда не еду, только затем чтобы поскорее сплавить меня в датские лагеря).

— Тебя забросят куда-нибудь на Юлланд, и ты не станешь делать фотографий и слать их мне. Матери ничего слать нельзя. Забудь ее адрес вообще. Тверди легенду! Забудь слово Прибалтика!

Он был прав; насчет писем не ошибался. Я не стал бы писать, и не слал. (Он спал и видел, как я гнию посреди юлландской пустоши!)

Он заставлял меня часами писать письма домой. На много месяцев вперед. Под его диктовку. Чтобы он потом посылал, вложив их в свои письма.

— Конспирация должна соблюдаться. Такое забудут не скоро. Садись, пиши письма!

— Сколько?

— Не меньше двадцати...

— Двадцать писем! Это же целый роман!

— Давай, давай...

Я садился и писал. Письма, которые он будет отправлять, вкладывая фотокарточки. Чтобы держать мать в тонусе. Он думал о сестре. Его заботило ее психическое здоровье. Ведь я его так подорвал. И доверие... О да, маленький негодник довел свою мать... ни строчки не написал за две недели! Валяется на полу. Курит. Не желает ехать в Норвегию. Все делает в пику. Глупец не чует, чем пахнет.

— Пиши письма!

— Сейчас докурю...

— Кто знает, год или два... А может, три... Ну, все, вставай, садись за письма!

Дядя придумал мне новые приключения. Раз уж не Норвегия, то этап по кэмпам Дании, игра в бойскаута!

Дорогая мама, у меня все в порядке, ты знаешь, все как обычно, я живу в небольшом городке, и какая разница, главное, что живу, не болею, меняю носки и питаюсь рисом и тунцом, это довольно дешево, мне удается немного экономить на черный день...

Скрепя сердце, я пробирался сквозь кошмары тайком, воровато, не затворяя за собой двери, стыдливо опустив глаза, засунув руки в карманы, старался ни к чему лишний раз не прикасаться. Я понимал, что оказался тут чудом и вряд ли надолго. Боялся, что сон растворится, я открою глаза и увижу перед собой разводы зеленой краски на стене и почую вонючий шконарь под собой.

Ты знаешь, я должен из кожи вон лезть, чтобы зацепиться в этом городе, который еще ужасней, чем Питер, не понимаю, мама, зачем мы туда ездили, зачем ты меня туда возила, мне там так не нравилось, и все тетки, с твоей работы, они на меня смотрели так, я даже не знаю как, а в Копенга-

гене никто на тебя не смотрит, ты идешь по улице и никто не смотрит всем на тебя наплевать ты просто идешь и все никому до тебя нет дела а погода такая же дрянная если не хуже и все говорят так словно только что вышли от дантиста с набитым тампонами ртом но лучше это пусть лучше будет это мне все равно лучше так чем тампоны в твоем собственном рту или твоя печень в чьем-нибудь теле

Я часто бродил по Копену с закрытыми глазами... Находил прямую длинную аллею, закрывал глаза и шел, шел, шел... Открывал их плавно и, видя, что аллея не растаяла, улыбался. Все эти дни меня не покидал трепет в груди. Надо было чудо беречь. Надо было чудо использовать. И я дул в мехи воображения, вдувал гулкие ноты, творил мою симфонию... Пока она играла в голове, я был цел и я был с собою в ладу! Случись что, — думал я, — ну мало ли... сума, тюрьма и так далее... у меня с собой в душе хотя бы это будет... Копенгага...

Но иногда меня крепко допекали страхи, начинало лихорадить, слышались голоса, которые разрывали на части все мои партитуры, рвались струны, ломались подмостки, в панике толпа рвалась на сцену, языки пламени взбегали по шторам, балкон обрушивался, лестницы проваливались, черная гарь смыкалась над сердцем, я задыхался от ужаса.

Все время хотелось раскуриться. Но с этим никак не получалось. Всюду был он: легенда — письма — конспирация... Если он меня отпускал, я оказывался без денег и далеко от Кристиании. Или он меня попросту запирал у себя в комнатке. Все было не так...

Из окна его студии я видел крыши, окна, в которых редко появлялись люди, и даже когда появлялись, интереса не вызывали, как статисты в дурацком кино; *ты знаешь, мама, из моего окна я сейчас вижу улицу, я пишу положив лист на подоконник я смотрю как падают капли идет дождь за окном бар он похож на Leelo помнишь был такой бар в Доме Культуры я часто вспоминаю и не знаю почему все это особого значения не имеет как и бар у меня за окном вернее может быть все это имеет ровно столько же значения понимаешь я хочу сказать все тождественно решительно все и все очень скудно и сердцем и духом приходится восполнять эту скудость по-своему...*

Я вытягивал из себя Копенгагу, чтобы подавить одиночество и те страхи, которые жались ко мне, как пиявки, выплывая из теней. Я заставлял свои ноги звучать, руками скреб стол или подбрасывал спичечный коробок, посвистывая в пустой студии, и прислушивался... настойчиво прислушивался к лифту, к тому, как кто-то шагает по коридору, звякнув ключами, открывает и затем закрывает дверь. Я укладывался на пол, накрывал глаза полотенцем, заматывал голову, как чалмой, чтоб ослепить себя, и, обострив таким насильственным образом слух, просачивался в Копенгагу, как нитка в игольное ушко... становился облачком... скользким угрем вился вокруг спицы... шершавым точилом лизал сталь... гонялся против ветра за брызгами насмешника-дождя... плакал над разбитой бутылкой... танцевал звонкой монеткой... вылетал шипящей струей из сифона! Мне нужна была музыка, нужен был потаенный край... потому что иначе было нельзя. Моя жизнь — та ее часть, что сопряжена с паспортными данными и исчисляется сменой сезонов — сократилась, сжалась, как джинсы после стирки, упаковалась, как бандероль, покрытая штампами, стала устрашающе простой, но при этом изнутри меня распирала, как пружина, моя симфония, моя Копенгага! Сам я под гнетом дядиных наставлений и своих собственных опасений уменьшился в росте, усох и продолжал сжиматься. Так боялся, что меня сцапают и выдворят, что даже поджимал пальцы ног в ботинках. У меня появилась совершенно дурацкая привычка ковырять большим ногтем заусенцы на пальцах. Не замечал, как раздирал до крови. Потом откусывал и жевал. В голове постоянно шла какая-то мышиная возня. Каждый раз, когда мы возвращались после прогулки, подходя ближе и ближе, я начинал потеть, пристально оглядывать всех прохожих, искать признаки засады. Все мне казалось странным и подозрительным. Мерещилось, что следят. Боялся даже думать, что происходит дома. Каждый звонок от матери меня приводил в ужас. По улицам я передвигался прыгающей походкой, поглядывая на все беглой дурацкой улыбочкой обреченного. Мне думалось, что меня вот-вот вырвут, грубыми щипцами, как сгнивший зуб, вырвут из этой теплой насиженной жизни и окунут лицом в рыхлую кровавую кашу земли. Чувствовал себя подвешенным в воздухе на длинной и очень ненадежной эластичной лиане, которая то натягивается, то сокращается, и в глазах колеблется и вздрагивает какой-то цветной волосок. Вспышки, зарницы угасающего сознания... Так тяжело становилось. Ноги не шли! Внутри перехватывало. То взлетишь, то нырнешь. А потом вдруг охватывала эйфория, хотелось скакать, нести немыслимый бред.

И снова: трепет, холодный пот, головокружение... и казалось, хлопнешься в обморок, и наплевать!

Дядя ничего этого не замечал. Он не видел, что я был на грани помешательства. Он представить себе не мог, какая у меня шла в черепе свистопляска! Он не слушал моей истории о сожженной на пляже Штромки рукописи, ему было начхать на мои стихи и ссоры с девушками, которые одна за другой предавали меня и висли на шеях парней с цепями, они уносились в счастливое будущее на мотоциклах, их волосы развевались... Он пропустил это мимо ушей... мои работы, мои бумаги, книги, книги, языки... Он был слишком увлечен собой. Ему было важнее сохранять спокойствие и видимость своей значимости в любом случае. Его заботило то, как он выглядит, какое он производит впечатление. Он следил за каждым своим жестом и словом, тщательно выстраивал образ. Хитрые манипуляции с зеркалами, которые устраивают фокусники в цирке, ничто рядом с ним! Сам я его мало заботил. Я оказался в стране, в которой у меня не было никого, кроме дяди, да и тот на мне поставил крест, жирный красный крест. Придавил меня этим крестом и поторопился стать жрецом новой религии, в которую ему не терпелось меня обратить. Он меня видел в лагере, с голубой картой каждый четверг в очереди за карманными денежками. Я уже был Адам Гудман. Я должен был зверски картавить. Я должен был знать все о Житомире. Он вырастил меня в своей комнатке, как гомункула в каком-то колпачке, взялся воспитывать, учить жить, чтобы я был похожим на всех прочих. Такова была схема моего благоустройства. И если мне, видите ли, не угодила Норвегия, я должен был пробовать задержаться в Дании.

— Но предупреждаю: могут промариновать лет пять...

???

Он надеялся, что я стану послушным. Это начинало душить. Мне быстро наскучила эта игра. И не только это... Он часто вспоминал родину, а я старался ее забыть, хотел ехать в Париж. Он брезгливо фыркал:

— Париж... Что ты там будешь делать?.. Ты же там пропадешь!

Однажды ночью мы разругались в пух. Я не выдержал, встал и ушел.

Был неприятный дождь. Я долго чавкал до центра, всю дорогу говорил с самим собой по-французски, читал на память Бодлера, напевал Брэля, подбирал упавшие звуки, как сосульки, как бумажки... насобирал листьев... Возле каждой телефонной будки нарисовал пальцем невидимый знак. Заклинал свой путь как мог. Делал его безвозвратным. Я не хотел возвращаться, не хотел сидеть у него и писать письма, слушать его наставления. Я принял решение двигаться вперед.

Вперед! — говорил я. — Будь что будет!

Я шел всю ночь, утром поймал поезд... Дождь застиг меня в Вестербро возле канала, я отчаянно искал крышу; спрятался под деревом возле скульптуры девушки и юноши, они там вечно сидят друг напротив друга, юноша в задумчивости подпирает рукой голову, вот так и я подолгу сидел, согнув руку после укола, ловил приход и смотрел на ту, кто мне этот укол сделала... спрятался в парке, ждал, когда откроются бары, пошел мелкий снежок, город стал похож на стеклянный рождественский шар, скользя по гладкой прозрачной поверхности, заглядывал внутрь, ощупывая стены, протирая штанами скамьи, я силился найти трещинку, чтобы вползти в него, — такой трещиной оказалась Кристиания, там я и завис на несколько дней, делая вылазки на дискотеки в Вестербро, гулял по Istedgade, косился на шлюх и нариков, жадно изучал витрины секс-шопов... Со шлюхами лучше не связываться, говорил я себе, надо что-то другое... Трое суток пытался снять какую-нибудь бабу в ночном клубе на Пешеходке, напрасно выкинул деньги за вход и еще выпил внутри, напрасно; днем сидел в дешевой чайной, пил чай за три кроны — это фантастика! где вы видели чай за три кроны? — в Вестербро! на Amerikavej, мне понравилось название улицы и я гулял по ней, наслаждаясь моей маленькой Америкой, бар был дешевым и невзрачным, я вошел, мне понравилось, тянул мой чай и читал Look Homeward, Angel[1], другой книги со мной не было, как, впрочем, и других вещей, я мог читать ее бесконечно, я ее уже читал в переводе два раза, и вот во время одной из прогулок с дядюшкой я увидел ее на лотке подержанных книг, я взял и начал листать, отказываясь уходить, дядя ждал, а потом увидел, что я не ухожу, читаю, читаю, он потерял терпение, спросил у старушки, сколько стоит *такая толстая книга*, он сдавленно усмехнулся при этом (так делает моя мать, в этом сдавленном смешке есть какое-то раболепие, мать словно извиняется заранее за свой вопрос, смеется над собой, и вот я услышал такой же, раболепием пропи-

---

[1] «Взгляни на дом свой, ангел» (*англ.*) — роман американского писателя Томаса Вульфа.

танный смешок, и понял, что мы все-таки повязаны сильнее, чем я себе это представлял), старушка сказала, что книга на английском языке, вряд ли она ее кому-нибудь продаст скоро, потому она просила за нее всего-лишь десять крон, мой дядя усмехнулся, на этот раз высокомерно, мне даже неловко стало, он словно хотел облить презрением старуху, показать ей, что она не понимает, какое золото отдает за бесценок, дал ей десятикроновую монету и приказал мне двигаться дальше: «Дома почитаешь». Я сидел в чайной, читал книгу и пил чай — я ничего не ел третьи сутки, с каждом часом узнавал себя меньше и меньше. Я готов был на крайнее унижение и беспредельную подлость: я ощущал их в себе, как, возможно, одержимый ощущает присутствие бесов — с одной стороны, я готов был унизиться, попросить подаяния, предать, украсть, я взвешивал варианты, я уже крал с лотка яблоки и бананы, но разве это еда, от них меня пронесло в станционном нужнике, и негр-уборщик стучал мне в дверь, я открыл и спросил, что ему нужно, он попросил прощения, сказал, что подумал, может быть, мне плохо, вам нужна помощь, тут наркоманы часто умирают, я сказал, что со мной все в порядке, просто подвело живот, мы поговорили, он стоял за дверью, а меня немилосердно несло, если это не смущает тебя, то я продолжу, нет, сказал он, меня не смущает, я и не такое тут слыхал, это все из-за хурмы, сказал я, он усмехнулся и спросил, зачем я ел так много хурмы, я сказал, что я не так уж и много ее съел, но вообще-то люблю, а натощак... нет, сказал он, натощак фрукты лучше не есть, и снова засмеялся, и я тоже хихикал; я пил чай, читал книгу и чувствовал, как во мне растет, наливается соками зверь, запускает в мое сердце когти, подталкивая на жестокое преступление, не прошло и трех дней, как я уже им обзавелся, зверь был рядом, крутился, терся о мои ноги своей металлической шерстью, оставляя на моих костях серные отпечатки, он пометил меня и часто возвращался, и трех дней не прошло, говорю я, нет, он уже давно вертелся подле, уже больше года, а может, с того самого дня, когда мне приснился тот ужасный сон, в котором черное пятно бросилось с ветки сосны на меня, и я проснулся, задыхаясь от собственных воплей; зверь вращался вокруг моего сердца, заглядывал в череп, изучал его, как кот, забравшись на чердак, изучает помещение, гуляет по пыльным скрипучим дощечкам, прыгает на старую тумбочку, подходит к пробитой фрамуге, выглядывает наружу, видит мир, видит бар, мою кружка с остатками чая, смотрит в книгу, ухмыляется — книга, чай, в карманах почти ничего, как будешь выживать, ничтожество?.. не пора ли кого-нибудь обокрасть?.. и этот вариант я тоже взвешивал, хладнокровно, расчетливо — вырвать сумочку и убежать, наиболее подходящий вариант, неужели я докатился до такого?.. а почему нет?.. можно попробовать залезть в машину или хату... нет!.. к чертям!.. на некоторое время все стихало, я спокойно читал, но... снова отвлекался... очень хотелось секса, безумно, не так, как раньше, с нежной истомой, в моих жилах струилось безумие, не имевшее ничего общего с томностью, которая растет внутри подобно тончайшей пряже, как плесень или мох... напротив, я испытывал яростную эрекцию, почему-то в моем отчаянном положении все желания обострились... кажется, я никогда в жизни ничего по-настоящему не желал... вот оно — подлинное желание: впиться в мясистое тело, подчинить, унизить, мой член был как метро, по которому летели быстрые поезда, битком набитые шлюхами, трансвиститами, огни мелькали, холодные, ослепительно-яркие, взрывались хлопушки, гремел карнавал, бляди в масках суетились, по вагонам мартышками шастали рабы с ошейниками, играла безумная площадная музыка, по спине и копчику пробегали молнии бешенства: терзать кого-нибудь, обрушиваться штормом и вгрызаться!.. я поглядывал на женщин в кафе, как на жертв... даже та немолодая баристка, она бы сгодилась... я бы мог ее связать... или позволить ей связать себя, да, я бы предпочел обратное: пусть она терзает меня, пусть направит мою ярость на мое собственное тело... пусть мне будет больно, пусть шторм избороздит меня, оставит на коже синяки и шрамы, а на сердце — вмятины, черные отметины на совести, глубокие колодцы в памяти... с эхом моих стонов... я буду вспоминать, как извивался и молил о пощаде... сделай это со мной!.. я буду носить эти шрамы и законсервированные в погребах памяти всхлипы как самые драгоценные сувениры... я поглядывал на нее... в ее морщинах и формах таилась похоть, меня заводило то, как она хрипло смеялась, гортанно... чай заканчивался, я продолжал читать, не выпуская кружку из рук, время от времени подносил ее к губам, я бы мог так жить вечно, если бы не демоны внутри, я бы и с ними справился, и с голодом, я бы все это потопил в кружке чая, запросто, когда пьешь воображаемый чай, едва сдерживая смех, внутри все лопается, пузырится от хохота, хохот очищает, с ума сводящий внутренний смех напалмом выжигает и демонов, и похоть, и жажду, и голод, и все остальное, но иногда все-таки надо было ходить в туалет и покупать чай, потому что баристка убирала кружку со стола, даже если я покрывал ее моей книгой, я возвращался к столику, а кружки нет... это было сигналом: тебе пора платить или убираться, make your miserable choice, tit sucker...[1] мои деньги кончались, и еще я думал, где бы постирать белье, меня скоро перестанут впускать, тогда я прочно обоснуюсь на улице, которая меня убьет, если менты не загребут, я сам попрошусь в клетку, и это будет окончательное падение, жалкий конец; надо было что-то делать, что-то решать, чем скорее, тем лучше; я отправился за марихуаной на Кристианию, там я продолжал убивать время, размышляя над ситуацией, торопил ночь, чтобы поскорее выйти на охоту, ждал открытия поздних бесплатных дискотек (на всякий случай отложил стоху, на крайняк), взвешивая свои шансы, прогуливался возле канала Стадсгравен, разговаривал с собой, репетировал фразы и незаметно для себя сильно обкурился, дабы отлежаться, залез на какие-то доски, укрылся пластиком, уснул на несколько часов, прилипнув к стенке, от которой струилось хлипкое тепло (возможно, воображаемое). Очнулся одеревеневшим от холода. Стена перестала греть. Погасли деревья, в ветвях которых запутался карнавал. На последние деньги (отложенные не в счет) я купил три джойнта, — не то оранжа, не то хэйза[2], — курнул чуть-чуть, чтобы набраться смелости, и захапцевал и направился пешком на пло-

---

[1] Сделай свой выбор, сосунок (*англ.*).
[2] Orange, haze — сорта искусственно выращенной марихуаны.

щадь Вестербро. Две предыдущие ночи на Пешеходке меня лишили всякого оптимизма, они истощили меня, я оброс, провонял потом и дымом, и никакого результата. Надо менять локацию. Пешеходка — слишком элитное место... На площадь Вестербро я пришел взвинченным до предела, я внутренне бесился. Надо действовать! Это моя последняя ночь! Последняя! Точка. Ночь действительно могла оказаться последней. Копенгага вздрагивала, изрыгая пепел, снег, сонмища воронья, стоны, плач, вздохи. В ту ночь я решил стать *другим*. Виза истекла месяц назад, деньги кончились — полиция проехала мимо. *Другим* для всех. Чтобы начиная с этой ночи все пошло иначе, совсем иначе, совсем не так, как это было всю мою жизнь. Я докурил мой косяк у статуи Венеры с яблоком в небольшом парке Enghave, — сумрак окутывал Копенсодом, загорались огоньки, пруд становился глянцевым, стекла прозрачными, и то, что в них отражалось, казалось реальнее того, что было по эту сторону. Холод подбирался к сердцу. Кляксы плодились в сознании. Снег крошился на Копенгоморру; я шел в ночной клуб Tårn[1], который славился своими туалетами. Но я шел в Башню не за тем, чтобы кто-то там мне отсосал под столиком или что-то в том духе, — нет, я шел в Tårn навстречу своему будущему; я жаждал полной метаморфозы; страна, в которой ты живешь, может измениться, развалиться, перестать существовать, все то, что тебе внушали всю жизнь — показывали по телевизору, писали в газетах, — может оказаться брехней, ты этому удивишься: родители мне

---

[1] Башня (*дат.*).

врали?.. правительство врало?.. книжки врали... мне —
ребенку, с первых шагов... мне шестнадцать лет, я узнаю
о гулагах и Сталине... о всей этой чуме... впервые... да,
крыша немного съезжает, но это еще не значит, что ты изменился... подумаешь, миллионы расстрелянных и заму-
ченных, сроки ни за что, тебя это не касается, дети и подростки, да и люди вообще — эгоисты... пока самого за
яйца не подвесят, он не поймет, даже вряд ли задумается...
все думают о себе, поэтому так легко людей загонять
в стойло... программа изменилась, но ублюдки продолжают строить карьеру, номенклатурщики сменили ориента-
цию, но не сдохли, не перевелись, структуры и принцип
построения связей остались прежними, перераспределе-
ние средств теперь делается не слева направо, но справа
налево, запомните, так точно, справа налево, а не слева
направо, хорошо, так, суть кроется в деталях, конверты
подают не правой рукой, но левой, так точно, мы теперь
наябываем народ мягко, с резинкой, запишите, записываю: с резинкой, подгоняем не вагоны для скота, а ком-
фортабельные поезда, едем туда же, но в удобных вагонах,
с телевизором — обязательно с телевизором, с коктейля-
ми, салютами, со шлюхами, да, а как же без шлюх, главное, едем и — туда же, вперед!.. изменения вокруг тебя
происходят помимо твоей воли, тебя подхватит как щепку
и понесет, тебе ничего делать не надо, ты даже можешь
грести, но и этого мало, ты можешь прыгать с одной льдины на другую, но и такие скачки не всегда меняют человека; чтобы ты сам изменился, должно кое-что с тобой случиться... с тобой лично... только с тобой... что-то... чтобы
ты оказался с миром один на один... один на один... тогда

ты начнешь чувствовать: это происходит именно с тобой... зачем-то мир тебя взял и держит на своей ладони, смотрит в тебя... вот тогда в тебе начнет кое-что происходить... кое-что... не знаю что... что-то изнутри нужно выпустить... дать сокам заструиться, фонтану разорвать кожуру... я шел в Та́гп именно затем, чтобы узнать... может быть, в Башне мне расскажут, покажут, научат меня... я твердо знал одно: я не хотел сидеть в квартирке с коробками, делать вид, что меня в ней нет, пить дешевое винцо, тянуть контрабандный табачок и, с благодарностью вспоминая Совок, скулить: а все-таки... м-да, все-таки... у нас была, была великая эпоха... В тот момент, когда я выходил из Enghaveparken на Enghavevej, я через что-то переступил в себе, через какой-то образ, или штамп, или то, что принято называть менталитетом, я понял, что больше не могу ни на кого полагаться, у меня нет никого, под моими ногами нет страны, которая бы меня укрепляла, нет истории, которой я мог бы гордиться, нет друзей, на которых я мог бы полагаться, все оказалось подлогом, а друзья... кучка сраных эгоистов!.. и я был точно таким же... и я не хотел, не хотел таким быть, я не мог таким оставаться, я не имел права оставаться собой (то есть человеком, в котором ровным счетом ничего интересного никогда не было); чтобы жить дальше, а не притворяться живым, необходимо было растоптать все, что в меня напихали, все, что я насобирал, все, что ценил прежде, или почти все, надо было пересмотреть списки, взять самое жизнеспособное и стать новым существом, гражданином Копенгаги, вершителем судеб, ворошителем рыжих шлюх! В этот момент, думаю, и произошел алхимический всплеск в моей крови, и —

под звон бьющихся тарелок и падающих монет — я стал Плутом, Мюнхгаузеном, я умер и возродился. Поэтому ни в коей мере не виню тех, кто поторопился разнести нелепую весть о моей смерти. Думаю, что в какой-то степени они были даже правы.

До полуночи я безрезультатно вращался по залу среди людей, никак не удавалось к кому-нибудь примкнуть. С завистью наблюдал за тем, как очень маленький негр в оранжевой кепке с несравненной улыбкой терся о задницы датчанок, а те взвизгивали.

И вот он, момент! Я неожиданно попадаю в ритм. Меня охватывает пресыщение моей собственной плотью... и как-то вдруг наплевать на то, что мне голодно, наплевать, что я грязен и все такое... Мне просто хорошо; мной овладел ритм...

Я отбросил мысли, зажмурился и поплыл по залу, и где-то на одном из витков попал в область вращения волоокой девушки с большой грудью. Она отчаянно встряхивала волосами, при этом ее задница вздрагивала так, что сквозь ткань можно было уловить, как перекатывается плоть. Она была одна, совсем одна, я это как-то понял... так бывает, если человек пришел один, то это как-то сразу видно. Отметил с удовлетворением, что она некрасива, хотя чем-то притягательна. Я моментально возбудился, чего не случалось со мной на дискотеках раньше. Она мне показалась доступной — я вдруг захотел ее настолько, что это уже не имело особого значения. Я бы овладел ею, даже если б она была недоступной, холодной и пришла не одна. В ней было что-то... животное и отталкивающее. Я стал вертеться подле нее; почти так же заискивающе, как тот маленький негритенок, похотливо приседая; она это заметила, стала бросать мне улыбки, подыгрывать мне, и когда заиграло что-то медленное, она повалилась мне в руки, стала тереться о мою шею... Триумф! Она сразу поняла, что я возбужден, и стало как-то все просто... и ясно.

Она спросила мое имя, я сказал, что не говорю по-датски, но сказал, что меня зовут Эжен...

— Бодил! — крикнула она и перешла на английский. — Откуда ты взялся?

— Я — русский моряк с корабля, который месяц назад отбыл, а я остался, — не мешкая, соврал я.

— Почему?

— Ну, я решил остаться, потому что всю жизнь мечтал об этом городе. Это же скандинавский Париж! Не удержался! Город-мечта!

— О! Я никогда не слышала, чтобы кто-то прежде говорил о Копенгагене так красиво!

— Ты прежде не слышала, чтобы моряки, увидев Копенгаген, бросали корабль и оставались тут?

— Нет.

Я сказал, что я, видимо, первый, потому что я еще и поэт, и композитор авангардной музыки.

— А меня на днях уволили, — сказала Бодил. — Ну и черт с ними, правда?

— Конечно. Тебя уволили, и ты встретила моряка, который бросил корабль, чтобы остаться в Копенгагене, в твоем родном городе.

— Sounds fucking romantic, doesn't it?[1]

---

[1] Звучит чертовски романтично, не так ли? (*англ.*)

Я согласился; она сказала:

— Я просто умираю от скуки... Нет у тебя чего-нибудь от скуки?

— Ну, разумеется. Какой же моряк без допа?

Мы вышли вдохнуть лекарства. Выкурили джоинт, и повело — ее качнуло, мы слиплись, она потребовала, чтоб я ее проводил... или отвел... или отнес... или отбуксировал... Мы поплыли по улице... Нас несло обоих... Не имело значения, куда... Было много углов. Было странно идти в ту ночь. Копенгага овладела моим телом. Копенгага оказалась ребристой, как кубистическая картина. На каждом повороте что-нибудь кусало или кололо. Она терлась спиной об угол здания, как кошка. Я впивался в нее, как голодный пес в жирную мясистую кость. Чем больше было поворотов в ту ночь, тем быстрее нам хотелось дойти, наконец. Но мы шли очень медленно, останавливались и целовались, а потом были влажные бока, липла рубашка, ударился коленом и хромал, она меня повалила у вокзала на асфальт и громко хохотала, поднимаясь и валясь на меня, валяя меня с боку на бок, заворачивая в стеклянную лужу, шлепая громкими смешными ладошками по влажной спине и роняя на меня слюни. С хохотом ввалились в пустой поезд. Только не в поезде!.. Нет, конечно, не в поезде... Наверное, успели на последний. Пустой и облеванный. Ха-ха-ха!

— Трекронер, — сказала Бодил, протягивая грязные ноги.

— Что?

Черт, в кармане разломался джоинт и раскрошился, я вонял марихуаной, как рождественская елка! И дурел от этого с каждым вдохом сильней и сильней! Сущий хейз!

— Запомни, мы выходим в Тре-кро-нере...

Она икнула, язык заплетался, глаза уже не открывались... отрубилась, легла мне на плечо... Я не стал закрывать глаза. Я смотрел в окно. Вагон болтало из стороны в сторону, за окном рвались и рассыпались медные трубы... Копенгага рыдала от желания, ей не терпелось отдаться мне... О, пьяная моя Копенгага!

Вошли в полной темноте, нигде не включали свет. Быстро и бурно потрахались, мгновенно уснули. Я даже не понял, где мы. Куда мы вошли. За собой не закрыли. Ни на что не обратил внимания. Ничего не разглядел. Был сплошной мрак. Играла тихо музыка. Бежали строчкой маленькие огоньки на проигрывателе возле пола. Я был настолько обдолбан, что хотел только три вещи: отодрать эту бабу, пожрать и уснуть. Первое должно было осуществиться непременно. Чем-то одним из двух прочих можно было пренебречь. Мы так выдохлись, что не стали шарить жратвы, просто уснули.

Утро было шоком. Я проснулся на диване, рядом спала Бодил, за столом у окна сидела парочка. Они что-то ели, хрюкала кофеварка, вылетели тосты, мимо нас по комнате ходили какие-то люди. Я скрылся под одеялом, повозился в поисках одежды, кое-как оделся, выбрался с виноватым видом. На меня смотрели как на жертву несчастного случая, с пониманием, не изучали меня, не приставали с вопросами... Суббота в календаре над кухонным столом. Это многое объясняло и в их лицах тоже. Я не отказался от кофе, которое мне предложил молодой человек, — сплошная вежливость и болезненная тихость, самого колбасит, подмигнул он, — я достал сигарету, спросил, можно ли курить, — можно, стрельнул у меня одну на двоих, они закурили. Из туалета вышла девушка, парень рванул в туалет. Вышедшая из туалета села за стол, вздохнула, глоток кофе, тост, italiansk салат. Покурили на двоих мою сигарету. Что за бизарное место! Окна в крыше — это какой-то чердак, но очень добротно сделанный чердак, чертежная доска с каким-то планом, еще постель, в которой кто-то спит... Парень выбрался из туалета с таким больным видом, как пес, взглядом ищет сочувствия, всем плевать: у всех и так больной вид. Я тоже хотел в туалет, но почему-то не решился. Он сел рядом со мной, вздохнул, пожаловался: ужасное похмелье, его только что вырвало, я посочувствовал, сказал, что у меня то же самое... Все-таки сходил.

— Кстати, меня зовут Тур, — сказал он, наливая еще кофе. — Я из Хаммерби, есть такой городок в Норвегии.

Я сказал, что меня зовут Евгений, я — моряк.

— Русский?

— Да.

— У нас в Норвегии много русских...

— Я — композитор.

— Композитор?

— Да, композитор.

— Как Чайковский, Шостакович, Стравинский...

— Стравинский, да, как Стравинский...

— Но ты сказал, что ты — моряк?

— Да, я работаю моряком, но я — композитор, я сочиняю симфонию...

— Какую симфонию?

— «Копенгага».

Он нахмурился. Попросил повторить.

— «Копенгага», — нараспев произнес я.

Тур расхохотался, погрозил мне пальцем.

— Я понял: это была шутка!

И снова засмеялся, его трясло сильней и сильней, будто сквозь него ток пустили, он не мог остановиться, ему даже стало плохо, и он нырнул в туалет.

Я сел в пустое кресло, развернул какую-то газету, в ней шевельнулись и потекли бумаги, поймал: распечатка какой-то пьесы, с какими-то странными персонажами и монологами... сразу стало ясно, что дурка, персонажи все из сказок... чушь! В соседней комнате ожил барабан, к нему подключилась басуха, барабан спотыкался, басуха, заикаясь, бубнила что-то с бодуна. Норвежец вернулся, предложил по «Туборгу». Я не отказался, но заметил, что вообще-то жду, когда проснется Бодил, чтобы попрощаться.

— Ну, она будет теперь целый день спать, — сказал он. — А ты куда-нибудь торопишься? Кстати, слышишь музыку, барабан — это тоже русский парень, а бас — парень из Ирана. Они неплохо зарабатывают, по правде говоря, наш kollektiv на них и держится. Кстати, Бодил недавно уволили. Она была в жуткой депрессии, и если ты уйдешь, думаю, она впадет в депрессию снова. Ей не везет на парней, — прошептал он в мое ухо. — Хочешь, покажу мои работы?

Взяли еще пива. Тур неторопливо показывал картины...

— «Невероятное». «Незримое». Это без названия. Это просто этюды... А это портрет моей бывшей девушки. Это так, ерунда... Восход! Да, восход солнца. Это просто горы. То есть не просто, а норвежские горы. Хенефосс. Ты был в Норвегии? Нет? Вот это на самом севере. Фьорды... Тебе следует съездить...

— Я знаю, мне уже советовали... Уже собираюсь потихоньку... Планирую...

— Хочешь, напишу маршрут? У меня там знакомые сквотеры...

— Это как раз то, что нужно!

— Да?..

— Конечно! Сквоты, фьорды — что может быть лучше?

Он написал мне адрес, телефон, имена, достал другую папку, противного зеленого цвета, там был сплошной макабр. Я делал вид, что мне нравится, да, впечатляет, угу....

Когда его работы кончились, появилась Бодил: в халате, волосы подобраны, в глазах скука. Она меня познакомила со всеми. Две девушки с Юлланда, парень с Фюна, басист из Ирана, Юра, очень приятно, хитро улыбнулся, ничего не спросил, я предложил джоинт, никто не отказался, достал, раскрошил в руке... комично сгребал в ладонь... моментально зарядил тем самым обстановку! Всем не терпелось... Показалось, маловато на всех. Юра с подмигиванием добавил из своего кармана, скрутил великолепный тройной! Пока курили, потягивая каждую ниточку дымка, Юра предостерег меня по-русски:

— У нее ужасный характер. Ее только что уволили. Сама виновата. Не хуй на работе пить. Датчане этого не любят. Моментально записывают в алкоголики и отправляют лечиться. Хорошо, что ты тут. С документами все в порядке?

Я смущенно:

— Ну, да — в порядке, никаких документов нет.

— Ну и хорошо. Не пропадай. Есть тема насчет документов. Потом расскажу, если тебе интересно. Если ты не горишь желанием возвращаться туда, откуда приехал. А пока у нас небольшой гиг в баре неподалеку, если хочешь с нами...

* * *

У Бодил кончились деньги; она стала нервной; мы не могли даже потрахаться нормально. Так она говорила, кричала об этом, чтобы все слышали. Потом она за столом объявила, что устала жить в kollektiv, что она хочет отдельную квартиру, с видом на море, еще лучше дом, с несколькими видами. Но стоило нам курнуть с Юрой и послушать музыку, как она млела и шептала, что о такой жизни можно только мечтать... Мы много гуляли по Копену; я посвятил ее в тайну моей симфонии, научил слышать Копенгагу... Мы подолгу гуляли в парках, сидели на скамейках закрыв глаза и слушали... то на одной скамейке... потом на другой... Быстро слетались голуби, они все портили; Бодил бесили голуби, она терпеть их не могла... Мы вставали и шли куда-нибудь в порт; но там были чайки, они гадили, всегда было холодно, у нее не было теплой куртки, она быстро мерзла, у нее портилось настроение, ей хотелось в бар, выпить виски или глинтвейна... Но денег не было. *For satan!* Дни распадались на сине-зеленые водоросли, тягучие ядовитые слюни... слюни ее раздражительности...

* * *

— Кстати, а где ты в Ялте жил? — спросил Юра, когда мы вернулись из казематов Эльсинора, где пили пиво у пруда, курили щепоть Юриного гашиша, бродили как потерянные с итальянскими туристами по черным лабиринтам, смотрели на Хольгера-датчанина, пытались его разбудить (Бодил даже задрала юбку), целовались в потемках, плевались от пыли, смотрели на уплывающий в Хельсинборг паром...

— Где именно в Ялте?.. Тебе адрес нужен? — удивился я. Юра стушевался, протянул тлеющий косяк и сдавленным голосом (под гнетом удерживая дымок) сказал, что вовсе не имел в виду точный адрес, он не собирался писать писем... Я тут же его успокоил, дунул, сплюнул и понеслось: наврал про улицу генерала Горохова, про самого генерала, который на подводной лодке протаранил немецкий крейсер. Наврал про ресторан «Атлантида», где собирались новые русские, которые никак не могли поделить Ялту, про то, что он был взорван вместе с группировкой из Твери или Казани... Затянулся еще... Развернул пейзажи и пирсы, волнорезы и набережные... Моя ложь была стройна и складна. К тому же он не бывал в Ялте... Фуникулер, променад с пальмами, прогулка на ракете в Евпаторию, где пляж песчаный и больница для умственно отсталых... Херсонес, Гагры и так далее... и так далее... Я становился Евгением все больше и больше; обретал плоть. От потока вымысла моя голова кружилась; я поймал настоящий хлестаковский кураж; я был живым, как никогда прежде, ощущал себя, как в театре, когда играл Грумио в «Укрощении строптивой»; под конец меня поперло так, что я потерял ощущение тела и почувствовал себя Богом, который создал мир Копенгаги, я полностью пропитался верой в то, что все они, жители этого студенческого коллектива, — звуковые казусы моей грандиозной симфонии! Включая его, косматого, с его пьесой, с Чокнутым Шляпником, Чеширским Котом и иранцем на басе!

Юра похлопал глазами, ухмыльнулся и сказал:

— А я и не знал, что ты сочиняешь симфонию. Сказал бы раньше, попробовали бы сыграть.

Я отмахнулся.

— Не до этого, как видишь. Некуда кости кинуть.

Он вздохнул с пониманием и сказал, что, если я хочу остаться в Дании, мне необходимо со всем этим расстаться, забыть все, всю жизнь. Шепнул, что я должен изменить имя, должен придумать другую родину, и этот несравненный забиватель косяков скрутил тройной джоинт, вместе с ним дал мне какой-то телефон, подмигнул и сказал, чтоб позвонил, сам он тоже сперва позвонит и предупредит, этот человек поможет.

— Его зовут Хаджа. — Всплеснул руками, и перед моим носом возник огонек.

— О'кей, — сказал я, затягиваясь.

Мне было все равно; вдохновение меня покидало; я выплеснул себя целиком... почти целиком... я хотел ему рассказать о своей первой любви, о купаниях в сентябре на Жемчужном пляже, о том, как по ночам, в бреду, мне снится скворчащая галька... как мы пинцетом вытягивали из прибрежных скал крабиков... как заспиртовывали их... как ныряли за жемчугом с воздушными шариками... как строили под водой бункер... как сачками ловили нимфу... Но сил уже не оставалось: дурман сковал не только мое тело, но взял и за глотку; я больше не мог выговорить ни слова. Краешком сознания я понимал, что все, что Юра мне нашептывает, подмигивая и как бы заискивая, все это идет по той же схеме, по тем же рельсам в шаткой вагонетке: фальшивая легенда — подполье — лагерь — бессмысленное ожидание позитива.

— Да, да, — говорил я ему на каждую фразу, — конечно, я понял... угу...

Юру прорвало: ему захотелось излить душу; теперь он жаловался:

— Пока ты в лагере, кое-как можешь экономить, что-то откладываешь, а как получил позитив, деньги испаряются как эфир. Социал такой маленький — за квартиру плати, за то плати — ни на что не хватает! Вот выручили студенты: снимаем вместе — это так экономно! Правда, опять же — как в лагере. И я не студент! По идее — нарушаю, нельзя мне тут. Должен искать что-то другое, но я встал на очередь и буду поступать, пойду на курсы, сказал, что уже на курсах... Соврал, видишь, приходится юлить. Со студентами весело... И это все-таки лучше, чем лагерь. Датчане народ не такой проблемный, как лагерные. Но все-таки... Эх, хорошо там, где нас нет! — вздохнул и принялся мельчить гашиш.

* * *

Наконец, мы с Бодил поругались. Всему причиной были деньги, которых не было, — она психанула и ушла; я думал, что не вернется, но она вернулась с котом в домике. Большой белый пушистый кот. Глянув на домик, я подумал: мне бы вот так, в таком вот домике... не знал бы я печали!

— Кастрированный, — громко сказала она, будто это меняло что-то.

Ей тут же сказали, что по договору с хозяином — никаких животных! Строго!

Она стояла на своем.

— Я и кот остаемся! — кричала она. — Потому что я заплатила за этот месяц, и еще две недели до конца месяца, и уж эти-то две недели я буду тут жить — и с котом!

Ей сказали, чтобы она не порола чушь, что, если хозяин узнает, будет худо; кот не может оставаться в квартире. Кота не будет, — говорили ей. — И прятать его никто не станет! Ее саму никто не выгоняет. Она заплатила, и она остается, хоть на два месяца. Но кот не платил. Кот не может платить. Кот по договору не может остаться. Кот не остается. Кот идет туда, откуда пришел!

Бодил хлопнула дверью и ушла, и я, как дурак, поплелся за ней... На улице она мне сказала, что кот к тому же болен, что оставшиеся деньги пойдут на лечение (значит, оставались какие-то деньги!), что она во что бы то ни стало кота вылечит, хотя неизвестно, где они с котом будут жить. Обо мне речи вообще не было, кот важнее, он занимал больше места в сознании Бодил, кот из ее сознания вытеснил меня целиком, я был просто посторонним, будто между нами ничего не было. Чистейшая шиза!

Она сидела на скамейке и повествовала о перипетиях и странствиях белого кота. У нее был какой-то сложно закрученный комплекс вины по отношению к этой твари. Она чувствовала, что должна сделать кота счастливым, счастливчиком, победителем конкурсов, обладателем престижных кошачьих премий, лордом — во что бы то ни стало! Как можно скорей! Скорей, чем сказка сказывается! Быстрей, чем блоха ловится! Он-де настрадался, бедненький. Он устал ждать в своем домике... На секунду я задумался: может, в ее сознании я и кот перепутались?.. И это она про меня?.. Но нет, Бодил быстро все расставила по местам. Кот был кот, белый и кастрированный, а меня не было вообще! Я сидел и растворялся в ее рассказе: ее тетка, оказывается, кормила несчастного какими-то объедками, заставляла ловить мышей, даже летучих; младший брат издевался над ним: сажал в коробку и сталкивал с крыши в черт знает какие бездны, на веревке погружал в колодец, привязывал к скейту и пускал с гор, отправлял в плавание по каналу на льдине... А мать кормила его собачьим — представь, собачьим! — кормом. Все это она говорила по-датски, жестикулируя, — я почти ничего не понимал. Она говорила припадками, на меня не обращала внимания, смотрела вскользь, как на первого случайного встречного, как говорят пациенты в больницах, как нанюхавшись амфика, кстати, шмыгала носом, плевала под ноги, поправляла свои пшеничные волосы, делала много лишних движений и говорила, говорила, говорила... Кот безмолвно сидел в своем домике, он был в полном порядке — еще бы: в таком-то домике! — он сидел и подремывал, ждал, когда решится его судьба, — и она решилась.

Бодил стала ругаться, беситься, рассказала мне, насколько я понял, о том, что я сам видел, — о скандале со студентами. Потом стала кричать на меня, будто я был во всем виноват, будто я уговаривал ее не платить за кота, которому нужно было срочно сделать какой-то жизненно необходимый укол. Я пытался образумить ее, но она продолжала кричать, что коту нужен чертов укол, прямо сейчас, топнула ножкой, схватила домик — и тут волшебная дверца распахнулась, кот выскочил и побежал, неспешно, вразвалку, бока его сотрясались, шерсть переваливалась, он был стар, неуклюж, непривычен к пробежкам на воле. Даже хотелось его подбодрить — беги, котяра, беги! — понаддать ногой... так неторопливо он убегал. Бодил всплеснула руками и побежала за ним, крича ему вслед: «Снелли!.. Ком ну, тилбэ, Снелли! Ох, Снелли!..»[1]

Так от меня ушла Бодил. Или вернее — убежала. Неуклюже сверкая пятками, отбивая степ по камням Коп-коп-копенгагена, вниз по улице, степ-степ-степ своими сбитыми туфлями без задников, убежала она вниз по улице Меллера за своим старым — кастрированным — белым котом. Кот был грязен и клочковат, он был очень похож на одну из кучек снега, внезапно обратившуюся котом.

Я остался один, ошарашенный, стоял на холодке, ветер поигрывал моим красным шарфиком, я задумчиво сжимал в кулаке двадцатикроновую монету — еще пять минут назад я собирался купить нам пива. Кот перебежал

---

[1] «Снежок!.. Давай-ка обратно, Снежок!.. Ох, Снежок!..» (*дат.*)

улицу, остановился, махнул хвостом, оглянулся на шлепанцы Бодил, которыми она его отпугивала, и побежал дальше. Я не стал досматривать эту сцену, бросил взгляд на кошачий домик, развернулся и пошел к телефону. Вставил монету в аппарат. Мне предстояло путешествие на Юлланд, которое оттягивало только одно: Бодил и ее кот. Как только они самоустранились, я набрал номер, который мне дал Юра, мне сказали, что меня давно ждут, объяснили, как добраться до места, человек на том конце провода так тщательно все описывал, с таким дурацким акцентом, что едва хватило двадцати крон! Поплелся к Юре просить денег в долг, он ссудил пятьсот крон, сжавшись при этом так, словно пытался пролезть сквозь очень тесно пригнанные доски в заборе.

— Я верну, — приговаривал я, словно помогая ему пролезть сквозь эти воображаемые доски, — верну, — говорил я, засовывая бумажки в карман, — как заработаю там у них, так сразу и верну.

Но он был не в состоянии расправить гримасу и разогнуться. Он доверял своим ощущениям...

Я взял билет до Ольборга и поехал до Фредериксхавна. На сэкономленное купил в дорогу дешевого вина на завинчивающейся пробке (две бутылки) и сыру. Сидя в автобусе с закрытыми глазами, хлебнув как следует, я мысленно попрощался с моей Копенгагой, но поклялся, что вернусь... «И Юре деньги верну», — добавил я вслух и поймал себя на том: как же ненатурально это прозвучало. Как не по-русски!..

Через семь с половиной часов у дверей подполья я встретил Ханумана.

Замкнутый образ жизни развивает паранойю и клептоманию, особенно если ты живешь нелегально. Наше окно заклеено черными пластиковыми мешками. Снимать их запрещено. Хануман находчиво вырезал полоску, закрепив ее прозрачной клейкой лентой по краям; когда ему становится невыносимо, он выключает свет, зажигает свечи в красных вазочках, что стоят по углам комнатки, и, отлепив полоску, выглядывает из окна с такой жаждой, словно вдохнуть свежего воздуха.

Frederik Hotel, наш андеграунд, наша последняя отчизна. Там были свои правила. Их выдумывал старый властный курд по имени Хаджа (за глаза мы его звали Хотелло), наш управляющий, метр д'отель, надзиратель. Он был очень ленив и неопрятен, с трудом передвигался, но каждый месяц придумывал какое-нибудь новое правило, которое мы обязаны были соблюдать. В этом отношении он был весьма прихотлив и придирчив. Чем-то напоминал мне отца: тоже черноволосый, хромой, с большим животом. У него была такая же манера ухмыляться, губы были толстые, и что-то в интонации было ментовское. Наверное, был ментом, подумал я при первой нашей встрече. Он задавал вопросы точно так же, как и мой отец, и в сторону посматривал, словно в уме заносил ответы в протокол. Его правила превратили отель в стратегическую паутину, а нелегальных постояльцев в пойманных мух. Мы там жили как заложники собственного страха, который он в нас взращивал. Можно было с ума сойти от напряжения, в котором он всех держал. Нас было несколько, и состав наш постоянно менялся. Многие не выдерживали. Некоторые не верили ему и закатывали истерики. Кое-кто бежал. Правила требовали от нас жесткой дисциплины, в результате чего я очень скоро забыл о том, что есть на свете еще что-то, кроме нашего убежища («That's the trick», — говорил Хануман).

Отель располагался где-то возле самого порта, в щели все время дул ветер; самого моря мы не могли видеть из окон; Хануман говорил, что море чувствуется, синь в небе над крышами ощущается как море. В окно я никогда не выглядывал, поэтому ничего сказать не могу. Хануман говорил, что мы живем с видом на Park Hotel и Europavej[1], — возможно, не знаю, я не вылезал на улицу месяцами, и меня это вполне устраивало. Он говорил, что во время своих вылазок в магазин или за кайфом он всегда прогуливается у моря, не гуляет у моря, а выбирает дорогу так, чтобы пройтись возле моря; меня мало интересовало, как и где он прогуливается, я сказал, что верю ему, и попросил мне больше ничего о море не рассказывать.

Я всегда любил замкнутый образ жизни, я не хотел знать, что происходит в мире, это было навязчивой идеей с самого детства: если я не буду знать, что происходит, ничего не произойдет. Мои параноидальные настроения обогащали внутреннюю жизнь, поэтому я всячески старался усилить факторы, которые могли способствовать этим настроениям; склонность к безобидной клептомании скорей

---

[1] Улица Европы (*дат.*), одна из главных улиц Фредериксхавна.

всего была связана с отсутствием в моей жизни приключений и страхом перед авантюрами (я всегда был очень консервативным ребенком и ненавидел перемены: мать жаловалась, что, когда она переставляла предметы во время уборки, меня это приводило в такое бешенство, что я швырял в нее чем попало, и спустя несколько часов после уборки я все еще норовил мстительно ударить ее погремушкой, укусить за руку, дернуть за волосы, — был я тогда всего-то годовалым, потому ничего этого не помню, а жаль), к которым подсознательно тянулся и находил различные способы оказываться в ситуациях, которые влекли за собой неизбежные перемены и передвижения, ставили меня в тупик или превращались в какую-нибудь авантюру. Ибо замкнутый образ жизни вызывает цикличность замкнутых на себе событий, а хуже события ничего в жизни быть не может. Иногда без всякой причины я совершал какой-нибудь дурацкий поступок или подстрекал кого-нибудь, кто мне очень нравился, совершить что-нибудь такое, о чем нельзя было бы впоследствии никому рассказать; я делал это ради общей тайны, — другого способа соединиться с человеком я еще не знал. Соучастники моих бессмысленных преступлений впоследствии ценились мною особенно (от прочих моих знакомых они отличались так же, как демоны отличаются от людей), я вспоминал их, как некоторые вспоминают возлюбленных, и, встречая в городе много лет спустя кого-нибудь из них, выражал неподдельный интерес к изменениям в их жизни, надеясь отыскать какие-нибудь следы воздействия на их судьбу тех вывертов, которые я устраивал ради них в детстве. Но, к сожалению, чаще всего под напором взрослых свидетель или мой сообщник не выдерживал и предавал меня. Предательство я переносил гуще и слаще, чем саму авантюру; интуитивно я искал, чтоб меня предали или оболгали, поэтому, например, ненавидя ходить в гости, я обожал нарушать порядок в чьей-нибудь семье, и, надругавшись над какой-нибудь марципановой жабой выставленной в серванте, или осквернив соплей ножку стула, с нетерпением ждал, когда какая-нибудь пакостная девочка или наблюдательный мальчонка выдаст меня своим родителям.

Заклеенные окна и запрет покидать подполье я воспринимал совершенно нормально. Я всегда считал, что искать чего-то в окружающем мире очень глупо: все уже есть внутри, с самого рождения, нужно только уметь выкачивать из себя нефть и с умом использовать свои внутренние ресурсы, а не хлопать глазами, как туземцы, которым показывают безделушки. Мир набит безделушками, все, что снаружи нас, пришло изнутри, и чаще всего это пришло изнутри отвратительных людей. Надеяться на то, что какая-то прогулка или встреча с кем-нибудь изменит в тебе что-то, считал и считаю наивностью, сентиментальностью, свойственной людям поверхностным, из которых получаются идеальные потребители и ничего больше. Любые внешние воздействия я воспринимаю как вспомогательные инструменты при раскопках моего эго; многое из того, что создал или раздобыл человек, к несчастью, ни на что не годится, потому я придерживаюсь замкнутого образа жизни, — как ничто другое, это способствует погружению в себя. (Если при этом удается себя чем-нибудь подпитывать — литературой, музыкой, наркотиками, разговорами — жизнь взаперти делается похожей на погружение в Мараккотову бездну.)

Хануман переносил конспирацию с большим трудом; он был экстраверт и нуждался в публике, меня одного и тех редких постояльцев нашего подполья ему было недостаточно. Ему нужна была арена, манеж, партер и балкон, софиты, юпитеры, прожекторы, огни, замершие от восторга глаза толпы, мерцающие под куполом знаки зодиака, хвосты сгорающих в небе пернатых драконов, бой тамтамов, завывание флейт, переливы цимбал, бубны, колокольчики, восторженные вопли истекающих истомой женщин, рукоплескание, конфетти, вспышки фотоаппаратов... Как подлинный ценитель музыки, который не может ограничиться прослушиванием любимых исполнителей в наушниках и должен ходить на концерты, чтобы содрогаться во время священнодействия, Хануман болезненно переживал наше вынужденное заточение и совершал вылазки как можно чаще (с видом астронавта перед выходом в открытый космос Хануман смотрел на меня немигающим взглядом и произносил: «Wish me luck, motherfucker!» — «Fuck you, motherfucker», — отвечал я).

Как человек, который привык жить в хижине без стен и с соломенной крышей, его сильно беспокоило то, что он не знает, что творится снаружи: идет ли там дождь или светит солнце. Меня же это приводило в восторг, — особенно если я не знал, который час: ночь или день, — почти невесомость! Хануман время от времени отрывал полоску черной ленты от стекла и выглядывал украдкой, следил за перемещениями светил по небу, машин и людей по нашей улице. Меня это несколько беспокоило, я просил его делать это без меня. Очень скоро он настолько изучил нашу улицу, Park Hotel и Europavej, что мог судить о том, что там происходило, не выглядывая; уловив какой-нибудь ничтожный шумок, он говорил: «В Park Hotel приехали туристы из Норвегии...» Зевнув: «Увозят мусор из Netto[1] на Europavej...» «Ха! Это вернулся докер, который живет напротив. Он пьян, как сапожник. Выронил бутылку пива или разбил морду о свою собственную калитку!»

Я раздражался, но всегда верил ему, — желания проверить его слова у меня не было; про себя я упрямо твердил, что никакого докера там нет, нет супермаркета и отеля, там нет даже улицы и города. Там ничего нет. Совсем!

Хануман знал каждого жителя нашей округи, хотя мало кто из них догадывался о нашем существовании. Мы были призраками, и пушеры, с которыми нам приходилось иметь дело, всегда встречали нас с искренним изумлением: «А вы кто такие?» — спрашивали они.

«Хасиф опять на меня посмотрел, как на призрака отца Гамлета», — говорил Хануман.

«Сабина меня спросила, кто я такой, — смеялся Ханни. — В третий раз! — и передразнивал: — Hvem er du for fanden?»[2]

Хануман следил за всеми с маниакальностью вуайериста; его глаза нуждались в смене объектов, ему было мало видеть меня в одних и тех же стенах. Самые сильные припадки на него находили во время наших амфетаминных заездов и грибных митот. Нам необходимо было топливо, чтобы поддерживать погружение; так как Хаджа сильно противился вылазкам наружу и требовал от нас соблюде-

---

[1] Супермаркет.

[2] А ты кто такой, черт подери? (*дат.*)

ния конспирации, большую часть времени, предчувствуя похмелье, я ломал голову над тем, за чем бы отправить Ханумана в город, чтобы тот сбегал на точку.

Это должно быть что-нибудь необходимое для жизни в подполье, — думал я, почесываясь.

Что-нибудь такое, без чего нельзя жить, чтоб бешеный ритм, который неделя за неделей усиливался, подогреваемый безумием Хотелло, продолжал набирать обороты.

Это должно быть чем-то, — кусал я губу, — что можно купить в супермаркете, но так чтобы сам Хаджа не мог туда отправиться. Потому это должно понадобиться в неурочный час, когда сам Хаджа, разомлев от выпитого и усталости, лежит перед телевизором с сигарой в одной руке и бокалом виски в другой, и ни за что пальцем не пошевелит, не говоря о поездке в супермаркет.

Если нельзя было выбраться в город, или Хануман возвращался пустым с тенью на лице и раздражением в голосе, мы крали у Хотелло виски из его чулана и с остервенением поглощали его, — половину бутылки выпивали почти сразу, как лекарство, понося Хаджу, пушеров и ментов, другую половину растягивали, выкуривая бесчисленное количество папирос и болтая о чем-нибудь нейтральном, стараясь не думать о Хадже и пушерах, чтоб не бередить абстиненцию.

Хануман считал, что все беды, которые обрушивались на его голову на протяжении его двадцатипятилетней жизни, прямо или косвенно были связаны с отцом.

— Мой отец был виноват хотя бы в том, что у него была такая мерзкая дуля и отвисшая нижняя губа. И тело — как у глиста! Все это я получил от него...

Хануман пытался заниматься спортом, чтобы изменить свою фигуру, но ничего не вышло.

— Зачем тренировать тело, если нос и губа от этого не уменьшатся?

Он отращивал длинные волосы, но отец заставлял его стричься. Мой тоже. У нас было много общего, как и у наших отцов. Оба были в партии, оба верили в коммунизм, что он когда-нибудь наступит, что все мы воскреснем и будем стоять бронзовыми статуями по пути в бесконечность убегающей алой дорожки, наши бронзовые лбы будут сиять, человечество будет шагать мимо нас, кричать «ура!» и запускать в небо шарики.

— Хех, Юдж, жизнь — это постоянная борьба с обстоятельствами и неурядицами, борьба за глоток воздуха, передышка и снова борьба за подстилку...

Я тоже считал, что во всем, что со мной случилось, был виноват мой отец.

Как-то мы с ним разобрали стул; отец зажимал плоскогубцами мертвую гайку и, поднатужившись до краски в лице, с кряканьем снимал ее с насиженной бороздки, все остальное делал я. Разобрав стул на части, я долго ждал отца, но он два дня не возвращался, стул пролежал до конца следующего дня, а потом отец вернулся сильно пьяный и злой, увидел мой разобранный стул и с хохотом стал вышвыривать его из окна: кривые ножки, как бумеранги, полетели на дорогу, спинка застряла на ветках, провисела там несколько дней. Эти дни обжигали и давили горло до слез; мне было так стыдно, что я неделю прожил у бабушки, а когда вернулся, в моей комнате меня поджидал другой стул, который с выражением сюрприза в деревянных членах смотрел на меня, подманивал натертой спинкой, смеялся царапиной на лакированном сидении. Был он странной формы. Я таких стульев прежде не видал (и впредь не встречал). Это было уникальное, хитро сбитое устройство для пыток. На нем было жутко неудобно сидеть. Отец принес его из своего кабинета. Он объяснил, что это был стул, на котором допрашивали арестованных. Посидев на нем минут десять, любой начинал нервничать, потеть, елозить, и, наконец, непроизвольно вскакивал, прохаживался, разминая ноги или поглаживая поясницу. Мой дед, который работал в столярке и сам сделал всю ту инфернальную мебель в их квартире на Штромке, из которой происходила моя помешанная матушка, очень заинтересовался феноменом ментовского стула; он рассматривал его, пробовал посидеть, вскакивал: «Ой, как ноють! — жаловался он на ноги. — Ой, а спина-то! Ох ты ж черт, как хитро удумали! Ой черти, а!» Да, сидеть больше получаса на том стуле было невозможно, да наверняка и нельзя. Сперва немели ноги, затем в копчике поселялось странное неудобство, боль ползла выше, как пожар, она жгла поясницу, но самое страшное случалось в спине, тут включалась симфоническая боль! Оркестр! Фейерверк! Из каждого позвонка выстреливали искры, доносились щелчки, спину ломило так, будто кто-то по ней бил молоточками или долбил шилом. «Ни один преступник не продержался на этом стуле больше часа», — сообщил отец с гордостью. Я делал на нем уроки! Часами! Я назло ему сидел на этом стуле и писал мои опусы, я намеренно с него не слезал, будто доказывал ему что-то, часами сидел и писал, писал, стучал на машинке... может, не будь этого стула, я и не писал бы?! Отец поражался моему терпению, изумлялся выдержке, как-то сказал, что такое он видит впервые; чтобы заставить человека страдать, отцу частенько приходилось арестованного привязывать к стулу, чтобы он не мог с него слезть до того, как боль охватила все его тело. От этих откровений мне хотелось раздражать отца еще больше. Я не ходил гулять, каждый день просиживал с невозмутимым видом за своими бумагами; незаметно для себя я стал учиться лучше, учителя поражались: «Иванов, а что это с тобой?!» Я даже на кухню выносил эту каракатицу, волок намеренно небрежно, одной рукой, сонно, тянул стул как животное: он упирался в дверные косяки, царапал стены, обрушивал груды белья, что готовила мать для стирки; я всего этого не замечал, усаживался флегматично перед отцом и ел, как ни в чем ни бывало! Сидел и ел макароны, на этом инквизиторском изобретении! Отец ухмылялся, хрустел куриными хрящами или посвистывал мослами да приговаривал: «Ну-ну, студент...» Отца поражала моя стойкость, он даже приглашал своих сослуживцев, которые не верили ему, когда он рассказывал им о том, что его сын запросто делает уроки на стуле, предназначенном для экзекуций, на том самом пыточном устройстве, которое заставило говорить не одного вора и бандита.

Чаще всего приходил один капитан (мой отец тогда был в чине младшего лейтенанта, — ему не давали старлея за развод и те жалобы, что строчила моя мать на него), с которым мой отец в некотором роде дружил, они ездили на рыбалку, бухали и охотились вместе; сдружились они на выставке творчества МВД, на которую каждый сотрудник мог принести что-нибудь, если занимался творчеством. Отец выставил свои чеканки и изделия из дерева; он водил меня на ту выставку — чего там только не было! Кобура из крокодильей кожи, вязаные тапочки, тюбетейка с вышитым ликом Ильича, вылепленный из пластилина «УАЗик», рации, кастеты, даже самопальный телевизор... Там было много кулинарных изделий, — наверняка жены постарались, — была шинель, утепленная и непробиваемая, непромокаемые сапоги, смешные вещи: спичечный городок, робот из пивных пробок, различные поплавки и снасти. Отдельно были выставлены изделия арестантов, — мой отец на это краем рта заметил: «Сами нихера руками делать не умеют, вот и решили выставить поделки зэков». Отцу не поверили, что чеканки, которые он принес, он сделал сам; он сильно на всех обиделся, как мальчишка, а я про себя злорадствовал. Та выставка разбередила мое воображение, особенно самопальные антенны и телевизор, я тоже долго мечтал сделать такой телевизор, чтоб можно было не только финские каналы ловить, но и скандинавские. На той выставке отец снюхался с капитаном, который рисовал море под Айвазовского и клеил миниатюрные кораблики, запихивая их как-то в бутылочки из-под лимонадов «Келлуке» и «Лумивалгеке»; как выяснилось позже, в душе он был больше поэт, он в огромном количестве писал стихи, и все они были о любви, у него было много женщин, он трижды был женат, он даже выпускал книжки, они назывались «Адель», «Агния», «Амалия» — каждая книга была своеобразным посвящением той или иной сожительнице капитана (как и мой отец, он служил кинологом). Двух я даже видел, он с ними к нам приходил. Одна была очень высокая и худенькая, работала медсестрой и все время расспрашивала меня о том, как мое здоровье, как я себя чувствую, заставила меня смерить температуру, прослушала (видимо, капитан хотел выяснить, не было ли там какого-нибудь трюка, который позволял мне просиживать на стуле так долго), ее звали Галина, но когда он с ней расстался — у него был такой возвышенный лексикон: «расстался», «вознесся», «слились в экстазе», — он выпустил посвященный ей сборник стихов, который почему-то назывался «Эвридика». Капитан этот все время учился, ездил в Тарту, и даже написал монографию о пользе экзекуций в детских домах и вообще при воспитании ребенка (хотя детей у него не было, и занимался он только собаками). «О применении телесных наказаний», так, кажется, она называлась. Мне врезалось в память, что некоторые главы были посвящены истории применения розг в английских школах, особое место было отведено разным писателям и поэтам, на которых наложил отпечаток этот ритуал, — запомнился Суинберн, — великий поэт! Капитан им восхищался и доказывал, что применение телесных наказаний может оказывать весьма благотворное влияние на поэтов и писателей. В основном он подробно расписывал, как правильно пороть — как-никак методическое пособие; психологический аспект был учтен тоже, немного написал о том, какие факторы могли быть оправдывающими применение телесных наказаний, за какие проступки было бы пороть излишне, когда розги или ремень можно только показать, а когда заставить ребенка снять штаны и пригрозить, а в каких случаях следует ударить: как сильно, по какому месту, сколько раз — все было разложено, step by step, основательно! Он ее нам подарил вместе с двумя сборниками стихов: все было старательно завернуто в несколько слоев разноцветной бумаги и прихотливо обвязано блестящими тесемками. Подарок он вручил матери, при нем была его новая спутница жизни, тоже высокая, с большой грудью и длинными распущенными волосами, которые я потом находил всюду, у нее были резкие движения, она даже сбросила со стола что-то, когда рассказывала нам какую-то сцену из фильма, она быстро напилась и полезла сосаться к моему отцу, наверное, перепутав его с капитаном, отец не отказался, ответил с жадностью, яркая помада на его губах была как кровь. Скорей всего, она и завернула подарок капитана. Сам он бы не догадался... Она и представить себе не могла, что там такое... стихи... «Эвридика»... Потом были и другие сборники... и другая сожительница, с которой он поехал с нами на Чудское... да, вспомнил, я видел трех женщин этого капитана, все были высокие, эта была... Ффу! Это был кошмар!

Капитан очень хотел увидеть своими глазами, как я сижу на том злосчастном стуле, он много раз приходил к нам в гости без предупреждения, хотел подловить; каждый раз, когда он являлся, я садился за уроки или писал что-нибудь в тетрадки, как я это часто делал, дабы отгородиться от окружавшего меня бизара. Капитан сидел у нас часа два-три, беседовал с моим отцом или матерью, заглядывал ко мне в комнатку, проверяя, не слез ли я со стула, не притворяюсь ли, но я спокойно мог сидеть на том стуле, я довольно быстро приноровился изгибаться под хитроумное устройство и перестал чувствовать какое бы то ни было неудобство. Наоборот, зная, что я победил и поразил всех этих недоумков со своими пытками и тюрьмами, я торжествовал и с наслаждением просиживал на их стуле, думая про себя: хорошо бы научиться переносить электрошок, можно и на электрическом стуле попробовать! Ведь люди могут приучить себя к мышьяку, если пьют понемногу — по ложечке в день, так и электричество... почему нет? Вот бы достать такой трансформатор, чтоб можно было прибавлять электрический удар по чуть-чуть, я б попробовал...

Это дурацкое упорство стоило мне искривления позвоночника, оно повлекло за собой целую эпопею с походами к врачам, которые заставляли меня делать кремлевскую гимнастику с подвешенными тяжестями (месяцами я должен был ходить со специальными грузами, прикрепленными к моей левой руке, а также я носил корсет, к которому прикреплялись чугунные пластины, и на правой ноге я тоже носил специальный ремешок, к которому прикрепляли грузы, — грузы каждые полгода увеличивались), я должен был несколько раз в день по пять минут висеть на турнике с привязанными грузами к ногам... Но я думаю, что не это мне помогло, от горбатости меня спасла доска, на которой я спал, и все равно искривление позвоночника слишком очевидно, поэтому я не купаюсь и не загораю, стесняюсь обнажаться... и не только поэтому... там много всего. Дурацкий стул сильно изменил мою жизнь в целом, мне пришлось много ездить в Москву к врачам, лечился в санатории в Йошкар-Оле. В конце концов один старый хромой врач в Омске (куда мы заодно к родственникам съездили) сказал, что я должен спать на доске. Я тогда подумал, что он выразился фигурально: мол делу табак — спать на доске, типа капут, ничего уже не поможет, остается спать на доске, мол, уповать на помощь с небес, но отец понял его буквально и принес мне доску, постарался, даже инициалы на ней мои вырезал (что сделало ее похожей на крышку гроба для негодяя: «А.И.» — и всё, большего не достоин), так он заботился о моей спине, так он старался спасти сына от уродства, но спать на ней я не смог; моя тахта была слишком старой и рыхлой, и я скатывался с доски. В конце концов мне пришлось спать на полу (привычка на всю жизнь); я стелил ватное одеяло на пол и спал — только это и помогло.

Я спал на полу, а у нас был жуткий сквозняк, поэтому я постоянно страдал от невралгии. Из-за этого очень рано стал злоупотреблять таблетками — мать давала мне какие-то порошки, от которых проходила стрельба в локтях, и нытье в спине затихало, а когда матери не было дома (она же на трех работах всю жизнь работает, ей некогда!), я сам забирался в аптечку и находил что-нибудь. Потом увлекся травкой и алкоголем — надо было как-то притуплять надоедливую боль в ребрах и шее. В Фредериксхавне тоже сквозило, и невралгия меня жалила нещадно, мне постоянно требовалось что-нибудь... топливо покрепче, чем алкоголь. Грибы, трава, порошки...

Грибы в нашем отеле на меня действовали странно: происходило уплотнение стен и потолка, в животе бурлили огненные черви, они поднимались в солнечное сплетение, а затем горлом шли в голову, ослепляя видениями. На колесах мы метались как сумасшедшие белки — с кухни в бар и из бара в ресторан, из прачечной в комнату, носились как заведенные с тарелками-кастрюлями-подносами или мелькали с метелками по коридорам, раскачивая здание как моховик, который приводил в движение бур, ввинчиваясь в скважину неизвестного, — я забывал о том, что у меня есть тело, я не успевал вспомнить, что у меня есть имя. Травка действовала гораздо мягче, мы плыли в пузыре, наполненном дурманом, улыбались и переговаривались шепотом (особенно шепот способствовал ощущению невесомости и исчезновению связи с внешним миром).

Мое желание оставаться внутри ничуть не противоречило безумной жажде Ханумана выйти наружу, и когда хозяин соглашался со мной, отправлял Ханни за моющими средствами или тряпочками, свечками для столиков или лампочками, я доставал из ящика спрятанные вещи, за которыми был он отправлен, в то время как Хануман шел на точку и приобретал на выданные ему деньги какие-нибудь вещества.

— Заодно и проветрился, — говорил Ханни по возвращении. — Представляешь, в порт пришел какой-то корабль!.. На улицах толпы узкоглазых...

Я шикал на него, требовал, чтоб он ничего не рассказывал о том, что там происходит снаружи, я знать не хотел ничего ни о кораблях, ни о людях. Ничего этого не существовало. И не могло существовать!

Если Ханни приходил пустым, я сильно раздражался — любой перерыв в магических практиках я воспринимал как потерю достигнутой глубины, сутки без подпитки — это был практически подъем на поверхность и полная разгерметизация. Убитое время и обострение невралгии! Сквозные боли доводили меня до исступления, я превращался в один большой зуб, который пытаются подковырнуть распатором.

— Ну вот, — ворчал я, — придется начинать все сначала!

— Да подумаешь, Юдж, я завтра сбегаю!

Я не объяснял ему ничего; я злился на пушеров, на него, на Хаджу... хотя на Хаджу грех было злиться, он был законченный параноик: как сумасшедший изобретатель следит за своим вечным двигателем, который может существовать только в вакууме, Хаджа делал все, чтобы наше подпольное предприятие функционировало в максимальном отрыве от внешнего мира. Тем не менее я злился и на него, и на его повара, который улыбался мне приветливей, чем все самые обаятельные люди, вместе взятые, которых я встретил за всю мою дурацкую жизнь, злился на постояльцев и посетителей, которые ни в чем не были виноваты.

Только к утру, когда Хануман заваривал кофе и скручивал сигарету, я начинал понимать, что это было просто наваждение, вызванное зависимостью, — незачем было злиться, ведь никто на самом деле не виноват в том, что мне, как вампиру, необходимо прятаться не только от света, но и звуков, и запахов, которые сообщают о том, что за стенами нашего подполья есть другая жизнь.

3

Frederik Hotel находился на краю земли, дальше было море, которого мы не могли видеть; но даже такое датское захолустье было лучше, чем Таллин, не потому что Таллин невесть какое захолустье, вовсе не поэтому, уверен, что Таллин для кого-то станет такой же отдушиной, как Фредериксхавн для меня. В те годы я считал, что любая глушь — лучше, чем дом, в котором я жил. Кресло, которое простояло в моей комнате двадцать лет; стол, за которым я делал уроки десять лет; кровать, на которой я спал пятнадцать лет; шкаф с облупившимся лаком, на который я смотрел двадцать лет, пишущая машинка и горы бумаг, которые выползали из моего чрева как нить из жвал паука! Кресло, стол, стул, шкаф, пауки, печь, трухлявая стена, дырявый балкон, проржавевшие водосточные трубы, дюралевая крыша, от которой лопалась голова в дождь, раскалывалась от жары в летние дни, вонючий подвал, набитый банками с вареньем, грибами, капустой, прачечная... бельевые веревки, кривые яблони... гнилые сараюшки... Но самое главное: стол, стул, кресло-раскладушка — их я так и не смог выкинуть на помойку; я предпочел бежать сам. Вот в чем дело: я мог бы вынести на помойку рухлядь и что-то сделать в квартире, но я выкинул на помойку себя самого. Сжечь рукопись хватило духу, но сделать ремонт не смог, я посчитал бессмысленным что-либо менять в квартире. Какая разница! Что изменится в подвале, если я переклею обои? В подвале все равно в банках будут появляться дохлые крысы, которых погубило любопытство, а на чердаке так и будут бродить тени повесившихся, а на стене рано или поздно выступит все тот же знакомый узор сырости! Даже если все это устранить, то мои мысли и сны со стен не соскрести, нет такой кислоты, чтобы вытравить мои убогие фантазии из штукатурки, и нет таких щеток, которыми можно было бы отчистить пол от моей спермы. Люди, которые теперь живут в этой квартире — как им там? Не тошно? Уверен, что их преследуют те же навязчивые стоны и запахи, что сводили меня там с ума. Именно поэтому я бежал...[1]

Нет, немножко не так.

Сам я бежать не мог; принять по-человечески решение, спланировать все как следует, продумать — все это мне было не под силу; не потому что это так уж трудно, а потому что тривиально; я должен был изобрести некий выверт в себе самом, чтобы он повлек за собой такие последствия, от которых неминуемо надо было бы бежать, я должен был всех разыграть, поставить себя и других под

---

[1] Парадокс: мне казалось, что с раннего детства я искал пути меньшего сопротивления (зачем усложнять себе жизнь?), а в результате оказывался перед непроходимыми препятствиями (вместо того, чтобы добросовестно выучить эстонский, сдать экзамены, получить гражданство, устроиться на работу, я учу французский, занимаюсь Джойсом, пишу роман-монстр, который потом сжигаю). Я думал, что убегаю от проблем, но мне все говорят, что я, наоборот, создаю себе их! Я думал, что в этом заключается противоречие моей натуры, но на самом деле тут нет никакого противоречия, нет парадокса. Я и правда нагромождаю перед собой сложные задачи, создаю себе неприятности, и делаю это затем, чтобы не принимать то, что приносит океан повседневности, я ухожу от реальности в мною созданный лабиринт, и Дания — самый большой лабиринт из тех, что мне удавалось создать, пока что... посмотрим... и карлики начинают с малого!

удар, вызвать заклинанием из потустороннего мира джиннов с пистолетами и удавками, оскорбить всех неординарными действиями, привести в движение механизм, который подействовал на обстоятельства таким загадочным образом, что я вынужден был сматываться, впопыхах, умирая от стыда и страха (втайне я, конечно, торжествовал: наконец-то в моей тупой жизни что-то произошло на самом деле).

Frederik Hotel стал моей добровольной темницей; свежевыкрашенный, он выделялся в ряду домов, немного выступал вперед, как зубной протез у моего отца, который тоже был светлее прочих зубов. Я там жил как паразит и был счастлив, воображая, что своими мелкими преступлениями, нарушая правила и гигиену, я, как средневековый червь, расшатываю этот зуб (отца мне было уже не достать, — хотя бы так ему насолить!). Моим единственным сокамерником я считал Ханумана (все остальные не в счет, они были демонами, призраками, виртуальными вертухаями).

Наше пристанище было чем-то похоже на контору, в которой моя мать убирала по вечерам; забрав меня из садика, она вела меня на станцию Лиллекюла. Там мы стояли под сиренью у разбитой урны или пережидали дождь в заплеванной станционной будке. Мы садились на электричку и ехали на Балтийский вокзал, оттуда мы топали в сторону Вышгорода, шли мимо пруда, здоровенного куста на пригорке (за ним всегда кто-нибудь смеялся), поднимались по длинной лестнице с огромными ступенями (красные перила, обшарпанные, как зарубцевавшиеся ожоги), кривые фонари, через один битые. Подъем был долгим; мы останавливались передохнуть возле старинной железной калитки, и снова шли — сквозь мрачные арки, дворы, мимо намертво заколоченных окон, деревянной лестницы, на которой сидел, подобрав колени, какой-то старик, смотрел насупившись, почти как кот. В одном дворе рос большой старый дуб, на нем было мало листьев, зато всегда сидели вороны, целый консилиум, их карканье, размеренное и поочередное, я слышал из конторы, когда садился у зарешеченного «солнышком» окна и слушал: громко разом проголосовав, воронья стая срывалась с ветвей. По двору метались их тени.

Бухгалтерская контора врастала в тело старого трухлявого здания, и новые рамы, новенькая дверь, покрашенные стены смотрелись, как гриб на коре старого дерева. Как и наш Frederik Hotel, контора была двухэтажной. Длинный коридор, большой зал с гардеробщицей и пустой гардеробной, эхо, подсобка, туалет, кабинеты. Мать получала ключи, переодевалась в противный халат и мы с ней шли убирать. Мы никогда не поднимались на второй этаж, туда вход был запрещен, и кажется, на втором этаже ничего вообще не было. В кабинетах я собирал из мусорных корзин конверты, вырезал ножницами уголки с маркой, клал их в пакетик, чтобы дома оттопить марку; заглядывал в ящики столов, катался в кожаном кресле директора, заглядывал в его бар, рассматривал бутылки, крал ручки, скрепки, сигареты, мелочь (никогда не брал со стола, а только с пола). После какого-нибудь праздника на столах попадались тарелки с остатками пирожных, которые я подъедал; в кофеварке бывало кофе: запах кофе пьянил, это был кислый запах холодного кофе, мать разрешала мне выливать его в унитаз, я это делал с ритуальной важностью, размеренно шел по коридору, неся кофеварку на вытянутых руках, губами играл туш, отдавал пионерский салют унитазу и, склонившись над ним, выливал кофе, в конце тяжело выпадала гуща, плюхалась как говно — самый важный момент во всей процедуре... я почему-то думал, что делаю что-то нехорошее, и радовался. Мама ходила по кабинетам с таким видом, словно там работали какие-то большие начальники, и даже не просто начальники, а люди высшей категории, сверхсущества, которых надо бояться, которым надо поклоняться. Отец только однажды с нами сходил; он починил какую-то швабру. Как и я, он считал, что мать просто дурью мается, что все ее подработки, ночные дежурства в больницах, мытье электричек и мелькание в школах в халате технички — чушь. Так оно и было, но мать этим всем занималась затем, чтобы видеть его как можно реже.

В конторе мне всегда казалось, что за нами наблюдают. Там все было так устроено, что ощущение присутствия незримого ока не покидало меня и после возвращения домой. Я до сих пор не растопил в себе навязчивую уверенность в том, что где-то есть кто-то, кто видел и помнит, как я крал мелочь, подъедал пирожные, выливал кофе, он сидит в кабинете, в кожаном кресле, курит бесконечную сигарету и улыбается. Именно так мне и представляется смерть: она поджидает меня в каком-то кабинете, улыбаясь.

Я долго кружил в поисках Frederik Hotel. Здание выглядело мертвым. Я не сразу понял, что это и был тот самый отель, о котором мне говорил Хаджа по телефону. Не верилось как-то... Чуть позже я привык, и все равно, иной раз выходя на улицу, оглядываясь на наше убежище, я думал, что отель в этом здании образовался случайно, почти как паутина или заболевание, — наверняка этот дом в прежней жизни был чем-то вроде мелкого предприятия, которое однажды разорилось, и вот теперь он забредил, и в бреду снится ему, что стал он гостиницей.

Погасшая вывеска, грязные стекла. Если б не выносная таблица с ценами, написанными мелом, у дверей... Там я впервые увидел Ханумана.

Он курил, сплевывая на асфальт после каждой затяжки, поглядывал на мобильник и, судя по всему, никуда не торопился. Я даже принял его за посетителя; он мне показался подозрительным и неопрятным; сначала я решил подождать, прошелся по другой стороне улицы, присматриваясь к зданию, проверил, та ли это была улица, сверился с нумирацией домов — все было точно, и все-таки, не подождать ли мне на углу?.. да, лучше подождать... пока этот черный тип с сигаретой не уберется... Понаблюдав так за ним минуты две, пришел к выводу, что он там свой, он вроде как «на работе», подошел к нему и спросил по-английски, могу ли я здесь найти господина Хаджу?

— Хе! — отвратительно усмехнулся тип, скаля на меня свои огромные зубы, и, глядя на меня сверху вниз, привставая на носки и опускаясь на пятки, добавил: — Не сегодня. — Говорил он надменно, как сутенер. — Зато Ханумана ты уже нашел. — Протянул мне свою длинную вялую руку, добавив многозначительно, что он *всё знает*, — подмигнул: — Хаджа попросил меня встретить тебя, показать место, объяснить что к чему...

Хануман дал мне сигарету, сказал, что я мог звать его Ханни, спросил, как проще было бы меня звать, я сказал, что, возможно, Юджин было бы проще, — он снова усмехнулся, сказал:

— Alrighty, Euge sounds cool to me. Let's go I show you around, Eugene![1] — Он хлопнул меня по спине, огонек моей сигареты очертил дугу, и мы вошли в мотель.

Послушного как сомнамбула, он вел меня коридорами, шел индус легко, беззаботно, размахивая руками и пританцовывая; пока мы шли, он посмеялся над каждой фигулиной, что подворачивалась ему под руку, он щелкнул по носу гномика, болтавшегося на нитке у какой-то двери, стукнул по медному звоночку на барной стойке, сказал о себе в третьем лице:

— Hanuman is fucking bored and tired, me![2] — Схватил пластмассовую коробку с красным крестом и, потешно кривляясь, воскликнул: — А сюда прошу кидайте вашу мелочь! Деньги пойдут на беженцев!!! Хэх, Юдж, если б ты знал, сколько лицемерия я тут насмотрелся за три месяца!

С первой же минуты он говорил со мной так, словно знал меня вечность. Эта развязная американская манера меня очаровала. Несколько раз он погрозил мне пальцем и сказал, что я — конченый человек.

— Юдж, ты — конченый ублюдок! Ты этого еще не понимаешь, но я должен сразу тебя предупредить, потому что ты мне чертовски нравишься и мне тебя немного

---

[1] Порядочек, Юдж — по мне, так звучит круто. Пойдем, я покажу тебе все, Юджин! (англ.)

[2] Хануману все осточертело от скуки, я устал! (англ.)

жаль! Ты попал в клоповник, и все, что от тебя теперь требуется, это работать не покладая рук, кормить клопов и дышать пылью!..

Я был сильно смущен этой эскападой; выкатил на него глаза, открыл рот; он не дал мне слова сказать.

— Да, черт возьми, потому что здесь все пропиталось пылью! — Хануман шлепнул чучело какого-то животного, выбил из него облачко пыли. — Вот видишь, мэн! Я ж тебе говорил! Пыль и сон! Мертвый сон! Готовься к спячке! Ты будешь работать, как рурский робот, и спать, работа и сон — это все, что от тебя требуется в этом заведении! Хэх! — Пнул дверь и сказал: — Тут нечто вроде туалета. — Повел дальше. — Тут вроде как кухня, — ткнул fuck'овым пальцем в коридор. — А там подвал, — плюнул в темноту. — Здесь живет придурок-кок... За этой дверью турки, но они так запуганы, что даже пожирают свои испражнения, чтоб не выходить в туалет! Там выход во двор, где ржавеют старые машины... Их чинит серб, годами, годами... А тут чулан, — подмигнул, — в котором хранятся контрабандные напитки. Я как раз собирался умыкнуть бутылочку, чтобы распить с тобой за знакомство. Мы ведь будем жить в одной комнатке! Ты не знал? Хэхахо! Ему ничего еще не объяснили! Ну ты, надеюсь, не против? Потому что если ты будешь жить со мной в одной комнатке, то нос в табаке будет каждый вечер!

Мое сердце взыграло от предвкушения. Хануман открыл чулан, мы взяли из картонной коробки бутылку виски, засели в нашей комнатке. Там было слишком тесно и душно, но после первого глотка виски я не обращал внимания на пыль, которая плавала в воздухе, и страшный беспорядок, посреди которого жил Хануман, мне казался артистическим хаосом в будуаре знаменитого актера. Там было действительно как в гримерке. Старый трельяж, с надтреснутым зеркалом в одной створке, и множество предметов личной гигиены: помадки, расчески, пудра, парик, странного вида горшочек, бонг из бутылки кока-колы и шкатулка, из которой он достал табак, бумажки, палисандровый мундштук и тонкий металлический шомпол. Хануман сидел на пуфе у трельяжа, показывая мне голую ногу сквозь раздвинувшийся халат, и улыбался высокомерной улыбкой сытого удава; он мне казался отдыхающим после спектакля актером. На руках его были браслеты, часы, на шее висели цепочки и амулеты. Хануман прихлебывал виски и крутил самокрутки над куском газеты, каждую готовую он легонько облизывал, затем одну самокрутку он выдал мне, а другую вставил в мундштук, который перед каждой самокруткой он стремительно чистил мохнатым одноразовым шомполом; он томно закурил и, глядя на меня, как на полного идиота, заговорил...

В ту ночь он сказал все самое главное, что определило наши дальнейшие искания и скитания, внутренние отношения, а также взаимодействие с миром, который простирался за плотно задраенным окном, и в дальнейшем, если у меня возникали какие-либо противоречивые мысли или вопросы, он не раз говорил: «Я же тебе сразу сказал при нашей первой встрече!..»

Но я почти ничего не помню из сказанного им в ту ночь, я был слишком утомлен путешествием и переполнен впечатлениями.

У Ханумана было много разноцветных рубашек, по полу полз размотавшийся тюрбан, целая папка фотографий, цветных и черно-белых. В основном он любил фотографировать калек, а еще больше он любил фотографировать их протезы. У него таких фотографий было больше всего: протезы, палки, каталки, подстилки, на которых калеки лежали, простыни и кровати с очерком тела и сырым пятном. Он ходил по дворам больших городов Индии, находил места, где имели обыкновение коллективно испражняться бедняки, и фотографировал загаженные дворики. Он заходил в ночлежки и рисовал уродливых шлюх, безногих или с деформированными сосками, превратившимися в одну большую экзему. Местами на стенах висели вырезанные из газет интервью с актерами (они были порезаны на мелкие кусочки, было много вырезанных отдельно слов, букв, некоторые фотографии были порезаны на куски, выглядело это как огромный коллаж). Хануман его использовал для гадания; немедленно продемонстрировал: набросал порезанные слова в прозрачный кубок, накрыл его, поставил кубок на глиняный горшок с отверстием внутри, засунул туда чайную свечку, поджег ее, и мы стали ждать —

...минуты три спустя в кубке началось какое-то легкое оживление, бумажные вырезки начали трепетать, шевелиться, как шевелится тля; буквы словно пробуждались ото сна; клочки бумаг привставали и опадали. Вокруг себя я тоже ощутил некое движение, посмотрел на Ханумана, он приставил палец к губам и глазами дал понять, что все идет нормально, волосы его легко трепетали, — в комнате появился сквозняк, и он был как-то связан с горением свечки в горшочке под кубком. На уши легла давящая тишина, внутри которой возилось жужжание. Жужжание нарастало с каждой минутой. Вскоре оно перешло в гул. Неожиданно мелко нарезанные литеры стали взлетать, как мотыльки, они подлетали и липли к стенкам сосуда, складываясь в слова: кубок говорил с нами! Хануман распахнул тетрадь, он внимательно записывал то, что складывалось из нарезанных букв. Так длилось минут двадцать, затем он погасил свечку. Разобрал нехитрую конструкцию, закурил сигару и долго толковал записанное. Он утверждал, что взял сто интервью у самых разных звезд, а таким образом — при помощи горшочка и нарезанных букв — ему удалось пообщаться со многими умершими знаменитостями; он очень важно заявил, что, так как не видит разницы между живыми и мертвыми, намеревается опубликовать интервью еще живых звезд и эти откровения из горшочка одной большой книгой в британском издательстве Pandora Press Publishers, только нужны были деньги, три тысячи фунтов, но за этим дело не станет... Я выразил уверенность, что три тысячи фунтов достать было бы проще простого, сущие пустяки.

— Тем более в Дании, где фунт не такой дорогой, — добавил я и признался, что сочиняю немного, сказал, что именно сочинительство и толкнуло меня в путь.

Отчасти так и было... Я не знал, о чем писать, я написал все, что мог: инструкции по выживанию моей матери, которые я копил с детства: «Не есть хлеб!» — это была ее наипервейшая заповедь, — она не ела хлеб потому, что в ее семье был культ хлеба, и она с детства его ненавидела, старалась выплевывать или выкидывать, — отвращение к хлебу в ней зародилось вместе с отвращением к родителям (иногда она про них говорила так, словно они были вылеплены из хлеба, и я думаю, что моя мать так и считала: она верила — возможно, не только в раннем детстве, но и гораздо позже, что ее родители были сделаны из хлеба, или каким-то образом произошли от него); когда родился я, она мне все время шептала, чтоб в гостях у бабушки и дедушки хлеб я не ел. Она верила, что в хлеб что-то добавляют, от чего люди становятся подверженными алкоголизму. Однажды — уже после независимости Эстонии — она пришла домой с работы в глубоком расстройстве, еле держалась на ногах, под ее глазами были круги, щеки ввалились, не снимая обуви и одежды, она села на кухне, уронила на руки голову и заплакала; плакала она очень долго и очень горестно, не навзрыд, а потихоньку, как плачут от усталости или отчаяния, так, словно какие-то надежды, какие человек питал много лет, не оправдались; когда пришла в себя, я спросил ее, что случилась, и она мне призналась, что, когда Эстония отсоединилась от СССР, она поверила, что теперь в хлеб ничего такого, что делает человека подконтрольным, добавлять не будут, она поверила, что снова сможет покупать хлеб, булку, кондитерские изделия и есть их сможет, как все, со счастливой улыбкой на лице... «Может быть, даже сходила бы в кафе», — добавила она и усмехнулась, в это я точно не поверил: она — в кафе, — да никогда в жизни! Так и так она не пошла бы в кафе, потому что сегодня в автобусе она увидела, как маленькая девочка — не больше трех лет — тянула к матери ручки, требовала, чтоб та дала ей булки, мать отламывала от буханки куски и скармливала девочке булку, лицо у маленькой девочки было сильно перекошено, оно было ненормально искажено, девочка не по-детски жадно съедала булку и вновь тянула руки к матери, тянула скрюченные пальцы и кричала: «Emme! Anna! Emme! Anna!»[1]

— На это было страшно смотреть! Это был не ребенок, а чайка какая-то! Такая же, каких мы кормили с тобой у пруда Шнелли. Ну и как тут не поверишь, что в хлеб что-то добавляют?! — воскликнула мать. — Это же очевидно! У ребенка самая настоящая зависимость! Она, как наркоман, требовала у матери булку!

Хануман слушал меня с полуприкрытыми глазами и стаканом виски в одной руке и курящейся самокруткой в другой, он равномерно покачивался и, кажется, что-то напевал.

Я сделал большой глоток из моего стакана и продолжал...

Мой роман был чем-то вроде нежнейшей живой саморазвивающейся ткани, в которую я вплетал разноцветные нити моих сновидений; роман жил во мне, как параллельно проживающее существо, которое я обязан был подкармливать, в качестве пищи годилось все: эпизоды из жизни нашей жалкой семьи, а также истории сторожей, с которыми я охранял «Реставрацию», я даже перепечатал отчеты из журналов дежурств, украденных мною из сторожки после того, как меня оттуда уволили, все инциденты, записанные крючковатыми ревматическими пальцами полуграмотных стариков (многих из них к тому

---

[1] «Мама! Дай! Мама! Дай!» (эст.)

моменту не было в живых), я скормил монстру, которого вызвал к жизни в своем сознании; мой роман был чудовищной хроникой жизни неприметных людей: уборщиц, дворников, рыночных торговок, хануриков, с которыми я курил на точке возле желтой машины, пьяниц, бомжей, воров — они липли ко мне на улице, их тянуло поговорить с зевакой, слонявшимся, засунув руки в карманы, по улицам без дела, они и представить себе не могли, каким делом я был занят, посреди какого кошмара я существовал, в какую прожорливую глотку уходили ими рассказанные истории; любая случайная встреча с каким-нибудь бродягой в электричке превращалась в непреодолимую задачу, в гору информации, которую я должен был превратить в съедобное сырье, чтобы насытить монстра; разговоры с бабушкой или дедушкой я частенько записывал на диктофон, а потом, многократно прослушав, перепечатывал, редактировал, видоизменял, превращая в поэму, которую сопровождал подробнейшим анализом и развернутыми комментариями. Но этого было мало... Чудовище требовало больше жизни, больше свидетельств существования прежнего мира! Я собирал на чердаках открытки и старые фотоальбомы, выменивал у старух фотокарточки, забирался в подвалы и квартиры, совершал преступления, крал всякие безделушки, старые марки, значки, зубные щетки, колокольчики, отвинчивал в старых домах древние краны и ручки, и все это тщательным образом описывал... все это входило в мой роман, который я никак не мог закончить. Дошел до такого отчаяния, что однажды, когда змей уснул от избытка мною выкуренной марихуаны, я ушел на побережье и сжег рукопись.

— И после некоторых сложных оборотов в пространстве я оказался тут. Et voilà mon histoire![1]

— Я понял, Юдж, — сказал неожиданно Хануман (он будто очнулся от транса). — Тебя сюда привела страсть! Тебя сюда привела схватка с Драконом! Это была битва за Свободу!

Мы покурили немного травки, что оставалась в моем кармане, я рассказал о своих приключениях в Копенгагене. И в конце концов я согласился:

— Да, — сказал я, — страсть, верно, одержимость, битва, да. Видишь ли, я считаю, что в литературе самое прекрасное — это наводить тень на плетень, а все остальное не имеет значения... но это чудовище... оно требовало другого... оно...

Хануман перебил меня, сказал, что прекрасно меня понимает, еще бы, у него есть тысяча историй, подобных моим, и что все это несомненно должно войти в одну общую книгу, он тут же предложил начинать копить на ее издание.

— Юдж, нет смысла медлить! Решайся! Надо сразу себе сказать: либо ты этим занимаешься всерьез и прямо сейчас, либо никогда ничего не получится, потому что, если откладывать и жевать сопли, не выйдет ни хера, а если и выйдет что, так будет это дерьмо! Настоящее дерьмо! Так что давай, думай, решайся! — И добавил задумчиво: — Кажется, светает.

Уже тогда он развил в себе эту невероятную способность ощущать время, меня это постоянно выбивало из

---

[1] Вот и вся моя история! (фр.)

колеи. Только я провалюсь в безвременье, как он сообщает: Рассвет! Ночь! Полдень. Пора обедать. Ну, что, Юдж, пора идти за кайфом... за бутылкой в чулан... спускаться в ресторан обслужить идиотов... и т. д. Он не давал мне забыться. Хаджа тоже находил нам работу, — казалось, он мог превратить в работу что угодно. Он умел заставлять человека не просто дышать, а дышать-работать:

— Есть много способов дыхания, — говорил он, — все мы дышим неправильно, нужно дышать вот так... — И начинал показывать, надувая щеки и выпучивая глаза. — Дыши! — говорил он, и ты начинал работать. Меня это бесило, я жаловался Хануману, он тоже бесился, затем успокаивался и говорил:

— Все изобретения человека связаны с работой. Глупо на него раздражаться, его уже пожрала гангрена Вавилона. Он — раб, потому что он считает своим долгом нас заставлять работать, — это его работа: нас заставлять. Так что расслабься, Юдж, — Хануман хлопал меня по плечу. — Ты не умеешь расслабляться. Ты настоящий рурский робот, поэтому ты здесь. Ты должен научиться неработать, пойми! Ты постоянно работаешь. Ты даже кайфуешь так, словно выполняешь физическое упражнение. Надо принимать наркотики как естественные продукты, как пищу, не придавая им какого-то ритуального значения. В этом и есть суть умения расслабляться.

Этому он научился в Германии. Он жил в какой-то немецкой коммуне, где все принимали наркотики, как слабительное, непринужденно.

Мой отец прекрасно рисовал, но был жутким дисграфиком, и всю жизнь мучился из-за этого, — в нашей семье даже был миф о том, что он при оформлении какого-то отчета в школе милиции в слове «шофер» допустил три ошибки, поэтому он старался работать по большей части с собаками, а когда ему дали капитана и назначили работать следователем, он принес пишущую машинку домой и заставлял меня печатать под диктовку свои рапорты, но это продлилось недолго, каких-нибудь два года.

Почему-то он считал, что все болезни (дисграфия в том числе), которыми он страдал с детства, возникли по причине того, что бабушка в период оккупации пропиталась к немцам противоестественной симпатией. Дедушка говорил, что это было потому, что родители ее держали в подвале (так она, во всяком случае, ему рассказывала), и просили ее не высовывать носа, ее отец даже закрасил окна, но она процарапала немного краску и наблюдала за тем, как немецкие солдаты умываются, чистят зубы с порошком, но больше всего ее поразило то, что они мыли уши с мылом, — это приводило ее в восторг. Она страстно наблюдала за тем, как немцы мыли мотоциклы, машины, танки, чинили их, гладили свою форму, натирали до блеска бляхи, каски, штык-ножи и кокарды... Так как ничего другого из своего окошечка она видеть не могла, то уверовала в то, что ничем другим немецкие солдаты не занимались. Чистоплотность немецких солдат ее заворожила, и когда позже она сталкивалась с советскими солдатами, возвращавшимися с победой домой, она в первую очередь отмечала, что все они сильно пахли потом, были кое-как одеты, выглядели ужасно и т. д. Видимо, поэтому с раннего детства бабушка заставляла моего отца чистить зубы и мыть уши с мылом несколько раз на дню! Она считала, что он недостаточно усердно все это делает, выглядит неряшливо и ведет себя глупо, поэтому снова и снова учила его чистить зубы, уши, умываться и гладить одежду; она думала, что так перевоспитает его, и он вырастет высоким и, может быть, даже станет блондином. Никаких волшебных превращений с ним, конечно, не случилось, у него только кровоточили десны и болели уши. Он сильно страдал от ее наставлений и — даже рукоприкладства: по-другому прививать культуру не удавалось; отец убегал из дома, неделями пропадал в лесах, жил в землянке и вел подробный дневник наблюдений, который даже озаглавил «Записки из катакомб». Когда бабушка впервые увидела его «Записки», она не поверила, что это он сам написал, она решила, что он ее разыгрывает, украл где-то тетрадки и присвоил чужие записи, — она его сильно отругала, а он огорчился, и с тех пор у него, как он считал, и случилась дисграфия. Да и сильные головные боли от жизни в землянках.

Бабушка преклонялась перед немецкой культурой, и, несмотря на победу в великой войне, она признавала за немцами превосходство и говорила, что точно так же, как эскимосы и чукчи отстают в развитии от русских, русские отстают от европейцев, должны дружить с ними, учиться у них, как жить. Мой отец только плевался — особенно ему пришлось пострадать от всего этого, когда он переселился жить к ней; он часто приезжал к нам пьяный и жаловался, что ее восхищение европейской культурой, и немцами в частности, переросло в настоящую манию, жить с ней невозможно. Напившись как-то в 1993 году до полубессознательного состояния, он сидел на нашей кухне и пел мне мантру: «Сынок, этой весной умрут две женщины: твоя мать и моя мать, и мы с тобой заживем, заживем свободно и привольно, будем совершенно свободны... Только умрут они, эти две женщины, и мир станет прекрасен, и мы заживем, вздохнем наконец-то полной грудью, сынок...»

Если раньше вещественными аргументами, которые всегда были у бабушки под рукой, служили зажигалка «Зиппо» (сколько бы дядя Родион ее ни переубеждал, она считала ее немецкой) и швейная машинка «Зингер», то в девяностые она каждую иностранную штуковину, которыми наводнили нашу жизнь челноки, называла немецкой, и каждая такая штучка была укором моему отцу, которого она почему-то называла олухом, она говорила так: «Ты — типичный русский дурак, который только в навозе умеет возиться! Сел бы да и поехал в Германию, привез чего... Как умные люди делают! Самые умные люди те, кто челноками в Германию ездят... Чего ты тут копаешься? Что ты на этой свалке ищешь? Поезжай в Германию! Поищи там! Вот где надо искать!» Немцев она к концу жизни просто боготворила; после смерти отца, когда она была почти совершенно слепой, мы с матерью навещали ее в пансионате, где она тяжело страдала от опухоли, она была в постоянном бреду, ни слова не говорила, незадолго до смерти она все-таки на несколько мгновений пришла в себя и сказала: «Я вам лекарства припасла... Немецкие!» — и умерла.

* * *

Frederik Hotel. Первый этаж: бар и ресторан. За стойкой бара почти никогда никто не видел человека, мелькал какой-то чумазик, нырял и редко выныривал. Вендорный аппарат с двумя-тремя «марсами», машина с кока-колой и пепси. Фронт-деск под ирландское дерево с медным звоночком, шариковой ручкой на привязи, распахнутой тетрадью и выцветшими открытками с русалочкой и замком Эльсинор, за ней — ячейки комнат: восемь из шестнадцати дразнились язычками медных ярлычков тяжелых старомодных ключей (из восьми три были задраены под ремонт). Дальше пыльными портьерами, как театр, возникал ресторан — кусок сумрака, в котором играла музыка, пьяная, недожеванная, располагающая танцующих к обоюдной неряшливости. Ресторан, не успев начаться похрустыванием танцевальной площадки, легко заканчивался каминным зальцем со шкурой линялого зверя, кальяном на столике, мертвым очагом, с призраком в зачехленном кресле и двумя рядами столиков, покрытых блеклыми скатертями. Скатерти были особенные, плотные, многолетние. Их ничто не брало. Если их прожигали сигаретой, их все равно не убирали со столов. Никогда не стирали; разве что перестилали. Мне они всегда напоминали подстилки, какие встречались в больницах и пансионатах. Жизнестойкости этих клеенчатых скользких подстилок способствовало освещение. Оно было устроено таким образом, что рассмотреть пятно, а пятен хватало, можно было только сидя за столиками, которые были ближе к центру, где проходил ряд неярких ламп. Абажуры душили свет толстой материей, сквозь которую прорывались уродливые проволочные каркасы. Все было ветхим, казалось, ресторан давно закрылся, вот-вот появятся люди в синих комбинезонах, без особого уважения они вынесут всю эту бутафорию: столы, стулья, снимут шкуру зверя со стены, погасят тусклый свет, последний рабочий пройдет с кальяном, в шутку делая вид, будто тянет дымок, и — поглощенное мраком — заведение уедет в фургоне грузоперевозки Danske Fragtmænd или VVC.

Туалет был общий на весь второй этаж, темный, тесный, холодный, в нем было много всякого хламу... Находился он в хитром закутке, под лестницей, что вела на чердак. На чердаке мы с Хануманом просиживали ночи напролет, пили контрабандные напитки, которые регулярно крали из чулана. Чулан был в подвальном помещении. Поэтому красться из чулана на самый верх с бутылкой и сигарами было целым приключением. Дверей было много, — никогда не знаешь, кто может вынырнуть навстречу. Там же, в подвале, был небольшой зал с двумя картонными в натуральный рост актерами из фильма *Men in Black*. В центре зала под низкой лампой стоял бильярдный стол со случайным созвездием из нескольких шаров игранной в незапамятные времена партии.

Второй этаж: меловая пыль и соблюдение тишины. Пыль плавала в воздухе, от этого возникала видимость постоянного ремонта. Пыль не убирали никогда, с нею вообще никак не боролись, чтобы иллюзия, будто идут работы, сохранялась постоянно.

Пыль, шепот и хождение на цыпочках (не дай бог постояльцы на первом этаже услышат, что на втором кто-то ходит!), напряженное гримасничание и жестикуляция.

Все это превращало нас в параноиков, до смерти запуганных своим *особым положением*, о котором Хаджа постоянно напоминал нам. Вылавливал нас по одиночке и настойчиво напоминал о значимости нашего дела.

— Дело всей жизни, — говорил Хаджа. — На карту поставлены судьбы! От нашего успеха зависит успех прочих, поколений и поколений эмигрантов... — И так далее...

Он убеждал нас, что мы должны строго соблюдать конспирацию:

— Даже друг другу свои подлинные имена не говорите! Держите их в тайне! Даже от меня!!! Не дай бог что, за себя не ручаюсь. И помните: никто за себя ручаться не может. Никому ни слова, ни полслова, ни намека, ни-ни!

Иной раз с этим бредом он вторгался в сон (в образе контролера с шахтерским фонариком на кепи). Главной своей прерогативой он считал осуществление *коммуникативных операций* с клиентами, что придавало правдоподобие *антуражу* и создавало защитный слой, т.е. *камуфляж*. Это его собственные слова: «коммуникативные операции», «антураж», «камуфляж». Он любил напустить на себя солидности усложненной формулировкой. На самом деле все это было просто-напросто невежеством и скупостью, да и косноязычием. Мы за глаза его прозвали Хотелло еще и потому, что он называл свое заведение «хотэлл». Он был крупный, темный, мрачный тип с большими красными глазищами навыкат и кучеряв был до ужаса. «Мавр», — говорил Хануман. Именно с таким видом — ошпаренного рака — Хотелло впрыскивал в нас свои инструкции. Их было много... Например, перед тем как выйти из комнаты, «постоялец второго этажа» должен был прислушаться нет ли шагов на лестнице или в коридоре. Если шагов нет, то все равно так или иначе он или она обязательно должны убедиться, что нет никого. Если послышались шаги, не выходить до тех пор, пока шаги не исчезнут. Не отпирать на стук в дверь никогда, ни в коем случае, создать видимость, что в комнате нет никого, если надо — затаиться, прекратить дышать, а лучше всего прекратить существовать вовсе, растворившись в воздухе как мираж. Таковы были инструкции. Иногда Хотелло проверял нас. Пытался подловить. Шнырял в необычное время с видом озорного школьника. Соблюдаем мы правила или нет? Ходил по коридору, подходил к двери и стучал, стучал и ждал: откроем или нет? Проверял бдительность. Наверное, в прошлой жизни — в России или Армении — он был тюремщиком; он прохаживался по коридорам с характерной для тюремщика скукой, насиженной в области паха, и вальяжностью в сгибах ног. Потряхивая ключами, он ходил и что-то себе напевал под нос, или говорил сам с собой. Когда я видел его в конце коридора, его спина, очерк плеч, дуги ног — все говорило о том, что этот человек что-то охраняет, а не беспечно прогуливается по коридору; я смотрел ему в спину и вздрагивал, потому что на мгновение мне казалось, что меня вывели из камеры Батарейной тюрьмы и сейчас поведут на допрос.

Он за нами подглядывал, и мы это знали: хотел подловить, входил без стука, подозревал нас черт знает в чем (в гомосексуализме, как говорил Хануман: «Хаджа сам для нас создал идеальные условия для того, чтобы мы с тобой, Юдж, от скуки и отчаяния ударились в педерастию!»); Хотелло хитро нам улыбался, будто чего-то ожидая («Может, он ставит на нас эксперимент, Ханни?» — «Конечно! Ты только сейчас это понял? Ха! Он ждет, когда мы начнем трахаться!»).

Иногда он подмигивал нам и предлагал:

— А не посидеть ли нам вместе? Втроем? За бутылкой? Поболтать...

Мы спускались с ним в бильярдную, пили виски, играли, болтали... курили сигары. Хотелло бойко лупил мимо, рычал, топал ногой, громко ругался по-немецки. Обычно я старался ему проиграть и выиграть у Ханумана. Как правило, такими вечерами я говорил не больше двух-трех фраз; Хануман чуть больше; все остальное пустое пространство заполнял раскатистыми речами едва ли понятной языковой мешанины болтливый Хотелло.

— С ним абсолютно не о чем говорить, — сквозь зубы ругался Хануман, когда мы возвращались к себе. — Он просто дурак! Пить с ним — переводить виски!

Он нас катал на своем задрипанном «Форде» (Ford Transit, с печальными фарами и неопределенной окраски — в ночи он плыл, как мотылек, одна фара немного подмигивала, затухая и вспыхивая). Мы жарили шашлык на берегу моря (море плевалось в нас брызгами от отвращения), пили пиво, говорили о футболе и политике. Говорили Хаджа и Хануман, я даже не слушал... Мне казалось, Хаджа хотел чего-то невообразимого. Это было написано на его физиономии. Его глаза светились вопросом: «Ах, почему бы нам не заняться какими-нибудь шалостями?» Вот только какими именно «шалостями», было не совсем ясно. Иногда он смотрел на нас как-то странно, затаенно, я предполагал, что в такие минуты ему хотелось нам предложить совершить какую-нибудь дикую аферу: кинуть сербского наркобарона или датского торговца оружием. Уверен, что он мечтал об этом, он был мечтатель (наверняка он так думал: как бы это круто смотрелось, если бы я этим соплякам сейчас предложил угнать фургон героина!), только не знал он ни наркобаронов, ни торговцев оружием. Хотя как знать, может быть, и знал; ведь людей он прятал, направлял дальше, доставал паспорта, оформлял бумаги... Был с кем-то связан... Люди поступали разные: из России, с Востока, с Кавказа... Мог и наркобаронов знать, чеченских боевиков, албанских террористов...

В любом случае ничего путного он нам так и не предложил.

Ханумана неопределенность, с которой Хаджа посматривал на нас, беспокоила, он нервничал, Ханни, который, видимо, все-таки на что-то рассчитывал или ждал от Хаджи, с трудом переносил наше вынужденное заточение и недомолвки нашего тюремщика воспринимал, как изощренную китайскую пытку. Хануман не знал, как истолковать экивоки Хотелло, потому он просто заявлял, что тот сходит с ума, и хихикал, но смех его был ненатуральный.

С одной стороны, меня поведение Хотелло жутко раздражало, как и статический заряд, который я постоянно собирал, пробегая сто раз за день по коридорам, обитым синтетическими паласами, но с другой стороны, во-первых, я знал, что если он станет слишком навязчив, я смогу ему просто дать в морду, и он ни словом не обмолвится с женой (мы с Хануманом считали, что все-таки она была главной в этом отеле, и если б она стала со мной заигрывать — ей только-только за сорок, энергичная южанка, — тут пришлось бы делать ноги, а мне было слишком лень обдумывать куда ехать, хотелось залечь и не двигаться); во-вторых, я чувствовал, что мне этот вертухай необходим, никто другой не мог заменить мне отца так, как он, — мне необходимы были те условия, при которых ненормальность, которую мои родители во мне посадили, как экзотическое дерево, могла естественно развиваться. Прятать себя от глаз удобней всего на тот момент было в Frederik Hotel, потому двигать куда-то я не собирался.

(Сегодня ночью мне приснилось, будто я — двадцать лет назад — пытаюсь дозвониться до отца из Дании при помощи собранной Хаджой радиостанции, которая напоминала ламповый радиоприемник, что стоял у моего дяди в комнате, когда тот жил у своих родителей в семидесятые годы. Думаю, что радиостанция понадобилась мне потому, что в Пяскюла, где мой отец жил в девяностые, не было телефона. В моем сне Хаджа изобрел такую чертову штуку, которая мне позволяла следить за перемещениями отца. Я не только слышал, как он ходит, как грохочет дверь с металлическим призвуком от ржавого почтового ящика, как стонет подгнившая трухлявая калитка, но даже видел, как он идет в сарай, спускается в погреб, изучает самогонный аппарат, копается в своей мастерской, ищет что-то, я отчетливо видел его грязные от сажи и машинного масла крупные руки, которые перекладывали гаечные ключи, отвертки и молотки — я узнавал каждый предмет! я слышал, как веско они гремели (в его руках предметы делались словно тяжелей)! — я следил за ним и мысленно корил его за то, что он ни разу не попытался со мной связаться, пока я был в Дании, он ни разу ничего не предпринял, ему было наплевать. «Нет, ты не прав, — шептал у меня за спиной Хаджа, — ему не наплевать. Смотри, как он обеспокоенно ходит по своему дому, как он выглядывает из окна, как его руки трясутся... Он думает о тебе! Он думает: как там ты?» — Я присмотрелся к отцу. Его походка, как всегда хромающая, мне показалась странной. Он сутулился сильнее обычного. На плечах он носил одеяло, как пончо. Не припомню, чтобы я его таким видел. Как поседел-то! В доме, видимо, было холодно, с утра не топлено. Он был один, и свет он отчего-то не включал (не уплачено за электричество?). Ходил из комнаты в комнату, не зная, чем себя занять. Почему он не курит? Пытается бросить? Нет табака? Он приложил руки к печи. Его руки и правда сильно тряслись. Он отошел к окошку. Встал. Утренний осенний, пронзительно печальный свет упал на его лицо. Его взгляд источал боль. Казалось, и правда — его снедало беспокойство. Веки подрагивали, на них лежала какая-то пепельная тень, и они словно пытались ее стряхнуть. Полагаю, отец был в кошмарном похмелье, и в эти мгновения он, возможно, переживал, думая обо мне, но никто не мог меня в этом убедить. Меньше всего Хаджа. Тогда он сказал: «Подключи наушники». Я надел наушники и услышал странные завывающие звуки, какие иной раз слышишь, приложив к уху морскую раковину. Я напряг слух. Отец стоял возле окна, отодвинув занавеску, смотрел на срубленные стволы сирени, что когда-то росла вдоль забора, отделявшего дом от дороги, и стонал. Это были стоны. Они словно завивались, как водоросли в ручье, они были темно-зеленого мутного цвета и переплетались. Это было кошмарно. Я проснулся от сильной боли в колене, вылез из постели и, постукивая костылем, приплелся в кухню, зажег свечи, сварил чай, сел, забросил больную ногу на табурет. Теперь еще и поясница ноет. Но в те ранние утренние минуты я с благословением приветствовал боль, потому что она помогала отвлечься от неприятного сновидения, которое меня никак не отпускало, жуткие звуки продолжали виться в моей голове, как потревоженные пещерные летучие мыши, в теле ощущалось какое-то струящееся шевеление и дрожь пробегала по спине. Я пил чай и думал: что если я в моем сне действительно видел его? слышал его стоны? сквозь время!)

С раннего детства я побаивался, что отец меня придушит или выбросит за борт катера на полном ходу, когда мы неслись по Чудскому на третьей скорости, я смотрел на него краем глаза, он подмигивал, улыбался, вода была ровной, как зеркало, и мы летели, подпрыгивая, легонько ударяясь о воду, которая блестела, как алюминиевая крыша новенького гаража, в трюме гулко стучало, снасти шелестели, поблескивала чешуя, и какая-то самая живучая рыбка еще продолжала биться; воздух был такой плотный, разогретый, душный, что от скорости не освежало ничуть, а душило, дышать было трудно, и я ждал, что сейчас отец сделает шаг, приблизится ко мне как будто за чем-нибудь и, придерживая одной рукой румпель, другой схватит меня за рукав и резким движением вышвырнет за борт, и с той же улыбочкой полетит на лодке дальше, а я останусь барахтаться в этой блестящей воде, и ни ветерка, ни чайки, ни одного свидетеля моей смерти не будет. Когда мы собирались на рыбалку или охоту, я мысленно прощался с жизнью; шагая следом за ним, глядя на то, как отец озирается якобы в поисках рябчика, утки, косули, высматривает полянку или место у речки, я думал, что он подбирает наиболее подходящее место, чтобы укокошить меня.

Я всегда считал, что он стремится от меня избавиться, и никогда не думал о том, что эти мысли в моей голове были посеяны паранойей матери.

Там, в отеле, мне не хватало ее паранойи — благодаря ее опасениям и предосторожностям я всегда жил в состоянии войны, ее паранойя была своего рода землянкой, в которой мы жили с матерью в ожидании налета, бомбежки, обстрела. Когда мы с ней прятались от отца в подвале, мать мне читала повесть «Дети подземелья», рассказывала о вьетнамцах, которые годами жили под землей, вели партизанскую войну, прорыли норы под всем Вьетнамом; она рассказала, что пойманных партизанов сильно пытали, самая страшная пытка называлась «вбивание колышка в ухо»: партизана сажали на стул, приковывали его и начинали допрос, спрашивали что-нибудь и, если он не отвечал, ему в ухо вбивали колышек, самую малость для начала, чуть-чуть, задавали снова вопрос, и если он опять молчал, по колышку стучали молоточком — тюк-тюк, новый вопрос, молчит — тюк, тюк... и так, пока колышек не вгоняли в мозг! Как правило, партизаны не отвечали на вопросы палачей, они умирали под пытками, потому американцы так и не смогли понять, как устроены подземные тоннели партизан, и вьетнамцы победили. «Они жили как муравьи», — говорила мать. Я муравьев любил, шел в лес на Штромку, садился на корточки перед моим любимым большим муравейником с красными муравьями, смотрел, как они копошатся, и представлял себе вьетнамскую войну, подземные норы, ходы, мины, землянки, — вьетнамцы очень долго были моими героями, я ими восхищался больше, чем героями Великой Отечественной войны. Я с замиранием сердца смотрел на них, когда они загорали на пляже Штромки, беспечные, они включали китайские магнитофоны, слушали свои странные напевы, загорали, улыбались, смеялись, переговаривались на своем кошачьем языке, ели рис руками из чашки, завернутой в полотенце, и пили «Ячменный колос»... Я смотрел на них как на победителей в великой войне!

Я болел и не вставал с пола, у меня болела нога. Хануман и Хаджа считали, что я здоров и просто притворяюсь, потому что не хочу работать. Я откровенно говорил, что не хочу работать, но в данном случае нисколько не притворяюсь, у меня на самом деле болела нога. Хануман говорил, чтоб я хотя бы в комнате у нас что-нибудь делал, прибрался или сходил да побрился...

— Лежишь, ничего не делаешь. На тебя страшно смотреть. В комнате воняет немытым телом. Сходи помой себя! Так нельзя, Юдж, так можно свихнуться. Я слышал, как Хотелло сказал жене: не хватало, чтоб у нас появился сумасшедший!

— Интересно, как ты его понял, они же говорят по-русски!

— Он это сказал по-датски, они все больше и больше говорят по-датски между собой, к тому же он это сказал не только ей, а всем на кухне, так что ты провоцируешь всех, и сюда может заявиться кто угодно, даже шеф-повар! А у нас столько бутылок! Вынеси хотя бы бутылки! Избавься от них!

Мне не нравилось, как он со мной говорил; меня это еще не беспокоило, но уже нервировало, пока не очень сильно, потому что отвлекало другое... Лежа на полу в нашей намертво задраенной комнатке, пуская кольца в потолок, глядя на то, как они исчезают в полумраке, подрагивают в неверном свете слабых свечей, колеблемых сквозняком, я вспоминал ту историю, которую мне мать рассказывала с раннего детства, будто, когда она была беременна мной, отец не хотел ребенка, и однажды — она было абсолютно уверена — приглашая ее в кино (кинотеатр «Космос»), он готовил несчастный случай, чтобы избавиться от плода.

«Он все рассчитал, — говорила она с пустотой в глазах, — это было так странно, что он позвонил мне на работу, меня позвала мастерица, сказала, тебя муж, я взяла трубку, до этого он никогда не звонил, и откуда он узнал номер телефона, мне совсем никто никогда не звонил, а он там смеется, и смеется притворно, я это сразу же почувствовала, голос у него был чужой, холодный, механический, как заводной: хе-хе-хе, и опять: хе-хе-хе, как игрушечный, я так себе и подумала: ну-ну, просто так никто смеяться не будет, так вообще никогда не смеются, так издеваются, а он говорит, а пойдем-ка в кино, и фильм был странный, «Бассейн», с Аленом Делоном, детектив с убийством, ну ты представляешь? Посередине недели и в кинотеатр «Космос»! Самый дорогой кинотеатр, там билеты по шестьдесят копеек. Все ясно! Все сразу же стало ясно! И я тогда подумала: понятно! Ловушка! И не пошла. А он пошел, с Игорем, и они напились, приперлись вечером пьяные, смеются, глупая, чего не пришла, смешной такой фильм, мы тебя ждали, а ты... Ну, ну, я так и поверила, смотрела на них, как они смеются мне в лицо, а про себя думаю: хватает наглости смеяться и врать мне в лицо!»

Это была ее самая первая история, в которой отец собирался убить меня, это было самое первое зерно паранойи, которое мать во мне посеяла. Затем был детдом, в который он собирался меня сдать, а ее, ее он собирался упечь в психушку, женскую колонию, поэтому мать собиралась бежать... куда-нибудь, мы постоянно готовились, и я откладывал деньги. Я выходил на улицу, и — вместо прогулки, игры в футбол или «казаки-разбойники» — шел собирать копейки; я говорил всем во дворе (в том числе и Томасу), что мне некогда с вами в глупые детские игры играть, я должен готовиться, мы с матерью собираемся уехать, и очень далеко, и очень навсегда, мне некогда, я иду готовиться... и тогда Томас подходил и спрашивал:

— А можно с тобой?

— Нет, — с грустью отвечал я, — мы уезжаем далеко, в Омск, это Сибирь, с нами нельзя...

— Ну тогда, это, можно, с тобой хотя бы собираться?

— Как хочешь, — отвечал я, и мы шли вдвоем...

Я шел собирать копейки, у меня было несколько стратегических точек: квасные ларьки, магазины, гастроном, вокзал. На вокзал я ходил редко. Там могли похитить и изнасиловать в каком-нибудь вагоне. В гастрономе было много грязи, особенно в плохую погоду, приходилось шарить в грязи, а потом чистить монетки. Иногда мы проверяли и телефонные будки тоже. Случалось и там найти копейку. У квасных ларьков в жаркую погоду толпились мужики. Мы хитрили, роняли игрушку, чтоб она покатилась под ларек, Томас начинал плакать (он был маленький, худенький, выглядел гораздо младше своего возраста, и вообще был как девочка), все расступались, я лез между ног, подбирал монетки, доставал игрушку... Деньги, которые находил Томас, он отдавал мне — потому что я собирался уехать, далеко и навсегда.

— Обещай, что скажешь, когда вы уедете, — просил он.

Я обещал.

— Обещай, что будешь писать мне оттуда.

Я обещал.

Дома я выгребал монетки из карманов, набирал в стеклянную банку горячей воды, высыпал в нее монетки и стиральный порошок, брал кисточку, садился за стол и, меланхолически глядя в окно на старые клены, помешивал воду в банке, она пенилась, помешивал, монетки вертелись по кругу...

Когда монеток набиралось очень много, я насчитывал рубль, шел в магазин и просил, чтобы мне дали юбилейный рубль. Это был прекрасный предлог.

— Простите, а вот у меня мелочь есть, мне мама дала, — говорил я, высыпая перед кассиршей мои копейки. — Мы с мамой собираем юбилейные рубли, не могли бы вы мне дать юбилейный рубль?

— Да? — удивлялись мне, и иногда спрашивали какие у нас с мамой уже собраны юбилейные рубли, и я бойко отвечал, что у нас их так много, все не перечесть, есть с Лениным, с Гагариным, Циолковским, Достоевским и Пушкиным, с Львом Толстым и Львом Яшиным, есть отлитые к Олимпийским играм в Москве, хотя до них еще целый год, но они уже отлиты, и есть даже со знаками зодиака!

— Ого! Большая у вас коллекция! Со знаками зодиака даже есть? Неужели такие бывают?!

— Да, да, конечно, бывают, все двенадцать знаков есть!

Если юбилейного рубля в кассе не оказывалось, я просил тогда дать мне бумажный.

— Я его маме отнесу.

Мне не отказывали. Рубль я сворачивал в трубочку и прятал за обои, которые отлепились у оконной рамы, я просовывал рубль в эту щель, приклеивал обои к стене кусочком пластилина. Так я готовился к тому, чтобы убежать от отца, потому что знал: если мы от него не избавимся, рано или поздно он нас прибьет. Мать мне на это частенько намекала. И я ей верил. У меня еще не было причин ей не доверять. Сомневаться в ее вменяемости я начал гораздо позже.

* * *

В нашей комнатушке практически не было никакой мебели, кроме трельяжа и маленького шкафчика, забитого рубашками и пиджаками Ханумана; две сросшиеся раскладушки, ржавые и рваные, маленький столик с кипой порнографических журналов, мертвый кактус. Вдоль стены с оранжевыми, вероятно, когда-то персиковыми, но основательно выцветшими обоями тянулась опасная тяжелая полка с огромным количеством порнографических фильмов. Был телевизор, но даже его нам не разрешалось смотреть со звуком. Невзирая на запрет, Хануман все равно его включал по ночам довольно громко, и мы смотрели TNT. Застарелая классика. Паноптикум кинематографа. Актеров, которых там показывали, Ханни называл либо мумиями, либо скелетами, шагнувшими на экран из клозетов прошлого. Ханни ловил свой любимый *Стар Трек*, а я — *Дракулу* или *Птиц*. Все фильмы Хануман знал наизусть и сопровождал невыносимо подробным комментарием. Он буквально ступал за камеру и говорил о том, что на завтрак принял режиссер и с кем переспала Элизабет Тейлор в ночь перед финальной сценой в *Клеопатре* или сколько скотчей плавает в желудке Богарда в том или ином эпизоде фильма. Фильмы семидесятых годов у меня вызывали чувство ностальгии. Когда мы смотрели Death Wish, я вспомнил, что видел этот фильм по финскому каналу, когда мне было тринадцать лет, вспомнил ту ночь: отец был на дежурстве, а мать задержалась на работе, я мог смотреть до глубокой ночи что угодно. Помню, что сцена насилия меня потрясла, короткая и бесподобная своим абсурдом, вызывающей омерзительностью (один из насильников спреем рисует красное пятно на заднице жертвы) и беспричинностью — грабежа как такового не было, да и насладиться они не успели, все было стремительно: то, что в Straw Dogs растянуто на час, в Death Wish промелькнуло меньше чем за минуту (даже Funny

Games в какой-то момент перестает пугать, ты понимаешь: это игра режиссера и актеров, всего лишь игра, — и мистический подтекст угрозы исчезает, страх, что к тебе однажды ворвутся молодчики в белых перчатках и с бесчеловечными улыбками переломают тебе конечности, а затем пробьют череп, отпускает, а должен бы держать до конца, с этим животным трепетом обязано жить всякое существо на нашей планете, потому что никто не застрахован ни от Потопа, ни от какой-нибудь болезни, ни от автокатастрофы или случайной пули, или взрыва бомбы, но человек, изобретя рутину, календарь, логику и Бога, научился себя убеждать в том, что ему ничего не угрожает, напрасно); помню, что после фильма сильно боялся, не мог уснуть, вздрагивал от того, как хлопала дверь подъезда, я воображал, как кто-то ворвется в квартиру и будет издеваться надо мной. Впрочем, отец издевался над нами практически так же, как те брутальные ублюдки в фильме Death Wish, но его я не так сильно боялся — ведь я его знал, я также знал, что его издевательства не закончатся для меня фатальным исходом, во всяком случае меня не покидала надежда, а вот терпеть издевательства от какого-нибудь незнакомого мерзавца (незнакомый — непредсказуемый) было бы невыносимо. Приблизительно так же теперь объясняется то, почему терпят своих тиранов народы, помню, как мне это объяснял один русский поэт из Қазахстана: «Во всяком случае, он [Назарбаев] — свой, да и зачем его менять, ведь его мы уже накормили, а так, если бунтовать и менять на другого, придется нового кормить, и пока его накормишь, придется терпеть его голод и жажду, и всякие выходки, с этим сопряженные...» и так далее, — с прочими деспотами, полагаю, та же история. Мать боялась, что мы можем стать жертвами мести со стороны каких-нибудь преступников, которых поймал отец, или вообще кто-то, кто ненавидит ментов, мог поиздеваться над нами ради удовлетворения собственной извращенной психики, поэтому, когда отец был на дежурстве, мы с мамой до болезненной маниакальности проверяли, заперта ли дверь, на ней у нас было три замка, одна цепь и одна задвижка, я всегда закрывал дверь на задвижку, без задвижки, я считал, дверь не была запертой, только она — толстая, стальная — внушала мне чувство надежности и сохранности, но все эти замки и задвижки открывались перед отцом, даже когда он возвращался домой в агрессивном состоянии и мы знали, что он будет над нами издеваться, дверь перед ним открывалась, никакие замки не могли нас от него уберечь, тем не менее — задвижка была нам необходима, я ее очень любил, и даже теперь, когда мы въехали в квартиру в 2005 году, поставили себе новую дорогую дверь, я попросил мастера врезать стальную задвижку с поворотной ручкой (и все равно: я живу с ощущением присутствия в моей жизни отца, где-то внутри меня он что-то бормочет, а иногда прогуливается по квартире, — как и тогда, в детстве, задвижка перед ним бессильна, мое воображение распахивается перед ним). Недавно в подъезде появилось объявление о том, что у нас в районе шарят воры, они появлялись в нашем доме, замазали несколько дверных глазков, сбили видеокамеру, испортили чей-то замок, и я потерял сон, мучаясь от бессонницы, пересматривал Death Wish, меня поразило, что я раньше не замечал, насколько Джефф Голдблум, который играет одного из брутальных ублюдков — с повязкой на голове, в облегающих брюках и кожаной коричневой куртке, — похож на Ханумана, в 1974 году Джеффу Голдблуму было 22 года, Хануману в 1996 было двадцать четыре: высокий, длинноногий, с большим носом, до смоли темные волнистые волосы, глаза навыкат, карие, обманчиво-доверчивые.

У Ханумана в папке было полно скетчей, эскизов, фотографий; на одной была его индийская жена, она была похожа на ведьму: длинный тонкий нос, глубоко завшие глаза, очень смуглое лицо, густые брови и длинный острый подбородок...

— Очень нетипичное для Индии лицо, — сказал Ханни, — у нее кто-то в роду был белый... Но она не признавалась. Что-то там было...

Он фотографировал дорогу, по которой ходил в школу, — корни здоровенных деревьев, покосившиеся заборы, ямы и колдобины, рытвины, в которых лежали тела сбитых животных: собаки, мангусты, ящеры...

Одна фотография меня поразила, на ней был парнишка лет семнадцати с пистолетом, он был коротко пострижен, набриалинен до блеска, зализан, на шее у него были всякие веревочки, на одной — мальтийский крестик; раздвинув ноги, он сидел на какой-то разбитой тахте (может быть, в коробке), на нем была белая майка с лямками, белые армейские трусы, он держал ствол во рту, отчаянно давя на курок... Меня эта картинка заворожила. Я не мог оторвать глаз.

— Что? Впечатляет, не так ли?

Я проглотил ком, ничего не смог ответить.

— Это фотография Лэрри Кларка, — сказал Хануман. — Крутая фотка.

Я с силой заставил себя выпустить воздух.

— Не то слово! — воскликнул я, потребовал, чтоб он снял все прочие фотографии со стен и повесил эту. Как можно?! Понавешал дерьма! Все снять! Повесить эту — только эту!

— Забирай ее и сам вешай в своем углу, — небрежно сказал он.

Я забрал карточку и прикрепил ее кнопками на стене, там, где лежал на своем спальном мешке. Несколько часов мы не разговаривали. Хануман разозлился и ушел. Я этого даже не заметил. Я лежал и рассматривал фотокарточку, думая: никогда в жизни я не встречал такого отчаянного парнишки или кого-нибудь, кто был бы хоть отдаленно похож на него... и сам я — вот что ужасно! — таким никогда не был! Даже близко... Этот тощенький парень выглядел так стильно... Подсознательно я стремился именно к такому: быть таким отчаянно крутым парнишкой, способным вот так засунуть себе дуло в рот и спустить курок. Но у меня не хватало духу хотя бы повесить на шею крест или вдеть серьгу... не говоря об остальном... обо всех моих недостатках... их не счесть! Нет, у меня никогда не хватало характера... как-то в школе я сбрил виски, вдел клепки в старую кожаную куртку деда, повесил цепь на штаны... так я ходил на концерты... но это все... на большее у меня духу никогда не хватило бы!.. потому что из-за волос и куртки у нас с отцом вышел серьезный конфликт... и я решил забить... мне было стыдно, я жалел себя, большую часть времени я с отвращением носил школьную форму, прятался на чердаке с магнитофоном и сигаретами... и перебирал свои недостатки, рассматривал собственный характер... если б можно было меня представить без оболочки, таким, каков я есть внутри, — я бы наверняка предстал медузой, аморфной и ленивой, целиком зависящей от волн, ветра и течений...[1]

---

[1] С годами ничего не изменилось, наоборот — ситуация усугубляется, я все больше и больше становлюсь рабом моих дурацких привычек и того, что называют *недостатками*. Хотя я склонен считать некоторые из них — медлительность, нерасторопность, околичность — просто «чертами моей *сатурнической* натуры»: я забываю имена, даты, названия улиц, плохо ориентируюсь, даже в родном городе я теряюсь и до сих пор не знаю, как доехать из центра в Мустамяэ или Ыйсмяэ, сваливаю очень многое на жену, не могу принять решения, принимаю очень часто неверные, не говоря о моем убогом эстонском и неумении водить машину и проч., и проч. С другой стороны, в стремлении придать недостаткам подобие свойств характера, списать слабости на природу легко распознается самооправдание. Характер (как и образ) — своеобразный крест, на котором распят каждый, и даже если ты хочешь что-то изменить, сама вселенная тебе в этом будет препятствовать (но и это — философия жалкой безвольной медузы!). Сегодня, мне показалось, что я смог в этом убедиться окончательно. Нет, конечно, я понимаю, что мои мысли никакого влияния на явления природы не имеют (скорей наоборот), но вот что случилось сегодня: я шел по улице в направлении ипподрома и психиатрической клиники. Всегда после посещения психиатра я иду на ипподром, чтобы посмотреть на лошадей, — это успокаивает, к тому же лошади, бегущие равномерно по кругу на прогулке, производят умиротворяющее впечатление еще потому, что напоминают меня: я ведь тоже лошадь — да-да, ибо я — даже не средний класс: куда там! — безработный с белым билетом, с паспортом иностранца и так далее... я всегда этой лошадью и останусь: запряженным в беговой экипаж с невидимым жокеем, который, похлестывая по холке то кризисом, то налогом, то еще какими-нибудь законом (удержать 30% с гонорара!), позвякивая всякими мелкими делишками, заставляет меня бежать по ипподрому нашей обыденности. Вот и сейчас в психушку меня подгонял такой невидимый хлыст. Я шел не спеша под мягким теплым июньским дождем, перебирая в уме все мои недостатки... Размышления были вызваны эпизодом из седьмой, что ли, части «Исповеди» Руссо, где он смеется над «фальшивой наивностью» Монтеня, который, по

На следующий день я попросил Ханумана проколоть мне ухо, что он с величайшим энтузиазмом и сделал. Я нацепил серебряное кольцо, какие продавались на Кристиании, к нему подвесил крестик, который валялся у Ханумана в шкафчике (Ханни его сам предложил). Еще ему в голову пришла идея:

мнению Руссо, признает за собой только привлекательные недостатки, и, противопоставляя себя Монтеню, Руссо провозглашает себя — лучшим из людей, замечая, что «даже в самой чистой душе обязательно таится какой-нибудь отвратительный изъян». Несмотря на то что опаздывал, я не позволял себе прибавить шагу, из вредности: вот еще я буду торопиться на эту унизительную аудиенцию! — Но сколько бы я ни замедлял шаг, все-таки рабские удила давили шею и грудь, заставляли нервничать. Тем не менее я шел медленно, притворяясь, будто наслаждаюсь теплым летним дождем, и старался не думать о встрече с врачом. Я думал: какие недостатки в моем случае можно было бы назвать «привлекательными», а какие из них были бы «непривлекательными»?.. Мое сознание — это сложный бюрократический аппарат, административная паутина, которая находится в многоэтажном комплексе связанных между собой закрытыми надземными и подземными переходами зданий старого и нового образца (приблизительно каждые семь лет приходится достраиваться и триумфально объявлять об открытии нового здания), а также интенсивно работающей между ними скоростной пневматической почтой, — оно напоминает современное здание Таллинского университета (я там всякий раз путаюсь, в точности как в моем сознании, у меня внутри царит страшный беспорядок, и моя писанина тому доказательство), — в одном из этих департаментов был отдел, который все эти годы кропотливо занимался тем, что взвешивал каждый мой недостаток, составлял список, классифицировал, пытался уловить, какой из них первым приходит мне в голову (похоть, in fact), а затем решал: невзирая на то, что первым из недостатков приходит на ум *похоть*, может быть, следует поставить на первое место что-то другое? Напр., гордыня, рассеянность, злопамятность — могут оказаться куда опасней (губительней для меня или другого человека, особенно это касается близких — кто, как не наши близкие, страдает больше от наших недостатков?) при тех или иных обстоятельствах (*обстоятельства*, черт подери!), да и мало ли что? Ах, как приятно думалось! Беззаботно! Шел себе да прикидывал: и так и эдак... Скажем, какие из недостатков оказали роковое влияние на мою судьбу? Слабость, нерешительность, сластолюбие? Ну и т. д. Как вдруг

— Выкрась волосы в белый цвет!

— Зачем?

— Тебе пойдет. Будешь как датчанин или заезжий немец, воровать будет проще. Баб цеплять тоже легче.

Я согласился. Он сходил в супермаркет, принес краски и помог мне перекраситься. Теперь я был блондин.

дерево, мимо которого я проходил, треснуло, накренилось и упало, совсем рядом, настолько близко ко мне, что оно обдало меня мириадами капель, и я подумал: наверное, оно не выдержало... деревья, конечно, должны уметь читать мысли, потому что они стоят неподвижно, без этого никак, и вот оно услышало весь тот праздный бред в моей голове и рухнуло... Я остановился, потрогал его листья и попросил у него прощения, и стоял, не уходил, пока не почувствовал, что оно меня простило; а потом я пошел в психиатрическое отделение, где мне сказали, что в следующем году мне придется пройти комиссию. Опять — *комиссия*! Меня это почти взбесило. Сколько раз в моей жизни меня пугали этим словом! Подробности процедуры омрачали, хотелось упасть на пол и биться в припадке до пены! Теперь все дело усложнилась тем, что психи должны были идти в кассу по безработице, чтобы заполнять книгу — да, именно: книгу, иначе этот талмуд не назовешь! — о нетрудоспособности, во всех подробностях отвечать на сотни вопросов, а потом все это пойдет в комиссию... Зла не хватает! Особенно меня расстроило то, что я — по простоте душевной — слишком много о себе выболтал в разговоре с коварной докторшей. Я смотрел на лошадей (после визита к врачу я отправился на ипподром, как обычно: было пусто, две коляски бегали по кругу) и взвешивал задним умом: что из мною сказанного следовало утаить и что она теперь может использовать против меня? Черт, как поздно я начинаю соображать! Злился на себя, конечно, и на проклятых безличных бюрократов: мало они попили моей крови!.. мало им было испоганить мою печень и психику!.. думали, что отделаются подачкой... и той теперь не будет... мне наверняка закроют чертову пенсию, и придется выдирать эти двести евро какими-нибудь частными уроками или переводами какой-нибудь муры или писать куда-нибудь что-нибудь такое, от чего меня тошнит... Вновь вспомнил, как дерево хрустнуло, повисло и — медленно упало, и засмеялся над собой: Ох, до каких пор я буду рабом условностей и собственных слабостей? До каких пор я буду трястись от страха и с оглядкой на свои слова трепетать? К чертям их комиссию! К чертям деньги! К чертям осторожность! К чертям все! Пусть хоть на всю жизнь закроют, я уже достаточно высказался.

Я ложился на пол, смотрел на парнишку с пистолетом и думал:

У моего отца был пистолет — меня не раз посещала мысль покончить с собой, всем им назло, чтоб они пришли, а там я — «и чтоб вам тошно стало!» — так думал я, но пистолет отца не трогал. Помимо табельного нагана у него был незарегистрированный браунинг, который он давным-давно нашел на болотах, почти музейный экспонат, на нем даже сохранились заводские надписи на французском и каким-то немцем выдолбленное имя Kurt Tösser. Отец чистил его регулярно, держал в масле, сделал для него новую рукоятку (старая прогнила), свинтил его заново. Мы как-то ездили на болота пострелять: испытать оружие. Стреляли из этого браунинга, из двустволок и мелкокалиберной винтовки с кривым стволом, я попал в чайку... она плавно спланировала, села на пень и не улетала, я подошел к ней, она безмолвно разевала клюв, крика не было слышно, чайка испускала дух, стоя на пне... только шипение вырывалось из ее глотки. Мне стало невыносимо жаль ее, и с тех пор я не стрелял, отец неоднократно предлагал пострелять уток, воронье, но я отказывался. Браунинг хранился в нише, которую он сделал в стене, там, под замком, в сейфе, лежал он среди прочих важных вещей, ключ отец прятал в шкафчике, тоже под ключом, и к этому шкафчику был ключ, — но я бы справился... если хочешь, и не такое достанешь, но у меня ни разу не возникала мысль достать его, хотя бы просто так, подержать. Ни к чему, что принадлежало отцу, прикасаться не хотелось. На сейфе и на шкафчике он ставил печать поверх какой-то противной клейкой массы (вроде замазки), которой он заливал место, где замыкалась дверца, сквозь эту замазку, на которой стояла его печать, проходила веревочка, которую он накручивал на гвоздик. Все было очень хитро. Он и дверь в свою комнату запирал и бумажку вставлял. Лучше было не связываться. Если бы я взял его пистолет и вот так сел, засунув в рот дуло... даже так, с дулом во рту, я бы не был похож на этого парнишку. Я не такой худенький. Я никогда не был таким худеньким. Я всегда был крепко сбитым пацаненком, и меня это бесило. У меня кривые ноги, как у отца; широкая грудная клетка, как у него; и глаза у меня раскосые, потому что мой дед — чуваш. И я чуть-чуть смуглый. Какое отчаяние!

* * *

Ложились мы поздно, после трех. Вставать нам приходилось рано, в шесть. Надо было готовить завтрак, к семи. Хотелло говорил, что могли быть желающие рано позавтракать, мы должны были готовить завтрак для всех возможных желающих встать и позавтракать рано. Мы никогда не успевали приготовить завтрак к семи. Но это было ничего, потому что позавтракать в семь или хотя бы в половину восьмого желающих никогда не было. Но Хотелло все равно продолжал настаивать на раннем подъеме, так что график у нас был безумный. Целый день мы шатались как зомби, засыпая на ходу. Я это мог как-то перенести, так как привык к ночной жизни, но Хануман ползал с большим трудом. Он списывал свою сонливость на пояса времени, которые его все еще якобы держали, еще он все списывал на мигрень, по любому поводу начинал ею страдать, валился с ног и заставлял всех танцевать вокруг него... и мне приходилось носить ему чай, красть виски, выпрашивать у хозяйки ибупрофен... носить ему кофе со сливками... колоть амфетамин и ловить приход вместе с ним, держа мой палец на сгибе, а его руку согнутой, как рычаг, который необходимо выжать до конца, чтобы кайф разбежался по венам.

Кофе — это сплошная возня... Мы варили его дважды в день! Сперва в шесть... в половину седьмого мы его разливали по термосам, в семь он уже был холодный, еще некоторое время спустя я уносил термос с холодным кофе в нашу комнату, где досыпал Хануман. Я снова будил его. Он вставал и начинал готовить кофе заново, засыпая над кружкой. Холодный кофе мы с Ханни выпивали сами. Несмотря на то что Хануман не пил кофе вообще. Но он говорил, что он **будет** пить кофе, несмотря ни на что, потому что: во-первых, бесплатно, во-вторых, не выбрасывать же. И он его пил, со сливками. Хотя никогда раньше не пил кофе со сливками. Но он говорил, что он **будет** пить кофе со сливками. Потому что он вообще пьет кофе только затем, чтобы употребить сливки, которые можно украсть у Хотелло и нанести хоть какой-то урон его бизнесу. Хоть что-то урвать с подлеца, который, говорил он, использует нас хуже, чем брахманы своих шудр.

Но кофе мы пить холодным все-таки не могли; я бы мог, но Хануман — нет. Он нашел в чулане старую кофеварку, которая не работала. Он прочистил ее какой-то жидкостью, но это не помогло. Он покопался в ее внутренностях, и она ожила, но так и не варила настоящий кофе, только грела. Поэтому мы ее использовали только для подогрева. Мы разогревали на ней холодный кофе. Но очень осторожно, в большой коробке под столиком, чтобы

Хотелло не заметил, потому что он запрещал использование каких-либо электроприборов в комнатах на втором этаже. Нам не разрешалось включать свет по вечерам; хотя окна были заклеены черными пластиками и скотчем, Хаджа несколько раз выходил на улицу, смотрел на окна, махал Хануману, знаком просил, чтоб он включил свет, а потом пришел и с грустным видом сообщил:

— Свет включать противопоказано. Forbudt! — Он произнес это так, точно ему об этом кто-то на улице сказал. И добавил: — Да и вообще, электричество лучше не использовать. Совсем!

Были исключения. Можно было смотреть телевизор, но только новости, по мнению Хотелло телевизор не ел так много энергии, когда показывал новости.

— Юдж, как ты думаешь, — спросил меня как-то Ханни, когда мы пили виски на чердаке, — если, например, смотришь боевик, тогда телевизор берет больше энергии? Там ведь движение! Кадры несутся быстрее, наверное, и мотает тоже, а? Как ты думаешь, этот дурак, Хотелло, он так и думает, а?

Мне отчего-то не хватало электричества. Руки чесались что-нибудь включить. Хануман, я заметил, тоже искал, что бы такое воткнуть в розетку. Украл тройник и постоянно заряжал старый мобильник, электробритву и плеер (мне он строго-настрого запрещал к ним прикасаться).

Хаджа экономию называл конспирацией тоже. Он говорил, что сдает куда-то — тут он произносил непроизносимое датское слово, коленчатое, как водопроводная труба с бульканьем гнилой жижи внутри, — счета по количеству используемой энергии и воды, — а там, дескать, все учтено, чуть ли не все комнаты расписаны, весь расклад налицо, в не подлежащих обжалованию цифрах!

— И что будет, — спрашивал он, — что будет, если кто-нибудь установит, что электричества и воды использовано в этом месяце больше, чем в прошлом? Больше, в то время как в отеле было меньше постояльцев, чем до того?! Что, если сверят? Что, если назначат **комиссию**?! Начнут проверять?! Еще страшнее: они начнут следить за отелем?! Мы, и вы в том числе, рискуем потерять не просто место... Ладно бы дело касалось только нас. Но многие беженцы, чьи судьбы под вопросом, рискуют потерять возможность спокойно переждать у нас. Это наше общечеловеческое дело! Так что, попрошу воду тратить умеренно, а энергию вообще почти не тратить.

Он часто говорил о тех чудесах в решете, что посыплются на нас, как только мы овладеем датским. Он говорил, что такие одаренные парни, как мы с Хануманом, запросто овладеют датским, и перед нами все двери сами собой тут же распахнутся: большой бизнес, искусство, наука, все что угодно... у нас вырастут крылья, и мы сами не заметем, как полетим над миром, дристая на головы всех идиотов, которые когда-то мечтали нас утопить в дерьме: алло, канальи! Дело за малым — документ, который позволит получить разрешение на то, чтобы проживать тут легально, и Хотелло утверждал, что никто, но только он сможет достать нам такой документ. Этот грубый человек не то что по-курдски двух слов связать не мог, но и русский изрядно забыл. И когда он открывал свой рот, оттуда не только воняло гнилыми зубами, но и такой валил понос англо-датского с примесью немецкой брани, что было чувство, будто нюхаешь стухший лет семь назад винегрет.

Он все время напоминал мне, что скоро облагодетельствует меня, что я ему буду и, собственно, уже был обязан всем. Хотя бы тем, что живу, ем, у меня есть кровать и крыша, и не где-нибудь на родине в тюрьме, а в Дании, ты подумай, в Дании, на свободе! И никто меня не имеет при этом! Пусть я не могу свободно веселиться, шастать по улицам без риска быть пойманным и высланным, — пока что! — но все же и это очень даже неплохо. Да, он постоянно вакцинировал нас своими мыслями, делал нас слабыми и трусливыми, ему было выгодно, чтоб мы боялись выйти на улицу. Он в нас взращивал страх и не торопился от нас избавиться, как от других. Хотя конец у нас был бы тот же, что и у прочих. У него было много жертв. Всех, кто попадал в его лапы, он умело обрабатывал, выжимал из них последние с собой привезенные деньги (он безошибочно определял: кто приехал пустой, а кто на бобах), а тех, у кого ничего не было, вроде нас с Ханни, он использовал по полной... Хотелло был изобретателен. Кубанский курд шестидесяти лет, вырос в Армении, прошел армию в Казахстане, перестройка, первые ростки предпринимательства, криминальные структуры, цеховики, рынки, гонки с преследованием, такой опыт, что ты! Мог из куска мыла построить мыловарню! Мы так выматывались... — и не потому, что дел было невпроворот, а из-за однообразия и количества оборотов. Каждое мелкое задание можно было делать самыми разными способами. Хотелло готов был экспериментировать с каждым гвоздем! Мы часами решали головоломки с салатами и питами, с шаурмами и соками, с мусором, мясорубками и крошками, которые откуда ни возьмись появлялись на столиках после каждого протирания (оказывается, они прилипли!). Его жена была тоже ненормальная, такой ее сделал Хаджа; а может, она его таким сделала, — кто знает... они друг друга стоили... Она тоже следила за экономией, в первую очередь на себе экономила, вкалывала, как будто старалась загнать себя до смерти; была она за кухарку, уборщицу и прачку, и была она повсюду одновременно, представ каждый раз то в том, то в ином, а то и во всех амплуа сразу. Угадать, когда она кто, было не так уж и просто. А так как нам приходилось к ней обращаться с разного рода вопросами — по хозяйству да и вообще, то мы никогда не знали, как угадать, когда с каким вопросом к ней можно подойти, чтобы вписаться в ее роль, которую она выбирала спонтанно, ни с каким графиком не считаясь. Характер у нее был вздорный, кубанский, хотя, судя по всему, была она армянкой. Она мне напоминала чем-то жену моего двоюродного дедушки, которого я навестил один раз на Кубани (в семь лет мать меня возила в Курганинск, чтобы показать дом, в котором родился дедушка: дом был большой, поэтому в годы коллективизации его экспроприировали и сделали библиотекой, мы с мамой ходили по библиотеке, и я говорил: «Это мог быть наш дом». — «Тихо», — она сжимала мою руку). Жена двоюродного деда Николая была армянкой; и мать мне почему-то сказала: «Не повезло ему». Он два раза бежал из плена, на него спускали собак, он почти не ходил. Сидел в телогрейке за столом и смотрел в окно, а за окном было поле подсолнухов... Его жена насобирала нам фруктов, которые валялись прямо возле калитки. Я ел на Кубани много персиков, и еще тутовник, залезал на крышу сарая, а там он свисал гроздями, я лежал в тени, срывал тутовник и — у меня случилась аллергия, меня возили к мозолистому врачу, он выписал противную мазь, белая болтушка, засыхая, она образовывала тонкую корочку на теле, и когда я чесался, она сыпалась с меня и валялась по всей хате... Меня за это быстро невзлюбили, а я радовался и думал: может, мы поскорей уедем... Мать продержала меня в этом пекле два месяца. До сих пор не понимаю, зачем ей это было надо. Когда я разговаривал с женой Хотелло, я начинал невольно чесаться. Предпочитал с ней не соприкасаться вообще, делал как можно меньше, и если уж никак было, шел к Хотелло. Шел как на казнь, потому что знал, что теперь к существующей проблеме он прибавит с дюжину мелких заданий. Он всегда находил нам занятие. Из ничего! Если в гостиничке были постояльцы, Хаджа не давал нам ни минуты простоя. Мы нарезали салаты, я размораживал пиццы, мы накрывали на стол, делая вид, что мы легальные эмигранты, чистенькие, ухоженные. Он даже говорить меж собой нас заставлял по-датски; мы выучивали стандартные фразы, и если кто-то появлялся в холле, мы с дежурным выражением затевали бессмысленный диалог, который мог разыграться разве что в каком-нибудь скандинавском сериале, вроде *Hotel Cesar*.

Хануман никак не мог привыкнуть к датской частице *ikke*[1], он настойчиво держался за шведскую частицу *inte*, он частенько говорил mykke bra вместо meget godt. Хотелло от этого зеленел. Мы слушали приказы Хотелло, произнесенные сквозь сжатые зубы, стиснув свои. Мы

---

[1] Отрицательная частица «не» (*дат.*).

смотрели на то, как он наливается кровью, и наша кровь начинала бурлить и клокотать в жилах тоже. Этот ублюдок требовал от нас усердного изучения языка, хотя сам не мог толком и двух слов сказать. Он снабдил нас кассетами и учебниками. Мы должны были разыгрывать гарсонов, так как никто другой не годился на эту роль: только русый русский, только интеллигентный индус. И мы делали вид, что учим язык, подливали в кофе краденый виски, включали какой-нибудь фильм и читали субтитры, гадая, как бы то, что там писалось, могло звучать на самом деле. Хотелло давал свои варианты, но мы понимали, что он не способен говорить вообще, ни на каком языке, без ущерба для языка. Мы не раз видели, в какое смятение он ввергал постояльцев, когда заговаривал с ними, и понимали, что лучше его не слушать. Проще набить рот картофелем и говорить хоть по-немецки, и то более на датский будет похоже, нежели повторить, что говорил Хотелло. Я видел, как натягивается кожа его бурого лица, как дрожит его студень пуза, когда он наносит удар всем телом, и шар летит мимо, а он прокручивается на одной ноге с кием, как с рахитичной партнершей, и произносит: «Det var pæg»[1] (хотелось взять бильярдный шар и швырнуть ему в рожу). С посетителями, себе на погибель, он брался растягивать или накручивать очень сложную фразу, которую не мог закончить, вызывая в собеседнике изумление — на него смотрели, как на мошенника или проповедника. Хотелло, вероятно, чувствуя неладное, краснел и начинал заикаться, он доставал платок и откашливался, а посетитель огля-

---

[1] Это было рядом (*дат.*).

дывался, точно в поисках скрытой камеры. Его клоунада вкупе с игрой в конспирацию действовала на нервы, нам требовалось выпить, и мы крались по ночному скрипучему коридору в чулан. Обратный путь становился в десять раз длинней. Каждый шаг тянулся как годы. Это была пытка. Поэтому добравшись до чердака, мы уже были одуревшие и шальные. Выпив, Хануман заводился, он мне казался шашкой, которая вот-вот рванет:

— Чертов придурок, сплошная беготня! Ну и горячка! С таким графиком можно было бы полгорода накормить, а у него всего лишь три человека в комнатах. Придумал доставку пиццы! Fucking catering! На наших спинах обслуживает пятнадцать человек в день! Ты только посчитай! Хэх, а я считаю! Как только починил машину, я принялся считать! Сколько раз и куда ездит, сколько раз звонил телефон... Я тебе говорю, он занялся доставкой пиццы! Нам это выйдет боком!

Бывали дни, когда и дел не было никаких, но мы все равно умирали от усталости. Хаджа со своей семейкой укатывал куда-нибудь на несколько дней, и тогда почему-то становилось совсем тоскливо. В пустые, ничем не занятые дни сигареты курились особенно быстро — они сгорали моментально, а когда мы заглядывали в чуланчик, там оказывалось пусто, и мы плелись за вином в Netto на Europavej; мы не сразу шли за вином, а ходили кругами, прохаживались по улицам, пили пиво у моря, набирались решимости (после недели взаперти и в супермаркет?!), курили, думали, взвинчивали себя, а после быстрой кражи вина, с бутылками за пазухой, спешили в отель, торопливо пили первую бутылку, лихорадочно болтали, похохатывая.

Хануман говорил об Индии, Греции, Италии... Я делал вид, что жадно слушаю, робко поддакивал, вставлял что-нибудь, сам думал о своем... о том, что все придется начинать сначала: *Я — раковина, внутри которой бродят отголоски волн... Я — вой ветра, за которым стеной идет тишина... Я — непроницаемая тьма, в которую ввинчиваются алмазные звезды... Подвешенный серп луны — над моей шеей...*

Вторую бутылку мы пили горестно, как пьют брагу, мечтая о ширеве; первые бокалы второй бутылки пились с предчувствием, что это последняя бутылка, второй раз в супермаркет мы не выберемся. Это мы знали точно.

Ближе к концу второй бутылки внутри меня просыпалась острая зависть к этому индусу, даже голова кружилась, — я снимал очки и начинал их отчаянно протирать, — протираю, а у самого руки трясутся: мне припадочно хотелось с ним обменяться шкурами, обменяться глазами, телом, судьбой, стать им, Хануманом из Чандигара с придатками приключений на хвосте и предками из джунглей... сикхи, шудры, брахманы... ах, да не все ли равно!.. В сравнении с моей сумой за спиной его жизнь просто оранжерея!

Лежа на полу, я вспоминал мою жизнь. Персонажей из прошлого завозили вместе с судорогами, приступами страха и стеснения, иногда они приходили внезапно, как бы не по моей воле. Процесс был мучительный, как болезнь, тяжелая лихорадка, еще это чем-то напоминало хирургическое вмешательство или дендрохронологический анализ спиленного дерева: вот я лежу, насмерть зарубленный, надо мной склоняются какие-то существа, которых я прежде никогда не видел, они всматриваются в трещину на моем черепе, они изучают ручеёк времени, вытекающий из него... они видят, как ручеек застывает, превращаясь в полоску тонкого разноцветного шёлка, они еще чуть подождут и смотают его, увезут к себе, в преисподнюю, там они натянут его на рамку, повесят в галерее, где с незапамятных времен болтаются души таких же лузеров и фалалеев, как я, чтобы из всех закоулков ада слетались бестии любоваться, а самые бестелесные, подобные дуновению, будут пролетать сквозь ткань, до щекотки бередя себя моим прошлым, доводя себя моими страданиями до восторга.

В здравнице, куда меня направили с искривлением позвоночника, я по ночам разговаривал с увечным мальчиком, который разбился, когда на спор делал какой-то акробатический элемент на перилах, поскользнулся и полетел в пролет; он говорил, что занимался гимнастикой, умел делать головокружительные трюки, его подбили сделать сальто на перилах, он решил, что это было бы слишком просто, поэтому подготовил серию движений, подводивших к исполнению сальто, до которого, к сожалению, так и не добрался, потому что сорвался вниз; ему повезло, что выжил, и даже ходил, сильно припадая на левую ногу, его правая рука оставалась в согнутом положении на семьдесят четыре градуса — так было записано в его больничной карте, он мне ее показывал, с оптимизмом: «Все могло закончиться гораздо хуже, папа говорит, что теперь я не наделаю больше глупостей, самые большие глупости позади». Он продолжал фанатично любить спорт, читал «Футбол — хоккей», «Советский спорт», еще какие-то журналы, знал всех олимпийских призеров, истории всех Игр и чемпионатов, его всеядность мне не внушала доверия, он даже мотоболом интересовался, в голове у него была настоящая энциклопедия. Мы вместе ходили на лечебную гимнастику и некоторые процедуры, он постоянно болтал, у него изо рта летели слюни; слава богу, днями мы с ним почти не виделись, процедур у него было втрое больше, чем у меня: по нему катали валики, его отмачивали в грязевых ваннах, ему делали электрический массаж и даже иглоукалывание, что было редкостью, о чем говорила мама, добавляла, что у него очень непростой папа, она хотела, чтобы я продолжал с ним дружить. Я пытался... Нам было тринадцать лет, на нас сильно действовали процедуры, и по ночам мы сильно возбуждались, но еще не знали, что с этим делать, поэтому просто говорили. Он мне рассказывал о какой-то актрисе, которую изнасиловали сорок туземцев, это он якобы прочитал в перепечатанных на машинке листах, его мать принесла их с работы, он их нашел и какое-то время успешно читал (его мать работала с моей на одном заводе, и все это позже косвенно подтвердилось). Думаю, это был какой-нибудь порнороман, который был на дому переведен и распечатан подвижниками (когда я слышу, что «ГУЛАГ» Солженицына «взорвал» совок, я в этом сильно сомневаюсь, уверен, что именно порноманы, вроде того, что читал мой приятель, вот где пошла трещина, секс — намного важней любой «правды», к тому же «Архипелаг» читать долго и скучно, а СССР, как всякая страна, состоял в основном из обывателей, которые охотней читали и смотрели порнуху, я никогда не поверю в миф, будто Советский Союз был самой читающей страной, этот миф подкрепляли стотысячные тиражи «Малой Земли» или «Света над землей», но кто читал это дерьмо?). О себе он рассказывал так, словно был уже старичком... За два года после падения в его жизни многое изменилось; теперь он вспоминал о своих спортивных достижениях с такой дремучей грустью, будто прошло много-много лет. До того, как покалечиться, подолгу перед сном он представлял, как его имя будет вписано в историю олимпийских призеров, он подсчитывал, в каком году это должно произойти, гадал, в какой стране и в каком городе пройдет Олимпиада, в которой он сможет участвовать, воображал своих соперников, победителей в других видах спорта, чтобы иметь целостную картину, на фоне которой он получает медаль, он рисовал будущее в мельчайших подробностях, даже то, как изменится мир, люди, политика; например, он уже тогда говорил, что очень скоро обязаны произойти изменения, границы станут прозрачны, он говорил: «Коммунизм будет везде, всюду можно будет ездить, все будут понимать друг друга, потому что японцы скоро сделают электронного автоматического переводчика». Он писал фантастическую эпопею, в которой людям не надо было ни есть, ни пить, они не старели и не умирали; признался, что его любимый писатель был Аркадий Казанцев, а любимый роман «Модель грядущего». Очень подробно пересказал мне эту книгу (одна из глав, помнится, называлась «Съеденное шоссе»): жуткий бред о том, как в мире победил коммунизм, в Антарктиде построили изо льда город, производили искусственную пищу из воздуха, накормили весь мир. К сожалению, он говорил об этом с бóльшим воодушевлением, нежели об актрисе, которую насиловали туземцы. Я не любил спорт и фантастику, я хотел, чтоб он рассказывал про туземцев и актрису, но он почти ничего больше не успел прочитать из тех машинописных листков, его раскрыли и наказали.

Про него говорили, что он — лунатик. Мама хотела, чтобы я с ним дружил, но он жил в каком-то незнакомом мне районе, туда надо было ездить на троллейбусе, — Ыйсмяэ или Мустамяэ, — я не знал тех мест, только в мустамяэской больнице лежал и очень боялся (лежать в больнице в родном районе было не так страшно). Мать настояла, чтобы я написал ему письмо, и мы с ним некоторое время переписывались, но я быстро перестал отвечать, потому что он только и делал что слал мне спортивные сводки, читать это было скучно. Я хотел к нему съездить, но опасался, что из-за моей горбатости напорюсь на каких-нибудь садистов, которые не упустят случая поизмываться над уродцем. Я достаточно слыхал скверных историй об этих новых блочных районах. Там жила всякая шваль. В одном из этих районов у меня жил бывший одноклассник, Саня, он при каждой встрече пугал меня до смерти своими жуткими рассказами, причем говорил он обыденным тоном, с усталостью заводского рабочего в голосе, из чего я делал вывод, что насилие в тех районах было в порядке вещей, там были индивиды, которые каждую свободную минуту самозабвенно посвящали садизму, для них это было рутиной. Задушить кошку или горбатенького мальчика было само собой. Саня считал, что все это из-за многоэтажных домов.

— В таких домах, — качал он головой, — жить нельзя. В блочных домах люди от жары неизбежно сходят с ума. А если они не сходят с ума от жары, то уж от холода и сырости точно рано или поздно теряют рассудок.

Я ему верил. Саня пожил в разных районах, он даже в Питере жил; его мать была настоящая перекати-поле, меняла мужиков, на полгода они поселились в сторожке возле фабрики «Калев», и мы с ним лазили на территорию фабрики воровать сладости и жевательные резинки прямо через черный ход в их домике. Там была маленькая, как для гномиков, дверь. Пройдя сквозь дыру в заборе, мы оказывались на территории фабрики... Но сперва мы мочились! Он говорил, что перед тем, как идти на фабрику, надо непременно помочиться.

— Если попадешься, то обоссышься, я уже ссался... Там везде извращенцы, — утверждал он, — везде вокруг живут сплошные извращенцы, территория фабрики здоровенная, местами пустынная, там шныряют уроды, они воруют конфеты и жевку, жуют целыми днями сладости, нюхают клей и сходят от этого с ума, потому что нельзя жрать неготовую пищу, в ней очень много ядов, в этой резинке скопилось много ядов, воровать ее нельзя, и жевать тем более, а они жуют, да еще клей нюхают, а потом детей, конечно, насилуют, потому что сходят с ума.

Саня видел из окна, как попадался в руки отпетых извращенцев нерасторопный ученик с портфельчиком, набитым конфетами, Саня видел, как потрошили портфель, сдирали с мальчика школьную форму, он слышал визг...

Саня утверждал, что знает причины, от которых люди сходят с ума в каждом отдельно взятом районе, это было очень интересно, жаль, что я их не запомнил (помню, что в одном из тех районов, которых я не знал, основной причиной был ядовитый пруд, что находился посреди дикого парка); он считал, что и без вредных сладостей, клея и плохой жратвы причин сойти с ума было предостаточно. Я не мог не согласиться — мой отец давно свихнулся, он не только свихнулся, он еще и деформировался! Иногда это происходило прямо на моих глазах: отец вваливался в мою комнату пьяный и начинал искажаться, гримасничать, кривляться, изгибаться и бурчать что-то невнятное, его голова уменьшалась в размерах, пузо выкатывалось, ноги выгибались колесом, зоб вырастал, глаза наливались кровью. Он переставал походить на себя. Это был уже совсем другой человек. Это был уже не человек. Это был монстр.

О том, что время все-таки движется, нам сообщал ветер: он подвывал в щелях, и не каждый день! — если б он равномерно подвывал каждый день, мы бы перестали его замечать, и время остановилось бы; но ветер иногда затихал, и мы понимали: что-то изменилось, а значит, время движется. Затем пластиковый мешок начинал шелестеть, и мы понимали: ветер снова проснулся, совершил оборот и вернулся к нам — начался новый этап.

Хануман часто обращал на это мое внимание:

— Снова ветер, Юдж. Наверняка прилив. Новый этап!

В настенном календаре Ханни зачеркивал и выделял дни, как делают арестанты в тюрьме; я много раз просил его прятать от меня этот календарь, чтобы я не видел рамочку крест-накрест перечеркнутых дней. Он утверждал, что отмечает новолуние, полнолуние, затмения и пр. Я даже не спрашивал его, зачем ему это нужно (наверное, чтобы натираться кремом).

Хануман как-то заметил: чем дольше он живет взаперти, тем острее ощущает потребность что-нибудь украсть в магазине.

— Так можно стать клептоманом, — и выругался.

Я сказал, что тоже это ощущаю, со мной такое бывало и раньше... впервые я испытал подобную потребность после того, как меня стали запирать дома. Лопнула какая-то труба, говорила мать, в детском саду лопнула труба... и закрывала дверь, а моя нижняя губа уже выворачивалась. Щелчки замка — и я начинал выть... чтобы она слышала, спускалась по ступенькам и слышала, как я вою, чтоб с этим воем жила весь день, хотя я не плакал, я уже вырос, мне было пять лет, и я все понимал, я уже мог превосходно обходиться без нее и людей, мне хватало голубей, что прилетали на наши подоконники, я их прикармливал, слушал их истории, я следил за улицей и старухами в противоположных домах, смотрел телевизор (только один канал, потому что переключить крепости рук не хватало); единственный побочный эффект одиночества — желание как-нибудь досадить всем: матери, отцу, бабкам-дедкам, машинам... Я забавлялся тем, что швырял что-нибудь в прохожих из окна, спускал на отцовой леске всякую дрянь: спущу ботинок до уровня окошка на втором этаже и подергиваю, чтоб постучать в стекло. Тогда сосед приходил к моей двери, звонил, возмущался, а я его передразнивал. Я выкидывал очень полезные предметы, не боясь наказания: «Они сами виноваты в этом, — думал я, — они знают, что виноваты», — и выбрасывал одежду матери или какую-нибудь кастрюлю, но вещи отца старался не трогать, потому что, выйдя из себя, он мог запросто меня самого в окно выкинуть. Когда я научился выбираться из моей квартиры через чердачное окно, меня охватывало желание что-нибудь украсть или бежать куда-нибудь далеко-далеко, прочь от всего людского, схватить ближайшего ко мне человека за рукав и потянуть туда, куда влекла меня сила, ключом бившая из скрытого во мне источника.

Думаю, что Томас воровством занимался именно по этой причине: он жил очень замкнуто, и когда ему доводилось оказаться у кого-нибудь в гостях, ему необходимо было что-нибудь стибрить, чтобы иметь вещественное подтверждение того, что он покидал свою клетку, как и я, через чердачное окно, а также постоянно иметь под рукой напоминание о внешнем мире. У него была тяга обнажаться, это открылось очень рано, почти сразу, он завел меня за эстонскую школу, за большие кусты, где стоял заброшенный ангар хозяйственной части, в который мы залезали курить, он завлек меня за этот сарай и сказал: «Давай снимать штаны!» — Я не успел ничего ответить, он снял штаны и стал плясать, потряхивать членом, крутить задом, кружиться. Танцевал он как-то жеманно, как девочка, подумалось мне. Он так странно танцевал, даже когда был в штанах, приходил ко мне, мы ставили пластинку, и он начинал танцевать, хотя мог просто сидеть, как я, и слушать, но ему нравилось кривляться, крутиться и на себя в зеркало поглядывать. Томас врал, что научился танцевать в «Артеке», и говорил, будто там были немецкие дети — главное его изобретение (он их придумал затем, чтобы не слишком одиноким себя чувствовать).

Он был симпатичный малый: зеленые глаза, высокий, тощенький, с длинным арийским носом, — но было в нем что-то гаденькое. Даже если бы он засунул себе в рот дуло пистолета, это не спасло бы его, хотя губы у него были тонкие и капризные, как у девочки, слегка будто воспаленные, но за ними торчали громадные зубья и толстые десны. Даже если б повесил себе на шею мальтийский крестик... но на его груди поблескивали дешевые значки со всякими дурацкими группами, какой-нибудь Depeche Mode и тому подобная фигня, жалкая дребедень... по сравнению с парнишкой на фотке Лэрри Кларка, вся моя жизнь — отстой, глубокий отстой! Я прекрасно знал, что никаких немецких детей в его жизни на самом деле не было, однако, понимая, откуда они взялось в его голове, я прощал ему этот безобидный вымысел. Танцевал он, правда, хорошо. Но это ничего не доказывало. Необязательно ездить в «Артек», чтобы научиться танцевать. Он много упражнялся дома перед зеркалом. У него был дохленький магнитофончик, подарок двоюродных братьев, он ставил старые кассеты, которые ему тоже подарили братья, и танцевал. В нем ощущалось какое-то отклонение, и меня это подзадоривало. Он легко выходил из себя: достаточно было перебить пару раз, и его веко начинало дергаться, он заикался, бледнел, кусал губу. Все это от замкнутой жизни, думал я. Так и теперь считаю. Его мать работала на мебельной фабрике, а бабка была глуха и всегда говорила «мудрости» с лукавым причмокиванием: «Мца, надо хорошо учиться. Чтобы работу хорошую получить. Мца!»

Томас ненавидел свое имя и происхождение (он был финном по матери и неизвестно кем по отцу). Он ненавидел своего отца, которого ни разу не видел. Я ему говорил, что нельзя ненавидеть человека, которого ты никогда не видел: «Например, — объяснял я ему, — своего отца я вижу почти каждый день, и от этого ненавижу его. Но если по какой-то волшебной причине я перестану его видеть, то ненависть пройдет, я просто забуду его». Но теперь я понимаю, что Томас знал о ненависти гораздо больше меня, и о многих других вещах он узнал гораздо раньше меня!

Я был первым настоящим официальным другом Томаса (кстати, позже он мне признался, что когда я воровал у них во дворе яблоки, это он меня заметил и настучал матери, чтобы она меня привела к нему и мы подружились), до меня были только большие мягкие игрушки, он их расчленял, выкалывал им глаза, а затем подбрасывал матери и бабке. Томас был истериком, у него случались припадки, он всех боялся, но иногда не выдерживал и начинал орать, бить кулаками всех подряд, слюни и слезы летели во все стороны, он мог даже рвать на себе одежду и волосы. К тому же он был исключительно злокозненным и на редкость циничным. Несмотря на свою ангельскую внешность — золотые кудри, бледная кожа, розовые тонкие губы, пшеничные длинные ресницы, — он был адски жестоким человечком. Я не раз видел, как лицо вынырнувшего из-за поворота нам навстречу мальчика, который был много младше нас и жил неподалеку, менялось от ужаса, когда он видел Томаса, а Томас, когда видел мальчика, замирал, как удав, заметивший кролика, его губы сжимались, глаза делались хищными, глухим утробным голосом он говорил ему: «Иди сюда, дрянь! Иди сюда, я сказал!»

Однажды он с наслаждением мне рассказал, как отомстил за что-то матери (хотя мстить можно было и просто так, без особой причины, наши матери заслуживали мести за одно то, как и где мы существовали, за это можно было мстить всю оставшуюся жизнь). Она взяла его на какой-то остров с работниками фабрики, и они все поехали на хутор к женщине, которая умирала от рака, ей оставалось недолго, сказала ему мать, Томас ехать не хотел, но сидеть дома со слепой бабкой было еще хуже, потому из двух зол со вздохом выбрал поездку на остров. Муж той больной женщины был непосредственным начальником матери Томаса, и вот когда они у костра пили и ели шашлыки, произносили тосты, этот начальник поднял стакан вина и попросил слова. Томаса к тому моменту уже все так нестерпимо достало, что он вскочил, подбежал к нему, встал в свете костра (был вечер, сумерки, изменчивое пламя) и громко крикнул в лицо начальнику: «Чтоб твоя жена поскорей сдохла», — и вернулся довольный на место. Ему тогда было шесть лет. Примерно тогда же мы и познакомились. Но рассказал он мне ее много лет спустя, и меня это немного беспокоило, не сколько сама история, а то, что он мне рассказал ее спустя почти двадцать лет с таким воодушевлением, как если бы все это случилось вчера или на днях. Это было в самом конце нашей дружбы. Мы пили с ним молдавский портвейн — за одиннадцать рублей, светлый и кислый, от него нас потом слабило, но мы хорошо опьянели, — и он мне признался, что всю жизнь считал меня инопланетянином, а затем с гордостью рассказал эту историю. Рассказал и переехал в другой район, где жили садисты. Он чувствовал себя там превосходно, ходил, как все, в спортивный зал, принимал стероиды, брился наголо, делал себе татуировки, вышибал зубы из челноков, работал токарем на каких-то заводах, гнал халтуру, клепал кастеты и даже стволы, нашел себе бабу, которую бил и пилил во все дыры, о чем рассказывал уголком рта всему городу, — хотя я всегда чаял в нем гомосексуалиста, но он был настолько озабочен образом мачо, что потопил в себе мои слабенькие надежды, не стал актером, не стал поэтом, не стал музыкантом, хотя пел прекрасно, не стал вратарем, не стал писателем, хотя писал неплохо, не стал даже вором, хотя мы с ним так ловко воровали; он стал обычным мужиком, мудаком, дураком, живет в Ыйсмяэ или Мустамяэ, пьет пиво, смотрит футбол, бьет жену, блюет с балкона, и когда сплевывает, обязательно сильно тянет сопли через ноздри, с клекотом в глотке. Он поселился на отшибе. Как некоторые насекомые, выбирают себе место, где плетут кокон, чтобы довести метаморфозу до конца, он выбрал себе ублюдочный блочный район недалеко от наводившей на мое детское воображение ужас трубы мыловарни. Мы с матерью проезжали мимо нее, когда навещали отца в госпитале; он умирал от заражения крови, мы ехали мимо трубы, я смотрел на нее, на клубы цветного дыма — она сильно чадила, по всей округе разнося нестерпимую вонь, и думал: когда человек умирает, он разлагается и воняет, наверное, так же, а когда труп сжигают, он вылетает в трубу (возможно, я предвидел, что однажды его кремируют). Мать сказала, что там сжигают животных и делают из них мыло. Вдыхая омерзительный запах, которым пропиталось все в том районе, я представил, как сгорают пойманные на улице собаки и кошки, — видение было таким отчетливым и страшным, что я заплакал, и это было очень своевременно, потому что отец был в страшном состоянии, и мои слезы были, как никогда, уместны и обманчивы, как фиониты, которые подсовывают иной раз простофилям, выдавая их за бриллианты.

Если б мать не покупала Томасу идиотские игрушки, чтобы он не скучал, когда она была на работе, может быть, он не был бы таким. Наверняка. Но тогда он был бы гораздо менее интересным. В конце концов он поборол в себе обиду, которая жила в нем вместе с остатками разодранных в его прошлом игрушек, и сделался таким, каким и был задуман изначально.

Когда я уезжал в пионерский лагерь или санаторий, он писал мне письма, иногда они приходили почтой, иногда их привозила мать, однажды он приехал ко мне в лагерь «Клоога-1» вместе с ней, чему я сильно удивился, и гордо сказал, что больше писать мне не будет и не особенно-то ждет моего возвращения, потому что теперь ему кое-кто пишет из ГДР, и показал тетрадку с письмами от немецких девочек и мальчиков.

Это был бурный порыв его фантазии и это был результат его убогого замкнутого существования. Если запирать детей в чуланах, они превращаются в монстров, по себе знаю. Потом он сам стал от всех прятаться, чтобы скрывать уродливость своего внутреннего мира. Я находил его на чердаке. Он там курил. Он рано начал курить. Тоже от одиночества. Он запирался от бабки, потому что не выносил ее трясущейся головы и шамкающего рта, не выносил шарканья ее ног и кудахтанья, она постоянно ему говорила, что надо учить уроки, чтобы хорошо закончить школу, чтобы получить работу, хорошую работу. Это было самым главным словом — работа. Бабка говорила с ним то по-эстонски, то по-фински, он ей кричал: «Говори по-русски, старая карга! Я хожу в русскую школу! Я найду себе русскую работу! Говори по-русски!»

Он терпеть ее не мог, потому так и не выучил эстонский, сносно понимал финские титры, потому что у них не было звука, но не говорил. Зато много писал по-немецки. Он писал письма немецких детей, с которыми он якобы вступил в переписку после того, как якобы съездил в «Артек». Это были прекрасные рассказы о том, как Рольф ходил на рыбалку с друзьями, и они подсмотрели, как купаются женщины, о том, как Герман и Эрик спрятались в папиной машине, и что-то делали... я так и не понял, чем они занимались там, в папиной машине... Но это было не так важно, все это были выдумки Томаса... Там был Питер, который гулял с девочками, и они все захотели писать, а туалета рядом не было, и они все писали вместе. Там было много всего... и там все было просто! Простая человеческая жизнь, о которой только может мечтать мальчик по имени Томас, которого заперли дома одного.

Я был уверен, что немецких детей, которые овладели его воображением, он придумал потому, что его двоюродные братья некоторое время на самом деле жили в ГДР (их отец там служил, он был какой-то военный) и у них было много шмоток, пластинок, игрушек и всяких штучек: ручек, значков, пустячных вещичек, которые и поражали воображение Томаса и вызывали в нем сильные уколы зависти. Не столько обладание этими безделушками вызывало в нем зависть, сколько то, что они свидетельствовали о едва вообразимой иностранной жизни, о которой Томас мечтал и которую не особенно ценили его двоюродные братья (они жаловались, что в Германии были слабые учителя, и им пришлось наверстывать по точным наукам, когда они переехали обратно в Эстонию), поэтому именно на них и была направлена его мстительная клептомания. Он тырил всякие ненужные вещицы, а потом говорил, что это ему прислали немецкие дети из ГДР.

— Шлют мне всякую ненужную дрянь, — говорил он и дарил кому-нибудь, говоря небрежно: — Не знаю, зачем они мне это прислали. Мне это не нужно. Хотите? Берите. Они еще пришлют. Они часто пишут интересные письма. У нас такие письма не пишут!

Он говорил так, словно со всеми переписывался.

— Ты таких писем не пишешь, — говорил он мне. — Таких писем, какие мне пишут из Германии, ты таких не умеешь писать. Таких тебе ни за что не придумать! Да тебе никто и не напишет ни одного такого письма, потому что ты не был в «Артеке».

Я не обижался; я знал, что он помешан, и тихо улыбался, наслаждаясь тем, как он сгорает передо мной от безумия.

Он так был одержим этими немецкими детьми, что иногда у него дома я видел их призраков: в трусиках или очень воздушных накидках, они разгуливали с непринужденным видом по его комнатке и предлагали мне всякую чепуху — семечки, яблоко, жвачку, коктейльную трубочку; порой они были похожи на эллинов, которые выплыли

171

из бани в облаке пара, или на эльфов, их кожа светилась, точно мокрая, и отливала серебром.

Томас пил много кофе, у них всегда был кофе, настоящий, финский, его присылали родственники из Финляндии. Теперь это кажется странным, но моя жена мне рассказывала, что ей тоже присылали посылки из Швеции. Однажды Лена встретила двух шведских старушек, которые в детстве жили в Таллине, еще до Второй мировой войны, а потом родители их вывезли из Эстонии. В период горбачевских экспериментов контроль уменьшился, иностранцев на улицах Таллина стало больше. Старушки приехали в Таллин, но, наверное, сели не на тот автобус и заблудились, долго бродили по улицам Ыйсмяэ, приставая к прохожим, но их никто не понимал, пока им не встретилась Лена и не объяснила по-английски, куда надо идти, более того, она их проводила до Старого города, они были ей так благодарны, что решили с ней переписываться, и даже слали посылки: чулки, косметику, конфеты. Точно так же мать Томаса регулярно получала посылки из Финляндии, в первую очередь ей присылали кофе: Paulig Juhla Mokka, Presidentti, Arvid Norquist и многие другие сорта, этикетки которых были аккуратно вырезаны и вложены в большой альбом, где также были картинки из различных финских журналов (кстати, только сейчас вспомнил: его мать была со странностями, на дверцы своего шкафа с внутренней стороны она наклеивала эротические картинки с полуобнаженными женщинами — ни одного мужчины на них не было). В девяностые, прогуливая лекции, я часами просиживал в институтском баре и, подливая ром или дешевый бренди в кофе себе и случайным посидельцам, я говорил, что здешний кофе просто дерьмо, а по сравнению с тем, что я пью у моего друга, это даже не дерьмо, а гораздо хуже, но я продолжал прогуливать лекции в баре, мне нравилось подслушивать разговоры членов художественного общества Mooreeffoc, которое недолго существовало в стенах нашего института, в него входили в основном эстонские художники, поэты, перформансисты, ситуационисты и один или два прозаика, они собирались в нашем баре. Помню, как один художник хвастался перед девушками, которые были в восторге от его выставки, тем, какой хитрый он придумал способ грунтовать холст кофейной гущей, поверх которой он накладывал яичную темперу. Я помню, как они смотрели на него. Помню, как он размахивал руками, вращал головой, изображая, как он выпивает кофе стакан за стаканом, а потом вытряхивает гущу на холст и рьяно ее размазывает, после чего он бьет яйца, делает замес и снова размазывает смесь по холсту. Его очки сверкали. Девушки не сводили с него глаз. Для меня в те дни такие подслушанные откровения были хлебом насущным, все это автоматически накладывалось на мое собственное подпольное писание. Я пил кофе, вел мои записи, прикладывался к бутылке рома, которая стояла под столиком в моем пакете с тетрадками, и снова нырял в записную книжку, чтобы внести дополнения в мои письма. Я тогда писал много писем во Францию, вел тайную переписку с француженками... все это от страсти к хрупким девочкам лет семнадцати; я не переставая думал о них, воображал, что Париж ими кишмя кишит, мне они снились самые разные: с арабской примесью, мулатки с кучерявыми волосами, мальчишескими повадками, или блондинки нормандских кровей... и простоволосые бледные потомки русских эмигрантов с растерянными взглядами — в Таллине такие тоже нет-нет, да попадались, только у нас они были детьми недавно переехавших из Ленинградской области инженеров, такие девочки были очень дурно воспитаны, они плохо одевались, и их выдавали грубые хриплые голоса, но страсть моя к ним от этого только возрастала, я часто их видел возле ДОФа, они там крутились у пушек, курили дешевые сигареты Bond, ругались матом и, кружась со своими страшно затасканными сумочками, восклицали на весь Морской бульвар: «Где бы блядь напиться сегодня?» — и мне жутко хотелось их привести к себе, моя страшная халупа им подошла бы, я уверен, она бы их устроила, эти шалавы не нуждались в люксе, но у меня не было ни талонов на спиртные напитки, ни денег, ни воли подойти и заговорить с ними, даже когда меня одна из них как-то спросила (видимо, я примелькался), нет ли у меня сигарет, я достал пачку «Кэмел», она вытянула сигарету, а потом спросила: «А можно две?» — блядская улыбочка появилась на ее прелестных тонких кривых губах, ее ресницы вздрогнули, и я ощутил слабость, гнетущее подпольное желание кончить ей на глаза, глухим голосом я сказал: «Можно», — она взяла вторую сигарету, я спрятал пачку и пошел дальше, через парк к Морским воротам, стараясь забыть ее, выкинуть ее улыбочку из головы, но что-то мне шептало, что она знает, что я думаю о ней, она проникла в меня, разгуливала по моим органам, пинала сбитыми грязными туфельками мои яйца, курила и смеялась, в бешенстве я шел мимо Летнего парка на Балтийский вокзал, я шел в странный киоск, в котором в одном ряду с «Аргументами и Фактами» продавались Le Monde, L'Humanité, The Times, The

Moscow News, «Смена», «Ровесник» и многое другое — все было старьем, потому что хозяин киоска, стараясь выдать свою барахолку за нечто вроде лавчонки библиографического раритета, торговал обычной макулатурой, которую надо было сжечь, но старик не мог этого сделать (тогда не стало бы и киоска, потому что на полочках осталось бы не больше дюжины книг), он с обожанием поглаживал каждую газету, каждый журнал, даже книжки, от которых несло советчиной. Первое время, когда я напоролся на его ларек и купил завезенный из Питера томик оккультной литературы (так я впервые прочитал Лавкрафта и Кроули), я думал, что старик какой-нибудь архивариус или библиотекарь (я еще придумал сюжет: библиотекарь ворует книги из библиотеки и торгует ими на рынке, — я придумал, что старик попадается и оказывается за такое жалкое преступление в тюрьме, меня отчего-то веселил такой оборот, и я довольно долго писал о нем, придумал, будто он мой сосед, будто мы вместе работаем в «Реставрации» сторожами, я столько времени на это убил, страшно подумать!), но потом подслушал, что хозяин лавки в прошлом инженер и не читал того, чем торговал (рядом с эзотерикой и Кастанедой могли оказаться какие-нибудь травники или Чейз). Он вечно с кем-нибудь трепался, многое о себе выбалтывая, хвастал тем, что был изобретателем, родился и вырос в Свердловской области, скитался по Сибири и Уралу, а потом удачно женился и на старость лет переехал в Эстонию. Он почти ни слова не знал по-эстонски, но добросовестно учил язык, во всяком случае, стоял с разговорником. Я годами ходил на вокзальный рынок, выискивая его лавочку, он часто перемещался, пока его не засуну-

ли на самые зады ангара с вывезенной челноками
с Вильнюсского рынка одеждой, рядом с ним разместились
мужички, похожие на бомжей, они разложили на ящиках
и бордюре всякие отбросы, которые никто точно ни за что не
купил бы, и делали вид, будто торгуют, а сами пили какую-
то отраву и трепались, лишь бы как-нибудь убить время,
и он с ними продолжал все те же разговоры, которые годами
не менялись, и в руках его оставался все тот же драный раз-
говорник, старик в своем знании эстонского почти не про-
двинулся, и сам он внешне почти не изменился. Уверен, что,
если я сейчас задамся целью его разыскать, где-нибудь
в Копли или на привокзальной территории он легко разы-
щется в каком-нибудь подвальчике, будет стоять среди тех
же журналов и книг все в той же позе с разговорником, ве-
щать кому-нибудь о своих скитаниях по Руси, жаловаться
на что-нибудь... В начале девяностых я покупал у него Le
Monde, потому что мечтал встретить мою Наденьку; мне
нравились сюрреалисты, мне нравился Андре Бретон; я хотел, чтобы моя Наденька была парижанкой, француженкой,
а не русской, как в его повести; я мечтал, что она будет худенькая, потерянная и таинственная, поэтому я тайно учил
французский (я очень скрытный) и покупал Le Monde, где
на последней странице была колонка с объявлениями для
тех, кто хотел завести себе друга по переписке; в поисках
моей Наденьки я писал на каждое объявление, но мне редко
отвечали; те, кто решался со мной вступить в переписку, ничего общего с моей фантастической Наденькой не имели:
одна писала, что у нее дома есть рыбка, которую она кор-
мит, — письмо было как от ребенка, и я ей не ответил; другая занималась йогой и хотела переписываться только с тем,

кто тоже занимается йогой и использует свою половую энергию в целях просветления, меня это нисколько не интересовало; дольше всего я переписывался с алкоголичкой, которая находилась в реабилитационном центре, но когда я узнал от нее, что она читает мои письма на групповой терапии, и что переписка ей необходима для того, чтобы набирать какие-то там очки, чтобы пораньше выйти и снова запить, я прекратил ей писать, прекратил покупать Le Monde и ходить на Балтийский вокзал, я его обходил стороной, я жалел, что выбросил столько денег на газеты, конверты, бумагу, ручки и марки, из моих писем можно было бы сложить целый том, который я озаглавил бы «Отчаянная попытка вступить в переписку с собственным членом», я мысленно похоронил мою Наденьку, мою мечту, возненавидел Бретона и больше не читал сюрреалистов. Мне было одиноко, особенно в дождливые осенние дни. Я шел к Томасу, он услужливо наливал мне кофе, с пониманием сочувствовал: «Проще переписываться с парнями, они как-то лучше отвечают, а потом, если попросить их хорошенько, они подгонят тебе бабу, и ты будешь с ней переписывать, и даже можешь к ним съездить в гости», — говорил он, я спрашивал его, что же он не съездит в Германию к своим адресатам, он отвечал, что никуда вообще ездить не хочет (он был домосед, это верно), я задумчиво пил кофе, он тоже себе наливал, выпивал несколько больших кружек, включал какой-нибудь дурацкий рок-н-ролл и танцевал. Когда приходила мать с работы, мы уходили на чердак, там мы курили, он подсматривал в бинокль за людьми в соседнем доме, листал журналы. У него был шкаф и кресло на чердаке — мебель, которую выкинули, но не вынесли, ей было не меньше ста лет. Томас оклеил шкаф картинками из журналов, он вырезал из венгерского журнала «Кепеш спорт» футболистов, а иногда там попадались симпатичные девушки в бикини с кегельными шарами в руках, были женские футбольные команды, девушек-футболисток он тоже очень любил, кроме того, они были венгерками, их часто снимали играющими в футбол на пляже, на песке или прямо в воде, он их вырезал и наклеивал на шкаф, курил, слушал на своей мыльнице *Neoton Família*[1], плевал на пол и поглядывал в бинокль сквозь круглое окошко в соседний двор, где время от времени появлялись девочки, эстонки, очень симпатичные, мы за ними часто подглядывали. Почему-то мы с ним увлекались только эстонскими девочками, увлекаться русскими девочками мы считали дурным вкусом — еще одна причина скрывать мою страсть к русским шлюшкам. Это было связано с тягой ко всему западному. Кстати, единственные фотографии тех лет, которые мне хоть сколько-то нравились, были те, на которых появлялся Томас, он всегда странно одевался, и физиономия у него была очень нерусская, и казалось, что фотография была сделана где-нибудь в Германии или Финляндии. С ним любили фотографироваться гости из России, к нам приезжали несколько лет кряду родственники из Омска, и они все тянули Томаса в свои фотографии, — позже они писали мне и моей матери, что эти фотографии показывают всем, и все, глядя на Томаса, спрашивают: «А кто этот иностранец?» Он и не знал, как был популярен в Омске; я специально ему об этом не говорил. А зря, он наверняка совсем бы спятил. Такая слава ему и не снилась.

---

[1] Венгерская поп-группа, была популярна в СССР в 1970—1980 гг.

Он был настолько одержим своими немецкими детьми, что даже писал о них в тетрадках. С годами они не взрослели, их лексикон не менялся, и это было очаровательно. Он начал сочинять их письма лет в тринадцать, к пятнадцати годам ему никто, кроме меня, не верил. Я тоже не верил, но не терял воодушевления, с неубывающим наслаждением слушал его «переводы их писем» (хотя я до сих пор сомневаюсь, что он изначально писал их по-немецки; возможно, он мне показывал свои контрольные по немецкому языку, ведь я учил английский и не мог понять, что там у него в тетрадках творится; а мне он читал их по-русски, якобы перевел). Он и позже читал их мне, когда я уже учился в институте и писал о различной кухонной утвари, в которую испражнялись персонажи моего бумажного дома, о сталактитах, которые я выращивал в моей голове, сталактиты свисали, как младенцы на пуповине, вытянутые и скользкие, между ними летали мыши, они пищали — я писал о том, о чем пищат летучие мыши, летая между сталактитами в пещере моей головы, а Томас писал опусы о немецких детях. Приглашал меня на чтение, никого больше в нашем районе пригласить было нельзя — все уже скурвились, их интерес был ограничен цветными металлами, категориями эстонского языка и перегоном машин из Голландии и Германии с дешевыми видаками и кассетами в багажниках под резиновым ковриком, — это было незадолго до переезда Томаса к мыловарне, последний всплеск, было это как-то так же стыдно, как когда-то в школьном дворе, со спущенными штанишками, виляя бедрами... Я закуривал сигарету, тянул вино, сидел напротив него нога на ногу, он читал и делал взмахи правой рукой, как дирижер, веко левого

179

глаза подрагивало; переворачивая страницу, он потряхивал кудрями. Оба мы отражались в зеркале старого шкафа, которое хранило наши отражения начиная с 1977 года. Иногда, читая, он неожиданно начинал трястись и смеяться. Взахлеб. Он смеялся над своими собственными выдумками! Обливался от смеха слезами! Я до сих пор не могу сообразить: он на самом деле смеялся или это было отчаяние?

5

Я хочу изобрести язык, чтобы думать без содрогания (ибо даже думать невозможно без оглядки, когда на ум приходят слова, потертые, как ложка общепита), каждое слово моего языка должно быть обтекаемым настолько, чтобы выскальзывать из головы без следа, так как я хочу думать безболезненно, чтоб мысль не скапливалась сгустками совести. Поэтому такой язык должен быть бесцветным, или подобным симпатическим чернилам.

Герметичность письма — вот что важно; коммуникация меня не заботит. Я собираюсь разработать систему языковых знаков, которые во всем отличны от тех опилок, которыми набивают чучело, дабы выдать его за нечто живое.

Enough is enough! Basta! В начале только шифр. Я занимаюсь шифром, который спрячет нас от возможных интерпретаций...

Тайная жизнь... мне всегда была необходима тайная жизнь; это часть моего характера — находить недоступ-

ные места, прятаться и слушать тишину. В ней звуки расцветают. Шелест листвы делается просторней. Дождь превращается в симфонию. Мир в одиночестве безграничен. Человек умеет похитить у тебя вселенную за несколько секунд, не подозревая об этом!

Самые простые слова в тишине приобретают густой смысл, они становятся как бы мохнатыми.

Каждое слово, полежав в растворе моих чувств, пропитывается мною, как стрела ядом, чтобы быть только моим оружием.

* * *

Внутри меня в тончайшем полиэтиленовом пакете двадцать грамм жижи, это и есть моя душа. Когда я хожу по этим коридорам, я чувствую, как она во мне булькает. В раннем детстве, почувствовав присутствие чего-то булькающего внутри, я посчитал, что это был пузырь, и мною выпитая жидкость; но это была душа, — уже тогда я понимал, что надо хранить ее таким образом, чтобы она была в полном покое, не встряхивать; я знал, что мне необходима герметичность; во всяком случае я как-то догадывался, что лучше оставаться в закрытом помещении как можно дольше, и желательно неподвижно.

* * *

В отеле, приходилось очень много суетиться, как в «Макдоналдсе». Дел было невпроворот. Каждое дело почему-то было связано с множеством неудобств. Просто сходить за какой-нибудь мелочью — стиральным порошком, например, или щетками — не удавалось; все каким-то роковым образом оказывалось сопряжено с ненужными переговорами с женой Хотелло или им самим, или порошок приходилось искать в подвале, или по пути в подвал я натыкался на постояльца или гостя, у которого было множество просьб, кто-нибудь дергал за рукав и задавал идиотский вопрос, после чего меня засылали за чем-нибудь в чулан... и так целыми днями: бежишь вниз по ступеням, взлетаешь вверх, наклоняешься, приседаешь, принимаешь, толкаешь, протираешь, а все внутри тебя встряхивается, сердце стучит, волнение бежит по коже и жижа в мешочке хлюпает, — от этого хлюпанья укачивает, — в конце дня качает так, что никаких сил терпеть это нет, спина ноет, ноги болят, в голове гудит, мне надо лечь... я падаю... лежу с закрытыми глазами на полу, а там все вертится, и внутри жижа плещется...

На пол я перебрался еще и потому, что у меня сильно прихватило спину после уборки в подвале; там было сыро, я почти не разгибался, и сквозняк — все время шнырял серб, который чинил во дворе машины, на которых возили контрабанду из Германии и Швеции.

Иногда, лежа на полу, мне казалось, что я дома, и если открою глаза, то справа от себя увижу дверную щель, разогретую кухонным желтым светом, слева надо мной будет громоздиться стол, а за головой из мрака возникнет на терпеливого охранника похожее раскладное кресло с вмятиной для призрака. Я часто просыпался дома и мне чудилось, что в кресле кто-то спит. Отец иной раз приводил малолеток, приковывал наручниками к креслу, однажды я проснулся, увидел мальчика, который был на несколько лет старше меня, и он, заметив меня, спросил: «Эй, пожевать нет чего?» Я принес хлеба. «Вот, хлеб», — сказал я. «Пойдет», — сказал он.

Холодок лизал мои веки, виски, стремился забраться в уши; холод свернулся вокруг моей шеи, как петля. Это, наверное, страх, думал я, на самом деле нет сквозняка, это просто нервы... Уши я затыкал ватными тампонами, чтобы холод не забирался в голову.

Однажды пришел Хотелло, без стука вошел, увидел, что я лежу на полу, ничего не сказал, в глазах его сверкнуло изумление, даже неловкость, нечто подобное я замечал в глазах отца, вопрос: что ему со мной делать? Наверное, я сильно пялился на моего отца, потому что он частенько мне говорил: «Чего смотришь?» — и я отворачивался. Как-то мы с ним были в кино, в «Лембиту», смотрели фильм с Бельмондо, и после фильма пошли в кафе, на месте которого впоследствии кавказцы открыли шалман «Лейла» (шашлыками по всему вокзалу воняло); кафе было настоящее, эстонское, какие теперь можно увидеть разве что в фильмах Каурисмяки. Оно было с бордовыми занавесками, красными скатертями, огромными салфетками, засохшими букетиками... в провинции еще встречается что-то подобное, чем-то мне то кафе напоминают теперешние *Pihlaka*[1]... но нет, нет, не то... таких теперь нет и в провинции! Мы пили кофе и ели булочки, и отец спросил, понравился ли мне фильм, я ответил, что очень понравился, и тогда он мне предложил еще раз его по-

---

[1] Серия эстонских кондитерских, в которых можно посидеть, как в кафе, или купить кондитерские изделия с собой.

смотреть, и мы пошли и посмотрели его еще раз. Да, отец просто не знал, что со мной делать; я для него был загадкой, и был я странным ребенком.

Ничего не сказав, Хотелло принес спальный мешок, — лежа в нем, я вспоминал, как мы с отцом и капитаном жили в палатках на Чудском озере, сквозь дрему я слышал плеск волн и шуршание камыша, — но холодок по-прежнему крался по шее, лизал виски, толкал меня в спину. Он прилипал ко мне, воруя тепло, я наматывал шарф. Я был весь облеплен холодом, как заплатками. Поэтому предпочитал что-нибудь курить и нюхать; под воздействием веществ холод становился дружелюбным, он не пугал меня, скорее — приятно освежал, как дорогой одеколон.

— Это нервы, — говорил Хануман, — это просто нервы... Никакого сквозняка нет. Дует немного, но сквозняка нет.

Но стоило ему приоткрыть пленку, впустить лучик света, как меня обдавало холодом и начинало трясти, я требовал, чтобы он залепил окно и не отдирал пленку. Дверную щель внизу я заделывал полотенцем, — дабы оно крепче сидело, я его слегка увлажнял.

— У нас и так нет свежего воздуха, — вздыхал Хануман (уже тогда ему зачем-то был нужен свежий воздух).

У Ханумана был сундучок, в котором у него были разные тюбики и пузырьки, и еще много различных лекарств; когда Хануман видел, что я улегся на полу, он с ворчанием открывал свой сундучок, доставал оттуда маску для глаз, нюхал немного что-то из пузырька, намазывал лицо, за ушами и на шее, отчего по комнате распространялся приятный запах сандала и еще чего-то, и тоже перебирался на пол.

Мы лежали валетом.

Я всегда отворачивался к стенке, где была приколота фотка, которую он мне подарил. Я зажигал чайную свечку и ставил ее на тумбочку, что стояла у стены; она освещала стенку, где висела фотография. Я смотрел на нее: пламя свечи гуляло, и парнишка на тахте шевелился, засовывал себе в рот дуло поглубже, а потом вынимал, колени его тоже сдвигались и раздвигались, складки на одежде шевелились, мальтийский крестик на груди поблескивал. Он откладывал свое громоздкое оружие, и в его руках оказывались карандаш и блокнот, парнишка что-то писал, сосредоточенно... Я смотрел на него и напевал про себя *Непрерывный суицид...*

Я много раз просил Ханумана не ложиться на пол, меня это смущало; я просил его не делать этого, потому что у меня были причины лежать на полу, у него спина не болела из-за кушетки, ему не стоило цеплять невралгию, но он отвечал, что если останется лежать в постели, то будет чувствовать себя по отношению ко мне хозяином, человеком более высокой касты, а ему этого не хотелось, — «потому что ты лежишь как *untouchable*», — добавлял он.

(В самом начале нашей дружбы он ко мне относился очень хорошо, и я наивно полагал, что он всегда ко мне будет так относиться.)

Подозреваю, что лежал я действительно очень кротко; я это и сам чувствовал: поджав ноги и прикусив губу (прикус мертвеца). Должно быть, я вызывал в нем жалость, которая впоследствии переросла в чувство превосходства (я это позже почувствовал, когда было поздно и ничего изменить было уже нельзя), но мне было наплевать. Я лежал и разглядывал фотокарточку и забывался, засыпал, проваливался в сон, в котором сам оказывался там, на тахте, с пистолетом во рту...

У меня ныла спина. Не спалось. Мутило. Жег много свечей. Зажгу и смотрю... Пламя колеблется, и меня покачивает... Как на корабле... рядом со мной сосед по каюте — парнишка с пистолетом... его тоже покачивает, он тоже страдает от морской болезни... «И тебе херово?» — шепотом спрашиваю я, он поворачивает в мою сторону свое тонкое лицо, смотрит пронзительно холодными глазами, кивает и отворачивается, закладывает дуло пистолета в рот и... еще немного, и меня вывернет!

Особенно плохо мне становилось после работ на кухне; приходилось мыть тарелки, а на перчатках и щетках Хотелло экономил, моющие средства были ужасно вредные, руки вспухали, трескались, в одежду въедался омерзительный запах объедков, и все это напоминало «Макдоналдс», в котором я недолго поработал после того, как меня уволили с мебельной фабрики, где я работал вахтером. Со мной там работали очень странные типы: все русские, в основном старики, ругали власть, ненавидели эстонцев, ни о чем другом, казалось, не могли говорить, только о деньгах, погоде и об эстонцах. Пуще прочих заходился Колпаков, единственный молодой, лет на десять старше меня, не больше, дежурить с ним в паре было пыткой. Издалека он походил на бомжа: худой и сплюснутый, робкий, словно боялся окрика, так как он когда-то возил одежду из Польши и Литвы, у него она была закуплена на много лет вперед, он носил ужасные дешевые мешковатые пуховики, которым не было сносу, из капюшонов пуховиков выпадали клочья серого искусственного меха, а из подкладки летели пух и перья, уборщицы на него ворчали. Я находил эти перья повсюду, я любил побродить по коридорам и цехам опустевшей фабрики (пустой цех утомленно поскрипывает, как бормочущий во сне работяга), в такие минуты я представлял, что весь мир прекратил свои работы, заглохли и встали все станки, по длинному освещенному уличными фонарями переходу я покидал фабричное здание и неторопливо шел в административный корпус, там было еще больше этажей — раздолье для такого бездельника, как я! Связка ключей бряцала весомо, чем темней становилось, тем больше в этом позвякивании обещалось возможностей... Нарочно не включал свет, садился посреди конференц-зала и сидел, минут двадцать, просто сидел и растворялся в сумерках, позволял похрустывающему паркету подкрадываться ко мне, вверял себя звукам сонного здания, забирался на крышу, изучал подвальные коридоры... и обнаруживал перья Колпаковского пуховика в таких местах, куда нам не следовало забираться... понятное дело я — меня влекло любопытство, я стремился уйти так далеко, чтобы это походило на обморок, так далеко, где ты не помнишь себя, где тебя не тяготят обязательства... Колпакова влекли личные интересы, он воровал, и в конце концов его за это и уволили. Он носил бороду, тяжелые тупоносые боты с резиновым голенищем на шнурке, его «петушку» было не меньше пятнадцати лет; он мылся в общественной душевой во время каждого дежурства: «покарауль покамест, а я пойду урвать водицы, — говорил он, — а потом ты, если хочешь», — я, разумеется, не хотел; стариковское нательное белье, серебряный крестик, тонкое обручальное кольцо, скрепки, спички, ватки для ушей... было много всяких мелочей, которыми Колпаков себя окружал, сидя за столом, зевая у окна, он бессмысленно вертел коробок или теребил цепочку на шее, у него были бледные червеобразные пальцы, он ими теребил бородку... ах да, это противное движение рукой, почти тик, потрясти кистью, чтобы поправить старые механические часы. Дед подарил, горделиво показывал. Часы были с трещинкой... жаль, вздыхал он, стекло уже никто не поменяет, потому что такого стекла просто нет. Не осталось людей, которые могли бы ему починить эти старые советские часы... скоро вообще ничего не останется, говорил он... о Советском Союзе и не вспомнят... некому будет вспомнить... А какая была система!.. какая была машина!.. и всем жилось хорошо, у всех была работа, молоко десять копеек стоило... десять копеек... и горько усмехался... любил вспоминать старые анекдоты, расскажет и сам смеется... Смех у него было скрипучий, сложный, как старый коленчатый трубопровод, состоящий из нескольких припадочных перекатов, — Колпаков заходился взахлеб, тряс головой, просыпая перхоть, притоптывал ногой, утирал слезы[1].

Он придумал схему с чеками на собачью еду (я совсем еще не знал его и думал, что он делится с нами, помогает

---

[1] Я с детства делил людей на тех, кто умеет красиво посмеиваться, и тех, кого смех безобразит; лет с шестнадцати, когда я только начал постигать, что многое в человеке достойно если не ненависти, то презрения, я пришел к выводу, что смех — коварен, он унижает, оскорбляет и опустошает человека, лишая мало-мальских признаков интеллекта: смех, почти всегда, проявление примитивности; юмор же считаю низким

старикам и мне, студенту, а на самом деле он делал нас со-
общниками из трусости) — отличная была схема: мы покупали еду у его приятеля в частной лавочке, брали кости
за бесценок, а он нам выдавал талоны с подписью, на десять килограмм мяса — так нам удавалось выкраивать немного налички, которая все равно таяла, как дым сигарет,
которые тоже было не достать... Сигареты — это трагедия
моей жизни, восклицал Колпаков, извлекая из внутреннего кармана записную книжку, слюнявил пальцы... когда-то,
еще в восьмидесятые, он учился в Тарту, на журналисти-
ке... допускаю, что врал... но журналистом хотел быть, отсюда и записная книжка... мечтал работать на радио, ходил устраиваться — не взяли... это тоже было записано
в блокноте... не взяли... горько... так он их по телефону доставал... каждое дежурство включал радио, учил эстонский,
а затем, прочистив горло (я понимал: начинается), он подтягивал телефон и звонил... Здравствуйте, говорит Юрий
Колпаков!.. его радушно приветствовали: Здравствуйте,
Юрий!.. Давненько Вы нам не звонили!.. Как поживаете?..
Ничего, помаленьку, важно отвечал Колпаков, проглатывая ком волнения, белые пальцы накручивали шнур... Дорогие радиослушатели, к нам присоединился неизменный
гость и — даже более того, не побоюсь этого сказать: по-
стоянный участник нашей передачи — Юрий Колпаков!..

орудием подчинения: кто смешит других, сам смеяться не должен (много
лет я посвятил изобретению уловок и приемов сокрытия смеха), разве что
дело посмеиваться над теми, кого рассмешил; превыше всего ненавижу
анекдоты, а тех, кто их использует в литературе, презираю до глубины
души. Если бы я был диктатором, я бы запретил рассказывать анекдоты,
а за смех в публичном месте ввел бы штраф.

У Вас, Юрий, конечно, есть особое мнение насчет элитных, так сказать, парковочных мест в центре города... вы, наверное, автомобилист и вас это касается напрямую?.. Да, конечно, говорил Колпаков уклончиво (пальцы теребили страницу журнала дежурств, хватали карандаш), меня это касается непосредственно и поэтому я вам сейчас скажу... и он нес чушь, а его немыслимо троллили, и он этого, конечно, не понимал... мужики на фабрике его тоже подначивали... ну, достань свою книжечку, Юра, зачитай нам, что у тебя там?.. у тебя ведь там все-все записано... да, кривил он губы, записано, смачивал пальцы, я вам скажу... старики улыбались, разевали рты — сейчас будет номер, сейчас наш Колпаков выдаст свои перлы, все облизывались, чесались, потирали ладони, ну-ну, Юра, давай, плесни нам на старые раны... сейчас я вам, сейчас... он делал это с пренебрежительным видом, как старые картежники бьют картами с кажущейся ненавистью к картам, он не щадил страниц своих блокнотов, на самом деле Колпаков систематизацией своей ненависти выражал брезгливость к другим, к тем, кто, по его мнению, только чесали языками, в то время как его блокноты ломились от зарубок, что оставила жизнь на его судьбе, он вел учет своим неудавшимся проектам, все провалы и начинания были подробно описаны... вот свеженькая запись: жена зарплату чековой книжкой получает — понимаете? Потому что крон не хватает. Всем эстонцам на работе деньги выдают, а ей — чековую книжку. Унизительно. Плюет на пальцы. Листает. Бормочет: вот мои планы по борьбе с жизненными трудностями, мои подвиги, так сказать... Эх, чего тут только нету! С 1989-го по 1991-й — челноком в Вильнюс, дальше в Польшу и обратно. Вот, с марта по октябрь 1990-го работал на рынке — продавал дамскую обувь и спортивную одежду, с ноября по декабрь — торговал картошкой, и копал тоже... Вот тут, не так давно, мы начали продавать одежду из химчистки. Он обводит всех взглядом из-под очков и, понизив голос, объясняет: там теща работает, недалеко от Кентманни. Клиенты иногда оставляют одежду, не приходят за ней. А там такие клиенты, иностранцы, дипломаты, у них одежда ух какая, сами знаете, как иностранцы одеваются. Это моя идея — потихоньку продавать. Они забудут, а мы продадим незаметно. Или вот, купили в секонд-хенде, отстирали, продали. Я придумал! Моя голова. Да только все равно не хватает. Снова смотрит в записную книжку, листает. 1992 год — Германия. Листает, листает... Его спрашивают: что там было, в Германии-то?.. Он — мрачно: Ничего. Пусто. Нет, я там сдавался... в азюльбеверберы[1]... Хуйня, проехали, вот... Улыбается. 7 декабря 1993 года, важная запись: меня арестовали за продажу сигарет без лицензии и соответствующего разрешения. Продержали десять суток и отпустили, без суда, но — с конфискацией. Дальше: химчистка... химчистка... Съела меня эта химчистка. Лучше б совсем ничего не делал! Чужую одежду отстирывать и продавать унизительно, да и заработок копеечный. Тьфу! Сколько лет коту под хвост! А вот запись — 12 апреля 1994 года (я уже с вами тут работал): «Негр». Все заволновались: негр?.. какой негр?.. Пункт называется — «Негр». Неужели не рассказывал?.. Все заерзали: а ну, давай рассказывай!.. Приосанившись, Колпаков рассказывает... Иду

---

[1] От немецкого *Asylbewerber* — ищущий убежища.

я как-то по улице Харью, смотрю, стоит напротив «Лугеми-свара»[1] негр, диковинка, часто ли встретишь? А этот играет на саксофоне, и перед ним чехол, а в чехле, сами понимаете, деньги. Люди проходят мимо, деньги в чехол бросают. И не просто мелочь какую-то, а бумажные деньги, серенькие двушки с Бэром, желтенькие с Паулем Кересом... понимаете?.. желтенькие — пятерки, блин! Я встал в сторонке, смотрю в этот чехол и понимаю: да на это жить можно! Две кроны — бутылка пива. Уже! А мне много ли надо? Пароч-ку вечерком выпил перед телевизором, сигаретку выкурил, да и все. Остальное жене, принес, отдал, мужчиной себя почувствовал. А тут — негр! На улице Харью! Историче-ский центр города! Стою я, значит, смотрю. Вдруг вижу: к негру подходят полицейские... Любопытно. Подходят они к нему, как ко мне тогда, когда я стоял с сигаретами. Задер-жал дыхание, жду. Думаю: сейчас загребут! Они документы спрашивают. И тут он с ними заговаривает — на эстонском языке! Достает из кармана паспорт — синий! Они отдают ему честь, желают удачи и идут себе дальше, а он продол-жает играть... Можете себе представить, что я в этот мо-мент ощутил?

У Колпакова был серый паспорт, на дежурства он при-ходил с учебником эстонского языка, делал вид, будто учит, он жутко страдал; раз в год он ходил сдавать экзамен, ни разу не набрал необходимые баллы; зубы он лечил пример-но так же: ходил к старому военному дантисту... тот ставил ему дешевую временную пломбу... через несколько месяцев она вылетала, и он перся к нему опять... и всегда пешком,

---

[1] Книжный магазин.

даже в самую паршивую погоду; если надо было куда-то срочно ехать, у него были пачки билетов... пару раз мы с ним ездили за мясом для собаки, и я увидел всю манипуляцию с билетами. Я не сразу сообразил, что происходит... Меня удивило странное преображение Колпакова. Перед тем как сесть в трамвай, он неожиданно стал похож на выжатый лимон. Я подумал, что ему стало плохо — мало ли, подвело живот. В трамвае он, не говоря мне ни слова, начал петлять по вагону, будто от кого-то прячась, его глазки бегали, как у карманника, он стремительно извлек из кармана — тут я удивился — пустую бумажку и зачем-то прокомпостировал ее. Тут до меня начало доходить... я слыхал об этом номере от других... я думал: вранье, никто так не делает... я сквозь пальцы смотрел на хитрости, на которые пускался мой дед: он продувал счетчики и набирал воду, заставляя кран «плакать», и делал многое-многое другое... но я никогда бы не подумал, чтобы Колпаков так жил... Но он жил именно так: как старик! И бумажка, которую он пробил, была заготовкой: по ней он определял штемпель компостера, теперь предстояло отыскать в пачке подходящий талончик. Он не утруждал себя объяснениями, ситуация развертывалась у меня на глазах; причем я делал вид, будто ничего не замечаю, он мне подыгрывал, мы о чем-то говорили нейтральными голосами, я смотрел в окно, он сел и махнул мне — садись — я сел, прикрыв его, но по-прежнему оба мы делали вид, словно ничего не происходит. Прикусив язык уголком рта, прикрывшись своей грязной сумкой (и от меня тоже), Колпаков перебирал пачку талонов, там было много билетов, я уловил краешком глаза, тридцать штук — не меньше — неужели у нас столько трамваев?.. или они меняют компостеры?.. да какая мне разница?.. думал ли я, что мне в Дании предстояло жить так же?.. нет, конечно, не думал... я все это презирал... я смотрел на Колпакова, как на убогого, время — это все-таки камера пыток, оно уродует людей... и рядом со мной сидел один из образцовых монстров, воровато перебирал талоны, сверял с рисунком на пробитой бумажке, со стороны можно было подумать, что Колпаков мастурбирует... наконец, нашел подходящий, успокоился, осклабился, загнул билетик и держал наготове всю дорогу. Где-то через полгода мне понадобилось с ним опять куда-то ехать, и весь трюк повторился: смущаясь я отвернулся, снял очки и протирал стекла с ненужной тщательностью, пока тот мастурбировал с талончиками.

Сейчас отчетливо вспомнил, как рассказывал ему в трамвае о том, что в нашем доме появился хозяин, и он говорил: да-да-да, у нас тоже был, мы потому и перебрались на Штромку; и тогда я ему рассказал об адвокате, который вселился в квартиру под нами, в ней жил впавший в маразм, заблудившийся в собственной жизни, как в лабиринте, старик. Он постоянно подвешивал что-нибудь к дверным ручкам, рисовал на стенах пальцем, как ребенок, совсем за собой не следил, он уже и не говорил почти...

Вот его последнее приключение. Потеряв ключ, старик не мог попасть к себе, и толком объяснить, что случилось, тоже не получалось, — никто не хотел его слушать, даже трех минут подле него не выдерживал: такая старая вонючая одежда у него была! Пришлось догадаться, сварливая соседка, которая прикипела к вони, что шла из-за стенки, смогла разглядеть в его лице проблему: дверь, перед которой он стоял, как поезд в депо, шаря по карманам

с чем-то трясущимся в пальцах, — вот по этим трясущимся пальцам, которым не хватало уже привычного бряца-
нья ключей, она и догадалась... Ломать дверь (так она мне
советовала) я отказался, — старик остался на лестничной
площадке; соседка ему вынесла стул; сказала, что завтра
придет человек из ЖЭКа. Сказала это, скорее, для себя
самой, чем ему. Пробурчала. Усадила на стул. Тот послушно сел. Она ушла. Он сцепил руки. Началась ночь. Он
так и сидел, смотрел, как тенями чертят ветки, как летит
снег. Валил хлопьями, ветер вил ветви... Влетал в окна...
Да, снег и ветки, и что там еще?.. и что-то, конечно, еще...
Все это металось, тени плясали вокруг старика, а он сидел
и подвывал, руками взмахивал, как дирижер, или будто
отмахиваясь от чего-то. Окна в нашем доме были такие
странные, старинные, узкие, с множеством перекладинок,
с множеством битых стекол, с осколками и огрызками света, и когда фонари зажигались, отливая на наш дом блед-
ную свою бессонницу, все те перекладинки выкладывали
подъезд несметным количеством теней, — получалось он
там сидел, точно старый попугай в клетке!

Всю ночь на стуле, а поутру — всем нам в назида-
ние — он показательно околел.

Взломали-таки дверь и вошли. Возле двери стоял
огромный мешок, грязный, из-под картошки — он был до-
верху набит какими-то бумагами, видимо, все, что он выгребал из почтового ящика, он сразу выбрасывал в этот мешок.
Там было найдено много баночек, кастрюлек, бидончиков
(я тут же вспомнил, что часто видел его на улице с бидончи-
ком: я еще подумал, что такой старый, а за пивом — ходок!).
У него было несколько шкафов, вся одежда в них стала тру-

хой (а теперь так вообще!). Нашли чертежи, сделанные лет сорок назад, ничего, кроме паутины, было не разобрать; какие-то старинные фонарики, абажуры, светильники, торшеры и детали для сборки различных ламп — кто-то вспомнил, что он как будто что-то такое изготавливал, крутил, плел, клеил, мудрил, на это, видать, и израсходовал весь запас рассудка. Были там термосы, фляжки, очень много емкостей самого различного характера — всем этим была заставлена квартира... Шагу не ступить!

В его квартиру вселился сильно пьющий молодой адвокат, и началась эпопея с ремонтом и выпивкой... Он выгребал и выгребал целыми днями... Приезжал на своей иномарке, долго сидел внутри, потом вставал и понурый шел наверх, выбивать душок из квартирки. Так же, как это сделал мой отец с дедом лет двадцать до того с нашей квартиркой, где перед тем, как мы вселились, испустила дух какая-то старуха, раздулась и долго важно лежала... не торопилась никуда... Прийти за ней было некому. Адвокат был парень что надо, он каждый день надирался, а потом, напялив противогаз, принимался чем-то там орудовать, во что-то дуть, поднимал пыль, так что она просачивалась сквозь незримые щели в нашу квартиру, мы выбегали вон, уходили... Я шел пить пиво в подвал, придумывая адвокату какую-нибудь простую, но неизбежную смерть; мать придумывала себе какие-нибудь дела и куда-нибудь уходила, недовольная. К адвокату бегала помогать ремонтировать соседушка, молодушка с поволокой в грустно зауженных к краям глазах, как переспелые сливы, такие и есть страшно, текут, разваливаются... Она была доченькой сумасшедшего (он был нашим соседом за стенкой), который однажды разделся донага и, окатив себя маслом, бегал по улицам вокруг Дома культуры, пока не повязали... Ближе к середине девяностых он все время терял ключи от квартиры, в подъезд попасть не мог, выносил дверь, — хозяин бесился, остальным было плевать: черный ход всегда был нараспашку (там и двери никогда не было). Перед тем как представиться, сумасшедший постучался к нам с матерью и предложил взять шубу на хранение: единственно ценная вещь... на двери замка нет... придут... украдут... Дверь у него была всегда нараспашку, в квартире царил кавардак, полное помешательство, сама дверь тоже была ужасной, с петель сорванная, полностью разжалованная, ни на что негодная.

Возьмите шубу на хранение... жаль будет, если украдут...

Мать отказала, наотрез: не возьму даже на час!.. а вдруг у тебя блохи или вши?..

Тот сильно обиделся, а потом взял и умер. Мать после этого всем говорила: ...и слава богу, что я не взяла его шубу!.. ишь какой хитрый!.. чтоб он потом нам тут являлся за своей шубой!.. не нужны нам тут такие!.. я как чувствовала, что тут что-то не то!.. ха!.. придумал умереть!.. ишь какой хитрый!..

(Еще позже мать все перевернула и говорила, будто сосед приходил не до того, как умер, а после.)

Адвокат пил и путался во времени; иногда он принимался за работу по ночам; я слышал, как он гремел бутылками, они катались подо мной, как колеса... однажды я проснулся от грохота, между половицами пробивался свет, я лег на пол и посмотрел вниз, увидел его, он отряхивался и чертыхался... несколько дней я за ним наблюдал... он ходил и сам с собой разговаривал... сумасшедший, думал я, не дай бог мне когда-нибудь понадобится адвокат (я даже представить себе не мог!).

Стоял 1995 год... кажется... теперь не уверен... может быть, это был 1994-й... я не помню, не следил за событиями в мире, не смотрел телевизор, разве что включал финский канал, для фона, чтобы ощущать себя в Финляндии; и газет, само собой, не читал (эта странная привычка у меня завелась в последнее время в Швеции: я выхожу на общую кухню, делаю себе кофе или чай, беру свежую газету и начинаю ее крутить, листать, никак не могу оставить, я никогда не думал, что смогу получать от этого наслаждение, полагаю, что тут дело в шведском, я его никогда не учил, а многое понимаю, от этого и наслаждение, заглядываю в газету, выхватываю фразу и с удивлением понимаю ее, так я могу долго играть, но по своей сути я не читаю, а просто понимаю текст, не придавая содержанию особого значения), и не следил за временем. Хозяева тогда выныривали повсюду, они возвращались из России, совершенно русские на первый взгляд люди; по закону о реиституции получали собственность, которую потеряли в советские времена, когда их насильно вывезли в Сибирь. Этот тоже из Сибири приехал — в дубленке и кроличьей шапке-ушанке. Как только он появился, так сразу мы оказались квартиросъемщиками. Незаметно задолжали за квартиру, и порядочно. Мать, наконец, потеряла работу: завод закрыли (она долго на что-то надеялась), и он превратился в груду хлама, стал похож на фрагмент из документальных съемок Второй мировой. Впрочем, она там никогда особенно ничего и не зарабатывала, чуть больше моих крох. Нам всегда не хватало даже себе наскрести на еду, не говоря уж о квартплате. Тут еще хозяин у дома объявился и сразу договорился с адвокатом, не знаю, что они там прокрутили, адвокат съехал, на его место вселился хозяин, строгий, тяжеловесный мужчина с влажным рукопожатием и сальными глазками, отложившейся ненавистью в складках у рта... он сразу же залепил дырку в потолке, я не мог за ним наблюдать... но я слышал: работы продолжались, я слышал его рассказы — не знаю, кто к нему приходил, но я отчетливо слышал голоса: он слабо говорил по-эстонски, медленно, старательно выговаривал простые конструкции, поэтому я мог понимать... Его отец был расстрелян, а самого его с матерью и младшим братом отправили вагоном в Сибирь. Брат его умер от коклюша в пути. А этот выжил, цеплялся за жизнь, клялся вернуться на родину, и вернулся, получил то, что ему принадлежало по праву. Устраивал собрание раз в месяц. Познакомился со всеми жильцами. Рассказал, каково ему было жить в России с «волчьим паспортом». Прожил жизнь, как сам выразился, со стиснутыми зубами. Настоящая бульдожья хватка: его губы двигались, а за ними рядком стояли крупные, как патроны, один к одному плотно пригнанные зубы — настоящий цепной пес. Таким его сделали Сибирь и Урал... Первым делом он врезал замок в дверь подъезда: береженого Бог бережет, но не сбережет того, у кого хорошего замка на двери нет. Пришлось дать ему ключи от нашей квартиры, чтобы он с мастерами, когда нас не было дома, мог приходить и чинить наш прохудившийся балкончик. Покоя не стало. Проходной двор: только сел за машинку, как уже завозился в замке ключ...

пошел на кухню чаю согреть — входят мужики, и он за ними: Хозяин! Он шумно переставлял мебель и ходил под нами, ни на минуту не давая забыть, что мы ему должны... в любой момент могли оказаться на улице... как только у нас появился долг, он стал нам улыбаться, и с каждым месяцем улыбка его становилась шире и шире: промелькнет с эстонско-русским словарем и улыбнется. Как-то мы встретились случайно в городе, и там я не почувствовал его власти — обычный незнакомец, ничегошеньки я ему не должен! Он остановил меня, завел какой-то бестолковый разговор. У меня тогда был слабый характер, я не умел послать человека подальше, стоял и вежливо выслушивал... Мы проговорили полтора часа у памятника Таммсааре. Было глупо с ним говорить. Говорил в основном он, а я безвольно смотрел ему в рот, бродил по его лицу, кивал... никак не мог отцепиться. Он говорил с отвратительными паузами, которые наполнял каким-нибудь тянущимся звуком, тянул воздух сквозь зубы — странный шипящий звук. Он поведал мне о том, что всю жизнь в ссылке мечтал об этом возвращении домой, мечтал, что когда-нибудь он будет жить в своем доме, в родном — обвел рукой все вокруг — городе (жест был какой-то нехороший, интонация тоже, он сказал это так, как будто Таллин был не моим родным городом, или Таллин стал не по праву моим родным). Ребенком в школьных библиотеках он брал книги с фотографиями Таллина, рассматривал их, там были: памятники, башни, церкви... вся эта красота у меня была отнята на многие годы, сказал он, и вот я все это себе вернул, наконец-то!.. назло коварному соседу... Он сообщил, что — вне литературной программы — он прочел «Правду и справедливость», у него была своя, отдельная программа — список книг, список вещей, которые должен был знать эстонец, он придумал себе, каким должен быть эстонец; в Сибири это получалось с трудом, но он многое преодолел, он приехал в Эстонию настоящим эстонцем, осталось довести до блеска знание языка, ну, за этим дело не станет... у памятника писателя он торжественно пообещал, что прочтет *Tõde ja õigus*[1] — все пять томов в оригинале!

Часто поднимался к нам, требовал очищать от снега балкон, сбивать сосульки, снимать наледь: снег таял, заливал ему стены и потолок. Заходил проверить, все ли мы убрали, поменяли ли счетчики, то да се. И опять про снег... Ему натекло, опять и опять! Он засмолил нам балкон, поставил прорезиненные маты там, где проходили водостоки — все равно текло, хоть ты тресни! Он злился, приходил с мастерами, они ползали по балкону, влезали с головой в простенок под жестяные скаты, изучали водостоки и трубы: черт его знает, Карлыч, говорили работяги ему, ни хуя тут не видно!.. Я выносил за ними мусор, выметал опилки, мыл пол. Мать слегла с ревматизмом. Ее скрутило, когда она вешала флаг 24 февраля[2]. Хорошо не свалилась с лестницы. Я ее снимал, как кошку с дерева. Её всю скрючило. Это оттого что она где-то потолки красила, в каких-то мастерских. Она бралась за что попало. Красила ночи напролет. За гроши! Теперь ее перекосило. Я работал дворником вместо нее. Удерживал место. Это было непросто. Дворники вели ничтожные войны за право убирать больше домов,

---

[1] «Правда и справедливость» — главное произведение Антона Таммсааре.

[2] День независимости Эстонии.

подъездов, лестничных пролетов и подоконников и т. д. Они слетелись как стая ворон, требуя поделить участок, который убирала мать, как будто она умерла. Начались инциденты с мордобитием, тактические выбросы мусора на вражеской территории, обвалы снега, поджоги, интриги, сплетни, взятки. Я махнул рукой и не вышел с ними собирать ветки, послал всех к черту (могли ведь и покалечить ненароком). Заперся в сторожке. Сторожил по двое суток кряду. Денег от этого не прибавилось. Долг рос с каждым месяцем. Хозяин поднял квартирную плату. Однажды я вообще не смог попасть в дом, потому что он снова поменял замок. Пришлось кричать, кидать в окно камешки. Ему показалось, что кто-то ночью шастал в подвале, — так он это объяснил, выдавая ключи. Вдобавок повесил тугую пружину, и все двери в городе стали с трудом открываться! Я экономил на всем, но это не помогало. Двери сделались неприступными, люди затаились: кто-то прокручивал что-то и молчал, гнал металл или машины куда-то, никому не хотел сообщать, открывали киоски, щурились, скрипели: ну, знаешь — совсем другая речь, словечки с замочками, побрякивали, кто-то нашел теплое место и молчит... человек человеку капкан... западло... мина... Я экономил, чтобы купить брюки, надо было как-то одеваться, на меня смотрели странно, я чай не пил — пил воду, — чтобы на брюки скопить. Не помогло. Двери срослись со стенами. Люди замкнулись. Не подковырнешь. Даже в мою сторону не бросали взгляда. Проходили мимо. Перестали замечать... я больше ничего ни для кого не значил... прекрасно: столько воздуха, если б они знали, от скольких ненужных забот они меня освободили своим высокомерием, появилось больше времени... что с ним делать?.. я писал... все заносил: промелькнуло рыло в газете — ага, от меня не уйдешь, я все описал, всех, и Хозяин туда же, из-за него я остался без штанов: пришлось ему заплатить, он был вне себя, поднялся к нам, мать начала спрашивать о воде, а он: нет, я не о воде пришел говорить — и по голосу, по настрою, по тому, как он решительно мотал головой, по той маске, которую он напялил, я понял: долг пришел выдирать из нас... зубы, зубы блестят, вот-вот вцепятся, я молча юркнул в мою комнату, из тумбочки моей достал из готовальни деньги (крупнее контейнер мне не требовался) и вынес ему, до того как он успел начать, протягиваю: семьсот пятьдесят крон... он на деньги смотрит, очки поправляет, на меня — на деньги — на меня — на деньги... что это?.. вам, мы ведь должны заплатить: за квартиру и электричество, как договаривались... Он взял деньги и ушел.. Потом еще возвращался с какими-то платежками, я уже не знаю, что они там с мамой решали... я ходил в старых брюках и дядиной куртке, бегал с чеками на собачью еду — выменивал для нас мясо, собаке мать варила кашу на костях, а мы ели мясо с тех костей... я шел на мелкие преступления: позволял ребятам тишком вывозить мебель со склада... и фабрика вдруг закрылась... последние деньги я опять частично уплатил за квартиру, остальное пустил на траву, курил и шлялся у моря... В таком состоянии, на одном из слепых поворотов, я встретил Перепелкина.

Он был застегнут на все пуговицы, как все люди в те дни, он тоже был человек-теремок, закрытый на замок изнутри, и вдруг — я глазам не поверил: дверца изнутри открылась, он выглянул из своего теремка и хитро улыбался, показывая маленькие желтенькие зубки, — все та же серость в глазах, все та же озабоченность.

— Ну, привет, — сказал Перепелкин и сообщил, что теперь он — менеджер в «Макдоналдсе». Я поздравил его с повышением, покашлял в кулак, и тут он огорошил меня вопросом:

— Ну, а как у тебя дела?

Я ушам своим не поверил: неужели менеджеру «Макдоналдса» есть дело до какого-то доходяги? Меня заметили! Со мной говорят! Захотелось расплакаться, но я собрался и сделал краткий отчет о том, что я назвал «состоянием подвешенности над пропастью». Думал, что на этом все... Сейчас он отвернется, застегнется и уйдет, а я останусь стоять, как в воду опущенный. Но нет, Перепелкин воскликнул:

— Да это же Ницше! Я прекрасно тебя понимаю! — Похлопал меня по плечу. — Знаю, знаю, что такое оказаться на улице. Сам занимался выселением должников. Такова наша эстонская действительность! Думаешь, мне было не больно этим заниматься? Выселять должников, думаешь, это было так просто, пойти на компромисс??? Ошибаешься! Мне было далеко не просто. Но у меня не было выхода! Если б я не взялся за эту работу тогда, меня бы вышвырнули, я сам бы оказался на улице. Мой брат — он на улице, потому что не платил, только пьянствовал. Наши родители в Калининграде, они спились, они ничто, их нет. Им насрать, есть мы с братом или нас нет. У меня не было выхода. Я выселял людей, — сказал он после драматической паузы, забрасывая шарф за плечо, и, глядя вдаль, добавил: — И они были такими же, как я, или мой брат, мои родители, такие же люди, как ты, которые оказались в безвыходном положении. Я их понимал, но они меня — нет! Они кричали на меня. Ревели, падали в обмороки, жаловались, делали все, что угодно, но — не пытались понять. Мне их понять было просто, да и тебе легко понять человека. Русского, без работы, в долгах, как не понять? Тут все ясно. Но ты попробуй понять меня, человека, который выселял должников. Сможешь? Вот он, пресловутый эстонский экзистенциализм!

Перепелкин зацепил меня за локоть, затянул в кафе. Предложил работу в «Макдоналдсе». Действовал как агент по трудоустройству. Рекламировал работу дай бог! Чистота, доброе обращение, новые технологии, неплохая зарплата и т. д., и т. п. Угостил булочкой с кофе, дал в долг немного, зазвал к себе: «чаю попьем», — и подмигнул. В те дни меня легко можно было затянуть куда угодно, в самый глубокий омут. Я плыл рядом с ним, отупев от гротеска. Он жил в старом деревянном доме, на втором этаже. Ввинтились по рыхлой лестнице. Ступеньки прогибались, стонали. В доме воняло. Перепелкин сказал только одно слово: «Соседи...» Дома у него было ужасно. «Ремонт», — сказал он со вздохом. Там и тут что-то было подмазано, ободрано, наклеено...

— А вот мой архив, — приоткрыл дверь в комнату, в которой никакой мебели не было совершенно, кроме полок вдоль стен, на них: пачки журналов, связки бумаг, газеты, — одним словом: макулатура. — Памятники истории, — сказал он шепотом, точно боясь кого-то разбудить, — динозавры периодических изданий на русском языке в Эстонии. Все это станет однажды архивом в национальной библиотеке. — Да, да, вот так, похлопал он меня по плечу. Ему еще все спасибо скажут. За самоотверженное спасение старины! — Это наша история, — добавил он.

Я сказал, что он поступает как истинный интеллигент. Он обрадовался, заулыбался самодовольно.

— В лучшем смысле этого слова! — добавил я.

Мы пили чай у него на кухне при свете тусклой лампочки, в какой-то насильственно сгущенной тесноте, сидели напротив друг друга, грели руки о чашки, говорили опустив глаза в чай, как заговорщики (или как во время войны). В основном говорил он, негромко, но настойчиво, долбил в одно место монотонно, как кран, который открыли и он течет, без остановки: бу-бу-бу... Еще раз выразил желание мне помочь, сказал, что надо держаться на плаву, хотя бы как-нибудь, что-то делать.

— Опуститься сейчас очень легко, — рассуждал он. — В наше время перемен... Как говорят китайцы: если хочешь пожелать врагу самого худшего, пожелай ему родиться в эпоху перемен! Мудрый народ. Надо держаться. Сперва уборщиком в «Макдоналдсе» поработаешь, потом, глядишь, печь гамбургеры начнешь, потом у кассы встанешь... так и до менеджера дорастешь. Нужно быть оптимистом!

Долго говорил об истории возникновения Макдоналдса. Слова из него высыпались вместе с желтком из пирожка. Он с упоением повествовал о каких-то американских военных базах, что находились где-то в пустыне или полупустыне, там почему-то нельзя было выходить из машины, офицерам и прочим служащим засовывали в окошечки первые гамбургеры, так и зародился Мак-Драйв, примерно в пятидесятые годы, с того времени так и пошло!

— История течет непредсказуемо, — сказал Перепелкин и прищурился.

Вышел меня довести до остановки.

— Еще пропадешь, в нашем районе легко потеряться, бродят тут всякие, — увлекшись болтовней, довел чуть ли не до центра, то хвастался, то обнадеживал, говорил, что надо держаться и не падать духом. — Подумай, что с тобой станет через пять, десять лет? Если уже сейчас... М-да... — Сам он носил тройку, у него был мобильный телефон. Тонкими пальцами достал из кармана банковскую карточку, — я тогда еще не видел таких и не знал, зачем они нужны, — снял деньги из банкомата, дал в долг сто крон, говоря при этом, что человек будущего не будет знать, что такое кошелек. Перед тем, как окончательно проститься, он посоветовал мне одеться для собеседования как-нибудь чисто. — Ведь в общепит поступаешь, побрей бороду, а?

— Хорошо, спасибо тебе, я побреюсь...

Я был счастлив. Летел домой как на крыльях, обрадовать мать — проблемы решены, все долги будут выплачены. Подумать только, я был счастлив! Каким унизительным счастьем был я счастлив!

Собеседование велось на эстонском. Молодой человек, едва ли старше меня, только что вынутый из солярия, напомаженный, откормленный, лениво полистал мою трудовую книжку, попросил рассказать о себе...

Я работал на городской служебной почте.

Я работал сварщиком.

Я работал сортировщиком деталей слуховых аппаратов.

Я работал учителем русского языка и литературы.

Я работал сторожем.

Я работал на мебельной фабрике.

Я работал вахтером.

Я работал на заводе имени Пеэгельмана.

Я работал на счетной и пишущей машинках.

Я работал переводчиком с английского языка на русский.

Я работал журналистом.

Я работал на судоремонтном заводе № 7.

Я работал дворником.

Я работал газетчиком.

Я работал в трамвайном депо.

Я работал курьером.

Я работал на улице и дома.

Я работал в колхозе на картофельных и капустных полях.

Я работал на рынке продавцом одежды и обуви.

Я работал...

Я работал...

Я работал...

Меня прервали: достаточно, — отправили на медкомиссию. Взяли пустяковые анализы. Просветили легкие, попросили плюнуть в стаканчик. Направили в комнатку, где меня ждала пожилая женщина, она хитро улыбнулась, попросила снять штаны, зажгла спиртовку, прокалила проволочку, я отпрянул: она хотела сунуть эту проволочку мне в член! — Извините, а это зачем? — Как это зачем? Анализ на венерические болезни! — А скажите, нельзя ли без этого? — Нет, никак нельзя. — А это, нельзя ли, чтоб я сам как-нибудь?.. — Нет, — это должна была сделать именно она. И я позволил ей это сделать. У нее блеснули глаза. Они блеснули в тот момент, когда она поняла, что я сдался. Я подумал, что она торжествует так, будто лишает меня таким образом девственности. В каком-то смысле это было так. Меня пробрал внутривенный озноб, когда проволочка вторглась в канал. Старуха чмокнула сморщенными губами, ввела ее поглубже и произносила нараспев: «niimodi»[1]. Ведьма, подумал я, ведьма, которая стремится нащупать мою душу, чтобы пронзить ее. Внутри меня что-то заклокотало. Инициация совершилась! На долю секунды помутился рассудок, и я все это увидел со стороны, на экране, как эпизод из порнографического фильма с какими-то медицинскими извращениями. Некоторое время меня преследовали воспоминания об этой процедуре, я смотрел на моих коллег и думал: неужели и они прошли через это? Мне казалось, что нас эта маленькая интимная вещь роднит — такие вещи должны сближать, не так ли? Мне все они казались точно посвященными в какую-то тайну. Я пожимал их руки с мыслью: «ага, вот еще один, ему тоже пихали»; замечал в их глазах глубоко затаенный отклик, так мне казалось, но очень скоро это развеялось, я убедился в том, что мои фантазии

---

[1] Таким образом (*эст.*).

далеки от действительности — я и не подозревал, какими бесчувственными могут быть люди! Тут все были жестоки: ресторан, в который меня направили, находился в одном из тех районов, о которых мой одноклассник Сашка когда-то говорил: там живут одни садисты, — не следовало этого забывать (и как же был он прав!). В ночные дежурства заступали только любители носить тельняшки. Они ими гордились. Татуировками тоже. И тем, что они отслужили или отсидели, они тоже гордились. Они хотели, чтобы я это знал, и чтобы я демонстрировал, с высунутым изо рта языком, что я знаю о том, что они гордятся своими заслугами, они хотели, чтобы с моего языка стекала слюна, чтобы я, взирая на их тельники и татуировки, мускулы и вены, на полусогнутых ногах трепетал от восторга, что мне оказана великая честь находиться вместе с ними в одном помещении! Поэтому я обязан взять всю работу на себя. Да. Никак иначе нельзя. А чего ты хотел? Мне быстро указали на мое место: пол, который должен блестеть; запекшиеся тампаксы, которые надо найти и выдрать из шкафчиков хостесской; смотри лучше, сдвигай шкафычики, не халтурь; пятна на стеклах и зеркалах, жирные отпечатки на стенах, вонючие мусорные ящики, разводы в унитазах — все это был я. Потому что я был годен только на это. Для этого меня сюда и втянули. Ни для чего другого я не был предназначен. Ничего, кроме этого, от меня не ждали. Как только я научусь справляться с этим, мне доверят подносы и посуду. И очень скоро доверили, а также плац, окурки и надувной городок — только потеплело, и я стал мыть парковку, делать доставу, обрывать уши, расставлять стаканчики, наполнять карамелью и мороженым машины. Со мной почти не говорили. Для них я был шнырем. Мне указывали пальцем. Это должно быть сделано. Это должно быть убрано. Это должно быть чистым. Этого не должно здесь быть. Это пятно убрать. Этот окурок съесть. Это должно быть там. Ты должен идти на хуй. В пизду такого работника. Это идет сюда. То поставь на это. Навязался на мою голову. Ты, должно быть, того. Шевелись на хуй! Я подчинялся, наклонялся, подпрыгивал, подтирал, смахивал, подлизывал. Запоминай свои обязанности, блядь. Я кивал и запоминал (успевая подумать: это уже не я). Подтирай тут, не подтирай там. Не следи здесь. Поменяй шлепки. Оставляют следы. Хватай поднос. Тяни толкай суй мой гни дуй живей давай плюй тери загнисьнахуйносделай! Мне отдавали команды, как собаке, и я полз на коленках с тряпкой в зубах. Они считали так: если я пришел на эту работу, я ничего лучшего не заслуживаю, и меня можно дрючить, как им вздумается, и со мной обращались как с рабом. С одиннадцати до трех ночи я мыл подносы и всякую дрянь, груды, груды посуды. Я не справлялся, на меня кричали, у меня все валилось из рук. По пятницам были машины для мороженого, которые разбирались на самые мелкие детали, как конструктор. Мне их приносили на подносах. Я должен был промыть их разнокалиберными щеточками. Я старался, вспоминая, как мой отец чистил свой пистолет: зло, старательно, давая всем понять, что от этого зависит его жизнь и наша тоже. Ничего не было удивительного в том, что последние годы он жил за городом у болот, собирал металл на свалке с бомжами, пил самогон и сходил с ума. И все это он делал с чувством невероятного достоинства. «Наконец-то я живу как человек, — говорил он, — наконец-то я — свободен!» Там никто ему не указывал, там он обрел свою независимость — вот и все, что я знал на тот момент о нем. Оставалось буквально четыре года до его смерти. Я драил щеточками детали машин и злился: залезть такой тоненькой щеточкой в каждую тонюсенькую извилистую дырочку... а не стебутся ли они надо мной?.. может, это их особый прикол?.. как на флоте — драить якорь напильником, красить листья или чистить унитаз зубной щеткой, чистить плац зубной щеткой, чистить небо струей своей мочи... Детали выскальзывали... тут требовались руки ювелира или карманника! Такие маленькие отверстия, такие тоненькие щеточки... Если б мой отец видел, как я тут загибаюсь, как у меня все валится из рук, он бы умер со смеху. По инструкции требовалось подержать каждую деталь в своем моющем средстве. Пустили слух, что я все путаю и отмачиваю детали не в тех растворах. Стали поговаривать, что мороженое получается с каким-то химическим привкусом. Говорили, кося́сь на меня. Косили так, словно плюясь в мою сторону. С трех до пяти я мыл зал, столики, гардеробы и туалеты, натирал полы, убирал в раздевалках и комнате для собраний, протирал пыль на всех шкафчиках, вытряхивал мусор из корзин... зеркала, двери, газоны вокруг ресторана, окурки, помойки... в погожие дни я разбивал «Детский городок» и выносил надувного великана, которого они называли почему-то Candyman... я его звал Шалтай-Болтай, но никому об этом не говорил... наверное, все-таки это был огромный резиновый малыш... у него была тупая улыбка, нагрудник с надписью: I LOVE SWEETS... он был похож на огромного дебила (возможно, часть программы привлечения клиентов с синдромом Дауна — разработка нездешнего ума, совершенно точно)... подсоединив насос, я собирал окурки, следя одним глазом за тем, как великанское дитя раздувается... Он вспучивался помаленьку: то выбросит руку, то выпростает вздувшуюся, как гангрена, ногу... я смотрел за тем, как у него появляется вопрос в резиновой гримасе, некое изумление, как у джинна, которого разбудили... заметив, что вопросительное выражение сменилось улыбкой, я выключал насос — но чего мне стоило заставить себя это сделать!.. как мне хотелось не выключить насос, позволить резиновой дуре расти... пока не разорвет... он стал моим наваждением: даже после приезда к дяде мне снилось, как я работаю в ресторане, подсоединяю шланг к огромной резиновой лепешке и — она раздувается, вспучивается, вместо великанского ребенка появляется какая-то каракатица... у которой вместо глаз восемь огромных пронзительных фасеточных камер наблюдения, они жужжат... чудовище быстро растет, у него появляются дополнительные конечности и органы, щупальца с шелестом ползут по траве, из утробы вываливаются кишки, надуваются, изрыгают подобных уродцев... монстр карабкается на крышу ресторана... я пытаюсь его остановить... выдергиваю шланг... ломаю щиток, чтобы вырубить электричество — свет гаснет, но чудовище продолжает расти!.. вот-вот лопнет!.. в панике разбиваю витрину, бросаюсь наутек по шоссе, но мои ноги вязнут в болоте из сиропа, в котором плавают окурки, шприцы, тампаксы... кричу!.. дергаюсь и просыпаюсь.

Как-то пришел Перепелкин и сказал, что надо забить мусорный контейнер до отказа. Я сказал, что уже забил его. Он усмехнулся.

— Сейчас я докажу тебе, как глубоко ты заблуждаешься, — пригласил пройти в вонючую комнатку, где стояли контейнеры, с ногами влез в один из них и стал прыгать, прыгать, прыгать по мешкам с мусором. — Вот так! Вот так! Сейчас ты увидишь, что есть еще место! — Не вылезая из контейнера, он произнес незабываемую речь: — «Макдоналдс» — это семья! **Мы** платим за мусор из своего кармана. У нас не безотходное хозяйство. И это важно. Это очень важно. Ничего не идет по второму кругу. **Мы** не пускаем в ход старые пищевые продукты. **Мы** их выбрасываем! И выбрасываем **мы** много. Поэтому надо набить контейнер максимально. Чтобы вывозить не так часто. Транспорт — это бензин, а бензин — это большие деньги!

Глядя на него, я подумал, что до того момента мои представления о том, что человеческая глупость безгранична, были сугубо теоретическими. Вечером я записал в свой блокнот:

человек одетый в тройку
по горло влезает в помойку

Смял эту бумажку и тут же выкинул; но мне этого было мало; я собрал все мои бумаги, отнес их на пляж и сжег, потому что я понял: все это было бредом; я так мало знал о людях... Теперь, после этой сцены с Перепелкиным в контейнере, все мною написанное казалось мне пустым. В «Макдоналдс» я не вернулся... мне снились кошмары с монстрами, окурки, дерьмо, пятна на стеклах... что может быть хуже?! Когда я об этом сообщил матери, она всплеснула руками и сказала, что теперь нас точно выселят в какие-нибудь общаги, куда-нибудь в Копли.

— Общаги в Копли? — воскликнул я. — Вонючие ночлежки? Ты об этом? Это те общаги, где бомжи тусуются? Это те общаги, из которых по утрам выносят трупы наркоманов? Те самые, где клопы, дизентерия и детская проституция? Те самые общаги, где кровь и слизь льются из кранов вместо воды? Ага, если это так, мама, это отлично! Это просто замечательно! Это то, что нужно! Там мы точно найдем крюк, чтобы вздернуться!

Нас мучили галлюцинации, особенно когда мы оставались в отеле одни. Хануман забирался под одеяло с головой и там выл; я выползал на коленях из комнаты и полз по коридору, прислушиваясь: мне мерещились шаги, голоса... Я замирал возле двери и прислушивался, отчетливо слышал, как за дверью отец трахает мою мать, а потом видел, как она выбегает из комнаты, садится на корточки перед тазиком и запихивает себе шланг в промежность, качает грелку, и из нее льется странная жидкость в таз...

— Я не хочу ничего знать, что происходит дома, — сказал я, — дом для меня — Восток, потому что, по мнению моего дяди, он уехал в Данию, то есть на Запад, несмотря на то что как только он уехал на Запад, Запад пришел туда, откуда он уехал.

Хануман внимательно слушал. Стучал зубами и шептал:

— Юдж, это припадок... прекрати себя накручивать... молчи, ну хоть минутку помолчи — и тебя отпустит...

Я не унимался, я не мог себя остановить:

— Я ничего не хочу знать о том, что происходит на Востоке, Западе, Севере и Юге! Я требую, я настойчиво требую, чтобы окна в этом проклятом отеле не открывались, чтобы ты не отдирал даже полосочки с окна! Я не хочу видеть свет! Мне не нравится, что там происходит. Мне не нравится, что там опять затевается какая-то война в Ираке, или Иране, бомбят кого-то в Афганистане, или Сирии, или в Югославии режут...

— Ты прав, Юдж, ты абсолютно прав, — нейтральным голосом говорил Хануман, поднося мне кружку с чаем, — на вот, выпей... Ты можешь удивиться, но ты, наверное, заметил, что я тоже перестал смотреть телевизор, потому что мне кажется, что не я его смотрю, а он меня смотрит, и вообще мне кажется, что я смотрю не телевизор, а свои собственные глюки, и я тоже ничего не хочу об этом слышать! — говорил Хануман проглатывая гриб. — Тебе не предлагаю. Тебе больше не надо.

— О'кей, — выдохнул я. Махнул рукой, упал на спальный мешок. Хануман продолжал:

— Я живу в центре циклона, в сердце черной дыры, за горизонтом событий. Тут ничего не происходит, тут никаких событий не должно быть.

Пока не было Хаджи, я вообще не говорил по-русски, — чем реже я встречал нашего повара, белоруса, он часто уезжал, тем скорее забывал русский язык, забывал, что я — русский.

— Очень скоро мы с тобой переродимся, — шептал Хануман. — Мы сольемся в одно андрогинное существо. Мы будем как сиамские близнецы. Тогда мы явимся в приемный пункт Сандхольма и скажем, что у нас очень простой кейс: нас преследовали за то, что мы — монстр, за то, что мы — андрогин. Им ничего не останется делать, как дать нам позитив. Нас поселят на пустынном острове под Корсёром, где всегда ветер, и каждый второй день дождь. Островок будет такой маленький, не больше полянки, на которой можно поставить крохотный домик и парник, в котором мы будем выращивать травку. В таком домике жил сиамский близнец Аксгил[1]... Как и он, мы не будем покидать этот островок. Продукты будут привозить на лодке, как в Венеции. В стороне по Большому Бельту будут лететь интерсити и машины, все будут из окон смотреть на наш островок с презрением, точно на нем живут уроды, прокаженные, недоноски... А мы будем писать нашу книгу, выпускать свою газету, на стенах у нас будут висеть фотографии Лэрри Кларка, нам будет плевать на всех, на весь мир, плевать...

Лежа на полу, в темноте, я представлял, что мы уже перенеслись на тот маленький островок, где андрогин

---

[1] Имеются в виду: Axel Axgil и Eigil Axgil — датские гей-активисты, первыми в мире они официально зарегистрировали однополый брак, выпускали легендарный журнал *Vennen*, основали Датскую национальную ассоциацию геев и лесбиянок.

Аксгил писал свои статьи, рисовал картины, набирал журнал «Дружок»; мы с Хануманом курили и вспоминали детство. Он рассказал, что его дедушка был долгожителем, он очень хорошо помнил времена, когда появился Махатма Ганди, тогда дедушку взяли работать в автобус. Ему повезло — кто-то замолвил словечко, какой-то добрый человек. До того дедушка двадцать лет был рикшей, и вдруг нашлось место в автобусе! Его жизнь круто изменилась, поэтому ему врезались в память перемены, которые он наблюдал из автобуса, — все-таки это большой поворотный пункт и сильная смена точки обзора (Хануман поиграл со словами: turning point and vintage point), одно дело когда ты тянешь за собой коляску и смотришь на мир, и совсем другое, когда ты смотришь на тот же самый мир («Tricky, isn't it?») из окна автобуса; затем, когда премьер-министром Индии стала Индира Ганди, он получил повышение, стал помощником кондуктора, с тех пор в его обязанности входило ловить людей на лету и затаскивать их в автобус, а кондуктор требовал от них уплаты за проезд; кроме этого дедушка помогал грузить тюки и чемоданы, частенько ему приходилось это делать тоже на ходу, он выхватывал из рук прохожего (или с головы) какой-нибудь тюк или чемодан, и затягивал его в автобус, человеку ничего не оставалось, как прыгнуть за ним внутрь и платить за проезд («Tricky, isn't it?»); впоследствии дедушка Ханумана стал кондуктором, под старость лет дослужился до водителя, благодаря этому стремительному карьерному росту он мог оплачивать учебу матери Ханумана, которая стала учительницей, и даже кое-что пошло на обучение дяди Ханумана, который не доучился и уехал в Америку, оставив таким образом деньги за свое обучение на обучение маленького Ханумана. У дедушки был жуткий ревматизм, поэтому в начале восьмидесятых он ушел работать в кинотеатр, продавал билеты и лимонад, подметал полы и бесплатно мог смотреть фильмы. Он их все знал наизусть и последние годы жизни говорил только фразами из фильмов. Чем старее он становился, тем больше походил на лангура. Как истый сикх, дедушка Ханумана носил тюрбан и бороду. Она была жесткая и седая по краям. «Словно иней тронул слегка», — сказал Ханни. Старик говорил, что требовать у англичан независимость было большой глупостью, и Хануман с ним был полностью согласен. «Сейчас бы жили, как обезьяны на Гибралтаре, горя не знали б...»

Я слушал его и засыпал, во сне мне грезилось, что я снова в санатории под Йошкар-Олой, и мы опять лежим на наших деревянных кроватях, на тонких матрасах без подушек, и мой сосед, мариец, рассказывает мне про свой поселок, про велосипед, который у него украли, про деревенских мальчишек, которые палят по нему из своих ружей картошкой...

Санаторий находился на отшибе поселка, до города было полчаса на автобусе, дороги были страшные, автобусы ужасные, — когда я приехал туда, на меня все наводило ужас, казалось, я попал в прошлое, там все было так, как в ужасном фильме «Мой друг Иван Лапшин». Санаторий был из кирпича, там было много зданий из кирпича. Все они были сильно обшарпанные, побитые, как после бомбежки. Коридоры в санатории были широкие, длиннющие широченные половицы поскрипывали, и там были печи, батарей не было, печи топили мужики и бабы, прямо в коридоре приседали перед печкой на корточки и, с прищуром поковыряв кочергой, забрасывали дрова, шли к следующей, а мы прогуливались, вдыхая легкий угар. Кроме кривых, как я, там было много лежачих и туберкулезников. Это был особенный санаторий, изобретенный одним старым доктором, который наполовину был шаман (то, что он практиковал шаманизм, выяснилось гораздо позже, после перестройки, — узнал я об этом совершенно случайно из какой-то газеты, прочитав с ним интервью, в котором старый мариец признавался, что даже в советское время практиковал шаманизм и использовал хитрые шаманские техники при лечении как взрослых, так и детей, и в том самом санатории тоже). Меня сильно поразило то, что в этом санатории не было ни одной подушки и ни одного стула, а столы были как на вокзале — грибки на высокой ножке, которые можно было опустить или поднять, покрутив рукоятку под шляпкой. Еды давали так мало, что мы не долго задерживались в столовой. Кабинеты, в которых мы учились, были лежачие, — это было самое восхитительное: лежишь себе, а учитель ходит, урок рассказывает. Писать в тетрадке лежа для меня давно было делом привычным. И ко всему остальному я быстро привык: к деревянным кроватям без подушек, быстро привык есть стоя, и к этим коридорам, к печкам, к грязи вокруг... к узкоглазым девочкам я до сих пор питаю слабость, они мне сразу же сильно понравились, потому что были не такие, как в нашей школе, воображули, марийские девочки были серьезны не только по отношению ко всему в мире, но и по отношению ко мне, они очень серьезно меня слушали, и когда говорили мне что-нибудь, сосредоточенно смотрели мне в глаза, слегка нахмурившись, напряженно поджимая губы. У меня быстро появилась подружка, марийка, я был ею сильно очарован... Зима стояла трескучая, мороз был тридцатиградусный, на свой день рожденья она меня в числе нескольких избранных пригласила к себе домой... мы ели чак-чак, играли в фанты... первый поцелуй... Спалось мне там просто замечательно! Меня посещали самые необыкновенные сновидения... даже галлюцинации... Такое со мной позже случалось только после приема грибов.

У меня там был один товарищ, мальчик, он был лежачий, и в полудреме, когда Хануман мне что-нибудь рассказывал, мне казалось, что я опять в санатории, лежу и слушаю рассказы того мальчика-инвалида. Он много всего мне рассказывал: о том, что побывал в очень многих инвалидных домах и санаториях, — он был паралитик, он знал, что уже никогда не будет ходить, и он делился со мной кое-какой мудростью, которую насобирал, пока странствовал по госпиталям и санаториям, ему многие лежачие старики говорили, что самое главное — раз уж ты лежачий — расположить к себе сиделку, не выводить никого из себя, самое главное — даже не вызывать к себе жалость, а делать так, чтоб сиделка, или нянька, или медсестра не испытывала с тобой никаких трудностей, не раздражать их, тогда твоя жизнь будет сносной, тогда можно рассчитывать на то, что тебе чего-нибудь принесут лишний раз. Он много читал, он меня целиком расположил к себе, я ему дарил книги и подарил электронную игрушку: волк ловит яйца, и игрушку с шариком, который можно было гонять по застекленному картонному кругу с дырочками.

В этом санатории я пользовался популярностью, у меня были вельветовые брюки «Сангар» и вьетнамские хлопковые рубахи в цветочек. Во время концертов я произносил свои финские скороговорки...

Так как финские каналы со звуком были только у моего дяди, я ходил к нему смотреть телевизор; как только моя мать съехала, избавившись раз и навсегда, как она ошибочно полагала, от этих идиотов, комнатка осталась в полном его распоряжении, и дядя перво-наперво позаботился о телевизоре, провел самопальную антенну на крышу, подключил какую-то коробочку с регулятором частот (с индикатором и резистором, — спаял самостоятельно, — ее я унаследовал, когда он переехал в общежитие, с тех пор у меня был звук, и улавливать английские фразы, разгадывать звуки, сополагать мои догадки с финскими титрами — все это стало одним из моих самых любимых занятий, и чем старше я становился, с тем большей жадностью я всматривался в жизнь по ту сторону занавеса сквозь эту роскошную скважину, уверен, что именно финское телевидение сделало меня тем, кто я есть сегодня, и без него я был бы кем-нибудь другим); просиживая за регулятором целыми днями, мой дядя увлеченно ловил редкостные каналы. Я входил в его комнату, как в храм взрослой жизни; когда его не было, я прикасался к его заграничным вещам, которых невозможно было купить в магазинах, он их покупал у спекулянтов, бабушка и дедушка частенько жаловались, что некоторые его одежки стоили в две, а то и в три стипендии; я нюхал его одеколон, находил сигареты, листал западные журналы, читал его стихи в тетрадках, заглядывал в его дневник. Дядя носил очки в тонкой металлической оправе, очень часто он лежал на кушетке прямо в джинсах и ярких светло-зеленых носках, в рубашке песочного цвета, на которой скакал ковбой и под ним красовалась надпись Marlboro. У него была очень узенькая старая кушетка, напротив которой он поставил большой старый, им самим модифицированный черно-белый телевизор. Его комната была узкая, не больше купе, и это была угловая, очень холодная комната. Позже, когда я читал «Преступление и наказание», я представлял, что Раскольников жил в его комнате. Узкое окошко, очень узкое пространство. На одной стене у дяди были полки с книгами и всякими электроприборами, а также коробочками с деталями и инструментами; на другой стене висели его картины, главной работой был карандашный портрет одной девушки, на которую он хотел своим искусством произвести впечатление, но, как доходили слухи, ее разозлил портрет, и он был сильно расстроен: тогда я впервые услышал слово «депрессия», мой дядя много курил, тайком пил вино, которое прятал за кушеткой, и редко выходил из своей комнаты, все свое время он проводил перед телевизором в поисках новых возможностей (я думал: вот такая она — депрессия). Я входил в его комнату со стуком, смотрел на него, как на монаха, который занят наивысшей важности медитацией, я приветствовал его с пиететом, он не поворачивал в мою сторону головы, не отрываясь от экрана, он говорил мне «а, это ты, ну, привет», и продолжал свое важное занятие — медленно крутил ручки регулятора и смотрел на экран. Я садился на стульчик и с ожиданием смотрел на экран: сквозь белые рои мушек пробивались какие-то образы, гул шума выдавал какие-то звуки, мне мерещилось пение, мне казалось, что я угадываю сквозь мглу танцующие на сцене тела. Я сообщал об этом дяде, он усмехался и, по-прежнему не глядя на меня, говорил снисходительно: «Не обольщайся. Ты выдаешь желаемое за действительное. Я вот тоже так часто воображал себе многое, м-да, всякое... и чего только не померещится, когда так настраиваешь и часами вглядываешься в этакую бурю...» С коробочкой на груди он лежал на диване, курил, сбивая левой рукой пепел в пепельницу на столике. Столик отделял его островок от остального мира. На столике было самое необходимое: тетрадки, книжки, журналы, кружки, кофейник, сигареты, пепельница. Если входила бабушка, она не могла подойти к нему слишком близко, она останавливалась перед журнальным столиком, и тогда дядя смотрел на нее, поверх очков, снизу вверх, — в такие мгновения в нем было что-то аристократическое, он походил на графа, который с надменной холодностью смотрит на прислугу, произнося с кряхтением: «Ну что там еще стряслось?» Лампочка на приборе, что покоился у него на груди, помаргивала, дядя щурился, глядя в экран, точно бы он и взаправду шел сквозь песчаную бурю, — так он ловил шведский канал. Я с восторгом думал: «Мой дядя 1955 года рождения! Он старше меня на 16 лет! За шестнадцать лет можно стать взрослым!» Я еще не понимал, насколько серьезно он был устремлен туда — на Запад; я еще не понимал, что его путешествие началось, оно началось задолго до того, как я впервые вошел в его комнату, я не догадывался, что однажды он утянет меня за собой, и мы с ним встретимся в Копенгагене, по которому он будет меня водить, а я буду ему нелепо говорить: «Тут все точно так же, как в том эстонском фильме!» — «В каком еще фильме?» — «Гибель тридцать первого отдела!» Я и представить себе в то время не мог, что скажу эти слова, и что в ответ мой дядя рассмеется (future in the past) тем же смехом — негромким, коротким и слегка снисходительным, — каким он смеялся надо мной, лежа на своей кушетке с прибором на груди, когда я ему сообщал, что тоже смотрю финское телевидение, когда дома нет папы: «У нас нет звука, но я все равно на днях смотрел фильм про Джими Хендрикса, хоть и без звука». — «Ха-ха-ха! — смеялся мой дядя. — И как только ты понял, что это был фильм про Джими Хендрикса? Да и есть ли в том смысл — смотреть фильм про Джими Хендрикса без звука? Ха-ха-ха!» Он важно говорил, что мне необходима антенна, мне нужно учить английский язык, английский язык — самый необходимый язык в мире, он стучал указательным пальцем по коробочке и сообщал, что благодаря этому незамысловатому на первый взгляд устройству он ловит три финских канала и один шведский! «Но шведский то и дело пропадает, поэтому приходится его искать, вновь и вновь...» Я ему безумно завидовал. У нас не было антенны. Отец специально не провел антенну на крышу, чтобы я не смотрел финские каналы. У них в ментуре, говорил он, были работники, которые совершали рейды по городу, рассматривая крыши: не развесил ли кто белье на балконе и не поставил ли кто запрещенную антенну. Часто в отсутствие дяди я смотрел у него телевизор, заносил в тетрадку финские слова и фразы, записывал на магнитофон рекламные ролики, дома я их прослушивал, переписывал, группировал особым ритмическим образом, чтоб созвучно было, и выучивал наизусть, репетировал перед зеркалом часами, танцуя electric boogie street dance. Я произносил эти бессмысленные шарады с огромной скоростью, не особенно заботясь о произношении (не говоря о содержании). Они были длинными, ветвистыми, непонятными, и когда я их произносил, помимо механических движений руками и головой, я мимикой усиливал эффект, выкатывал остекленевшие глаза, хмурился и раздувал ноздри (ноздри раздувать меня научил Саня, мы в пионерском лагере многому научились: раздувать ноздри, двигать ушами, терять сознание, задерживать дыхание на три минуты и многому другому, но финские речитативы были моим коньком, тут он не смог меня превзойти, к тому же у него не было финских каналов со звуком, да подчас и телевизора не было). Очень многие взрослые думали, что это стихи, потому что я произносил мои рекламы, когда детей просили прочесть стихи. Да это и были самые настоящие стихи. Сегодня это назвали бы рэпом. Это и правда было похоже на рэп. Это и был настоящий рэп. Возможно, это был первый финский рэп.

Смысла слов не понимал никто; я сам не знал, что говорил, да мне и не нужен был смысл; целью было ошеломить, пустить в глаза чернила, как это делает спрут, столкнувшись с опасным хищником; вовремя открыть рот, пока не дали по зубам, и выпалить:

Са-ата вана пору йеньки!
Эскосмяэ вальо войто!
Сооме а-а лохупаньки!
Лаку пекка виталла!

Выпустить тираду, другую, третью, подождать реакцию, и если на лице человека, занесшего кулак, появлялась улыбочка, продолжать... Я учился в такой идиотской школе... мы жили в таком убогом районе... Не русские, так эстонцы... Кто-нибудь да прицепится... Где-нибудь да нарвешься... Мой финский рэп меня здорово выручал, не говоря о том, что в Марийской республике благодаря ему я снискал бешеную популярность, — в пионерских лагерях, когда надо было участвовать в идиотических концертах, я ни минуты не тратил драгоценного времени на всякие подготовки, просто выходил на сцену, как из пулемета выпаливал в зал свой монолог и уходил, мои выступления называли «Финское телевидение», ведущий перед моим выступлением говорил, что сейчас вы увидите сумасшедшее финское телевидение, всех приводила в восторг не сколько моя способность произносить эти странные слова, сколько их обилие и то, как стремительно, на одном дыхании я выплевывал их из себя.

В том же санатории под Йошкар-Олой был мальчик, астматик, который читал на память десятки монологов Жванецкого, — он тоже говорил весьма быстро (хотя и заходился порой, лез в карман за ингалятором), но признавал мое превосходство. Я никогда не хотел с ним соперничать. Во мне дух соперничества настолько подавлен, что — as far as I'm concerned[1], говорить о каком-то соперничестве по крайней мере нелепо. Я никогда не желал кого-то в чем-то превзойти; всегда старался остаться в стороне, ни с кем не спорить, и не вылезать

---

[1] Что касается меня (англ.).

в первые ряды. Дайте пожить, кое-как и то ладно. Потому я не соглашался с тем мальчиком. Я говорил ему, что мои шарады и его Жванецкий — это принципиально разные вещи.

— Мы занимаемся разными вещами. В том, что ты говоришь, есть смысл, — говорил я ему, — а в том, что произношу я, смысла нет. Я произношу бессмыслицу!

— Как стихи из «Алисы в Стране чудес», — говорил он. — Но все равно быстрее говорить, кажется, невозможно. Ты так быстро говоришь!.. — От восхищения его глаза увлажнялись, мне становилось неловко.

— Я и не хочу говорить быстрее, — отвечал я ему, начиная злиться на себя, за то что ввязался в этот спор. — Я говорю всегда с одинаковой скоростью. Ни быстрей, ни медленней произносить мои финские рекламы нельзя. Я делаю так, как это делают по финскому телевидению. У меня все рассчитано, — и, сказав это, отворачивался от него, чтобы не видеть восторга в его глазах. Мне было стыдно, что такая подделка, такая лажа — ведь я с самого первого дня, когда придумал записывать и выучивать эти фразы, знал, что занимаюсь пустословием, ерундой, лажей — может ввергать больного мальчика в восхищение, которого я не заслуживал.

Хануман мог говорить быстрее меня, и он был искусный рассказчик, — когда я сделал ему комплимент, он сказал, что это чепуха, просто по привычке увлекся. Признался, что поднаторел, пока жил у одного шведа.

— Приходилось много болтать, — сказал он и объяснил почему.

В Швеции его сестра работала сиделкой-уборщицей-секретаршей у одного богатого инвалида, и когда она улетала в Индию, Хануман, который жил у своей шведской подружки, ее подменял, тогда же он включал в список услуг массаж и натирание различными маслами (чем не занималась его сестра), за что швед сильно полюбил Ханумана и с удовольствием отпускал его сестру в отпуск чуть ли ни каждый месяц на неделю. Хануман катал инвалида в кресле по его парку, удил с ним рыбу, и, насаживая червя на крючок, рассказывал инвалиду разные истории: о смертельной любви, о том, как, заболев смертельной страстью, молодые любовники совершают паломничество к озеру Влюбленных и, завидев в небе стаю красноголовых птичек, двигающихся в воздухе, как мошкара, бросаются с утеса вниз, а птицы, увидев, как те покончили с собой, тоже бросаются в озеро и разбиваются насмерть.

Швед был в ужасной депрессии, потому просил Ханумана рассказывать побольше самых небывалых историй; время от времени Ханни читал ему книги, которые привез с собой в большом чемодане (тот стоял под кроватью Ханумана), «Сатанинские стихи» Рушди, бесконечный роман о евнухе Синдха, историю Нараяна о скитаниях его бабушки, *The Great Indian Novel, A Suitable Boy* etc.

— Ни одной из этих книг мы, разумеется, не дочитали и до середины, — смеялся Хануман. — Еще бы! Это же эпические произведения, эпические! Старику нравилось то, как я извлекал внушительные тома из чемодана — и еще я думаю, что его сама процедура увлекала, мой чемодан, прадедушкин, оклеенный американскими рекламами, с потертыми, но все еще блестящими замками, — я раскрывал его, как дверцу машины времени, доставал книги и перелистывал, перелистывал... На шведа мои манипуляции действовали магнетически. Я взвешивал томик, улыбался. Он в мольбе протягивал руки. Я давал ему его. Он подбрасывал книгу в воздух, гладил, целовал и шутливо спрашивал: «Кажется, мои рессоры просели! Хануман, посмотри, не просели ли мои рессоры? Может, подкачаем колеса, а?» И смеялся дурацким квакающим смехом, я улыбался. Читал ему, читал, а он заслушавшись, засыпал... Ему было все равно, что я там читаю, из какой книги... Я читал ему что попало, все подряд, просто раскрывал книгу и читал, а он засыпал... Но он еще просил, чтоб я редекорировал его комнату, мы закупили тюль и шелка в пакистанской лавочке, ездили с ним в город на машине, накупили статуэток, свечей, лампад, жгли куренья, я включал мою любимую индийскую музыку, и читал ему книги под нежный перебор ситара... Он просил, чтоб я ему что-нибудь рассказывал сам, из своей жизни, и я, конечно, рассказывал, вот так увлекся, что до сих пор болтаю, и уже не понимаю, то ли я придумываю, то ли говорю правду... Да и зачем терять время? Сам подумай, Юдж, что такое правда? Вот случилось там что-то с тобой в Копенгагене, ты мне рассказываешь, а в моей голове твоя история мгновенно превращается в миф, и датчанка, с которой ты жил в студенческом хостеле, и художники, и музыканты, которые дали тебе телефон Хаджи, мне представляются не более реальными, чем асуры. Правды нет, есть только слова, в которых прячутся духи.

Хануман рассказал историю, которую долго плел старому шведу, про девушку в облаке, которую он якобы сфотографировал в горах Кашмира, когда делал снимки для студенческой выставки.

— Я делал сугубо черно-белые снимки, — и Хануман назвал имена художников, последователем которых он себя считал, — и конечно, мои работы были оплеваны, надо мной посмеялись, и поэтому я затем написал рассказ, и перестал писать картины и делать выставки моих фотографий. Правда, рассказ мой тоже не напечатали, но тем не менее... В любом случае шведу он очень нравился...

В рассказе он себя называл Амарджитом, что в переводе значило «Never Fading Glory»[1]. Амарджит, как и Хануман, отправляется в горы Кашмира делать фотографии к выставке. В горах его застигает буря; он прячется в жалкой постройке, где уже спасается от холода старый горец. Они жгут дрова, греются, курят, беседуют; когда буря утихает, старый горец приглашает Амарджита к себе. Они идут: старик хромает, Амарджит проталкивает сквозь снег свой заглохший мопед, на который они водрузили товар старика. Их встречает дочь, тихая, несколько напуганная девушка. Амарджит два дня живет у старика, пока погода не наладится. Девушка берет его в горы. Он делает снимки. На одном незаснеженном холме они видят дерево, которое почему-то цветет, на его раскидистых ветвях сидят птицы, они поют, порхают, переливаясь серебром; девушка говорит Амарджиту, что это непростой холм, если на него взойдет ведьма, к ней тут же прилетит облако, и бе-

---

[1] Неувядающая слава (*англ.*).

жит вверх по холму, через несколько минут Амарджит видит облако. Амарджит фотографирует холм с облаком и девушкой в нем, возвращается домой, готовит выставку, получает жесткую критику, отец над ним посмеивается, мать качает головой, брат хихикает, друг успокаивает. Они напиваются в баре. Друг рассказывает, что пишет эссе о трех девушках в романе «Стыд» Салмана Рушди, которых автор, по мнению друга, «позаимствовал» — если не сказать больше — у Чарльза Диккенса. — «В одном из очерков Боза есть точно такая же ситуация!» — восклицает друг Амарджита, и неожиданно спрашивает: «А что, та фотография, которую ты почему-то назвал «Девушка в облаке», там, в облаке, и правда есть какая-то девушка?» — «Да», — сказал Амарджит. — «Не знал, что тебе нравятся деревенские», — ухмыляется друг. Амарджит встречается со своей подружкой, но она слишком занята, она готовится к конкурсу танца и костюма, шьет сари, разучивает танец. Она работает в Кремниевой долине. Каждый день он ездит ее встречать: два часа на автобусе. В автобусе его кто-нибудь да узнает, люди шепчутся, Амарджит злится. Девушка побеждает на конкурсе танца и напрочь не замечает Амарджита. Он уезжает в горы. Пытается найти горную тропку, где встретил старика, но не находит. Ищет деревушку, но все тщетно. Он так и не находит волшебного холма, — говорит Хануман, развязывая папку, достает большую черно-белую фотографию: холм и облако.

— А ты как думаешь, Юдж, есть ли там девушка в облаке?

— Не знаю, не знаю... — ответил я. — Но фотография прекрасная, просто прекрасная...

Ханни сочинял роман, который тоже рассказывал старому шведу, это был роман о том как, он уехал в Англию и изобрел особенный крем.

— Такой крем делает кожу более светлой, — говорил он, показывая мне тюбик с кремом, — это непростая смесь, и наносить крем необходимо в особые дни, в полнолуние само собой и дни лунного затмения обязательно, тогда человек может стать совершенно белокожим. — Он сказал, что история о том, как он уехал в Англию, произвела на шведского миллионера особое впечатление, Хануман ее рассказывал ему раз семь, надеясь, что тот ему даст денег на то, чтоб он опубликовал книжку, Хануман надеялся, что тот поселит его у себя, и на некоторое время швед и правда подселил его к себе на виллу, они жили у самой воды, гуляли вместе, Хануман катил его коляску и рассказывал. Он придумал восхитительную сказку о том, как он отправился на поиски своего прадедушки, — именно из-за него Хануман каждое утро натирался кремами, потому что только человеку с более светлой кожей открываются двери в те миры, куда унесла сила его загадочного предка.

Для него это была одна из самых важных процедур. Каждый день слои крема втирались в лицо, руки, шею. Помимо сундучка у Ханумана было несколько сумочек, которые были им похищены из парфюмерных магазинов и отелей, в них оставались тюбики с шампунем и жидким мылом, маска на глаза и беруши, с эмблемами отелей. Хануман втирал крем особым способом, по какому-то хитрому правилу, которое он откуда-то вычитал, от ушей к вискам, от висков к центру лба, вниз по носу, от носа к скулам, и так далее до шеи и по плечам и рукам... Во время этой процедуры он читал мантру.

Он часто говорил о своей коже.

— Смотри, какая она светлая, — говорил он, стоя перед зеркалом, поворачиваясь таким образом, чтобы поймать лицом побольше света. — Ты когда-нибудь видел индуса с такой светлой кожей?

В истории Ханумана его прадедушка был англичанин, который скрывался в Индии от правосудия, изображал индуса, носил тюрбан, красил бороду и намазывал лицо сажей и кремом, чтобы походить на индуса. Все это держалось втайне от всех, даже дети не знали этого.

— Неизвестно, знала ли его жена, — добавил Хануман. — Ха! Женщинам лучше не рассказывать таких вещей.

Этот англичанин был очень хитрым, он таился от всех, тем не менее в истории Ханумана жил он как лорд, у него была своя вилла, вдалеке от прочих поселений, почти в джунглях, в самой глуши, недалеко от опасных болот, в которые ходили умирать слоны; у него был свой тигр, свора собак и целая свита. Он был сказочно богатый «индус». Ему удавалось каким-то образом ни с кем не общаться. Он не принимал посетителей и никуда не выезжал, вел очень замкнутый образ жизни, разве что выезжал на охоту с собаками и слугами.

— Говорил он только по-английски, но в Индии это легко выдать за англофилию. К тому же он женился на женщине из Кашмира, которая не говорила на пенджаби, а жили они в Пенджабе. У него были слуги и рабы, которые вкалывали на него, а он изображал из себя богатого индуса, который продает ткани и вина, сладости и маринады. Уж рабам и слугам точно дела до его происхождения не было никакого! В Индии все решают деньги. Коррупция! Такая коррупция, какой свет не видывал! Мой прадед, судя по его записям, всех подкупил, он был сказочно богат, у него был свой корабль и воздушный шар, на котором перевозили товар. Он построил канатную дорогу, которой до сих пор пользуются. И никто не знал, что он был — англичанин! — восклицал Хануман, восхищаясь своим вымышленным предком (уловить грань, когда фантазия овладевала Хануманом настолько, что он начинал верить в нее, было невозможно: Хануман не был лжецом, он просто увлекался). — Жаль, что все это пошло по ветру, как прах моего прадедушки... Проклятый Ганди! Чертова независимость!

Хануман был единственным, кто узнал правду. Это случилось спустя много лет, когда он ломал стену, пытаясь расширить свою комнату, — он хотел сделать фотолабораторию и отвоевать у брата часть мастерской, где тот собирал свои зловонные картинги и велосипеды.

С братом Хануман вел долгую войну, которая закончилась ничем; Хануман стал изгоем, а кем стал его брат, он знать не хотел.

— Ты не представляешь, Юдж, что такое иметь брата, особенно такого, как мой!

Хануман тяжело вздыхал, — его брат, Викрам, был младше Ханумана на два года, но был он амбициозен настолько, что ни один американский президент не шел с ним ни в какое сравнение. В раннем детстве Викрам вбил себе в голову, что он обязательно станет главой Чандигара или хотя бы директором какой-нибудь фабрики (с большим оптимизмом читал газеты, в которых сообщалось, что строятся новые заводы, фабрики и комбинаты, и он с ухмылкой приценивался, какой отраслью стоит заняться); чем старше он становился, тем сильнее становились фантазии. Викрам читал странные книги, говорил о карьере в политике. Мечтал захватить Пакистан, требовал чтоб Китай дал независимость Тибету (причем требовал от Ханумана и родителей, закатывал истерики в школе, с ним невозможно было ездить в автобусе, он всех оскорблял, всех винил в том, что Тибет захватили китайцы); Викрам обещал, что, когда станет главой Индии, захватит Китай и освободит Тибет. Прежде всего он за что-то возненавидел брата. Сперва он возненавидел его, а потом просто презирал, считал его ничтожеством, пустым местом, недостойным его. Дабы довести до сведения всего семейства, что он ни во что не ставит Ханумана, Викрам решил во всем превзойти его.

— Ты не представляешь, что это значит, Юдж, — горько стонал Ханни, — это все равно как тебе на пятки постоянно кто-нибудь наступает, подталкивает тебя с усмешками в спину, или идет по твоему следу с саблезубым тигром!

Хануман очень хорошо знал английский, но его брат быстро выучил его настолько, что все делали комплименты их отцу: «О! Вы молодец, дали своему сыну великолепное образование! Вы, наверное, его в Оксфорд отправляли учиться! В Оксфорд или Кэмбридж, а?»

— И отец пошел на сговор с Викрамом, он сказал, что это будет в интересах семьи, если отец скажет всем, что отправлял Викрама учиться в Англию, на семестр, хотя бы... Поэтому просил всех и его в первую очередь потворствовать мифу о том, что отец отправлял Викрама в Англию. И этот гаденыш согласился, но на условии, что папаша его и правда затем отправит в Англию, хоть на неделю, но отправит, и отец ему дал слово и наверняка теперь уже и отправил его в Англию!

Когда Викраму стукнуло пятнадцать, он выучил наизусть не только «Ворона» Эдгара По, но и «Песнь о Гайавате» Лонгфелло, «Листья травы» Уитмена, «Триумф времени» Суинберна и прочитал всего Диккенса!

— Об этом в нашей семье говорили постоянно, — угрюмо повествовал Хануман. — Мой отец об этом сообщал всем. Как только к нам приходили гости, мой папашка открывал рот, подзывал Викрама и говорил: «А вот мой младший, гордость семьи, в отличие от старшего, шалопая, Парамджита, Викрам прочитал всего Диккенса!!!» И все всплескивали руками, смотрели на моего брата, как на Крошку Цахеса, а тот умилялся, из ложной скромности опускал глаза, ронял набок голову, как Иисусик и хлопал ресницами... гаденыш!

Итак, Хануман сломал стену в мастерской (все это просто так не закончилось, брат нашел способ отомстить Хануману) и нашел сундучок, который был в тайнике, в сундучке были дагеротипы и фотографии, документы, а также три тетради, тщательно испещренные аккуратным почерком. Прочесть их, как ни пытался, Хануман не мог, это был шифрованный текст; Ханни несколько лет бился над шифром, пока не разгадал его. Шифр оказался очень простым. Он был подставным. Просто Ханни не сразу сообразил, что был использован английский («Трудно было поверить в это, — говорил Хануман, вздыхая и покачивая головой, — но что правда, то правда: мой предок был англичанин!»), — всякий раз пытаясь взломать шифр при помощи хинди, панджаби, санскрита или урду, получалась какая-то нелепица, но как только он попробовал английский алфавит, все встало на свои места: каждая английская буква была зашифрована одной или двумя буквами из алфавита гурмукхи. Он прочитал тетрадки за несколько дней, но никто ему не поверил.

— Все сказали, что я просто сбрендил, — усмехнулся Ханни. — Fair enough! Stay where you are, bastards![1] — и Хануман в одиночку поехал в Англию искать своих английских родственников.

Чтобы больше походить на своего европейского предка, он стал намазывать свое лицо кремами, которые сильно осветляли его кожу, но все они ни на что не годились, он долго думал над тем, из чего мог бы состоять такой волшебный крем, и открытие пришло к нему во сне: он увидел себя стоящим возле волшебного холма, с облаком на вершине, он обрадовался и побежал вверх по холму, надеясь найти там девушку, но из облака вышел странный человечек, покрытый лишаями; облако исчезло; человечек был маленький, как ребенок; он стоял под деревом и чесался, с него сыпались белые струпья; вокруг него порхали пташки, летали бабочки, и все это видение было озарено странным свечением; человечек сказал Ха-

---

[1] Совершенно справедливо! Оставайтесь там, где вы есть, ублюдки! (англ.)

нуману, что осветлять себя можно при помощи выдавленных личинок и гусениц, показал, каких именно. Хануман в тот же день насобирал этих гусениц и личинок, сделал крем, которым и пользовался с тех пор.

— Ты же не станешь спорить, что я на самом деле сильно посветлел, — говорил он мне, я спорить не собирался. Тогда же он отказался произносить свою фамилию, потому что считал ее выдуманной:

— Она и есть выдуманная! — возмущался Хануман. — Больше такой дурацкой фамилии нет — Пардиси! — Хануман объяснил, что это означало «странник». — Совершенно очевидно выдуманная фамилия. — Подумал и добавил: — Да и имя мое мне никогда не нравилось...

Фамилию своего английского предка, дабы никого не компрометировать, Хануман не произносил.

Он долго добирался до Англии; в Италии он ждал корабль, жил в одной комнате с семнадцатью ему подобными нелегалами, которые ненавидели его за то, что он каждый день намазывался своим кремом, они все зарабатывали себе на кусок хлеба тем, что продавали туристам всякую дрянь на пляжах, ссорились из-за того, что не могли поделить территорию, и постоянно пытались выяснить, кто кого трахает, кто к кому прижиматься может во сне, а к кому не может, кто сегодня варит рис, а кто делает чапати, кто чей халат надел, в чьи сандалии влез, в чей платок высморкался. Большинство из них были непальцы и бенгальцы, несносные негодяи. Совершенно нецивилизованные люди. Хануман с ними намучился. Пытаться их воспитать было поздно. Поэтому он прикладывал все силы, чтобы просто не замечать их. Ему удавалось заработать больше других, потому что он был почти белый, и его охотней выслушивали; он приставал к девушкам с вопросами, читал стихи, пел и танцевал перед ними, показывал магический горшочек, предлагал погадать, и они почти всегда соглашались, потому что еще никогда не видели такого странного устройства для предсказывания будущего.

— К тому же они никогда не видели такого белого индуса, — добавил Ханни, — у меня всегда что-нибудь да покупали...

В Англии он нашел только одного человека, который был его отдаленным предком, и то сказать с уверенностью было невозможно, ибо был он лилипутом, и, кажется, социопатом, носил другую фамилию, сказать точно, имел он отношение к прадедушке Ханумана или нет, было трудно, сам Хануман, порывшись в архивах, сделал вывод, что он был чьим-то приемным сыном, его кто-то усыновил, кто-то по воображаемой линии «сестры» прадедушки Ханумана, — лилипут был родственник не прямой, да и вообще не родственник, а самозванец, который влез во дворец, присвоил титул, коллекционировал скелеты и чучела; вокруг него вились женщины и молодые люди, которые мечтали заполучить себе его деньги, а богатый уродец старался как можно скорее все спустить, чтобы никому после его смерти ничего не досталось. Он тешил себя различными представлениями, устраивал оргии, Хануману пришлось некоторое время участвовать в этих бессмысленных шоу, ему хотелось побольше разузнать об этом безумном аристократе, он тайком проникал в его дворец, а когда его находили, он врал, что его занесло сюда во время астрального путешествия, чтобы доказать это, ему разок пришлось впасть в кому, проглотив свой язык. Ханумана стали впускать во дворец, он плевался огнем, танцевал с зеркалом и читал мысли, проделывая все это, он подкрадывался к своему дальнему родственнику, выуживал сведения о нем из слуг, шоферов и проституток, которые постоянно фланировали по дворцу карлика, катались с ним на яхте и летали на частном самолете в Египет. (Ханумана в эти поездки не брали.)

В конце концов, кто-то из приближенных аристократа догадался, что Хануман был его родственником и мог претендовать на наследство.

— Это поняли по моим чертам лица, — утверждал Хануман. — Меня выдали фамильные портреты, которые были развешаны в коридорах замка. У каждого моего предка особенный взгляд. В точности как у меня. И брезгливая нижняя губа. Будь она проклята! Все очень скоро узнали всё, так легко это теперь делается... а может, и того не потребовалось, достаточно одного подозрения. Меня решили убрать, заперли в подземелье с крысами... пришлось выбираться через канализационную трубу... Древняя канализация была таким хитрым способом устроена, что по ней можно было проползти, и так как ее уже лет сто не использовали, она была совершенно чистой, там было немного дождевой воды и сырость, всего-то сырость... Однако ползти пришлось очень долго, так долго, что вся карнавальная одежда на мне изодралась, и я оказался неизвестно где, на каком-то острове, стразы и стеклярус с меня сыпались... по ним и вышли на мой след негодяи, они были на лошадях с битами для игры в крокет, они неслись на меня с улюлюканьем, а я, находчиво вырывая из земли большие травяные комки, отбивался от них, швырял им в лицо пучки травы с землей и бежал с хохотом! Мое поведение их озадачило, они не ожидали, что я все это приму за игру, и так лихо переиграю их — им ни разу не удалось засадить мне по черепушке, я отбил все удары, и разок даже прокатился на хвосте лошади! В конце концов от меня отстали, и я пешком ушел в Ирландию, откуда перебрался в Швецию на угольной барже, в трюме... Но это уже совсем другое приключение, об этом как-нибудь в другой раз.

* * *

Дождь за задраенным окном, я его научился превращать в похрустывание пластика: мы живем в пластиковой коробке, и вращается эта коробка в пустоте, нет звезд, нет лун, нет черепахи со слонами на панцире, ничего нет. Есть Хануман, с которым мы курим героин на фольге... густо-вишневого цвета капля падает на кожу, обжигает, но я не сразу чувствую боль — я в дурмане, и не сразу понимаю, что Хануман в забытьи выронил фольгу, которая только что была пирогой, отлитой из серебра, а героиновая река в ней была кровью принесенной нами в жертву девственницы, над которой надругался принц в новолуние, чтобы приготовить волшебные чернила... Мы незаметно для самих себя начали сочинять фантасмагорический роман, — это произошло в опиумном делирии. Мы раздобыли у Сабины много опиума, мы ее отодрали как следует, накачали героином, оставили кое-какие деньги и вещи, украденные у Хотелло, даже записку, Хануман написал ей записку на шведском, чтобы она думала, что это шведы, которые приплыли из Норвегии на пароме, и всю дорогу с ней он говорил на ломаном шведском, потому мы нисколько не удивились, когда при следующей нашей встрече она проворчала: «Hvem er I to, for helvede?»[1], а потом, когда мы ей дали денег за гашиш, она дала нам гашиш и сказала, что никому нельзя доверять в наши дни, все воруют и обкрадывают людей, вот ей досталось, приличные шведы, приехали из Норвегии, накачали снотворным и обокрали: «Fucking bastards! They rob, rape and plunder everywhere they go![2] Десять грамм дряни и три плитки гашиша! — кричала она нам в приступе тупой ярости. — Десять грамм коричневой дряни и черный афганский гашиш! Подумать только!»

Она, конечно, приврала, мы не брали гашиш, и не было там десяти граммов, там даже трех граммов не было, но как быстро он курился! Мы неделю не выходили из кайфа, плыли по алмазной реке, подсыпали хрусталики, подсыпали волшебный песок, подогревали, и он превращался в стекло, жидкое стекло сновидения, которое курилось, курилось, переливалось... Мы тянули дымок, едва поспевали, пытались его ловить, удержать в себе — он выскальзывал из легких, щекотал гортань и волоски ноздрей, убегал мурашками по спине, мы неслись за ним по бурлящим пенистым перекатам, волны блаженства растворяли наши мысли, они сплетались как водоросли, поэтому сказать, кто был первым, невозможно, помню, как в приступе эйфории я сказал, что Хануман — принц, я назвал его принцем, я ползал перед ним на коленях в экстазе, он мне грезился космическим отцом вселенной, первым челове-

---

[1] А вы двое кто такие, черт подери? (*дат.*)

[2] Трахнутые ублюдки! Они грабят, насилуют и расхищают все на своем пути! (*англ.*)

ком, Адамом Кадмоном, Семенем Лотоса, Каплей Нектара Вечной Жизни, он мне казался путешественником во времени, которому я должен был услужить, и я стал его слугой, так как в те дни я совершенно не мог работать, по причине травмы — я скатился по лестнице и разбил колено... как всегда, мое дурацкое колено, сколько я с ним настрадался! С самого детства! Хануман принялся меня лечить, достал костыль из шкафчика, сделал компресс на распухшее колено, обмотал его бинтами. Мы покурили героин, и Frederik Hotel превратился во дворец, который находился на вершине скалы, Хануман стал принцем, повелителем времени, а я — его калекой-слугой...

— Нет, нет, — сказал Ханни, — ты не калека, а только притворяешься калекой. Это твой образ, ты носишь маску, безобразную маску, потому что не желаешь, чтоб твое подлинное лицо видели обитатели пустынь и оазиса, в котором находится наша башня. Все думают, что ты — урод, и вообще, они думают, что нас нет, они не видят ни дворца ни башни, люди, что обитают вокруг, они думают, что придумали нас, что мы — сказочные персонажи, что мы являемся во сне, что мы духи, а мы всего лишь управляем волшебной машиной, которая, как призма, преломляет время, изгибает пространство и делает нас неуловимыми для глаз, мы можем замедлять и убыстрять течение времени. Мы можем отправлять вместо себя голограмму. Мы можем все, потому что, если приготовить волшебные чернила, и написать ими желание на спине девственницы в полнолуние, а потом сбросить ее торжественно с башни на скалы озера, над которым растет наша башня, то оно исполнится. Но ты — не урод, ни в коем случае. Ты хромаешь. Это ранение. Это старая рана. Битва с какими-нибудь дикарями. У тебя горб. Но он накладной, конечно. Когда ты ведешь ко мне на поругание очередную принцессу, похищенную из далекого королевства, ты ведешь ее по очень длинной лестнице, такой длинной, что пока вы доползете до моей спальни, она вся изойдет. Ты даже видишь влажную дорожку на ступеньках... Ты стоишь у двери и подслушиваешь, а потом я посылаю тебя за водой и фруктами, сладостями и кальяном, ты ползешь вниз, слизывая еще влажную дорожку со ступенек, а потом прешь на себе кувшин воды, корзины с едой, кальян, все на себе, хромая, к нам, наверх, бедолага! Мы жрем и трахаемся, а ты за дверью подслушиваешь, и даже подглядываешь в замочную скважину, мастурбируешь, но никак не можешь кончить, потому что тебе уже семьдесят пять, и ты давно ничего не можешь, потому что во время пыток в плену тебе отсекли яйца. Хэхахо! — воскликнул Хануман, вытягивая меня криком из дремы. — Вот это сказка!

— Продолжай, Ханни, — едва ворочая языком, говорил я ему, — продолжай!

А на руке у меня рос болезненный волдырь, уже гноился, потому что сутки пролетели, а я не заметил, надо было искать мазь, дезинфекцию, антибиотики, но мы грели фольгу, разгоняли до цвета крови героин, курили его через стеклянные трубочки, — змейкой дурман бежал по стеклянному метрополитену, вползая в мои легкие, мои глаза выворачивались на нос, выпадали на ноздри, с наслаждением наблюдая, как дымок крадется по прозрачной трубочке, я окосел, мое левое ухо стало правым, мои щеки слиплись, склеились, срослись навечно.

Колено медленно шло на поправку; Хотелло мне советовал гулять, даже разрешал выходить на воздух, он выгонял меня во двор, мы с Хануманом ходили в магазин делать покупки, Хотелло придумал, чтоб я следил за его внуками и учил его младшего сына английскому.

— Раз уж ты совсем не можешь работать, вот, поучи моего младшего английскому и присмотри за внуками...

Я проклял все. Сын был тупой. Хуже того, он издевался надо мной, он намеренно ничего не учил, вздыхал, умышленно коверкал слова и делал вид, что не понимает. «Hva' sige du nu?»[1] — говорил он, надвигая брови на глаза. Он притворялся... Я это видел. «Hva' ba'?»[2] — говорил он с тупым выражением лица, какое я примечал у местных подростков, что шатались цветными бандами у супермаркета с пивом и сигаретами, плевались друг в друга, брызгались пивной пеной, рыгали, швырялись окурками и бутылками. Каждый раз, когда я просил его перевернуть страницу или открыть параграф того или иного задания, мальчик кривил губы и говорил: «Hva' for nu?»[3]. Или просто — *Hvad?*[4] — с кончиком языка, забытым на губе, как требует мягкая датская *d*, отчего он становился похожим на нализавшуюся кошку. Хотелось треснуть учебником по голове этого тринадцатилетнего оболтуса и крикнуть ему: «Ты делаешь это не как мальчик! Ты делаешь это, как датская девочка, черт тебя подери!» Так оно и было, и Хануман, который учил его итальянскому, говорил, что да, он

---

[1] Да что ты говоришь? (*дат.*)

[2] Че? (*дат.*)

[3] Еще раз как? (*дат.*)

[4] Что? (*дат.*)

действительно перенял ужимки девочек, по какой-то причине младший сын Хотелло вел себя как девочка.

— Но это не его вина, Юдж, — говорил Ханни, — во всем виноват Хотелло. Это все из-за него, потому что они долго притворялись, что он девочка, они сами так себя вели, они очень хотели девочку, вернее, Хотелло хотел девочку, и стал делать из него девочку, к тому же ребенок — жертва страшного эксперимента, ведь Хаджа хочет, чтоб он был вундеркиндом, чтобы он говорил на стольких языках. Посуди сам, Юдж, в семье они говорят на русском, в школе и во дворе он говорит на датском, он в школе учит немецкий, в датских школах обязательно надо учить два иностранных, они ему выбрали английский и немецкий. Немецкий у него идет лучше, потому тебя взяли подтянуть английский. Ну и я учу его итальянскому! Подумай, что у ребенка в голове!!! Если кто-то и виноват, в том, что он станет идиотом, насильником, извращенцем, то только Хаджа, Хаджа, и никто другой!

Я шел рядом, с палкой, хромал, скорчив рожу, горбился. Так мы ходили в магазин, в библиотеку, по коридорам отеля, в подвал, на чердак, в чулан украсть бутылочку виски. Мы наливали себе в стаканы виски и продолжали ходить, потому что Хануман утверждал, что я обязан ходить.

— Пойми, чтобы вылечить твою ногу, ты обязан двигаться, ибо костыль, который я тебе дал, он тебе не просто нужен затем, чтобы облегчить тебе жизнь, а он — лечебное устройство, костыль — это лучшее лечение от хромоты. Поэтому ты должен ходить с палкой, пить виски и ходить.

И мы ходили по чердаку, я таскался за ним со стаканом и палкой, кривил рожу и всматривался в его божественные черты. У Ханумана был волшебный веер, взмахом которого он мог развеять в прах караван; коробочка с волшебными термитами, которые по его приказу сгрызали дотла неприступные крепости. За вечер мы обходили все владения Ханумана, весь замок, все комнаты. Я поливал шпионские растения, кормил собак-оборотней, выбрасывал в окна корзины с фруктами полицейской обезьяньей своре. Дел было много. В каждой комнате было много зеркал, которые быстро зарастали ночной паутиной, приходилось произносить молитву перед каждым пауком, умоляя его воздержаться от работы хотя бы на час, потому что в зеркалах ожидались гости: они появлялись время от времени. Зеркала были лазейками в другие миры. Хануман годами настраивал их. Направлял луч своей мысли в хрустальный шар, находил объект для созерцания и настраивал свое зеркало так, чтобы в нем появлялось отражение существа, за которым он наблюдал. Принц каждый день курил трубку в кресле, разглядывая, как перед ним появляется и исчезает далекий волшебный мир или человек, не подозревающий, что за ним следят, пока он пьет из лужи. Иной раз Принц лениво вмешивался в политику того или иного государства (в том или ином историческом разрезе): совершив ряд подражательных движений перед зеркалом, он овладевал телом объекта наблюдения и отправлялся в путешествие по чужой стране. В теле другого человека он мог творить что угодно, он совершал самые невероятные вещи, устраивал оргии, отдавался на растерзание львам, организовывал заговор, становился родоначальником новой религии, делал в странах перевороты, произносил бунтарские речи, за которые человека, которым он овладел, казнили, а принц, проснувшись от дремы в своем кресле, принимался настраивать магический кристалл в поисках новой жертвы.

Мы так увлекались, что нам казалось, что нашу сказочку слушают прямо сейчас те, кто в будущем купят книгу, которую мы когда-нибудь напишем и опубликуем, Юдж! Да, да, обязательно, Ханни! Это было потрясающе, мы ходили по чердаку с расширенными глазами и говорили сдавленными от восторга голосами, нас охватывал истерический хохот, я зажимал себе рот, Хануман говорил, замолкал, смеялся, снова говорил, задыхаясь от смеха, и понять его было почти невозможно: его слова то уносились, как цветки мимозы, сорванные ветром, то комьями вываливались, недоношенные, слипшиеся, грозные, как заклинания сектантов поклонявшихся Ктулху. Мы старались говорить как можно тише, и все равно нам казалось, что нас слышит весь дом, вся вселенная.

— День стал длиннее, Юдж.
— Замолчи!

* * *

Тайная жизнь мне всегда была необходима; это часть моего характера — находить недоступные места, прятаться и слушать тишину. В ней звуки расцветают. Шелест листвы делается просторней. Дождь превращается в симфонию. Мир в одиночестве безграничен. Человек умеет похитить у тебя вселенную за несколько секунд, не подозревая об этом!

Самые затертые слова в тишине приобретают густой смысл, они становятся весомей, они обретают силу и значения, которых никто в них не замечает. Слова становятся как бы мохнатыми.

(Надо погружаться дальше.)

Мое письмо должно стать еще более интимным. Обнажение и блуждание нагим в коридорах лабиринта. Каждое слово, полежав в растворе моих чувств, пропитывается мною, как стрела ядом, чтобы быть только моим оружием.

(Мне часто слышится, будто плачет ребенок: я прислушиваюсь, вынимаю затычки из ушей. Нет, не плачет. Послышалось... или замолк? Вставляю затычки. Жду, занимаясь своими делами, и вдруг резко вынимаю. Нет, тихо. Никакого ребенка. Я чего-то боюсь. Чего?)

* * *

Возвращаясь в Таллин через Москву, в поезде встречаю старого приятеля, с которым мы вместе сторожили в «Реставрации». Пьем пиво, болтаем ни о чем, и вдруг, ненароком, точно проболтавшись, он сообщает мне о смерти Скворца. Я не поверил, — но бессонная ночь, пьяная, тревожная, сталелитейная...

Я люблю подвергать себя опасности, особенно в роковые числа. Выпрыгнул из окна матери со второго этажа 13 февраля; колдыбаясь по гололедице с костылем, встречаю другого приятеля, он уводит меня в шалман с названием «Memento mori», — я не в силах сопротивляться, настолько это смешно. Мы садимся в уголке, у окошка. На подоконнике, как в нише, крохотная кроватка, в ней уродливая куколка с зашитыми глазками и вскрытым животиком, из которого выглядывают пластилиновые кишки. Посмеиваемся, выпиваем подозрительные коктейли, на стаканах нарисованы скелеты, названия напитков прекрасные: Death&Night&Blood, Dead Ringer, Time To Die... С потолка свисают куклы с перерезанными глотками, играет Bauhaus; свечи на оскалившихся черепушках. Пьем, болтаем ни о чем... И вдруг, он между делом подтверждает сплетню о смерти Скворца. С головной болью хромаю к врачу. Старый кретин задает одни и те же вопросы:

— Ну, так, что случилось? Упали, распухло, расскажите мне всю историю сначала...

— Это было так давно, доктор...

— Ничего, время есть, мы послушаем...

Летом 2001 года я, выходя из вагончика братьев Иоакима и Фредерика (мы у них с Райнером сильно покурили), спотыкаюсь в темноте, падаю...

Врач засыпает, клюет носом, я задеваю костылем стул, он просыпается, требует всю историю сначала... Повторяю... Райнер помог мне добраться до вагончика, принес водки, делал мне повязки, компрессы, коктейли... Доктор прочищает горло, откашливается, разлепляет свои сросшиеся веки, выглядывает на меня из-под бровей, как партизан из-под ветки хвойного дерева, и, указкой тыча в плакат на стене, спрашивает:

— А это что за повреждение?! А это что за травма, а?! Отвечайте! Ну!

Видимо, принял меня за студента, — наверное, преподавал...

Среди различных повреждений и травм, нарисованных на плакате, я нахожу мое колено, рассказываю ему, что проходил в Хускего два месяца с палкой, которую для меня вырезал из дубовой ветки мой друг Райнер; Иоаким и Фредди повесили фонарь над тем местом, где я упал... Доктор слушает, клюет носом... Колено зажило, наверное... но иногда, если что-то резко сделаю, вот как на днях, из окна прыгал...

Доктор оживился:

— Так, так, так... вы что, вор? Из окна прыгаете... Домушник-наркоман?

Я говорю, что да, наркоман, но нет, не домушник... Потеряли ключ, надо было выбираться, упал, резкая боль, вспышка в глазах... Думал, поболит и пройдет... Доктор кивает, советует ходить с повязкой и костылем, — с костылем — это вы правильно, костыль — это верно, — кажется, я получаю зачет, он долго копается в компьютере, не может распечатать направление к ортопеду, я должен пьяным теперь ехать к черту на кулички, чтобы сделать МРТ моего колена, в голове у меня мертвый Скворец...

Мы с ним ездили в Питер двадцать один год назад.

Оттепель похожа на ломку; во все стороны тянет, крутит, изнутри колотит... В троллейбусе сумасшедшая включилась как радио:

— Баба из мужиков конфету делает! Все политики смеются над бабой! Сорок лет, а она из мужиков разводников делает! Все политики хохочут над дурой. Сависаар и Ансип ногами притоптывают, в ладоши хлопают: ха-ха-ха! Баба-дура! Ха-ха-ха! Разводники ей подарки делают. Машину дарят, декольте, бриллианты... Стоматологи, гинекологи... Мошонкин и Лобков... А я мужиков на дух не переношу! На дух на земле не пе-ре-но-шу! Ни разводников, ни холостяков, ни политиков, ни гинекологов! Конфету они из нее лепят. Вдвоем, втроем — конфету: ха-ха-ха! Авиксоо и Юрген Лииги! Ха-ха-ха!

В сорок четвертом задремал. В больнице гардеробщица мне дает номерок 44. Люблю роковые числа. Обожаю совпадения. Начнешь ходить по врачам с коленом, кончишь как Лазареску. Скорей бы уж.

МРТ. Это в другом корпусе. По коридору до конца и направо, в лифте на третий этаж. Спасибо.

— А вас нет.

— Как нет? Вот он я!

— Вижу, но в тетрадке у нас нет никакого Иванова.

— Направление от хирурга! — пошуршал бумаженцией: есть! шуршит! слышите?

— Да, да... Он записал вас, номерок выписал, а нам, скорей всего, позвонить забыли...

Старый пердун!!!

— В компьютер занес! Я сам видел.

— А в тетрадке вас нет!

Ага! Значит, тетрадки все еще важнее компьютеров! Отлично!

— Так примете или нет?

— Нет!

Ну и наплевать. Обратно, по ступенькам вниз, вниз, коридор направо... колесики вжик-вжик, шорох... исчезли... что такое?.. я в каком-то туннеле... никого нет, странный звук: шелест пластика и бумажка на полу, на полу в подземном коридоре... это случайно не морг?.. поднимаю... Ой!.. Простите... какая-то женщина — в белом, медсестра... *Что вы тут делаете?* — казенный тон... но меня не проведешь, как ни прячься, — я ее сразу узнаю: одноклассница... фамилию помню, имени нет... У меня это: даю бумажку... Она смотрит: ой, это они потеряли, спасибо!.. И тут я вспомнил имя тоже — во-вторых, говорю, мне бы как-то выбраться из этого лабиринта, Света... Она смотрит на меня, глаза наливаются узнаванием: Андрей?.. смущается почему-то... между нами никогда не... Да, я знаю, сильно изменился... Она прикрыла рот... Нет, просто... мы думали... ой, извини... совсем замялась... Ладно, ладно... я знаю, что про меня думали... жив я, жив... ну так, как мне отсюда выбраться?.. Света проводила меня, шли долго, а ни о чем не поговорили... сказать нечего... прогулка с призраком... с кем-нибудь поддерживаешь связь?.. нет... а ты?.. ну так... вот и весь разговор... на остановку, скорей...

44-й. Скорей! Колено скрипит. Костыль неудобный. На ладони фингал. На ладони!

44-й! Наконец-то... Дайте сесть!.. я с костылем, не видите?!

Скворцов давно умер. Сплетня была не сплетней. Эти двое не знали друг друга. Автобус меня заморозил. Чистый наркоз. Можно было бы так и коктейль назвать: «Чистый наркоз». Выпить и не проснуться. Мрачный 44-й. Почти никакого света. Может быть, это внутри меня: свет то гаснет, то вспыхивает. Всполохи... Молнии над Хускего... Я помню то лето, папоротник цвел... Коричневая каша снега на улице. Мелькнуло знакомое рыло. Автобус тут ни при чем. Я часто выключаюсь на ходу. Себя ни с кем не спутаешь. Это было бы слишком просто: зашел за угол Ивановым, вышел Сидоровым. Все внутри гаснет, и пока бреду наугад, вокруг меняют декорации. Консервная банка пробивается толчками. Вскрывают на остановке, вытряхивают по сардине. Размороженные пассажиры уплывают в пасть супермаркета. На каждой остановке по супермаркету. Весь мир супермаркет. Водитель матерится. Язык сплошной мат. Других слов нет. Автобус выблевывает из себя движение, проскальзывает на льду, рычит, как алкоголик, который уже вывернул себя наизнанку, но желудок продолжает сокращаться, срыгивать жидких школьников и засушенных старичков. Снег хлюпает внутри моего полиэтиленового мешочка; хочу срыгнуть, но мрак меня держит, — иногда боль удерживает от смерти. В глубине этого мрака какой-то сиплый пьяный мужик рычит мне в ухо: «Хотите убить страну — убейте образование! Хотите задушить будущее страны — задушите медицину, суки!» Все прочие пассажиры молча отползли к кабине водителя, поглядывают оттуда — я поймал себя на мысли: кто из нас кричал? Он — я? На нас смотрят с отвращением. Сплетня может быть правдой. Правда может быть сплетней. Смерть человека может быть сплетней. Сплетня может убить человека.

Вышел. С крыши упал кусок льда. Разбился на разноцветные осколки. Какой-то клоун хохотнул за спиной.

К черту!

В 1988 году нас со Скворцом чуть не грохнули обувалы на Варшавском вокзале, с него сняли «аляску», я не дался, ушел. Прятался, шатался по путям, сильно мерз, с неба позвали. Крановщик, как Соловей-разбойник, сидел в своем стеклянном гнезде, мочился оттуда и хохотал:

— Залезай сюда, зёма! Погреемся!..

Пили водку с пивом из банки, прямо в банке мешали, я спускался как в фильме, подобрал котенка, запустил в теплушку на курьих ножках. Отловили, хотели снять куртку — отвели в туалет, который называли меж собой «Белый дом»; там все было зассано, моча замерзла, желтый лед... почему называли «белым домом» непонятно... Обували в ватниках, с ломами за пазухой... Растолкал и убежал... Все это было как не со мной, как в другой жизни... Скворцов остался в одном свитере. Так и поехал домой.

У нас было много приключений. Мы играли вместе в футбольной команде и после тренировки всегда без билета просачивались в какой-нибудь кинотеатр, мы знали все ходы и выходы, так мы с ним посмотрели огромное количество фильмов. Мы были страстные трясуны, часто пропускали уроки, чтобы вытрясти из кого-нибудь побольше монеток, и, опустошив чужие карманы, мы долго стояли возле квасного ларька, никого вокруг не замечая, играя уже друг с другом. У Скворца были большие хрящеватые пальцы, он умело зажимал копейки складками ладони, ловко переворачивал копейки, обмишуривал простаков только так. Чаще всего наши выигранные деньги мы тратили поровну на «Космос» и жвачки, кукурузные хлопья или дешевые пряники с лимонадом.

* * *

— Погода отличная. Не хочешь пройтись, Юдж?

— Катись к черту!

* * *

Петербург — Москва...

Мой старый приятель в Питере жил у своих знакомых чуть ли не в каких-то трущобах, искал работу, но не получилось: все пили, как сумасшедшие. Наутро его никто и вспомнить не мог.

— В России все живут одним днем, — твердил он. — Одним днем. Назавтра тебя и не вспомнят. Чтобы тебя помнили, ты должен с ними пить каждый день, как в фильме Чарли Чаплина, помнишь? — говорил он. — По субботам весь Питер заблеван и зассан, как нужник на Балтийском вокзале в советские годы. И что самое любопытное, все мои друзья, которые туда переехали из Таллина, за несколько лет превратились в таких же тупых неповоротливых тунеядцев. Они ходят в спортивных костюмах, пьют с самого утра и громко рыгают, через каждое слово матерятся. Они такими никогда не были! Что с ними сделал Питер! Они ругают Эстонию и эстонцев, но не так, как у нас, а так, как это делается в Питере. Они сплевывают семечки в метро, пьют черт знает что! Всю культуру растеряли. Все мечты, идеалы... Все к черту! Стали такими же, как и те питерские с черных лестниц и проходных дворов, дети обувал с Варшавского вокзала!

Мой попутчик закашлялся... Он был чем-то болен; его голос пропадал, как радиоприемник со старым динамиком, из которого торчат проволочки. Я заказал бутылку вина, надо согреться; я рассказал ему, как шел с Васильевского острова по каким-то линиям, мне надо было за Фонтанку, на Загородный проспект, там в стареньком уютном отеле над изголовьем бра, на тумбочке

«Преступление и наказание», на стене портрет писателя и топор на гвоздиках висит, как томагавк, под койкой труп старухи, под подушкой забытая предыдущим постояльцем вставная челюсть. Я так хотел спать, я так устал пить чай в этих идиотских интернет-чайниках, я так устал от какао шоколадниц и шлюховатых школьниц. Изжога, кончились сигареты... В ту ночь я встретил очень много странных людей, привидений и мутантов, через мост было не пройти, толпы пьяных раскачивались, горланили какие-то матерные песни, плясали и били бутылки о свои головы, как это делают десантники в день ВДВ, но это был обычный день, обычная ночь, пятница, даты не помню. Обезумевшие павианы гирляндами свешивались с моста над Невой, прыгали в воду, с хохотом запускали в небо ракеты, в реке рычали катера, покачивались лодки, гремела музыка... тут же под фонарем на корточках кто-то вмазывался и ему под гитару напевали напутственно: *ты сядешь на колеса, я сяду на иглу...* Менты бранились, призывали к порядку... Я прорвался на Невский. Там было еще страшнее: алмазами украшенные кабриолеты катили и сигналили, гремели *subwoofers*, на самой настоящей карете ехала какая-то звезда со своей свитой, перья, шутихи, бенгальские огоньки, дым марихуаны шлейфом, было видно только руку с браслетами... Вспышки фотоаппаратов, плач, стон, скрежет зубовный! Все тротуары заблеваны, в обнимку с обломком водосточной трубы не то труп, не то чье-то пальто... Резиновую малолетку тянут в джип, она орет или хохочет, каблучки врозь, чулки тянутся во все стороны... Бритые с шампанским, хлопок и пенная струя на ботинки, ха-ха-ха! Воротнички порваны, в глазах одержимость, невменяемость, психоз...

— Хотя никакого праздника не было! Я в этом совершенно уверен.

— Им и не нужен никакой праздник, — усмехнулся мой приятель, — все готовы пить просто так — пока прет, отчего же не пить и не блевать?

Я посмотрел в его потухшие глаза. У него были очень красные глаза. Он был измучен, шмыгал носом.

— В Питере у всех насморк, и у меня теперь тоже.

Достал платок и шумно высморкался.

— Слыхал, Скворцова убили? — и спрятал платок. Не может быть! Как убили?!

— Что-то стянул у кого-то.

— Что?

— У какого-то блатного в магазине лопатник подрезал, и его на выходе братки в машину засунули.

— Так он был вор? — я знал, что Скворец воровал раньше, по мелочи, но не мог поверить, что он продолжал воровать все эти годы...

— Не знаю, — пожал плечами, — просто говорят, что воровал... Он был тихий, никто его толком не знал. Может, больной, клептоман, или скололся... Сам знаешь, и про тебя ходят слухи...

— Значит, брехня, — сказал я твердо, — про меня слухи — брехня, и про Скворца — брехня...

Но сам я осторожно подумал, что может быть и правда — как-то пусто стало внутри, — я попытался представить его себе, и мне стало холодно, невыносимо тоскливо... Не может быть!

Больное воображение Скворцова было необходимо регулярно подпитывать чем-нибудь уродливым, какими-нибудь рассказами о насилии, болезнях и несчастьях, сильнее всего трогали его истории, в которых переплетались несправедливость и трагическая, ничем не объяснимая случайность, — возбужденный, он выкатывал глаза и, трясясь, дрожащим от волнения голосом восклицал: «Вот так! Хороший пацан был, да? А вот раз — и ногу отрезало! Ни за что! Ни в чем не был виноват, а ноги лишился! И отличник был, и не воровал, никому ничего плохого не делал, а что теперь будет с ним?..» Такие истории его убеждали в том, что быть в нашем мире положительным и — самое главное — учиться хорошо вовсе необязательно, потому что над всеми висит неумолимый Рок, который может любого, независимо от того, кем — подлецом или ангелом — человек был в жизни, лишить всего, без всякого на то логического объяснения. «И зачем тогда жил и учился как проклятый, спрашивается?..»

Он сильно расстраивался, когда все вокруг долго шло без происшествий, ему нужны были смерть и отчаяние (прекрасно помню, как он восторженно отреагировал на новость о том, что у одной из наших одноклассниц умер отец: «Как они теперь жить будут? Папочка-то был шишкой! Она наверняка учиться будет хуже! Зачем теперь стараться?» — Но девочка училась так же отлично, как и прежде, — это очень изумляло Скворцова).

Когда ничего не происходило, он перебивался моими историями...

Я рассказывал ему о моем кубанском троюродном дяде, чью мать затянуло в молотилку... о том, как моего прадеда арестовали из-за кабанчика и замучили в тюрьме во время коллективизации... о голоде и войне... все то, что мне рассказывал дед, подпитывало Скворца, он стремился уединиться со мной, чтобы я ему еще что-нибудь рассказал; я видел, как его лихорадит, когда я расписывал трупоедство на Кубани во время голода 1933 года, об адыгейцах, которые спустились с гор и порезали пионеров, присматривавших за скотиной, и понимал, что это входит в его плоть и кровь, эти истории, которые я жадно глотал в детстве, теперь составляли его самого, они — часть его маленькой души, их оттуда ни за что нельзя будет выскрести (более того: по ним его можно будет найти после смерти!).

Наибольший кайф он получал, когда обнаруживал, что его предали, обманули, что по отношению к нему была допущена несправедливость, тогда, проглотив первый ком слез и обиды, он восставал, его охватывал гнев, ярость, бешенство, коктейль сильных чувств ударял ему в голову, как наркотик, он ходил как пьяный... как!.. его оклеветали!.. он-де подсматривает за девочками в дырочку в душевой комнате!.. (Частично это было правдой, только за нашими девочками он не подглядывал, он всегда ходил смотреть на старших девочек, а тут ему инкриминировали подглядывание за нашими одноклассницами, которых мы открыто презирали, и он сильно оскорбился.) Я был точно таким же! Я тоже получал удовольствие, когда меня выставляли идиотом или обманывали, предательство — наивысший наркотик: либо самому кого-нибудь предать и через третьи руки довести до сведения, что я — Иуда, либо найти себе кого-то и сделать невольно Иудой. Скворец, несомненно, в этом преуспел гораздо больше, чем я. Он творил много подлостей, но все эти подлости он выделывал только затем, чтобы получить возмездие, чтобы творимые им злодеяния вернулись ему сторицей, таким образом он «обучал» людишек гадостям, которые испытывал на своей шкуре, и часто бывал удовлетворен: ему сильно доставалось... Каждый раз он убеждался, что достаточно стырить какую-нибудь мелочь или сломать что-нибудь, и на тебя набросятся с палками, толпой будут пинать ногами, как если б ты отравил кого-то... Ему было приятно видеть, что люди всегда готовы творить страшные злодеяния; это его будто бы убеждало в том, что он не хуже других, наоборот: лучше, добрее.

Всю дорогу из Москвы в Таллин не мог уснуть; проваливался в бред и снова выныривал в Питере, шел через Дворцовый мост. В моем бреду было неправдоподобно тихо. Поток машин был неподвижен. Толпа слепилась в чугунный монолит, украшенный сотнями тысяч готических маскаронов. Река ворочалась, как разогретая смола. Огни на мосту сияли, как плазма. Я медленно шел. На этот раз не один: рядом улыбался Скворец. Его глаза загадочно блестели. По сюжету сна, мы двигались в направлении Торгового дома, только что посмотрели «Стрельбу дуплетом» в кинотеатре «Сыпрус». Мы в седьмом классе. В сумках кеды и форма. Зима. Летят снежинки. Мы посасываем клюквенный джем «Космос» из металлических тюбиков. Мы всегда так усердно выдавливали джем, что, вскрыв тюбик, от жадности ранили язык. Мы находили в этом особенный смак: чувствовать, как примешивается кровь, чувствовать, как щиплет рот, и как до оскомины кислый джем дерет горло.

Скворец жил в общаге, где продавали шмаль. Потом они переехали... Скворцов был обречен: они поселились между Балтийским вокзалом и старинным паровозом возле железнодорожного училища, которое без вступительных экзаменов проглатывало всех подряд; там было много шлюх, и Скворец регулярно болел венерическими болезнями, лежал в Хийу, в диспансере, где все бабы давали в каких-то чуланах за так, он с удовольствием об этом рассказывал, и я стал избегать его. Годы, годы спустя, в бывшей коммунальной комнатенке, где он жил, поселились алкоголики, с мальчиком, который учился у меня в классе, когда я коротко преподавал в школе. Он часто не являлся на уроки, и меня попросила завуч сходить и выяснить, в чем там дело. Там было страшно. В девяностые эта общага стала черт знает чем. Там был притон наркоманов, который прирос к борделю с малолетними шлюшками, бордель и наркоту контролировали сидевшие, которые прямо тут шлялись по коридорам вколотые или обкуренные... всюду что-то варили, воняло ангидридом, коридор был завален вещами, из-под которых доносилось сопение... настоящая свалка... бомжатник! Бедный мальчик, — мне открыла его мать, она была не в себе; не продрав как следует глаза, рыкнула *че надо бля*, я сказал, что я — учитель ее сына, прозвучало это, конечно, малоправдоподобно, я боялся, что она не поверит, настолько занюханная одежонка была на мне, и сам я был весь прокуренный в те дни, заторможенный, издерганный, жалкий, но я постарался выговаривать слова очень красиво...

С переливом в голосе я сказал: «Видите ли, я — учитель вашего сына. Он не появлялся давненько в классе. Решил узнать, как у него дела...» Мгновенно вытянувшись, она сделалась похожей на homo erectus, даже складки на ее одежде разгладились; она лебезила, плясала вокруг меня и говорила, что мальчик приболел, он такой болезненный, мы обязательно принесем справки, все задания сделаем...

(Как и Скворец, мальчик щелкал семечки и засыпал на уроках.)

Вся моя жизнь сплошная блажь, — я не обязан был ехать в Питер, мог и в Москву затем не ехать, но я придумал себе приключение, захотел себя забросить в поезд, отправить куда-то, надеясь, что что-нибудь произойдет... Все это от скуки, просто от скуки... Мне рассказали о Скворце — видимо, ничего другого я не заслужил: смерть Скворца — fair enough!

Воровать он начал с тех пор, как я украл фломастеры в Торговом доме. Мы просто так зашли туда, бродили без цели, разглядывали клюшки в спортивном отделе, и вдруг я заметил возле кассы, где часто были сквозные открытые прилавки, коробку с фломастерами, подошел и незаметно — даже для него — стянул фломастеры. А потом показал ему. Он был так изумлен. Даже язык проглотил! Я не мог предвидеть, что на него это произведет такое сильное впечатление; я сам не знал, зачем стибрил те фломастеры, меня что-то повело... что-то нашло... Теперь нащупать узел в этой паутине невозможно, откуда начал свою работу преступный умысел, не понять; как писали в одной монографии, что пылилась на полке отца, источником волевого акта, т.е. преступления, является взаимодействие конкретной жизненной ситуации и свойств личности. Кажется, она называлась «Причинность в криминологии» или «Взаимодействие личности со средой», что-то из шестидесятых годов... там все сводилось к нервно-физиологическим процессам преступника, который, как собака, бодро позвякивал ленинской цепочкой причинности (кроме того, вовсю цитировался Павлов).

К чертям! Мне просто хотелось поразить Скворчонка.

Я дал ему один фломастер, просто так. Он с восхищением смотрел на меня. Повторял: «Ну ты даешь! Ну ты даешь! От тебя я не ожидал!»

Возможно, никто другой на моем месте не поделился бы, а я — поделился, и глаза его осветились благодарностью.

Он был худенький, слабохарактерный мальчик, быстро выходил из себя. Я дал ему фломастер из жалости. У него никогда не было приличной шариковой ручки, его игрушки были до боли потерты, мы с ним играли в настольный хоккей, который ему оставили соседи, переехав в лучшую жизнь в блочном районе («там им купили новый хоккей, и даже настольный баскетбол», говорил он с завистью); его мать частенько ленилась гладить (в застиранных трико на уроках физкультуры он походил на изгрызенный карандаш). На новогоднюю елку он не приходил в карнавальном костюме. Я тоже ненавидел карнавальные костюмы, которые шила моя мать (я их выкидывал по пути в школу). Мы ненавидели елки, и тут сошлись! Прятались за шторы в актовом зале, поглядывали на всех и говорили: «Во дураки... в хороводе кружатся...» Скворец не носил конфет в день рождения. Моим фломастером он рисовал очень-очень долго. Все его тетрадки были изрисованы ядовито-салатовым цветом. Меня до сих пор до боли ранит этот цвет: сразу вспоминается Скворчонок... А потом он украл пачку... еще что-то... еще... так, видимо, и продолжал...

Чуть позже в сорок четвертом автобусе я задремал, мне сквозь дрему подумалось: жалость, которую я испытывал по отношению к нему, не могла ли эта жалость сделать его воришкой? Почему нет? Это стало его поэзией. Как один фокусник вдохновляет другого ловким номером, моя проделка подтолкнула его на изобретение своих трюков; он фанатично продумывал кражи в нашей школьной раздевалке, собирал ключи, подтачивал их, взламывал кабинеты, столы, залезал в форточки и комнаты в общежитиях, — он гордился маленькими подвигами: через крышу пролез в столовую-кондитерскую и выломал из закрытой кассы семь рублей, что ли... Пустяк, но об этом говорили, и мой отец даже говорил об этом взломе, и Скворец меня выспрашивал:

— А что твой отец думает об этом?

Мой отец не занимался такими вещами, он натаскивал собак, но любил поболтать о происшествиях и фанатично собирал портреты разыскиваемых, клеил их на стены, над кухонным столом. «Ешь, смотри и запоминай!» — говорил он мне. Отец не занимался той кражей, но кто-то пытался найти вора и не мог. Скворец ходил весь как каучуковый, глаза лихорадочно блестели.

— Пойдем за школу покурим. — Мы шли. Закуривали. — Ну что, есть что-нибудь по поводу кассы в столовой?

Я придумывал, что все менты сбиты с толку... не знают, что предпринять... никаких следов... думают, бывалый работал...

Он надувал тщедушную грудь, улыбался, хихикал. Он был горд. О, как он гордился собой!

* * *

Несколько недель мы занимались увлекательным экспериментом, который придумал Хануман. Я ходил по коридору со свечкой; старался двигаться как можно медленней, чтобы пламя оставалось неподвижным. Приближаясь к двери каждой комнаты, я переставал дышать; переступал, не сгибая ног; двигался одними стопами; про себя я думал, что так, наверное, двигаются артисты какого-нибудь японского балета или дикари, подкрадываясь к жертве. Если пламя свечи начинало колебаться, значит, за дверью было движение воздуха: открытое окно, хождение, дыхание, жизнь. Я замирал, стоял, слушал, наблюдая за тем, как пламя вздрагивает, убеждаясь, что оно не всколыхнулось случайно, а колеблется с постоянством, — и если пламя продолжало колебаться еще некоторое время, я прислушивался, прикладывал ухо к двери — заведомо отведя руку со свечкой от себя подальше — и рисовал карандашом крестик, шел дальше, проделывал те же манипуляции у следующей двери, и если там пламя не колебалось, я вновь возвращался к той двери, где нарисовал крестик, и обводил его жирнее, расширяя концы, превращал его в мальтийский крест и думал: там сидит на кушетке призрак парнишки, он держит в руках пистолет, ему так одиноко... так одиноко... Я прижимался к двери, гладил

БАТИСКАФ

ее и шептал: «Ну скажи мне что-нибудь... скажи... ответь... тебе одиноко... давай поговорим...» — и прислушивался. Тишина. Сухая тишина, как в пустой коробке. Нет там никого. Нет, никого нет, шептал я себе и шел дальше, иногда мне казалось, что за мной идет он — парень с пистолетом, в майке и трусах, с мальтийским крестом на груди, он облизывает тонкие губы, приглаживает свои черные волосы и цинично целится мне в затылок. Я жмурился, ожидая выстрела. Давай! Стреляй! Ну... Но было тихо. Так я обходил наш коридор несколько раз в день. Я завел тетрадь, в которой было семь колонок (семь дверей), я вписывал туда все крестики, которые ставил на двери, записывал, в котором часу пламя свечи колебалось у какой двери, и в конце каждой недели я отдавал записи Хануману, который анализировал их, сверял со своим календарем, совещался с горшочком (с горшочком он совещался помимо всего каждый день, но в те дни, когда я давал ему мои записи, он занимался этим особенно тщательно, церемония с горшочком занимала у него около часу времени и отнимала много сил), записи, сделанные им во время гадания на горшочке, он как-то сопоставлял с моими крестиками, и в конце февраля (по истечении пяти месяцев проживания в Frederik Hotel) Хануман сделал вывод, что в нашем отеле помимо нас проживало еще семнадцать душ, либо живых (тогда их от нас скрывали), либо призраков (тогда их могло быть гораздо меньше: призраки могут блуждать сквозь стены).

Мы вели счет постояльцам и посетителям; я наблюдал, как въезжают через черный ход и через него же выезжают нелегалы. Они были разные. Некоторые тряслись,

268

некоторые истерически хохотали; некоторые брели по коридору лунатиками, точно в дурке.

Чаще всего мы с Хануманом были одни; кроме нас, на втором этаже жильцов не бывало неделями. Затем случался наплыв, который предчувствовал Хануман: у него начиналась мигрень и он говорил: «Жди гостей...», и кто-нибудь вселялся, трясясь или причитая, начиналось хождение, покашливание, хлопанье дверей и ночные стоны.

Была парочка каких-то странных москвичей, которые пребывали в состоянии затянувшегося фестиваля, — они постоянно пили шампанское и ели какие-то экзотические блюда, которые заставляли меня разогревать в микроволновке: устрицы, омары, кальмары, — они поедали их с ананасами и кокосами, заедая салатными листьями! А потом они бегали в душ, — я слышал, как семенила на цыпочках девушка с длинными волосами, ее легкое лихорадочное хихиканье бежало как солнечные зайчики по стенам, за нею бухали пятки мужчины. На меня это наводило тоску.

Уехали. Вместо них появилась толстая женщина, которая тяжело ходила по коридору, вздыхала и поправляла то огромное строение волос на голове, то платья на груди. Была она, кажется, из Ирана. При ней были две девушки, которых не видел никто. Мы знали об их существовании (горшочек!), но не видели. Кажется, слышали их голоса; мы воображали, что слышали их; воображали, что слышали шаги в коридоре. Мы видели, как старая турчанка несет корзину с едой наверх, а потом выносит пустую корзину, и в ней были надкусанные фрукты, недоеденный лаваш, грязная посуда. Кто-то был... кто-то там был, кто-то ел... Хануман внимательно изучал содержимое корзинки и однажды пришел к заключению: следы на фруктах были от зубов молодой девушки, лет пятнадцати, с очень развитой грудью и коротенькими ногами. У меня взыграла кровь!

— Не может быть! — сказал я. — Не может такого быть, чтобы ты мог это определить по яблоку и персику!

— Почему только по яблоку и персику? По совокупности наблюдений, по совокупности сопоставленных деталей, которых масса!

Те незримые девушки некоторое время занимали нас больше, чем наша судьба. Для нас они стали центром вселенной. Они были самыми желанными. Ни одна другая не интересовала нас за всю жизнь так, как те две незримые. Как мы мечтали о них! Как мы хотели их! С какой истомой я клал хлеб и приборы в корзину, которую забирала толстуха! Это были приборы и хлеб, которых коснутся их нежные девичьи руки! С какой тайной тоской я брал и мыл приборы, к которым прикасались эти воображаемые руки! Но однажды мы пошли заваривать кофе и поняли — они уехали. Корзины, которую выставляла толстуха для завтрака, не было на кухне. Я почуял такой холод, такую пустоту... Боже мой, в этой клетке они были такой большой частью моего мира, и они об этом ничего не знали! Когда они исчезли, я понял, что меня почти ничто не удерживает в этом доме. Я готов был исчезнуть тоже. Видимо, Хануман почувствовал мое настроение, тогда он и придумали провести эксперимент: нам все еще казалось, что в отеле кто-то есть, но мы никак не могли с этими жильцами встретиться. Вещественных доказательств у нас не было, было одно чувство. Так как мы с Хануманом полагались на чувство гораздо больше, чем на рассудок, и в меру презирали факты, то решили проверить самих себя при помощи свечи и горшочка.

— Пламя и тайные силы, — говорил Хануман, — живут рука об руку. Пламя свечи — эта скважина в другие миры, в миры, где обитают духи. А комната сама по себе — это символ, как рамка для картины, так и комната, дверь — рама, в которую вписан невидимый текст, послание, и очень часто это пленка, кадр из жизни, глубокое переживание, которое оставляет призрак натянутым на дверной проем, как холстину. Помнишь картину Мунка «Крик», Юдж? Это и есть послание, приблизительно так же поступают призраки: они оставляют послание натянутым на дверной проем. Проверить это можно только при помощи свечи. Но надо быть очень осторожным.

Для этого мы устраняли сквозняк, закрывали все двери, подоткнув под дверную щель полотенце, придумывали самые разнообразные предлоги, чтобы никто не входил на второй этаж, и пока было тихо, я совершал ритуальный обход коридора со свечой.

Все это пришлось прервать, как только въехал армянин с русской малолеткой. Он был из дельцов (а может, прыгун, кидала, аферист); ей было не больше семнадцати. Совсем мелкая, ходила по коридору, ведя пальцами по стене, натягивала рукава на руки, втягивала голову в плечи, прятала лицо за челку, из-за которой метала любопытные взоры. Она была еще совсем подросток, одевалась она так небрежно и во все такое, что трудно было даже с уверенностью сказать, кто это: подросток мужского пола или подросток женского пола. Такая невзрачная, что даже как-то неправдоподобно было то, что этот холеный, наглый, золотом увешанный армянин был с ней в роли любовника. Он вел себя с ней как-то поразительно галантно поначалу, будто ухаживал за очень солидной дамой, а не малолетней шлюшкой. В ресторане у нас они сидели так чинно, словно он был лорд, а она — принцесса. Он ей наливал вино, смотрел влюбленными глазами (было до того смешно, что мой мозг, казалось, мог вырваться из черепа и расплескаться по стенам нашей кухни). Им не хватало зрителей. У нас было мало людей. К нам редко заходили. Обычно те, кто шли из порта, забегали к нам по утрам, съесть шаверму, кебаб, бутерброд, выпить кофе, опохмелиться... Таким посетителям было не до стрельбы глазами, ко всему безразличные, помятые бессонницей и измученные морской болезнью люди. Эти двое довольствовались любой публикой; с важностью смотрели на всех, с таким видом пили, будто они сидели на сундуках с золотом. По всему видно было, что они откуда-то бежали вместе, или он ее просто увез, бросив все, и кинув всех, кого мог. По нему было как-то сразу видно, что из-за этой шлюховатой девочки с рабочим ртом и затуманенным взором едва ли пробивающимся сквозь бесконечные влажные ресницы, он совершил столько глупостей, что сотня мужиков не совершила бы из-за более достойных женщин.

Они пробыли меньше месяца; я терпеливо следил за тем, как изменялось его отношение к ней, ее образ тускнел, он трезвел; вскоре мы заметили, что он прозревает помаленьку, он ходил с таким видом, будто сильно сожалел о чем-то, и это выражалось в его пренебрежительном тоне. Под конец чары развеялись, и он не знал, как быть. Он все еще бдительно за ней присматривал, но уже ругал ее, — Хануман похихикивая заметил:

— Кажется, он не знает, как от нее отделаться, при этом он держит ее хуже любого мусульманина! Хэхахо! Что за человек! Гангстер!

Армянин действительно был похож на гангстера (пародия на итальянского мафиози, который приторговывает наркотой в Бронксе или в еще менее благоприятном американском районе). Он носил бежевый плащ, который всегда был помят до поясницы; пояс он засовывал в карманы, но он вываливался, иногда до самого пола, — как-то этот пояс остался валяться в ресторане, — видимо, он в потемках не заметил, что тот уполз, — я его нашел, и когда понес ему, то на свету обнаружил, что пояс был чудовещно засален, он был облеплен кусками засохшей грязи темно-коричневого цвета... Меня так поразила эта грязь, что я поспешил показать пояс Хануману.

— Возможно, это кровь, Юдж, — сказал он очень серьезно. — Может быть, даже ее... Он садист, я это подозревал.

Армянин ее прятал от всех, не позволял ей ни с кем разговаривать, даже в туалет за ручку водил и ждал у дверей, когда она сделает свое дело. Иногда стучал в дверь и спрашивал, что она там так долго. С тех пор, как она ему надоела, в их комнате творилось вечное негодование; я слышал, как он бранился; с кем-то говорил по мобильному телефону; я слышал, как он допекал ее тем, что она слишком много курит, говорил, что курить вредно...

— Э, ты разве этого не знаешь?.. Э, что ты вообще знаешь, а?.. Тебя в семье учили чему-то?.. Ты что, всю жизнь на улице жила?.. У тебя папы-мамы нет?..

А потом он уехал. Как-то все стихло. Я видел его с Хотелло, они сели в его машину, армянин был в своем бежевом плаще, пояс был завязан, он поднял воротник и шляпу надвинул на глаза, закутался в шарф, как будто совершал преступление. Я замер с чашкой кофе у окна; меня посетила догадка. Армянин хмурился на утренний холодок, и все поправлял воротник. Несколько часов спустя, когда я проходил мимо их двери, меня окликнул голос девочки:

— Эй!.. кто там? — голос шел прямо из замочной скважины.

— Это я, — сказал я, остановившись.

— А ты кто? — спросила она.

— Я? — застигнутый врасплох этим вопросом, я никак не мог сообразить, что ответить. Можно было сказать так много вещей... — В каком смысле? — спросил я.

— Как тебя зовут? — спросила она.

— Евгений.

— Женя, значит... Слушай, Жень, у тебя курить есть?

— Ну, есть две сигареты.

— А угости одной.

— А почему вы со мной через дверь разговариваете?

— Акоп закрыл, сука. Сам уехал, а меня закрыл. Ты под дверь просунь, курить больно хочется.

Я катнул сигарету под дверь; щелкнула зажигалка, послышался дымок — закурила.

— А куда он уехал? — спросил я.

— По делам, насчет документов... Скоро в Англию поедем, вот только еще билеты, виза и всякое такое, а там нас встретят и все устроится... Сколько время сейчас?

— Три.

— Блин, ни фига! Это сколько же я дрыхла?! Ну, мы, правда, дали вчера и легли под утро... Эта дискотека... Под экстази так летали... Alarma! La bomba! Кайф!!!

— О, — сказал я, — круто... Везет, а мы с Хануманом не вылезаем...

— Бедные, так ишачите, я ваще такого нигде не видела... Слышь, Жень, извини, конечно, что я так говорю, ты потом это, не говори Акопу, что мы болтали, что ты мне сигарету давал, потому что он мне запретил разговаривать с вами, потому что вы это, ну сам понимаешь...

— Не, не понимаю.

— Ну, голубые... А он принципиальный, мне-то по фиг как-то, знаешь, у меня много друзей в классе спали вместе и щупались, в пионерском лагере вместе все трюхали, это так, пустяки, я понимаю, взрослая, сама с девчонками в постели спала, терлась, а он — армянин, принципиальный, ему не понять, к тому же блатняк, знаешь, как у них это, чуть что сразу: ща петушара все по шконкам прыг!.. и слова не сказать... Не обращай внимания, хорошо?

— Ладно. Пойду я. У меня дела...

— Погоди, Жень, ты говоришь три уже, да?

— Да...

— Я есть хочу...

— Хочешь, сыр принесу?

— О, давай!

Я пошел по коридору и вдруг остановился и задумался. Почему-то захотелось подойти и начать весь разговор сначала, прикинувшись кем-то другим, пообещать чего-то, уйти, и опять подойти, представиться кем-то третьим, и так без конца... или пока все это само собой не разрешится, а сыру — не принести! Усмехнулся и все же принес ей сыр, достал из пачки La Bonne Vache в целлофан обернутый кусочек и просунул, — это было невероятно грустно: язычок сыра ускользнул от меня, зашуршал целлофан — как будто в моей душе копались, разворачивали что-то, мне вдруг стало нестерпимо жаль ее!

Я ей так три кусочка скормил, прислушиваясь к печали внутри меня, и после этого она сказала:

— Слушай, Жень, ты не уходи пока, хорошо?.. Поболтаем... а то мне тут смерть как скучно...

— Ладно.

— Ты сам откуда?

— Из Ялты.

— Ух ты! Здорово у вас там красиво, в Ялте. Не жизнь, а рай. Я была в Сочах, до Ялты мы не доехали, Акоп пожадничал, он такой жмот, ты не представляешь...

— А ты откуда?

— Из Кишинева. У меня папа профессор. Был... Он умер, когда война началась. Короче, у него была язва желудка, а когда стрелять начали, она у него того, его повезли и туда и сюда, а некому было операцию сделать, такой бардак вокруг, что мама не горюй, вот и все, понял... А потом уже вскрыли и нашли, что не язва, а вообще сердце это было, вот так.

— Ну и?..

— Че и? Вот и пошло-поехало все вкривь да вкось... вот я тут и оказалась... Сперва танцевала, потом в постели скакала, теперь вот с армяшкой связалась... Крепко я его окрутила. Такой индюк ходил, ты бы видел. Только я. Все ради меня!

— А что, мамы не было, что ли?

— Какой мамы?

— Ну ты говоришь, папа-профессор умер, а что мама?

— А что мама? Папашка-то умер.

Да, это все объяснило.

— Слушай, Жень, давай еще покурим, а?

— В смысле покурим?

— Ну ты покуришь, а потом мне оставишь, под дверь просунешь...

— Да бери так, мне не жалко. Я-то еще достану, а тебя жалко.

— А чегой-то тебе меня жалко?

— Как не жалеть... Армяшка твой — жмот, так?

— Ну...

— Не станет он тебе паспорт покупать, денег пожалеет, так что ни в какую Англию ты не поедешь.

— Че ты брешешь! — крикнула она, и я вспомнил Кубань, обдало жаром. — Акоп придет, я ему все расскажу...

— Не придет Акоп, — сказал я совершенно спокойно. — Он уехал.

— Брешешь!

— Сама смотри... Уже четыре, а его все еще нет. А машина хозяина давно под окном стоит...

Послышались шаги (наверное, к окну подошла). Слабеньким голоском выругалась, захныкала... как ребенок, у которого что-то отняли, но что-то не слишком дорогое, так она была измождена жизнью, что и расстроиться как следует сил не хватало.

Я попытался ее успокоить.

— Ты же его все равно не любишь... А хочешь, стихи почитаю, — и не дожидаясь ответа стал читать:

> Весна, капель и щебетанье
> на стену фантики наклеиваю тихо
> брожу с колодой карт в кармане
> во мне царит неразбериха
> внутри меня все как в тумане

— Заткнись! — крикнула она и чем-то стукнула в дверь, может быть, туфелькой.

— Ну, как хочешь, — сказал я и пошел по коридору...

Я был прав. Акоп не вернулся, он бросил ее. — Такое в порядке вещей. Тут нечему удивляться, Юдж. — Я и не был удивлен. Пришел Хотелло, сказал, что ничего не знает; знает только, что Акоп ему денег должен. Он так и сказал:

— Акоп мне денег должен остался. Да! Должен мне!

Сказал он это, рыская глазами по вещам, что оставались в комнате девочки. Рыскал глазами и говорил, что подвез Акопа до города (Какого города? — мелькнуло у меня. — Разве мы не в черте города?).

— Акоп поехал в банк, — говорил он, прохаживаясь по комнате. — Акоп за деньгами поехал, — говорил Хаджа, делая нам знак, чтоб мы убирались. Мы вышли и слушали с той стороны. За деньгами, которые он, Акоп, ему, Хадже, должен был за две недели, последние две недели, за которые не уплачено. Хотелло отвез армянина в банк, тот сказал, что ждать не нужно — он сам приедет на такси, денег возьмет и приедет сам. Но не приехал. — Вероятно, уж и не приедет совсем, — сказал Хотелло и прочистил горло (остановился; наверное, стоит и пялится на девочку). — Эти вещи, — сказал он, и я представил, как Хотелло обводит рукой комнату, а там был беспорядок: плавки, халат, лифчики, — теперь по праву принадлежат мне. Так как уплачено не было, я *арестовываю* это имущество.

— А я? — спросила девочка.

— Ты?.. а что ты?.. Откуда мне знать? Он мне должен остался и тебя еще мне на шею повесил. Нет, видали мошенника!

— Куда мне идти? — всхлипывала она.

— Ну, ну, не надо слез, не будем так расстраиваться. Что-нибудь придумаем, да, придумаем, давай-ка возьмемся за ум и начнем думать, давай...

Какое-то время она жила в его замке наложницей, а мы с Хануманом делали вид, будто ничего не понимаем. Потом она пропала. Хануман это понял по тишине. Я открыл глаза; увидел, как Хануман стоит перед окошком, отлепив черную полоску ночи, выглядывая в утро, и я понял: девочки больше нет.

— Наверняка Хотелло загнал ее какому-нибудь альфонсу, — предполагал Хануман, вставая на колени перед струящимся в щелочку светом. — Ничего другого она делать не умеет. Наверное, в каком-нибудь публичном доме теперь. Держать в мотеле шлюх нет смысла. Согласись, Юдж? Это бросает тень на все предприятие. Кроме того, жена у Хотелло такая, что не дай бог... Избавился. Как от кошки. Отвез к какому-нибудь «ветеренару». Хэх!

Да, Хаджа сделал это умело; она исчезла легко; настолько легко, что мы о ней сразу же забыли; оставалось смутное припоминание: так припоминаешь сон, никчемный и бессодержательный, проступает он оттиском сквозь какой-нибудь предмет, смотришь на этот сон несколько секунд, ухмыляешься: «вот ведь было... сон!», и забываешь, потому как ни к чему не обязывает.

8

Неожиданно для себя мы бежали из отеля Хаджи. Это случилось после того, как умерли Диана Спенсер и Агнес Бояджиу. Как и эти прекрасные актрисы, мы решили скрыть свои имена и выступить с нашей пьесой на подмостках мира. Хануман несколько дней ничего не ел, не пил, не курил, только медитировал, он закатывал глаза, глубоко дышал, пока его дыхание не сделалось бесшумным, как и легкий, едва заметный сквозняк, что проникал в нашу комнату, Хануман настолько глубоко в себя ушел, что я перестал ощущать его присутствие в комнате; очнувшись, он объявил, что мы готовы, больше нельзя прятать талант в крысиной норе, он-де узрел в смерти двух великих женщин знамение свыше...

— Послушай, Юдж, это ведь знамение! Мы должны уметь читать знаки! Нельзя не усмотреть в этом высшей логики! Тут работал Закон. Только идиот не способен увидеть в их смерти узор и — боже мой — указание! Эти две женщины жили и были знамениты на весь мир под чужими именами! Если бы о них написали что-нибудь в газете под настоящим именем, на это никто не обратил бы внимания. И они умерли. Вселенная скорбит и взывает. Немедленно необходимо заполнить образовавшиеся проемы! Этими личностями будем мы! Чтобы прославиться, необходимо в первую очередь сжечь личную историю, скинуть биографию, как старую шкуру, и избавиться от своего имени, как от чешуи! Это же все атавизмы! Знаменитостью может быть только супермен, высшее существо! Чтобы тебя заметила Сила, ты должен выделиться, обратить на себя Ее внимание! Для этого ты должен стать трикстером, безымянным демоном, кем-то другим! Это достижимо только под чужими именами! Сегодня загорятся две фальшивые звезды на этом лживом небосводе! Вперед, сукин сын! Мы уходим отсюда!

— Allons-nous'en![1] — воскликнул я и вскочил на ноги.

Мы собрали наше барахло и ушли. Нас сорвало, как ветер срывает сухую опавшую листву и кружит, кружит, а потом уносит бог весть куда... и не все ли равно куда?

---

[1] Уходим отсюда! (фр.)

Так и надо. Только так!

Мы весело шагали по утреннему Фредериксхавну, счастливые, что покидаем этот город.

— Копенгаген, Юдж! — говорил Хануман, его глаза блестели бесовским светом.

— Копенгаген! — отзывался я, и радость переполняла мою грудь, я был доволен, что мы убираемся отсюда — проклятый отель нас чуть не свел с ума.

В то свинцовое сентябрьское утро Хануман был полон оптимизма. Мы шагали по омытым ночным дождем улицам Фредериксхавна в направлении автобусной станции. Зычный голос Ханумана забегал вперед, скользя по глянцевым лужам и балансируя на бордюрах, останавливался у столба, поджидая, я делал несколько шагов и слышал:

— Хэх, Юдж! Ну, сколько можно жить в этой дыре, взаперти! Нарезать салаты, драить полы, глотать пыль. Жить как растения — это не для меня! Наш дух пожрала рутина! Изо дня в день одно и то же: пицца, кебаб, пицца, кебаб, уборка, и чтобы выпить, должен красть его контрабанду. Мы засиделись! Я нигде так долго не засиживался на одном месте. Последний раз в Швеции, на вилле миллионера. Но там я жил как бог на своих облаках! Там у меня все было! А тут — капкан какой-то, просто рабство, духовная слепота! Мы же месяцами не вылезали! Я забыл запах моря. Я забыл, как ветер бьет в лицо. Я забыл вкус дождя и помады на губах женщин!

Широким шагом, выпятив маленькую грудь, Хануман плыл вперед; шел он стремительно, точно намереваясь нагнать все те версты, которые не прошел за время проживания в подполье. Свободной рукой он натягивал широкую подтяжку с надписью *texas*texas*texas* (эти подтяжки делали его похожим на парашютиста), тянул ее как тетиву.

Дома расступились. Мы увидели море. Остановились. Столбы тоже встали, натянув провода до предела, вот-вот лопнут. Хануман вздохнул и крикнул:

— Хэхахо! Довольно с нас чуланов и конспирации! Надо выйти за рамки, чтобы вдохнуть жизнь полной грудью!.. чтобы снова морочить дураков!.. овладевать женщинами и видеть мир с его случайными сценами! К черту андеграунд! К черту Хотелло! Нас ждет Копенгаген!

Холодный ветерок с моря тревожил. Бессонная ночь давила на плечи. Лямка тянула вниз — сумка, полная барахла. Виски бодрил, но не так много оставалось в бутылке, не так много, как хотелось бы...

Вечером мы были в Сандхольме. Сукин сын знал маршрут превосходно. Он не задумываясь садился на верный поезд, выходил на станциях безошибочно. У него все было спланировано. Последний поезд до Аллерёда был совершенно кошмарный. Он объявил мне, что мы едем сдаваться в Красный Крест:

— Ты должен думать над своей легендой как следует. Не дай бог ты взболтнешь что-нибудь из твоей подлинной биографии. Тебя тут же посадят в тюрьму и будут мариновать до тех пор, пока ты не расколешься. У-ха-ха! Посмотрим, Юдж, как ты будешь выкручиваться, — сказав это, Хануман надел наушники плеера и запел:

Oh lazy Sunday afternoon
I got no time to worry

Меня пробрал озноб, выступил пот. Я тихо паниковал. Но все прошло гладко. Когда мы прибыли, было уже довольно поздно, темно и холодно. Мы долго брели от станции до ворот центра для беженцев. Пока дошли, продрогли и измучились. Нас не стали допрашивать, более того, нас даже не заперли. Дали вещи и вежливо препроводили в казарму, где мы были вдвоем, курили гашиш, который Ханни моментально раздобыл у соседа-иранца с пышными усами по имени Махмуд (Ханни ему виски налил, а тот нам гашиша накрошил, все по-братски). У меня была ночь, долгая, бессмысленная ночь. Слезились глаза. В нашем коридоре витал странный запашок, какой-то химический. Пьяный Махмуд объяснил: за день до этого выкуривали грузинов слезоточивым газом. Была драка, грузины забаррикадировались в своей комнате, приехали менты, выкуривали газом. А на следующий день приехала амбуланция и увезла армянина, который скончался от овердозы, — об этом мне рассказал Пепе. Это его друга увезли; они перебрали — один другого хотел удивить, доигрались... Пепе отсидел год в России — что-то нелегально возил туда-сюда, не успел подкупить кого надо... пока сидел, долги росли, он занял кучу денег у русских бандитов, открывал киоски, покупал и продавал машины, сел в тюрьму, все накрылось, теперь надо было срочно прятаться, всей семьей — мать, отец, даже бабка — бежали, говорили, будто из Карабаха... У него была русская жена, он обращался с ней как с рабыней...

От еды, которую давали в кантине, меня тошнило. Люди руками загребали куриные крылышки из общего котла, кукурузные хлопья разлетались по всему лагерю. Хануман развлекался: нашел себе слуг — целая ватага шудр, которые готовы были ему ноги мыть и на себе его катать. Он даже у них ночевал. Я был один, лежал, курил и пялился в потолок, ничего не мог придумать. В голову лезла фигня всякая.

Сколько бы мы ни врали, нас все равно закрыли и продержали в клетке двадцать суток, а потом выпустили и отправили в Авнструп. Там нам выдали сковородки, кастрюли, металлические миски, ножи, вилки, ложки, подушки, одеяла и прочее постельное белье, помимо этого нам дали подарочный календарик с ютландскими видами, пузырек с витаминами, на который почему-то была приклеена картинка с острова Борнхольм, будильник без батарейки с изображенным на циферблате Винни-Пухом, похожим на Вигрика (о чем я чуть не сказал Хануману, но вовремя сдержался: надо молчать, даже при нем не болтать, — говорил я себе, прокручивал в голове мантру: никому ни слова правды о себе, никому ни слова) и много других смешных никчемных в нашем случае вещей.

— Все это нам не нужно, — сказал Ханни, — все это нужно семейным. Надо поскорее избавляться от этого скарба, пока он нас не потянул на дно бытовой ямы.

В тот же день он продал все наши вещички семейным албанцам, за смешные деньги. Когда наши русские соседи узнали о сделке, они схватились за голову: «Ну зачем вы им все это продали? Хотя бы тефлоновые сковородки нам отдали. Мы бы вам хорошо заплатили или поменяли бы. Албанцы же ни хера не понимают. Они исцарапают ваши сковородки! Они на конфорках яичницу жарят, что уж говорить о тефлоне!»

Опять стоны, опять презрение — жажда халявы, вот оно, самое русское! Я от них держался особняком. Быстро сдружился с африканцами и перебрался к ним на третий этаж. О Авнструп! Сколько жизни в твоих длинных коридорах, сколько махинаций! Сколько секса и наркотиков! Мы всё хотели попробовать, сразу все, за двадцать дней в обезьяннике изголодались, истосковались по жизни, Пепе это почувствовал: Что, брат-джян, сварим ширку на двоих-троих, а? — Знаешь точку, что ли? — А как же! Ахпер, обижаешь.

Мы зачастили на Нёрребро... зажигалка, ложка лимон... о, зажигалка, ложка, лимон... как это было весело поначалу... и как быстро кончилось... Мы получали покет-мани — девятьсот сорок пять крон на человека! Сумасшедшие деньги! Сто крон за один чек — кайфуй не хочу! Сколько денег ушло в те дни по вене, страшно подумать... Я быстро спекся, загнулся, слег, Пепе слился к грузинам, те кололись регулярно; Хануман завел себе подружку, тощенькую стервозную китаянку, на которую у него уходило много времени и денег, а так как мы договорились, что деньги у нас общие, я сразу же забеспокоился, но Ханни не хотел меня слушать, совсем голову потерял из-за нее, и мы поссорились. Пришлось искать новых друзей. Я нашел себе сенегальца.

Не помню его имени, к сожалению. По пути в бездну я встретил многих людей, некоторые запомнились, некоторые нет; есть в моей памяти такие незначительные персонажи, чьи лица могу вспомнить до мельчайших морщинок и разговоры наши от первого до последнего слова. Но имени того сенегальца, который мне стал так близок и дорог за тот короткий промежуток времени, я вспомнить не могу. Он исчез, когда растаял мой африканский снег. В лесу Авнструпа был черный грязный снег — то появлялся, то исчезал, в нем было много смолы и еловых иголок. Лагерь Авнструпа был переполнен африканцами. Он мне снится иногда. Большие стены из красного кирпича. Все остальное нарушено, как в картине «Мистерии улицы» де Кирико.

Там были просторные комнаты; всем хватало место; могли еще вместить; никто не ехал; этот лагерь когда-то был больницей, тут держали контуженых солдат. Что за солдаты? Югославы. Так говорили. Наверное, придумали. Чтоб веселей жилось. Мы веселились каждый день. Вино, танцы, музыка... Пир во время чумы — с кошмарными отходняками. Многие африканцы грустили, было холодно, мало света. Шлялись по коридорам. Подойдут, обнимутся и стоят, трутся лбами. Что делать? Тоска. Я старался улыбаться как можно чаще.

Отдельной постройкой пустовал бывший крематорий. Ходил неверный слушок, будто в нем собирались сделать детскую комнату. Вряд ли, вряд ли... Нет, крематорий должен пустовать, в него нельзя вселяться, даже просто так, праздно шататься возле окон, без душевного трепета и сознания значимости этой строгой неприхотливой конструкции, я считал проявлением неуважения. Меня он вдохновлял и настраивал на возвышенный лад. Я часто гулял в лесу и всегда кружил возле крематория, ощущая, что мысли приобретают стройное органное зву-

чание. Особенно когда собирались людишки на остановке, чтобы в город ехать. Я не хотел ехать со всеми. Поглядывая на них, как пастор на прихожан, я кружил возле
крематория, нащупывая отголоски моей симфонии. На
меня дети пальцем показывали. Я всем казался странным, даже русским, даже для них я был чужаком. Таким
меня делал крематорий. Красивая большая труба. Я ее
видел из леса, с холма. В лесу редко встречались люди.
Оттуда Авнструп казался другим. Он выглядывал из-за
верхушек елей, как крепость. Труба выглядела молчали-
во внимающей. Она словно прислушивалась, готовясь
выдать тяжелую органную ноту, оглушительную для всего мира. Иногда мне мерещились кольца дыма. Мысленно я брал копеечку и, повиснув над этой трубой, как
колибри, ронял ее туда и слушал: она летела долго, иногда касаясь стен, сбивая наросты пепла, а потом мягко,
совсем беззвучно, совсем тихо падала, в полный мрак, на
самое дно. Оттуда меня уже никто не достал бы! В моем
сне все превращалось в нечто странное, иное. Мне кажется, это и есть — смысл, который таится в непредска-
зуемом, едва уловимом видении. Все остальное — повод
или предлог, что дает толчок. Ты проваливаешься, а на
тебя сверху летят плотно сплетенные кружева, и так ты
остаешься — погребенный. Узор невозможно останo-
вить. Он будет расти, вовлекая в свою паутину новые
и новые жертвы, а потом он распадается на зерна, и каждое прорастает, дает плоды, змеится корнями, пьет из
моих недр соки, которые питают его, узор. Я лежал на
самом дне трубы крематория, внимая шороху еловых ла-
пок, с которых падал мерзлый снег (но чаще снег был тя-

желый, влажный, подтаявший). А может быть, я лежал в лесу, на полянке. А может, на холме. Или в моей комнате... под одеялом, сверху на которое я набросил одеяло Ханумана и еще мое пальто... Где бы я ни был, я этот узор помню, я его видел, он меня и тревожил, и манил своей пьянящей трансформацией. Он раскалывался на льдины — каждый фрагмент обладал своей целостностью, законченностью, аутентичностью, которая перерастала синкретизм и провоцировала новый распад.

Китаянка сбежала с моим сенегальцем в Германию, мы помирились с Хануманом, повстречали Костю, по кличке Кощей. Питерский вор, сидевший, ловкий и изобретательный. Он набивал маленькую трубку. Вернее, он уже подносил к ней зажигалку, когда его цепкий взгляд определил во мне русского. Он затянулся, подошел к нам, передал мне трубку: «Угощайся, негоже мне одному трубку курить». С каждым словом из него клубами выплескивался дым, и в конце он закашлялся и глаза его увлажнились. Я это заметил, несмотря на то что он носил сильные слегка затемненные очки.

Отошли в сторону и покурили втроем. Прошлись по Кристиании, полюбовались крысами на мусорной куче, сели на скамейку у озера. Покурили еще нашу травку, поели пиццы.

Кощей был высокого роста. Он не был худым. Возможно, когда-то был, но не в те дни. Он мне показался крепким, костистым, жилистым. Но не худым. В нем была затаенная грация дикого зверя, спокойствие перед бурей, уверенность в себе при полном отсутствии уверенности в завтрашнем дне. Глубина его глаз манила, как манит человека пропасть; в его отравленных наркотиками и воровством глазах чувствовалась казематная тоска и еще какая-то тайна. Он спокойно признался, что он — вор. Он даже сидел. За что, сколько и где, конечно, не сказал. В плавности его жестов и в той тихости, которая ему сопутствовала, угадывалась школа «Матросской тишины». С важностью опытного Костя сказал, что у него в Дании дела, есть друзья и работа. Работа воровская. Конкурентов все больше и больше. Рынок сбыта сужается. Цены занижаются. За каждую планку надо стоять до конца, не давать себя обойти, не позволить сбивать цены. Но придурков, которые приехали на месяц-другой полным полно, они рубят сук, на котором сидят не только они. Эти лохи готовы за дозу отдать полный кешар, и потом приходится вырывать свое с кровью. Он сказал, что помнит времена, когда толкал джинсу за три сотни. Когда-то дорогую вещь можно было неплохо продать и больше чем за полцены. Теперь хорошо если за треть спихнешь мелочь. Золото вообще ничего не стоит. О технике говорить не приходится. Этим промышляет шантрапа, вроде его знакомых грузин, которых он запускает для отвода глаз, иногда. Любит работать в одиночку. Предпочтение отдает дорогим алкогольным напиткам, таким как портвейн или коньяк с печатью, за полторы тысячи крон. К таким грузина на пушечный выстрел не подпустят. А он такие бутылки в руках держит, а потом выносит, чисто. Почти каждый день. Одна бутылка — и можно сразу же неплохо оттянуться, приторчать на легкой дозе, зависнуть у знакомой проститутки, послать сотню домой старушке маме. Тем более если есть надежный покупатель. А у него есть, и очень надежный барыга. Он имел в виду старого ирландца, толстяка Хью, который жил где-то на Юлланде, и еще под рукой в Копене был какой-то иранец, у которого он покупал героин. А сейчас ему надо зайти в одно место. Забрать свой рюкзак. Вот чемодан, с которым его не впустят. Его надо подержать, присмотреть за чемоданом. Он не хочет сдавать в камеру хранения. Он не может разорваться. Если нам не трудно, то не удружили бы мы — и мы потащились с ним через город, в *Квикли*.

Шли долго, очень. Мостами, которые дрожали под ногами. По ним с грохотом проносились грузовики и автобусы. Под нами проплывали лодки, катера. Из лодок смотрели туристы с театральными биноклями, некоторые были в солнечных очках, некоторые прикрывали глаза ладонью от солнца, некоторые держали в руках сумки, кульки с виноградом, программки, карты, путеводители, камеры. Сворачивали узенькими улочками, будто заметая следы. Чемодан требовал к себе слишком много внимания, тащить его было трудней, чем пса на веревке. Вышли на какой-то проспект. Шли мимо ночных клубов, кинотеатра, ресторана, секс-шопа, магазина шуб и нижнего белья. По бесконечной улице Фальконер Алле. Попадались подростки в клетчатых шапочках, велосипедисты в облегающих спортивных костюмах на велосипедах странной формы, с корзиной спереди, лежачие, стоячие, двухместные, с младенцами в прикрепленных колясках. Шли, шли... За нами увязалось облако, кралось по пятам солнце, оно шпионило за нами, прыгая из лужи в лужу, перебегая улицу, выглядывая из окон разных домов, которые прогибались, сминались, складывались, раскладывались, выступали вперед, отступали назад. Нас преследовали столбы и ящики с афишами, на которых были изображены большие силиконовые губы, большие груди, голые жопы. Перед нами распахивались двери, из которых вырывались голоса, обрывки фраз повисали, как оборванные телеграфные провода. Из ресторана рвотой рвалась музыка. Из окон лилась мелодия из какого-то арабского кинофильма, из другого летели пули и грохот боевика. Машины без верха с важными неграми медленно ползли по медленно вращающейся улице. Мы уходили всё дальше и дальше от Кристиании. Идти становилось трудней. Трава Кощея давила с каждой минутой сильней и сильней. «Это квартал иммигрантов», — сказал Ханни. Вокруг да около слонялись зеваки в обвисших спортивных штанах. Стайка сонных сомалийцев с открытыми ртами следила за разгрузкой товара из огромного грязного фургона. Сомалийцы были очень высокие, худые, у всех одинаковые старые кожаные куртки и слишком длинные, не укороченные, штаны, гармошкой они собирались вокруг больших грязных кроссовок с длинными разноцветными живыми шнурками. Улица становилась длинней и причудливей. Шумливые арабы и курды толклись возле лотков, о чем-то спорили, ругались, друг другу что-то доказывали, жутко гримасничая и жестикулируя. Прямо на мостовой, постелив картонку, сидела женщина в бурке с тремя малышами, они все вместе пели и играли. На нас смотрели с подозрением. «Россия, Россия!» — крикнул кто-то. «Не обращайте внимания», — сказал Кощей. Лавочки, лавчонки, груды фруктов в корзинах и деревянных коробах.

Продавцы тянули к нам руки: «Эй, Руссия, купи-купи!» Протиснуться было трудней и трудней. Клубы дыма, запахи, речь — все сгущалось. Дышать было невозможно. Я заткнул уши ватой. Стало немного легче. Даже чемодан притих. Наконец, улица раздвинулась крупными зданиями с большими стеклянными дверями и более помпезными чистыми парадными. Появились магазинчики, они все еще были набитые всяким дешевым барахлом, которое громоздилось в огромных картонных ящиках или валялось на мостовой, но от них уже не воняло, никто к нам не цеплялся, никто не кричал. Я вынул вату из ушей, подобрал зеленую прищепку и приколол ее к воротнику рубашки. «Зачем?» — спросил Хануман. Я пожал плечами и не стал отвечать. Он улыбнулся и промямлил: «I'm so high...» — «I'm fucking out of this world»[1], — сказал я. Кощей оглянулся, на его лице сияла демоническая улыбка, за стеклами глаз не рассмотреть, но что-то там в глубине сверкнуло: «Пришли», — сказал он таинственно...

Мы в крохотной комнате у иранца Махди. Это круглый со всех сторон старый наркоман. Он давно уже не колется, показывает свои руки, говорит, что вен нет и никогда больше не будет, ни один спец в мире не попадет самой тонкой на свете иглой в его вену, они стали верткие, как угри, они научились бегать под кожей, как змеи. Поэтому Махди не колется, но Махди курит героин. На фольге. Кощей высыпает на его пухлую влажную ладонь мелочь, дает сверху сумку. Махди куда-то уходит.

---

[1] «Я в таком улете!» — «Я бля ваще не в этом мире» (*англ.*).

Через пятнадцать минут он появляется, дает Косте чек. Double pack, говорит он. Костя высыпает порошок в большую красивую ложку. Капает сверху лимон. Варит. Песочный порошок становится кровавого цвета. Махди достает три шприца. Костя цедит в каждый (нам по половинке, себе остальное). Как удавом завороженная мартышка, Хануман пододвинулся к Косте. Махди придвигается ко мне. О, с каким удовольствием он гладил мою руку... какие вены, мурлыкал он... какие вены... поймал на иглу и пристально смотрел мне в глаза, стараясь не упустить момент, когда приход торкнет меня, плавно толкал поршень, приговаривая: bare rolig, bare rolig... soft touch, baby, soft touch...[1] Так дойдя поршнем до конца, он сказал незнакомое слово на фарси, вобрал кровь в шприц снова, прогнал поршень вперед, и тут пооо — шшшш — лоооо!.. Меня наполнило журчание, изнутри поднялась вода — и откуда она взялась? Будто героин вытолкнул ее со дна моего тела, поднял в голову, вода была не только в голове... она окружила меня... она журчала повсюду, струилась, текла по стенам... и не кончалась... о, первый приход забыть невозможно!.. вода беспрестанно наполняла и наполняла меня, словно мой скафандр порвался, и мир, который на самом деле всегда был жидким, хлынул внутрь; наконец, я оглох, меня переполнило, и вода потекла вон, а вслед за ней понесло и меня, я думал, что сейчас вылечу из себя и растворюсь в чем-то большем... возможно, так и умирают, мелькнуло в бурлящем уме. Что происходило

---

[1] Только спокойствие, только спокойствие (*дат.*)... легкое касание, крошка (*англ*).

вокруг, я не видел. Все растекалось, будто перед глазами поставили стекло... и лили и лили на него — ведро за ведром, ведро за ведром... вода разбивалась о мои глаза, она разлеталась на искры и вспышки и конфетти... мир разбивался на яркие фрагменты... мультипликационные ленты тянулись сквозь меня... и тут мне стало плохо, я ринулся в туалет... голоса своего я не слышал; что говорил, не понимал; просто по моим жестам меня поняли и отвели в туалет, где я долго и с большим наслаждением блевал. Иранец заботливо носил мне теплую воду, пытался поддерживать меня за талию, но я дал ему по рукам, чтоб не лез, он ушел и снова явился с водой, я выпил наверное, океан. Ушли на тряпичных ногах, как арлекины. Был нежданный-негаданный дождь. Я мог видеть город вокруг себя с закрытыми глазами. Шел и спал, был в полной прострации. Поминутно останавливался, чтобы сказать Хануману что-нибудь, но меня рвало, а потом видел, что Ханумана тоже рвало... помню, как Костя с блаженной улыбочкой и чувством снисходительности и превосходства говорит мне краем рта:

— У Махди лучший товар в Копене...

Зажигалка, ложка, лимон... Магазины, барыги, Махди...

Краденое мы частенько носили в Кристианию, в магазине тканей я встретил Дорте, она скучала среди курений и амулетов, вокруг нее были шелка, муслиновые хитоны, шерстяные шали, льняные рубахи и, само собой, одежда из конопляной ткани...

Я наудачу зашел к ней, потому что было поздно, и на улицах квартала почти никого не было, все магазинчи-

ки и мастерские были закрыты, ни одного барыги, лот-
ки тоже затянули брезентом, в киосках погас свет, а в ее
окне огонек теплился... я там ни разу не бывал, какие-то
свечи... огонек пробивался сквозь заросли марихуаны
и пальмовые лапы, что там за звуки?.. попугаи и кана-
рейки защебетали, когда я вошел, Дорте спросила «hva
fanden er der?»[1] или что-то вроде того, ее разбудил коло-
кольчик, которого я даже не услышал, так я был взвинчен,
я хотел поскорее сбыть краденое...

— Это твой магазин?

— Да. Интересно?

— Ага.

Мне было плевать, у нее всюду горели свечи, стояла
бутылка вина, бокалы, закуска...

— Ты здесь живешь?

— Допустим. А какая разница?

— Я думал, это бунгало какое-то...

— Я и хотела, чтоб так думали.

Я бросил на пол сумку с товаром, она глянула на нее
и догадалась, кто я такой, слегка протрезвела; я устал, за-
бегался, хотелось сесть и снять обувь, соломенное кресло поскрипывало, плед, она куталась в плед, ее взгляд
стал напряженным (еще бы, молодой вор в дом вошел);
я промок под дождем, моя сумка меня извела, книги, три
пары джинсов, спортивная обувь, перчатки, шапочка, три
ремня «Версаче»... — Любопытно, сказала Дорте, очень
любопытно, что еще там у тебя? — Я бросал вещи перед
ней на столик: перчатки, это настоящая кожа, — да, ко-

---

[1] Что там за чертовщина? (*дат.*)

нечно, — а ты думала, — я думала, что ты пришел меня ограбить, — нет, ну что ты, я... — вот ремешок я возьму... — двадцать крон... — так мало?.. — тебе скидка... — спасибо, за что?.. — для симпатичной дамочки... — о, а ты умеешь делать комплименты... а это?.. что это?.. — Она потрогала мою куртку. — Джинсовая куртка, «Форза», итальянская... — Я знаю, что итальянская, — сказала она, теребя мою пуговицу и странно улыбаясь, — ты промок, — да, на улице дождь, — она смотрела на мои губы, женщинам нравятся мои губы, она смотрела на мои глаза — не *в* глаза, а *на* мои глаза, я это всегда замечаю, когда оценивают их миндалевидную форму — чувашское наследие, — ты замерз, наверное, покурить хочешь?..

Она была полноватой, но на лицо довольно приятной, еще не обрюзгла, в ней было что-то такое, что есть в Катрин Денёв — соединение изящности с угловатостью, у нее были немецкие черты, длинный правильный нос, грубовато выточенный подбородок и большие, изучающе смотрящие карие глаза, теперь я думаю, что ей бы подошел BDSM outfit, но слава богу мы с ней до этого не дошли, у нее были длинные соломенные волосы, которым она не давала покоя, перебрасывала с одного плеча на другое, и гладила свою шею, приоткрыв рот, смотрела на меня, полуприкрыв глаза, я видел, как в ней появлялось желание, я слышал это по ее дыханию, она была крупнее меня, но тем не менее в ней была какая-то хрупкость, даже когда она меня трахала, оседлав, как полено, я видел в ней молодую озорную девушку, а в какой-то момент, когда я брал ее сверху, я увидел в ней совсем еще юную светлую и счастливую девочку, я смотрел на нее близко-близко, у нее было чистое дыхание, она была вся влажная, но пот ее не был противным, и вдруг лицо стало мягким, нежным, с него сошла маска жесткости, маска, за которой она пряталась, когда говорила с мужчинами, она внезапно стала совсем беззащитной, ее преобразило удовлетворенное желание, она позволила мне себя рассмотреть, взяла мое лицо в ладони, посмотрела мне в глаза со счастливой улыбкой и произнесла что-то совершенно непонятное... но это было только однажды... потом она хотела еще и еще... мы пили, курили, и все начиналось сначала... она была ненасытной... ей было за сорок, а мне двадцать семь, она меня вылизывала, гладила и приговаривала «мой мальчик, мой сладкий мальчик», она хотела меня каждый день, и это меня не устраивало, я быстро устал от нее, она со мной странно говорила, я все время ощущал подвох, она пыталась мной овладеть (Хануман меня об этом предупредил: «Я знаю этих скандинавок — мой шведский опыт мне подсказывает, что ты попал в лапы хозяйки и скоро станешь рабом, бросай ее поскорей!»), она хотела знать, где я живу и что делаю и какие у меня планы на будущее, она не одобряла моего романа с героином, двух дней не прошло, а она уже меня готова была лечить в рехабе[1], устроить работать в pølsevogn[2], все хотела знать обо мне, о моем бэкграунде, врать ей было сложно, она видела меня насквозь: — У тебя недурное воспитание и неплохой английский, ты наверняка окон-

---

[1] Реабилитационный диспансер.
[2] Сосисочный фургончик (*дат.*).

чил колледж или даже учился в высшей школе, — говорила она, я молчал. — Думаешь, я всю жизнь провела на этой свалке?.. Я тут только последние пять лет... У меня еще есть два места, где я подрабатываю... Все ради дочки, она у меня в boarding school[1] на Фальстере, лучше она там будет, чем на этой помойке... Там у нее бабушка и дедушка неподалеку, она к ним на выходных ездит... — У нее было семь или восемь мужей, для Кристиании это нормально, она их всех ненавидела: — Тут нет мужиков, — жаловалась она, — в Дании мужики перевелись, а таких мальчиков, как ты, днем с огнем...

Я впервые в жизни столкнулся с женской похотью, нет, была одна учительница французского, у нас с ней ничего не было, но я видел ее похоть, ей было за шестьдесят, она мне все время говорила, что мне нужно поскорее обзаводиться девочкой и тискать ее в кафешках, ехать во Францию. «Поезжай во Францию, я тебя отправлю, в Париже тебе проходу не будут давать, девки тебя замучают, устанешь от них, ты не знаешь, какие в Париже девки, а какие бабы, так и прыгают на парней, на таких, как ты, молоденьких и нетронутых, да, они таких любят, так и липнут, жмутся, похотливые стервы, поосторожней с ними, смотри не вляпайся в ВИЧ». Она подсаживалась ко мне и забиралась к себе под юбку, поглаживала себе ляжки, она думала, что я не замечаю, она думала, что я читаю текст из ее советского учебника и не замечаю, как она скребет у себя под юбкой, но я все видел, просто я не знал, что делать, я был в шоке: «Вот так учительница!» —

---

[1] Интернат (*англ.*).

думал я. У Дорте глаза закатывались, она начинала хрипеть от желания, как лошадь, так сильно она хотела меня, так сильно...

Я устал от нее и сдавал краденое армянину, хоть это было ужасно невыгодно. В Авнструпе в те дни был Тико. С ним можно было договориться, он брал вещи и относил их мальчишке из Буркина-Фасо, тот их продавал, его комната была похожа на магазин. Там было всё и все там побывали, и каждый что-нибудь да купил. Тико любил работать под Рождество. Он много воровал, каждый день, в основном дорогие вещи: фирменные сумочки ценой в 5000 крон, компьютеры, телевизоры и CD-players, иногда на перекрашенной под фирму доставки машине, переодевался в работника датской фирмы, приезжал с поддельными бланками, спрашивал без акцента «Ну, где тут ваши телевизоры фирмы «Самсунг», которые я должен забрать?», пока все крутились в замешательстве, он выносил все подряд и уезжал. Конечно, ему помогали местные воры, говорят, какие-то русские позитивщики тоже участвовали, но их так и не нашли, а он попался, в газетах его назвали «Juletyv»[1], а Ханни его называл Merry Christmas Thief[2]. У него была очень обманчивая внешность. Обаятельная улыбка. Мягкий взгляд, такой любознательный. В детстве, вероятно, неплохо учился. Однако, говорят, свою подругу держал в такой строгости, что ни один араб не сравнился бы. Бывало, видели ее и с синяками. Ничего удивительного.

---

[1] Рождественский вор (*дат.*).
[2] Веселый рождественский вор (*англ.*).

Жестокость всегда нужно как следует скрыть, и почему бы не прикрыть ее внешним обаянием. Он был артистичен. В нем наблюдалась некая обходительность. У него была особая манера говорить, вставлял всякие обороты: «так сказать», «как бы это лучше выразиться», «если ты знаешь», или вот еще «ну трудно сказать, может быть и так, хотя кто знает». Эту последнюю сентенцию он запускал очень умело, редко, но гладко вводил, и всегда с одинаковым покачиванием головы и приподымая так робко, неуверенно одно плечико, на ту сторону, куда наклонял голову. Я видел это несколько раз. Просто цирк. Когда видишь это в первый раз, то думаешь, что все это естественно, что эта фраза натурально живет в человеке, и он ею действительно что-то пытается выразить, но когда ты видишь этот трюк в пятый, в шестой раз, то понимаешь: человек просто работает, создает впечатление о себе. Фразы были отобраны, взвешены, выучены и отрепетированы. Он и по-немецки говорил точно так же. Как-то нас остановил полицейский на мотоцикле, а у Тико, как положено, ни прав не было, ни номеров приличных, временные красные висели, полицейский хотел ему замечание сделать, а Тико так вежливо по-немецки его спросил: «Скажите, пожалуйста, уважаемый, а где здесь мастерская? Уже полчаса кручусь, никак не найду. Машину хочу проверить», и тот нас отогнал к мастерской, откуда мы через пять минут разговоров с мастером преспокойно уехали по своим делам. Под Рождество Тико воровал с подарочным броником — большая коробка, обернутая красной лентой с бантом, внутри нее коробка была тщательно уплотнена многими слоями фольги, чтобы сигнальные ворота не реагировали. В ней он выносил видаки. В магазин он вплывал с цветами, с подругой на руке с одной стороны, с коробкой в другой; коробка производила на людей расслабляющее впечатление — все думали, что молодая парочка только что обзавелась рождественским подарком, на них не обращали внимания, они ходили по магазину, ворковали, подруга щебетала на немецком, он ей вторил, целовал ее волосы, обнимал, они разыгрывали идеальный предпраздничный день, и все им улыбались... улучив момент, Тико закладывал в броник видак или камеру, они уходили. Но все-таки однажды он попался, коробку показывали по телевизору. Мент хвалился, что долго охотился на этого Juletyv. Самодовольный дурак! Прошелся и по теме беженцев, разумеется: «Оказалось, что Juletyv, на которого я так долго охотился, сидит в лагере Красного Креста! Он притворяется беженцем! Вот такие у нас беженцы. И мы их кормим. Мы о них заботимся. А они...» и т. д., и т. п. Всех под одну гребенку! Как это любят журналисты! А как это жадно глотает толпа! Просто залюбуешься. Толпа — это огромная ненасытная тварь, это гигантский кит, Левиафан, который глотает все подряд, чем больше, тем лучше... В газетах появились статьи — Хануман их приносил из библиотеки, я его спрашивал: — Зачем ты ходишь туда, Ханни? — Он смотрел на меня с жалостью и отвечал: — Чтобы не сойти с ума. Я там себя человеком чувствую. У меня ностальгия по старому образу. — Какому из них? — Я был журналистом. Ты забыл? — Я с трудом верю. — Можешь себе представить, я был очень крутым... — Не могу, прости, Ханни. — Это потому что у тебя вялое воображение, отравленное героином. Завязывай с зельем! — А сам? Ты ширяешься побольше моего! — Он перебирал газеты: — О! Тико — звезда. О нем на первой полосе ExtraBladet написала! И фото... и мент этот... А вот еще... в Politiken! Ох-хо-хо! И Jyllands-Posten даже... А это что? Ну, это какая-то локальная националистическая газетенка... Народная партия обрушила свой праведный гнев на нашего несчастного Тико... Их представитель обозвал Тико мусульманином, другие подхватили... Идиоты даже не знают, что армяне православные. — Первые православные в Европе, между прочим, так тебе сказал бы любой армянин: «Мы — первые православные в Европе», и еще дату бы добавил. — Насрать на легендарное прошлое. Если сегодня газетчикам выгодно, чтобы армяне были мусульманами, армяне будут мусульманами. Таков мир СМИ, так они играют. Сплошное говно, которое запросто проглотят массы, которые ни хера не знают истории. И чем хуже они знают историю, тем проще искривлять действительность. — Заткнись! Нет никакой действительности. Наша версия Тико не многим точнее их версии. — Ну, мы хотя бы знаем, что парень не подмывается в туалете с бутылочкой... А вот и фотографии Авнструпа... И беженцы... Поищи себя среди них! — Он нахлобучил газету мне на голову. — Иди к черту! — Я отшвырнул газету: — Если у тебя ностальгия по собственному прошлому, на кой черт таскать газеты в нашу комнату? Сиди в библиотеке, дрочи на свое прошлое, читай газеты, а в нашей комнате все газеты — forbudt!¹ Понял? — Иди ты к черту, Юдж! Ты

---

¹ Запрещено (*дат.*).

такой скучный, что я даже в одной комнате с тобой находиться не могу. Лучше бы слез с иглы и нашел работу!.. Ты не врубаешься, мэн! Скоро нам тут не станет житья. После этой передачи и статей в газетах под нашими окнами появятся нацисты!

Он был прав. В Авнструп приехали бритоголовые байкеры с закатанными рукавами, на стенах кэмпа появились надписи: «убирайтесь в Мохамеддянию!», и вслед за этим начались обыски, рейды, контроль на дверях, депорты и — food package. Люди прятались, уходили на дно, искали нелегальную берлогу, африканцы шли жить к своим развратным толстогрудым датчанкам, другие оседали у своих друзей-позитивщиков... кто-то вставал на панель, стягивал штаны, кто-то опускался на колени и начинал сосать... другие забирались в норы, подобные Frederik hotel... я пожил у Дорте в магазинчике, но по утрам у нее так холодно, и она такая страшная, такая злая бывала по утрам, старая женщина, спившаяся, с надсадным кашлем и долгами, кофе, сигарета в трясущейся руке, пустой взгляд, тапки... нет... и еще эти идиотские шуточки, которые отпускали другие, когда заходили к ней... я их не понимал, но догадывался, что шутили на мой счет... мол, что, Дорте, завела себе еще одного попугайчика?.. Нет, я от нее ушел... черт, надоело прятаться... мы жили в Авнструпе, по соседству с нами был русский музыкант, с семьей... он тоже говорил: «Бежать нет смысла. Если депортируют, то депортируют, от судьбы не уйдешь». Он был прав, их довольно скоро депортировали. Он ходил в поле и в лес, репетировал номера на саксофоне. Время от времени он выбирался в Копен, играл на Пешеходке, иногда даже хвастал, что отбил стоимость билетов. В армии он маршировал с трубой, в которую за весь заход должен был дунуть только шесть раз, а мог и не дунуть вообще, никто и не заметил бы. У него была гитара и усилитель в армейском кружке, и он играл *Creams* и *King Crimson*. Работал в ресторанах; как-то отказался что-то играть для каких-то мерзавцев, пошел на принцип, не прогнулся перед саблезубыми орками, случился скандал, который закончился не только мордобитием, но и весь ресторан разнесли. Хозяин ресторана обложил его штрафом в тридцать зеленых и включил счетчик. Пришлось свалить. Продали всё. Понадеялись на заграницу. А тут такое дело, предъяви им, что тебя преследуют либо по религиозным, либо политическим убеждениям! Вам может и хочет помочь полиция Вашего государства. Вы обращались к властям?.. у Вас есть справка о том, что Вам угрожает опасность?.. равно как Вашей семье?.. Вашим родственникам?.. жизни Вашей собачки тоже?.. мать их всех! Может, пойти к братве и попросить, чтоб справку выдали?.. а?.. справку такую, что мне такому-такому-то братва предъявляет претензии, в согласии с которыми жизни моей, то есть такого-то и такого-то, угрожает опасность, потому как: и по пунктам, бес им в ребро! По пунктам! Почему не захотел играть и петь *Колокола*. Перечислить причины, убеждения, которые и привели к трагедии всей жизни, которой в соответствии с предъявленным документом и претензиями в нем означенными моей жизни документально угрожает опасность! Нет!.. — мы тут ненадолго... вот велосипедом и инструментом обзавелся. Да только чувствую, что напрасно. Так всегда, как только инструмент заведется, подумаешь — ну, все, вроде осел, как что-нибудь обязательно шарахнет под задом, петарда какая, и все — летишь дальше, чем видишь!

Так оно и было. Они купили старый диван в секонд-хенде. Переночевали. А утром, в шесть тридцать, к ним заявились менты, дали двадцать минут на сборы и торжественно их увезли. Больше не звучал саксофон в поле. Как только их увезли, Пепе перетащил диван к себе. Все прочие стервятники долго шарили по их комнате, что-то выискивая для себя. Русский дед из Мурманска смотрел на них с нескрываемым презрением. Я с ним иногда пил чай, играл в шахматы, он играл и напевал, мешая песню про крейсер «Варяг» и «Песнь о Вещем Олеге», а потом заводился: «Скоро и нас депортирует. Чую сердцем. Пошли вилы по русским. Все сто двадцатые у них сейчас под наблюдением. А что так? Потому что вон, попался им Тиграм. Поймали Тиграма, а он — сто двадцатый! Да, как мы, хоть и армянин, и грузины тоже сто двадцатые. Все пойдем под одну косу. Обычное явление. Обычные напрасные надежды. Вот так тебя депортируют, а в твоей комнатке будут рыться какие-нибудь албанцы или индийцы. Одни вопросы в голове: может, те деньги прятали под линолеумом?.. все же прячут, чтоб не отняли менты?.. может, они тоже прятали что-то?.. может, кольца?.. может, краденое?.. потому как русские!.. а русские, как известно, все воры! — о!.. да! — Даже нужник ходили проверяли, где обычно деньги все прячут. В бачке. Потому как полиция деньги может изъять! Так как принадлежат Красному Кресту! Крест дал, Крест взял. При вступлении в Крест просим сдать все ценное, обручальные кольца, цепочки с крестиком, сережки, мобильные телефоны, так как Вам все это не понадобится, ибо о Вас Крест на себя берет ответственность заботиться и Вам выдадут деньги, каждую вторую неделю 945 крон на человека, 455 на ребенка меньше шестнадцати. Вам ничего не надо!.. у Вас все будет!.. Вам дадут коробку с будильником без батарейки, с ножами, вилками, чайником, кастрюлей, тарелками, полный комплект спального белья, двойной!.. Вам выдадут мыло и веревку, чтобы повеситься, потому что Вас засунут в такую жопу, что Вы света белого невзвидите! Добро пожаловать в датский Красный Крест! Помнишь, в советское время все платили взносы? Не знаю, как ты, а я помню: мы все с детства платили по две копейки взносы в Красный Крест и Полумесяц!.. у нас была книжечка, в которую мы вклеивали миниатюрные марочки!.. ох сколько я вклеил марок!.. а сколько крови сдал! Был почетным донором. А куда, куда, спрашивается, все это шло?.. кому?.. какому дяде?.. в чьи вены потекла моя кровь?.. в чьи карманы пошли мои взносы?.. вот этим обезьянам черным, что набивают брюхо каждый день курятиной да рисом!.. а?.. и все клянчат гим ми, бразер, сом бред, ду ю хэв зис ду ю хэв зят?.. скоты!.. мы же их и растлили... испортил их Советский Союз подачками, сколько всего поставляли! Подумать страшно! Станки в деревянных обшивках, в огромных деревянных ящиках, так они ящики забирали, а станки оставляли ржаветь под открытым небом, а ящики разбирали, это было в тех африканских странах, где дерева не хватало, представь! Политика взаимопомощи и поддержки слаборазвитых стран называется. Сделали на свою шею иждивенцами по жизни, приучили

307

к легкой жизни, к халяве, научили быть попрошайками, а они вон, как коты под окном мира, сидят и ноют: мяу муа мяу муа донне муа ён пё дё пёти пэн!..[1] теперь вон позитивы скоты получают, а нас европейцы футболят, нас пилят, смывают в унитаз... если русский — пошел вон... за колючку его... на мыло!.. нас пинают, как во всем виноватых... руссо!.. руссо, мать твою!.. раусс нах-хаус![2] Ну, ничего, пусть собирают со всего мира — они им однажды дадут просраться, вот только точку невозврата пройдут и не станет Дании, будет Новая Нигерия, вот тогда я посмотрю на датчан! Вот тогда припомню им и депорты и раусс-нах-хаус и фуд-пакет и лампу в глаза на интервью, бля, все... припомню...»

Старик краснел от негодования. Хотя какой он старик, лет шестьдесят ему было. Редкие седые волосы вокруг лысины. Пузо было большое. Ходил по своей комнате в кальсонах. Жена у него была чем-то вечно больна. Он в магазин один ездил, она готовила. Он по списку покупал. Я как-то видел его в супермаркете, он был растерян, не знал, что выбрать, смотрел в бумажку, а потом на цены, и не мог решиться. Я за ним последил. Меня пробрала жалость к нему. Он и правда был сильно растерян, был жалким. А потом я встретил его на обратном пути, и он был зол. Злоба изливалась из него с первого же слога. Но он умолкал, как только приближался к своей комнате или когда показывалась его жена. Умолкал. Не хотел, чтоб она видела или слышала, что он бранится. Махнет рукой и пойдет.

---

[1] Дайте мне немного хлеба (*фр.*).
[2] Вон домой (*нем.*).

Я видел, как албанка снимала гардины с окна музыканта. Она все тянулась, никак не могла дотянуться, ее большая висячая грудь приподымалась, она наваливалась ею на стекло, грудь легко вминалась в стекло, образовывая выемку меж грудей, было ощущение мешковатости этой груди. Она воздевала руки так высоко, что были видны волосатые подмышки, она тянулась вся вверх, высовывая язык, и все же сорвала. А потом долго перевешивала гардины в своем окне, и все повторялось сызнова: и мешковатая грудь, и волосатые подмышки, и пр.

Окно музыканта стало слепым, черным, как выжженное око Полифема. Оно стало черной дырой моих кошмаров. Днем оно втягивало все мои страхи, а потом, появившись в мутном сне, выплескивало их на меня, из него вырывались крылатые твари, впивались в мое лицо когтями, выклевывали глаза, забирались в меня сквозь уши и рот, поедали мое сердце — я кричал и вскакивал, убегал из лагеря, в лесу, даже под дождем и в мороз, было легче, потому что пока ты находишься в лагере — даже не в своей комнатке, даже с фальшивой голубой картой — ты все равно чувствуешь угрозу: могут прийти менты и вытряхнуть тебя из твоей постельки, могут прийти нацисты, могут прийти армяне, могут прийти спятившие призраки из кошмаров, безумцы, религиозные фанатики, кому-нибудь потребуется голова, чтобы бросить ее на асфальт, сердце, чтобы вырезать его из белой груди, или просто мои ботинки, мои пустые карманы, мое очко, мой рот, остатки моего достоинства, чтобы втоптать их в грязь, чтобы унизить меня, а вместе со мной все то, что я собою для других символизирую. Никто не знает, что у *них* на уме... Это глобальная тема для спекуляций и панических параноидальных размышлений. Мы с Хануманом об этом говорили постоянно, когда не были в ссоре, когда оставались вдвоем; у него было много теорий — например, его теория о необходимости быть обдолбанным проистекала из парадокса: мы не могли мыслить ясно и легко в трезвом состоянии, но почему-то обретали кристальную ясность и легкость под сильным воздействием героина или грибов, хотя, казалось бы, вещества притупляют сознание. Хануман считал, что в этом не было никакого парадокса: «В трезвом состоянии, Юдж, мы понимаем, насколько ужасно наше положение. Оценивая обстоятельства трезво, мы испытываем страх. Мы не можем не беспокоиться. Ведь в этом лагере черт знает кого только нет. Опасения, спекуляции, отчаяние нас мучают и мешают мыслить. О чем тут думать? Можно запросто съехать с катушек. Когда ты понимаешь, что кроме игры в кошки-мышки с законом тебя в будущем ничто не ждет, все кажется бессмысленным. Мы не живем, в общепринятом понимании жизни. Мы не существуем. Нас нет. Люди едут в комфортабельных поездах мимо, а мы без билетов бредем вдоль железнодорожного полотна. Как тут не отчаяться?! Хех, у нас ничего нет. Нет паспортов, работы, мы ни к чему не стремимся, ни с чем не связаны, кроме ворья и отребья всякого, которые сами стараются не выходить на свет. С точки зрения людей, у которых есть семья и обязательства, мы — призраки. И когда ты не обдолбан, тебя все это гнетет и не дает возможности мыслить с легкостью. А препараты снимают с мышления оковы страха... Они нас отправляют в полет, который никому из этих идиотов не снился. Эти кретины полагают, будто они живут, в то время как они дрейфуют в своей комфортабельной иллюзии на компост к червям. Kirkegaard[1] — вот их последняя станция, вот куда летит их поезд жизни! Ибо ничто, кроме червей, их не ждет. Meanwhile[2]: кофе, коньяк, люкс, социальное обеспечение, секс по расписанию, страховка, праздники, телевизор, Канарские острова... Ведь скандинавы так любят Испанию, Португалию — там так все дешево, так удобно спиваться, разлагаться живьем на свою скандинавскую пенсию... Продать дом и на старость лет уехать на Коста-дель-Соль — мечта! Предел желаний! Нет, ну как ничтожен человек! Мне жалко этих людишек. Чего они добились? Что видели? Что испытали? В лучшем случае — нервишки пощекотал развод или увольнение. Их поедают прихоти и мелкие заботы. По сравнению с нами, они просто рабы... Нас ничто не связывает с этим миром, с их иллюзиями, с их мечтами. Мы по-настоящему свободны. Мы больше свободны, чем монахи и дервиши. Это почти самадхи!»

У нас были долгие лихорадочные ночи, я вел дневник, записывал все, о чем мы говорили, уходило много бумаги, я помню названия тех глав: Disturbance Night, Safety, Moment of Privacy, Escape etc, etc.[3]

---

[1] Кладбище (*дат.*).

[2] Между тем (*англ.*).

[3] Ночь Беспокойства, Безопасность, Минута Уединения, Побег и др. (*англ.*). — Они преследуют меня до сих пор. Хануман считал, что каждый человек должен для себя решить свои личные сакральные темы (проблемы, которые лежат в корне его персональной не-свободы). Я так и не смог решить ни одной из них. Я никогда не обретал той свободы, о которой он столь высокопарно говорил по ночам (ночью можно говорить о чем угодно, особенно если ты под кайфом). Только в последние годы мне, кажется,

Я часто выходил покурить в одиночестве, побродить по снежку, пока не растаял, с тревогой бросал взгляд на голое стекло музыканта, с горечью вспоминал его, гадая, кто на их место вселится. Нам так и не довелось как сле-

удается приблизиться иногда к тому, чтобы ощутить себя в безопасности (очень долго объяснять, что мы понимали под этим глубоким понятием: скорее, это было чувство, когда ты ничего не боишься, когда ты ощущаешь, что находишься в ладонях божества, которое тебя оберегает) и уединении: знаешь, что никто тебя не побеспокоит, ты перестаешь *работать* — т. е. *делать себя,* беспокоиться, ждать, что кто-то придет, или думать о том, что нужно что-то делать, — тогда ты обретаешь состояние уединения: в твоих мыслях нет ни забот, ни других людей, ради которых ты обязан расшибиться в лепешку. *Уединение* достигается через *побег.* Иногда *побег* удается совершить, никуда не перемещаясь: напр., после того, как мой дядюшка уехал на Запад, Запад пришел туда, откуда он уехал, — если бы он никуда не уехал, он бы достиг желаемого, никуда не уезжая. В Фарсетрупе со мной был восхитительный случай: я оказался практически в полном уединении почти на неделю, когда весь лагерь выехал отдыхать в курортный городок Грено. Хануман и Непалино гостили у миссионеров. Я проснулся в совершенно пустом лагере. Для меня это стало полным сюрпризом (не скажу, что неприятным). Я бродил по кэмпу, как Гарри Белафонте в фильме *The World, the Flesh and the Devil,* и недоумевал: где все? куда они подевались? — пока не встретил Аршака, который, воспользовавшись ситуацией, вламывался в комнаты, потрошил шкафчики и тумбочки, он-то мне и объяснил, куда все исчезли. Пять дней мы провели вместе — не то как Робинзон и Пятница, не то как персонажи романа «Жильцы» Маламуда. У Аршака было много дел, он собирался обойти все билдинги, за исключением, разумеется, армяно-грузинского. Я читал, курил мои запасы травы, пил дешевое пиво и время от времени являлся Аршаку, как призрак, лениво увещевая прекратить свое позорное занятие, что, само собой, не возымело действия. Я полюбил Пасху в Дании, я люблю Пасху больше Рождества. Полюбил шоколадное яйцо с посланием (gækkebrevet: письмо пожеланий с вложенным в него подснежником), почему-то православные куличи люблю тоже, даже больше, чем печенье «Валери» и пиппаркоок. По-настоящему я проникся духом Пасхи в Хиллерёде на Dyrehavevej, 48, в психиатрическом отделе Afsnit 2122. Ах, отделение двадцать один — двадцать два! Никогда мне его не забыть! Частенько напеваю: *ин-о-тюве-тю-о-тюве (двадцать один, двадцать два);* припев из песенки, которую сочинил Десятина дует пообщаться. А он тянулся ко мне. Я шел мимо и вспоминал, как окно мне улыбалось его улыбкой. Я привык к этому. Для меня это было важно. Я это понял только теперь, когда его не стало, когда образовалась эта черная

(от 10% {Ти-Персент,}, т.е. «десятина», от библейской десятины: «При всяком даре имей лице веселое и в радости посвящай десятину»). Его песня так и называлась «2122»: *Не пей таблетки, двадцать один/ Не смотри телевизор, двадцать два/Они убьют твой мозг, двадцать один/Они съедят твое сердце, двадцать два* (в моем вольном переводе). У Десятины было много причин для того, чтобы протестовать и ненавидеть, он был антиглобалистом, сочинял блюзы, прекрасные и бесконечные — он считал, что блюз не имеет ни начала, ни конца, с чем я не мог не согласиться, с гитарой Десятина не расставался, ноги у него были в волдырях, волосы длинные, он носил обрезанные джинсы, ходил босиком, много лет вел войну с психиатром, который засовывал его в психушку всякий раз, когда Десятина не являлся на предписанный судом обязательный прием. Мы с ним вместе отметили Пасху 2001 года. Когда пациенты — и я со всеми — красили яйца, я тогда себя чувствовал просто восхитительно, я блаженствовал: потому что наверняка знал, что в пасхальные каникулы за мной точно никто не придет. *Побег* иногда удается совершить, никуда не перемещаясь, мир со всеми своими беспокойствами и неприятностями сам тебя покидает — так вонючий бомж с ворохом бутылок уходит в другой вагон поезда, и ты можешь вздохнуть с облегчением. Практикуя искусство *побега*, мне удается выкроить день-другой в год, когда я наслаждаюсь ничегонеделанием. Но сакральные темы, затронутые тогда, в комнате Авнструпа, остаются для меня актуальными. Не знаю, возвращается ли к ним Хануман, решил ли он эти задачи (стал мастером проблемы, а не ее рабом), или его они беспокоят так же, как меня (мне необходимы надежные двери и видеонаблюдение, я теряю сон, если в подъезде появляется сообщение о ворах: «Будьте бдительны!» Пожалуй, теперь я — раб, как никогда в жизни (за несколько часов уединения приходится дорого платить); я виню в этом не себя, но — мир, я считаю, что таким меня сделали люди: тюремщики, работодатели, женщины, психиатры, Вестре, Батарейная, кэмпы, Фурубаккен, Jämejala и Afsnit 2122 в том числе, он тоже внес свою лепту; если бы люди были всегда такими, какими были датчане на пасхальных каникулах, я бы не был параноиком, больным и сжатым в кулак моллюском, я бы сочинял какие-нибудь красивые книги, а не писал эту беспросветную сагу).

дыра в лагерном билдинге. Последний раз мы поговорили как-то спешно. Я торопился влезть в комнату через
окошко нашего барыги, не хотел идти через проходную,
где за стеклом торчал недремлющий комендант (у меня
был полный рюкзак всяких вещичек, а коменданту менты дали указание: строго следить за движухой в лагере,
останавливать подозрительных, записывать личный номер, сообщать в полицию), легко засветиться... я посту-
чал в окно мальчишки из Буркина-Фасо, он мне открыл
и протянул руку, я ухватился, Хануман меня подсадил,
и тут высунулся музыкант, и мне стало стыдно, очень
стыдно, не просто неловко, а глубоко внутри меня сжалась совесть, и я подумал: до чего же я дошел? Мы посмотрели друг другу в глаза, он все понял, потому что он
увидел во мне вора, на мгновение я уловил в его глазах
разочарование: «и этот тоже», — наверняка так он подумал, но вместо этого сказал: «А, это вы тут». Ничего
не значащие слова, в голосе снисхождение, за которым
скрывалось его понимание. Наутро его забрали. Так
он и уехал с этой картинкой: я влезаю к барыге в окно
с полным рюкзаком. Жаль, и еще жаль потому, что на
нем и старике держался порядок в нашем коридоре. Никто не наглел. Дети не шумели. Можно было спать. Его
не стало, и сон пропал. Пришлось снова ехать за лекарством на Нёрребро.

* * *

Я закрываю глаза и вижу этот поезд, в котором меня
трясет и крутит. Мы едем в курящем вагоне; это самый
дурацкий поезд, он весь побит и заблеван; в нем воняет

мочой. Я вижу Пепе и Кощея, вижу Бибирона и Каху... Бибирон набрал вина, он весь обложен бутылками... он крадет каждый день не меньше дюжины бутылей, причем самого дорого вина... он делает несколько штук в неделю, он копит на машину (его кинут, когда он будет ее покупать, и он бросит воровать, станет кришнаитом, веганом, бросит пить и курить, уйдет в Германию)... У Пепе масленые от кайфа глаза, он всегда садится на хвост, он чует, где есть героин или гаш (скоро его жене дадут гуманитарный позитив по здоровью, у нее какая-то редкая болезнь, они будут жить на социал, который уйдет героином в его вены, она будет горбатиться на черной работе, пока не сляжет)... Когда мы несемся сквозь тоннель, я ощущаю себя героиновой каплей, которая летит по вене. Я пьянею от этой мысли. Меня крутит. Меня несет. Я снова в трубе, и — non me ne frega niente![1] Мы едем в Авнструп, завтра четверг, мы будем смяты в очереди за покет-мани, нас раздавят со всех сторон, нас сомнут в толкучке за бабками, нас сплющат, и из очереди мы выйдем униженными, но счастливыми, в кармане будет 945 крон, на которые можно накупить героину на целую неделю! Мы едем в Авнструп без надежды на покой и сон, мы знаем зачем едем, мы едем туда посудачить, покурить, переночевать, спокойно склеить билеты, получить бабки и следующим утром снова в бой, по магазинам Копенгагена, а затем, затем снова либо на Нёрребро, либо к Махди... зажигалка-ложка-лимон... Под героином я себя чувствую совершенно изолированным,

---

[1] Меня ничто не колышет (*ит.*).

словно я в батискафе, между мной и окружающим миром есть надежный панцирь, я смотрю на все сквозь толстое стекло, которое искажает лица, перспективу, и мне кажется, будто все это происходит в каком-то странном сне... я пытался убедиться, что это реальность, я старался сойтись с Копеном в драке, и получил пиздюлей, я хотел, чтобы этот город стал частичкой меня, или наоборот, я отломал от здания Биржи (от колонны, на которой стоит Нептун) кусочек мрамора и попытался его съесть, но обломал зубы... мне стало дурно, зуб меня беспокоил, от боли я стал стонать во сне, меня тревожили кошмары... моя доза растет... я снова тащусь на улицу, чтобы запастись лекарством... потому что я не хочу просыпаться, не хочу вылезать из моего батискафа, мне тут хорошо, звуки мира сюда проникают пройдя сквозь фильтры синтезатора, вместо шипения шин и грохота стройки, голосов мигрантов, шума толпы, сирен пожарных машин и стука колес поезда — вместо всего этого я слышу симфонию... это моя Копенгага, она ветвится, распадается, роняет плоды, сливается в сгустки, выходит из меня рвотой, крадется по венам и гудит в позвоночнике, как ветер в трубе.

Авнструп. С закрытыми глазами я вижу это огромное здание из красного кирпича, неприступное, как крепость, с длинными широкими коридорами, в которых беснуется сумасшедшее эхо, с множеством комнат с высокими потолками, в которых пьянствуют, дурачатся, учат датский, занимаются любовью, перетирают кейсы или тихо сходят с ума азулянты. Я вижу огромные окна, за которыми лес, поляны, озеро, чернота, талый снег, покачивающиеся сосны блуждающего лесного массива, одинокие фигуры беженцев, медленно идущие по тропинкам, похожие на учеников, зубрящих урок. Возможно, они бродят, полируя до блеска свою легенду, как знать, а может, они повторяют датские выражения или про себя читают стихи (как музыкант, чье имя быстро забылось, он не только играл на саксофоне в лесу, он и стихи Мандельштама читал вслух — я случайно подглядел, как он на поляне с саксофоном в руках громко декламировал: *Сусальным золотом горят в лесах рождественские елки*). Возвращаюсь в лагерь. Азулянты топчутся на остановке в ожидании автобуса, сжимают в кармане свои аллезонники, двузонники, пятизонники, фальшивые и подлинные. Я вижу болгарина, который сидит за столом, обмакивает ватный кончик палочки для ушей в хлор и вытравливает на своем билете отпечатанные компостером цифры, его волосы щетинятся, густые брови ползут вверх, он прикусывает губу, подклеивая свой билет. Все готово. Он выдает себя за чеченца. Он похож на чеченца. У него в кармане лежит блокнот. В нем накоплено сто сорок три чеченские фразы, которые он насобирал тут, в коридорах лагеря. Полиция ему не верит. Ему на них наплевать. Они не знают, кто он, откуда, и ему этого достаточно. Он уже сидел. Его выпустили. Сидеть тоже неплохо, говорит он. Жаль только денег, когда сидишь, не платят, так он сидел бы и сидел. Главное держаться как можно дольше. Пока ты здесь, ты хотя бы дома никого не объедаешь. А вышел, поворовал, продал, домой бабки отправил — на что-нибудь да сгодился человек. Другие и того не могут. Надо держаться. Тихо и аккуратно делать свое дело.

Воровать косметику и одежду. Воровать и не попадаться. Продавать краденое и отправлять домой Вестерн Юнионом — большие потери, потому можно посылочкой — и косметику и одежду, они там дома продадут в киоске тем же туристам. Бизнес идет потихоньку. Надо держаться. Потому что дома нет работы. Там большая семья. Один киоск всех не прокормит. Виноградники выкорчевали, чтобы строить заводы, — проект начали на советских бобах в начале восьмидесятых, еще при Брежневе, строили, не торопились, но не достроили, потому что советские бобы при Горбачеве кончились, и сам Союз куда-то подевался — что за жизнь!.. что за реальность!.. только что был гигантский Советский Союз, который давал бабло, всем болгарам было хорошо, ничего делать не надо было, и вдруг — Союз пропал, лопнул как мыльный пузырь, дьявольское западло, в результате что? — работы нет! заводы не достроены! виноградников тоже не стало! А семью кормить как-то надо. Один киоск всех не прокормит. Косметика, джинсы, детские игрушки тихо-тихо можно в каждом городе, немножко, чуть-чуть, цап-царап, чтобы часто не мелькать, надо больше ездить, каждый день чуть-чуть цап-царап и домой посылочкой отправлять. Тогда жить можно! Русские — суки, подвели. Такой завод строили многообещающий. Говорили: всем будет работа. Завод-гигант. Все виноградники, бляди, под нож. Ай! А теперь — ни хуя нет! От русских все беды. Как всегда. Кидалы хуевы! Кирилл и Мефодий украли наш алфавит. Украли, суки! Мы, болгары, первыми придумали кириллицу, но Кирилл и Мефодий украли ее у нас. Что смотришь? Вы пишете на краденом языке, все русские воры и кидалы!

Большинство беженцев одеты в одинаковые пуховики, которые им выдали в обезьяннике Сандхольма. Они словно вышли из одного инкубатора. На их лицах одинаковые гримасы, как у людей справляющих панихиду по какому-то одному человеку.

* * *

Зажигалка, ложка, лимон...

Магазины, дилеры, Нёрребро...

Я выкладываю деньги: частями... За каждую проданную вещь. Полный отчет. Все до мелочей. Хануман и Костя внимательно смотрят: на купюры с жадностью, на мелочь с раздражением (я читаю в их глазах упрек: *опять мелочью набил карманы*, — думает питерский вор; — *он полагает, что много принес*, — сонное раздражение в лице индуса). Ханни лежит в кровати (даже не поприветствовал меня, повернул слегка голову), прищурившись следит за моими руками и приговаривает: так, так, так...

Многозначительно демонстрируя деньги, я докладываю:

— Вот, это — за ботинки... это за портмоне... это за косметику... это за ливайсы...

— Так, так...

— Вот эта мелочь за травку...

Костя вынимает зубочистку:

— Слышь, это, погоди-ка. Сколько там за ливайсы? Ну-ка... Сотня? А почему не сто пятьдесят? Они четыреста девяносто девять стоят в магазине. Мы и так опустили до ста пятидесяти. Что были за ливайсы?

— Откуда я знаю...

— Ты там брал, где я показывал?

— Да.

— Ну так отличные должны быть. Юго обычно давал сто пятьдесят. Как с куста отстегивал! Почему только сто?

— Это была Кис, а не Юго.

— Почему Кис? — влезает Ханни. — С этой старухой вообще не стоит разговаривать. Все гренландцы нищие и жадные...

— Вот именно, — вторит ему Костя. — Почему не Юго, а Кис?

— Юго не было, пришлось идти к ней...

— Да почему обязательно к ней, если есть Мёллер!

— А Дорте?

— И ее не было.

— А куда Юго делся?

— Его не было. И Мёллера тоже не было. Никого не было. Была только Кис.

— Блядь, на всей Кристиании никого не было. Поверить не могу! Просто пиздец, одна старая пизда Кис на всю Кристианию! Что за сказки? Пятьдесят крон в минус. Ну, и как мы теперь будем обратно поднимать планку? Всё! Понимаешь? Всё! Теперь за любые джинсы, хоть какие, больше ста с них не получишь, потому что долбанная гренландка всем раструбит, что цена сбита. Сто! Блядь! — Костя пинает ногой мою сумку, в сумке звякает мелочь. — Что это там? — Он роется в сумке, достает маникюрные ножницы, щипчики, брелок для ключей и ремень. — А это что? А на хуя тебе это? — Он достает из сумки терку для сыра с рукояткой в виде русалочки.

— Это терка, — говорю я.

— На хуя тебе терка? Ты что, ебнулся? Терку он спиздил! Ты хотел это продать? Ты думаешь, что это кто-нибудь купит? Ты хотел, чтобы на нас смотрели, как на каких-нибудь клоунов?

— Надо было подождать, — ворчит Хануман, елозя ногами под одеялом. — Не захотел ждать, что ли?

— Сколько можно ждать и бегать туда-сюда за каждой кроной?

Услышав мои слова, Костя начинает беситься, бросает терку об пол, русалочка отлетает и закатывается под стол, он без устали ходит по комнате, гладит свой ежик, закатывает глаза, одними губами проговаривает «блядь, блядь, блядь».

— Начинается, — Хануман приподнимается.

Причмокнув, Кощей открывает дверь, выходит, возвращается, встает у косяка, театрально, как одесский жиган, нагло, по-воровски рассматривает людей в коридоре, изображая пренебрежительное безразличие к моей персоне.

Тем временем Хануман делает мне выволочку:

— Йоган, сколько раз я должен тебе повторять: деньги, как женщины, любят, чтоб за ними ухаживали...

— Неге we go again...

— Да, черт возьми! Я буду это повторять, пока ты не поймешь: мы тебя отправили, все обговорив и подсчитав. Мы ждали, что ты привезешь семьсот крон! Мы договорились... Все было решено... Ты сказал, что все понял... *Да-да*, сказал ты, *все понял*... И что?

— Да что с ним толку разговаривать! — Костя даже не смотрит в мою сторону, его спина красноречиво играет лопатками.

Хорват что-то бормочет во сне. Покосившись на него (из-под одеяла торчала косичка), понизив голос, Ханни говорит:

— Кое-кто, между прочим, уезжает. — Взгляд в сторону Кости (с глазу на глаз Ханни мне говорил: *чем скорей он уедет, тем лучше, давай все сделаем так, чтоб он побыстрей отцепился от нас, уедет, и мы вздохнем с облегчением*, — последние две недели Костя нашу жизнь в Авнструпе сделал невыносимой, это было похоже на армию: он дрессировал и гонял нас, — наконец, Ханни как-то «выслужился» до прапорщика, и теперь он гонял меня, став моим персональным супервайзером, и каждый вечер, как денщик, он Косте докладывал о проданном товаре и проделанной работе, давал наводки, сообщал о новых связях: Костя ходил и сшибал с вновь прибывших русских азюлянтов деньгу «на дорогу», мало кто отказывал: не дать денег на дорогу — западло, — никто не хотел связываться с молодым задиристым вором, все охотно давали, тем более что Костя не требовал много: *ну, сто пятьдесят, максимум двести*, — и ему давали сто, иногда двести). — Кое-кто нуждается в деньгах, — шепчет Ханни. — Дорога неблизкая, документы, перевоз, Голландия... Каждая крона на счету, а ты не хочешь пошевелить ногами, поработать головой, убедить старую эскимоску в том, что сто пятьдесят — это хорошая цена за новые джинсы... Йоган, как же так?

— Эй, ты, клоун! — Костя заметил кого-то в коридоре. — Стой!

Кажется, это был парнишка из Буркина-Фасо; он не остановился; Костя причмокнул раздраженно, отлепился от косяка и пошел. Мы еще раз услышали его зычное «hey, you, Joe!».

— Слушай, мэн, — продолжает разговор в более доброжелательном тоне Хануман, — ну, честное слово, не понимаю. Чем раньше мы соберем его в дорогу, тем лучше. «Подарки», которые я тебе давал, ты их как, продал или что?

— За них давали гроши. Прежде чем соглашаться на минимум — двадцать крон за диск вместо ожидаемых тридцати пяти — я решил с тобой посоветоваться.

(Мне было худо, надо было «подлечиться» немного или полежать.)

— Не будь ты таким простофилей! Чего советоваться? Ты знаешь наши цены. Тридцать пять крон за диск. Минимум. Ни кроны меньше. Нужно брать инициативу в свои руки, давить, вырывать деньги зубами. Или ты думаешь, они сами в кармане у тебя появятся? Материализуются из ничего? Из ничего не бывает ничего! Деньги тем более...

Всё! Надоело слушать! Решаю огорошить его моим козырем:

— А вот тут ты ошибаешься, Ханни! Еще как бывает! Вот, — я достаю мой спасительный билет, сейчас ты будешь у меня плясать от счастья, скупердяй, лежит тут, барыга, бабки считает, — вот билет до Юлланда! Настоящий, цельный...

— Что? Какой билет? — В комнате появляется Костя. Хорват привстает в постели, хитро приглядываясь к билету в моих руках. Костя вытягивает билет из моих пальцев, снимает фальшивые очки, крутит, вертит перед носом. — До Ольборга! Настоящий! Откуда он у тебя? — Он дрожит от возбуждения (он думал, что я так запросто ему подарю билет; он думал, что дело в шляпе и он может спокойно сесть и поехать без всяких пересадок до самого Ольборга — и собирать на дорогу не надо! — потому что он просто-напросто заберет все наши деньги, оставляя нам взамен свое «наследие»: все точки, все наколки, все трюки, рыбные места и барыг. Только я в ту секунду решил стоять за мой билет до конца: мой! не дам! идите все к черту! пусть едет на перекладных с геморроем! пусть катится к чертям со своей воровской этикой! чихать мне на него! на всех! захочу, у негров буду ночевать или вообще — осяду у Дорте на Кристиании, чтоб ваши морды не видеть!).

— Долго рассказывать, — забираю билет, — длинная история, а вам ведь некогда, — прячу мою драгоценность в карман, — будем считать, что это моя доля.

— Как это *твоя доля*?

— Что значит *твоя доля*?

— Весь билет?

— Да ты что!

— Он же полтыщи стоит!

— Я его раздобыл, значит, он мой, — говорю твердо, — заметьте, я отказываюсь от своей доли с барахла, которое толкнул, пока вы тут курили мою травку, за которую ничего с вас не требую. Ничего. Я вообще мог бы вам мой билет не показывать...

Костя пренебрежительно играет губами (это было неслыханно: тут человек в путь собирается — долгий и безнадежный, — а этот мудак о *своей доле* толкует), издевательски хмыкает:

— Хм-хм. А за кофе ты тоже *ничего не требуешь с нас?*

— Нет, — отвечаю сухо, не глядя в его сторону (кофе тоже я доставал и варил для них, негодяев, пока они *планировали нашу общую судьбу*). — Ничего.

— Спасибо.

— Пожалуйста. — Билет во внутреннем кармане, застегиваюсь (все, теперь вы его больше не увидите).

— Зачем же ты его показал тогда? — ядовито спрашивает Хануман, чувствуя, что между нами с Костей растет напряжение (*нам ни в коем случае с ним не следует ссориться,* — не раз шептал мне Хануман, — *подыграем ему, сплавим, а потом своим делом займемся!* — Хотел бы я знать: каким это *своим делом?*).

— Да, зачем ты его показал, если мог не показывать? — ухмыляется Костя. — Похвастать хотел?

— Во-первых, я ничего не тихарю. Ну, а во-вторых, объяснить вам надо было, почему от доли отказываюсь. Вот билет, и ничего с общака мне не надо. Общак — ваш.

— Спасибо за одолжение.

— Пожалуйста.

Костя опять хмыкнул, махнул рукой, мол, говорить с идиотом бесполезно — ни черта не понимает, — и к дверям.

— Договаривайтесь сами, я пойду посмотрю, не вернулись ли грузины.

— Вот, а один раз Тео мне сказал...

Мы смотрим на Петара.

— Если тебе повезло, — начинает он очередную байку, — это еще не значит, что ты — везунчик, понял? — И подмигивает мне. — Понимаешь, к чему клоню? — продолжает Петар, улыбаясь. — Держи птицу счастья в руках крепко, не упускай! Второй может и не быть. Может, ты мне его уступишь? Я сразу дам денег. Прямо сейчас!

— Триста крон, — моментально выстреливает Ханни. — Давай триста крон — и билет твой!

— Нет, погоди, — мнется Петар, усмехается. — Триста, триста... Тебе сразу дай триста крон. Ага. Это же его билет, вот я с ним и буду договариваться...

— А зачем тебе на Юлланд?

— Фестиваль, рок-н-ролл, новые широты... Расскажи нам сперва, где ты его взял... Я уверен, тут какая-то история...

Да, тут была история. Петар любил истории. Он постоянно об этом говорил.

«Я собиратель историй, я — сказитель, хорватский скальд, — говорил он. — Я вообще в Скандинавию подался за историями...»

У него на них нюх.

— Тут есть несомненно какая-то история, — улыбается азартно хорват, взбивая подушку, — чую, есть!

— Конечно, есть, — говорю я с напускной значимостью, — только для начала я хотел бы перекусить... или подлечиться...

— Сразу предупреждаю, — говорит Хануман, — в лагере пусто. Ты же был на Кристиании — разве ты не покурил с Кис?.. И не поел в Вудстоке — сухарики с сыром и пиво, как ты обычно любишь?..

— Нет, как-то не до этого было. Собаки все время лаяли, и я решил смыться пораньше...

— Нервы, это все нервы...

— Я приготовлю что-нибудь, сварю суп или испеку пиццу, — говорит Петар.

Хануман отмахивается от него. Он терпеть не мог его эксперименты; хорват и руки никогда не мыл... но я не брезговал, я с удовольствием ел недожаренные бифштексы, плохо проваренное ризотто, сырые пиццы. Мне нравился Петар, с первой минуты, как я его увидел, меня не покидало чувство, будто я его знал давно, очень давно... Когда, он появился в нашей комнате, я подумал, что видел его раньше — может быть, вчера, или на прошлой неделе... мы сменили много комнат, он мог быть в одной из них, — так я подумал, когда увидел его... и я с ним даже так как-то поздоровался: «Ах, привет!.. Опять ты... что делаешь?» — Ханумана это сбило с толку, поэтому он не стал задавать никаких вопросов человеку, который стоял и его маникюрными ножничками постригал свои огромные ногти перед раковиной, в которой лежали наши тарелки; на столе стояла бутылка французского вина, завернутая в красивый подарочный кулек, — это подкупало, — лежал здоровенный кусок сыра и большой напильник. Хорват тихо улыбнулся (как он мне сообщил после, он привык, что производит на людей такое странное впечатление: «Многие при первой встрече говорят или чувствуют, будто знали меня прежде, — сказал он, — я это объясняю реинкарнациями, я прошел много воплощений, наверняка за многие жизни я успел со всеми познакомиться... И еще мне кажется, будто в одном из недавних воплощений я был какой-то знаменитостью — Элвисом Пресли или Джеймсом Дином. Хотя ты знаешь, что нет такого понятия, как недавнее воплощение, это очень условно, так как ты можешь в своем инкарнационном списке иметь и воплощения, которые по отношению к настоящему находятся в будущем, или вообще — могут быть одной из параллельных жизней, что объясняется нехваткой душ, есть такой термин в буддизме, но я его забыл...»), поприветствовал нас, обвел трясущейся рукой комнату и сказал:

«Прошу меня покорнейше простить за это вторжение. Сам бы я ни за что не осмелился и заночевал бы на улице... Но сербы решили, что...»

«Тебя ищут? — строго спросил Хануман — мы были на амфетамине. — Мы должны тебя прятать? Почему с нами не оговорили? Сколько за тебя они дают? Сколько за ночь?»

«О, нет, нет, — успокоил Петар. — Никто меня не ищет. Насколько мне известно... Надеюсь, что нет... Просто мне некуда было пойти... Сербы сказали, что у вас есть место... Вот смешно, я с ними воевал, а они меня так тепло встретили... Хотя я ни одного серба за всю войну не убил... Взял в плен нескольких... В обиду не дал... Такие же молодые, как и эти ребятки, тоже рок любят... Говорят, вы тоже слушаете... — Мы с Ханни поняли, что начинается шоу, поставили демонстративно стулья, пластиковые красные стулья, сели не раздеваясь, закурили, хорват открыл бутылку, наполнил стаканы, вручил их нам с легким комическим поклоном, как на представлении, и продолжал: — Я нелегально тут... И можно сказать, что это случайность, но, как вы знаете, никаких случайностей не бывает — все закономерно... Может, я к вам попал затем, чтобы вас встретить... Для расширения карты духовного опыта... Долго не задержусь... Возможно, чтобы кое-что выяснить для себя... что-нибудь глубоко личное, но ведь вы прекрасно знаете — вижу по блеску в ваших глазах — все, даже самое глубоко личное, хочешь не хочешь, переплетается с судьбами других людей... Все мы части огромной бионергетической паутины... Итак, это было ночью, меня что-то позвало... Я сильно перекурил и после концерта выпал из обычного состояния, вдруг слышу — какой-то зов, отсюда, я стоял на станции в ожидании поезда, — совершенно напрасно, до утра не было поездов, — и вдруг увидел трубу... — Я прекрасно знал, что из Роскиле невозможно увидеть трубу Авнуструпа, и ухмыльнулся. Петар, видимо, заметил мою ухмылку. — Нет-нет, я не глазами ее увидел, конечно, внутренним зрением... И, вместо того чтобы поехать в Копенгаген, я поехал сюда, на велосипеде... Я тут бывал — лечился от травматического шока, PTSD[1], у меня были психологические проблемы после войны, тут был госпиталь, еще бы не было у меня шока, вообразите!.. В августе ты на концерте Дэвида Боуи, а в сентябре — *убей или тебя убьют!.. убей или тебя убьют!..* Тра-та-та! Бум! Вух! Бум! Вух!

---

[1] Posttraumatic stress disorder (*англ.*) — посттравматическое стрессовое расстройство.

Пули как пчелы — взз, взз... Я им на призывном пункте сказал, что я — скалолаз, спелеолог, альпинист, а не стрелок... а мне — пулемет и: *убей или тебя убьют!* Ну что ты будешь делать! Я же буддист, я не могу убивать, я рок-н-ролл люблю... Какая разница, четник он или кто... Мало ли кто он сейчас, человек — это сложная голограмма, сплетенная из невидимых светящихся нитей, некоторым больше нескольких сотен тысяч лет... Но кто такое станет слушать, когда сербы наступают?.. вот-вот возьмут Сплит! Бери пулемет, патроны, ногой под зад — пшол! Особенно если у тебя такой богатый жизненный опыт, такой пестрый жизненный путь... Прямо в котел! За шкирку и в бой! Я в Данию вообще-то на фестиваль приехал, подумал, заеду-ка, старых друзей навестить, а тут, оказывается, лагерь сделали... Я не надолго... Самое большее на неделю... Вы как, не против?»

Мы были не против. Вино было душистое и легкое. Мягко шло. Рассказы его тоже действовали приятно. Они из него изливались с такой непринужденностью, точно он их очень долго вынашивал, — еще так бывает с людьми, которые на протяжение многих лет шатаются по барам и праздникам, свадьбам и похоронам, спят на ходу, просыпаются на стульях посреди какого-нибудь веселья или проваливаются в сон за барной стойкой, а потом, быстро нагнав поезд праздника, продолжают свою бесконечную историю, один год такой жизни может вместить сотни жизней, слепленных из многочисленных историй и злоключений, от такого образа жизни человек становится размягченным, бескостным, точно он целиком превратился в язык, такие люди способны говорить без умолку сутки напролет, это не преувеличение, я таких видел, они вываливают на тебя истории, как самосвалы, — некоторые производят впечатление медуз, и Петар был немного такой — мягкий, гибкий, расслабленный многолетним курением, спусками в пещеры, восхождениями на горные вершины, продолжительными путешествиями. Рассказ перетекал в рассказ. Из сумки появлялись новые и новые бутылки... испанское вино... чилийское... Хануман расслабился, я разомлел...

Он с друзьями отправился на фестиваль в Роскиле (Nick Cave и Smashing Pumpkins); вез всю честную компанию на своем старом фургоне; пока ехали через Германию, фургон начал потихоньку разваливаться; много раз останавливались.

«Он из-за этого и стал разваливаться, — говорил Петар, — потому что мы часто останавливались. Каждому нужно было что-нибудь купить или стибрить. Кому-то хотелось пива, кому-то чипсов... А кому-то по нужде... Блевануть или просто подышать свежим воздухом... Ебеньте!.. Ну, нельзя так обращаться с машиной! Как они не понимают! Включай, выключай, не успел разогреться, как мотор остывает... Я мою машину знаю, с восьмидесятых у нас — служила верой и правдой, а тут толпа разбойников... Столько мусора — в каждой деревне приходилось выпрашивать курицу, я даже платил за курицу...»

Мы спросили, зачем курица?

«Как это? — удивился Петар. — Чтобы чистить машину. Не стану же я с собой возить пылесос или метелки! Запустил курицу, она все склевала — все крошки от этих идиотов... Нет, не поймите неправильно, это мои друзья, я их люблю, но что поделаешь, если они ведут себя как идиоты, когда собираются все вместе...»

Как только они въехали в Данию, фургон сдох и развалился (полетела задняя ось); Петар понял, что придется прощаться с фургоном, потому что: замени ты ось (а она дорогая), все остальное не починишь, и уж обратно не дотянет развалюха точно.

«О чем ты думал? — кричал ему в трубку отец, орал так, аж телефонная будка вибрировала. — О чем ты, черт тебя дери, думал, когда отправлялся на нашем фургоне в Данию! В Данию! Да я на нем уж и в город перестал ездить!»

Петар попросил друзей затолкать машину в лесок, — помогли и ушли, а он в одиночку стал стачивать напильником номера идентификации машины на двигателе и корпусе, как посоветовал отец:

«На свалку сдать денег стоит!.. Чинить тебе никто его не починит — и это дороже, чем сдать на свалку!.. Сними номера, закопай где-нибудь, а те, что на корпусе и моторе, сточи их напильником. Напильник есть?.. Так купи, мать твою! Что за дурья башка... Дешевле купить напильник, чем расплачиваться за эту гору мусора. Европейцы отследят, они пунктуальные. На их земле не то что машину, бутылку просто так не выкинешь. По компьютеру пробьют машину, по номеру, и потом я буду выплачивать, не ты же... Ты никогда ни за что не платишь, иждивенец!»

Петар был на пятнадцать лет меня старше, ему было сорок; истории сыпались из него, как табак, спички, монетки — сербские, хорватские, македонские, румынские, черногорские, немецкие, — он мог не есть вообще, но пил каждый день, по утрам его сильно трясло, глядя на него, у меня начинало веко дергаться, его дыхание от курева делалось свистящим, перед первой утренней сигаретой он буквально задыхался. Он жег табак, как черт, точно у него цель была такая — коптить каких-то скотов где-то, и он курил, выдыхал с наслаждением, будто знал наверняка, что дым идет в глотки и носы каким-нибудь мерзавцам, и испытывал очевидное удовлетворение от курения, как никто другой — разве что много позже, в Крокене, с нами жил один серб, или он хотел, чтоб все вокруг верили, будто он серб, я не знаю, до сих пор не уверен (за всю мою жизнь я понял наверняка только одну вещь: ни в чем нельзя быть уверенным, — возможно, это и есть самое главное, чему я должен был обучиться в жизни, и я медленно приближаюсь к окончательному экзамену, на котором смогу спокойно сказать: верить нельзя ничему, в том числе самому очевидному), тот серб тоже курил с небывалым наслаждением. Заваривая кофе по утрам, Петар выяснял в первую очередь: осталось ли чего-нибудь выпить?.. — если выпить не было, он приступал ко второму вопросу: а покурить?.. не осталось ли чего покурить?.. — если и покурить было нечего, он начинал шарить по карманам в поисках денег и спрашивать: а не завалилось ли куда?.. не закатилась ли какая-нибудь волшебная бутылка с джином под кровать?.. может, кто просыпал травку под стол?.. Так как он был подслеповатый, старая контузия давала знать — в глазах двоилось (не знаю, от чего его так трясло: от похмелья или то были последствия контузии), пол он прощупывал на четвереньках: ползая медленно, широко распластанными ладонями громко шлепал, рассказывая попутно какую-нибудь историю (если вдуматься, Петар ни на минуту не переставал бормотать какие-нибудь истории, — наверное, он это делал, чтобы поддерживать связь со своим миром или родиной, не забывать о том, кто он). — О, под столом, под этим роскошным столом, тут есть где поползать!.. Ха-ха-ха!.. — смеялся Петар и принимался рассказывать историю: — Я ощущаю себя тут, как в бункере в Сараево!.. О, как я уважаю боснийцев, если б вы знали... Если б вы знали, сколько симпатии я к ним испытываю!.. В самом начале, когда сербы начали их мочить, знаете, что я в первую очередь подумал: ах, как жаль!.. бедные боснийцы!.. за что их-то, жалких?.. Потому что они никогда не были воинами, они всегда были тихими торговцами, умными счетоводами, бухгалтерами, крестьянами, пастухами, рыболовами, симпатичными танцовщицами, им и от турков досталось, как никому другому из нас, бывших югославов... Нет, они не были такими, как те придурки, снобы из Дубровника... Те тоже откупались от турков и были бухгалтерами, прирожденные счетоводы, снобы... В Дубровнике есть только одна улица, одна большая улица, все прочие не в счет, это так, улочки, а вот одна большая есть, да, и черт возьми, я не помню, как она называется, да и черт с ней, так вот эти козлы по ней ездят на своих шевроле и турбо медленно, демонстративно медленно, чтобы себя показать: вот мол, смотрите, какая у меня машина, о! Да! Большая дорогая машина, ну что тут еще скажешь? Ебеньте с твоей машиной в пичку матерь, вот и все! Да, большая дорогая очень блестящая машина и какая-нибудь пошлая бум-бум музыка на всю улицу, — тьфу, дураки! Они текут по этой улице, как какие-нибудь выставки, Expo Mitsubishi или что-нибудь в этом роде, полуголые девушки с роскошными волосами в воздушных туниках там у них обязательно рядом, о! Жизнь! Посмотрите на нас! Какие мы! Они останавливаются посередине дороги, разговаривая с продавцами, представляете? Им лень выйти из машины и войти в магазин — они сигналят и кричать: покажи-ка мне, братец, что это там у тебя на прилавке? О, козлы, снобы, невероятные пижоны! Такие вот кретины живут в Дубровнике, да... Это что за монетка? Ах, это пуговица с чьей-то ширинки... Нет, боснийцы не такие, они не снобы, они тихий народ, они просто тихий народ... Когда бомбили Сараево, я там был! Знаете что, я в них просто влюбился, потому что они устраивали шоу под бомбежкой, вечеринки, справляли дни рождения, еще не наступившие, загодя, на всякий случай, а что, верно, так и надо, когда на тебя сыплют огненные опилки с неба, когда канонада такая, что своих мыслей не понимаешь, что еще остается? Пир во время войны! О, я никогда не забуду те бункер-шоу... О, те дискотеки в бункерах забыть невозможно... Ох, какие то были оргии под бомбежкой!.. У-у, я ничего подобного никогда не испытывал!.. Там где-то над тобой ухает, земля сотрясается, а ты в потемках, бухой, совокупляешься неизвестно с кем... Нет, такое забыть невозможно... Оргазм на войне — это совершенно другое дело, это острота, это захлестывает, это как серфинг в бурю, понимаете, серфинг во время шторма — это же совсем не то же самое, что в обычный прибой... Понимаете, о чем я? Вот от чего я проходил реабилитацию — я привыкал к нормальной жизни, без острых ощущений, без адреналина... Но мы тут, в Авнструпе, тоже полазили, и на дискотеках и на концертах... Мы всю Данию изучили, во все пещеры заглянули, в каждую щель, хе-хе-хе... Но тот бункер я не забуду... Нет... Выборы мисс Сараево-под-обстрелом... О, что это было за шоу! Невероятно! Город в руинах... Весь город в руинах... Ни одного живого места... Как Варшава или Гамбург во Вторую мировую... Там ведь до сих пор в лотерею не играют, у них поговорка знаете какая: в Сараево не играют в лотерею, потому что в каждый дом угодило не меньше семи раз! Да, верно, Сараево — это город, в котором больше нет смысла искать удачу, полагаться на случай — смешно... Нет, не смешно, а грустно! Но то шоу — мисс Сараево — забыть невозможно. В бункере... Вот это дух! Они показали, что бомб не хватит убить их дух — у них все равно есть девушки, и эти девушки получше сербских будут!

(Хотя сербских девушек он любил тоже, он всегда был дружелюбным с сербами в лагере и всегда говорил, что воевал не с сербским народом, а с четниками.)

Стол, под которым он лазил, был большим, составленным из трех отдельных школьных столов, сверху был покрыт большой красной простыней (простыни были цветные); мы стелили простыни на стол, чтобы *все было цивильно*, как говорил Костя... ему нужна была скатерть на столе, когда он играл с грузинами в карты... желательно темно-красная, для игры в карты, *как в клубе*, говорил он, *цвет бордо*... Кощей хотел казаться крутым, и это его ослепляло, он не понимал, что играл на простыне, на которой Ханни драл китаянку... он не думал об этом... должна быть скатерть, и все... упрямый ублюдок... грузины тоже хотели, чтобы были на столе простыни, они сдвигали столы, приносили еще и еще, стелили большую простыню, выставляли бутылки вина, приносили тамале и мясо, нужна была белая простыня, это было редкостью, потому что при стирке они красились, за белой простыней приходилось охотиться... иногда на стол стелилась зеленая или синяя простыня, но чаще всего была красная, *как в игорном клубе*; стол собрали грузины, им нужен был большой стол, чтобы вся грузинская и армянская мафия могла поместиться (за этим столом шел дележ датской территории; на этом столе частенько появлялась карта Копенгагена и обсуждалось, какие улицы отходят ворам из Грузии, а какие улицы берут под себя воры из Армении, мало-помалу территория расширялась, — несмотря на то что сама Дания была и остается страной маленькой и ее территория никогда не увеличивалась, к тому же речь на тех встречах шла всего-то о магазинных кражах и мелком карманном промысле, но карта менялась — по мере прибытия новых и новых воришек, чистых мест, где еще не ступала нога азулянта, оставалось меньше и меньше, поэтому масштаб карт становился больше и больше, в расчет принимались места все менее приметные, даже самые мелкие, не какие-то там города, а просто городишки, всякие Kirkeby-Munkegård, и эти ничтожные дела решались со все большей и большей важностью, как если б речь шла о рэкете, торговле наркотиками, алкоголем, оружием), стол тоже увеличивался — чтоб на переговоры можно было пригласить и албанцев, и русских, и местных, которые все чаще присылали своего представителя, который им указывал на карте «минные поля», где разбойничать было нельзя; за этим столом бухали сутками, вели разговоры, а также встречали гостей, покупателей и африканских дилеров, которые толкали краденое барахло (в таких случаях менялся цвет простыни: албанцев принимали за зеленым столом, русских за красным; красная и белая простыни стелились в том случае, если приходили датчане). К тому моменту грузины частично перебрались на Юлланд, они почти не собирались за этим столом, но нам было лень разбирать его (у нас сил хватало только на то, чтобы грызть друг друга, — попросить Петара помолчать минутку, воли тоже не доставало). Под столом, кажется, можно было найти, что угодно. Об этом нам сообщал Петар. — Ебеньте матерь! Чего тут только нет! О! Нет-нет... О нет! Шприцы!.. Здесь страшно ползать... Можно нечаянно уколоться...

Он нашел грибы... их стряхнули армяне, наверное, запросто: что тут, ара, за мусор, — смахнули на пол и сели за карты... затем меня Ханни обвинял, что я их все съел... и вот они нашлись... о, да это же те самые, с Ямайки!.. не какая-то там amanita muscaria... давай-ка... Петар уговаривает меня съест несколько штук натощак... его истории становятся еще интересней!.. он плетет одну за другой... самоволки... воровские нычки... героин... хорват много говорил о героине, о сговоре наркобаронов с полицией, о том, что в газетах его городка часто писали о том, как бравые полицейские изловили подростков на пляже, которые курили марихуану, но никто ни разу не видел статей про героин, в то время как *независимые расследования* журналюг говорили о том, что через город в сутки проходило до семи кг дряни... сам Петар состоял в частной негосударственной компании, которая оказывала помощь несчастным наркозависимым, выступал на локальном телевидении, получал по шапке за свои выступления (на него завели дело за необоснованное обвинение мэра и полиции в сговоре с наркомафией), сам он признался, что на эти телевизионные дебаты в студию заявился обдолбанным и все могло плохо кончиться... как только он заводился про героин, я начинал петь *I'm Waiting for My Man* или *Heroin*, и тогда мне подпевал Хануман (особенно если мы были вмазаны), а если я хотел досадить им всем, то напевал *Average Guy* — Ханни терпеть не мог эту песню, признаться, я ее тоже ненавижу, но чтобы досадить Хануману, готов был петь ее... лишь бы досадить! Он бесился. Стоило мне затянуть мелодию, как он вскакивал и убегал:

— Всё, адьо! — Дверь закрылась, поехали дальше!

Хорват продолжает свою повесть, мы идем на кухню, к нам пристраиваются люди, он готовит пиццу и рассказывает — кухня наполняется слушателями, гомоном, смехом, улыбающимися лицами, на столах появляются бокалы с пивом и вином, мы угощаемся, Петар рассказывает про шлюх, молдавские, русские, украинские, а там и наркотики, и воровство — всё самое главное... — Вот некоторые не понимают, что такое Апокалипсис, — говорит он, — они думают, это когда крыши горят, стены рушатся, из унитазов пар валит, с неба птички сыплются мертвые и из кружек с блеянием выпрыгивают бородавчатые жабы... О, нет, нет, нет, уверяю вас, Апокалипсис — это очень личное дело, это когда ты встаешь утром и понимаешь, что дальше идти не можешь, жить дальше не можешь, а надо ехать, толкать машину, воровать бензин, раздобыть дозу, Апокалипсис свершается в наших телах, и среди нас есть люди, которые рожают его каждую минуту, переживают его каждый день... и об этом тоже... я вам всем расскажу, — обещает Петар. — Война — это такое дело... Вот некоторые думают, что такое война? Это бомбы, обязательно штыковая или танки... О, нет, войну начинаешь чувствовать даже не тогда, когда видишь убитых, потому что и в мирное время убивают, по-настоящему войну я ощутил, когда мы должны были забрать одного нашего разведчика, который следил в горах за перемещением четников, они шныряли группами, надо было за ними наблюдать, чтобы понять, что они замышляют, и вот он сидел в горах, в отдаленной горной хижине альпинистов, а мы в пещере сидели, мы должны были его забрать, мы приближались к нему, несколько дней меняли позицию, петляя по горе, если вы знаете, что такое горы, вы поймете, по ним можно долго петлять, и мы петляли, приближаясь к нему, очень медленно, была зима, в горах очень трудно зимой ходить, если вы не знаете этого, особенно если ты под обстрелом, идешь и тебе кажется, что ты на мушке, снайпер сидит где-нибудь, снайпер далеко видит, наш человек получил пулю и идти больше не мог, рана гноилась, у него был жар, он нам сообщал это каждый час, ровно, каждый час ровно мы включали на несколько секунд рацию и получали сообщение, подбадривали его и спрашивали, не видит ли он четников, чтобы мы могли спокойно к нему наверх пробираться, и вот представьте себе, мы включаем рацию, а там, вместо голоса нашего брата, мы слышим итальянцев, они кричат, они подбадривают своих биатлонисток, сообщают им время, кричат: dai, dai, dai, piu veloce, piu veloce, ancora[1], ну все как в порно, только это был то ли кубок мира, то ли Олимпийские игры, не знаю, не следил, не до того было, в общем, у них на том берегу Адриатики идут гонки, лыжи, стрельба по мишеням, черт возьми!.. они с нами на той же волне, и мы их слышим, а нашего брата нет... вот когда я понял, что такое война, и что такое мир: когда услышал голоса итальянцев с того берега... даже не тогда, когда снял первого часового, я просто замахнулся, а он в это время оглянулся на меня и упал в обморок, просто упал... а может, сердце встало, я не проверял... О'кей, пиццу поставил, пусть стоит, я сейчас, — сказал он и вышел, и больше не вернулся, я его больше никогда не видел, он просто исчез! Мы поели его пиццу, оставили ему половину, но он так и не появился, мы поехали на Нёрребро. Зажигалка, ложка, лимон... За хорватом исчез Кощей, я не сразу это понял... проверил карман — билета нет... Я до сих пор не знаю, кто из них его взял, и мне все равно... Хорват хотел ехать на Юлландский фестиваль, он мог его позаимствовать просто из любви к рок-н-роллу — and it's fine by me, man! No hard feelings at all![2] Кощей рвался на

---

[1] Давай, давай, быстрей, быстрей, еще (*ит.*).
[2] И меня это не колышет, мужик! Без обид! (*англ.*)

Юлланд ради дела, там крупная работа, не мелочь всякая, он говорил о связях с юлландской мафией. На это мне было глубоко насрать! На его работу, на его связи. На него самого! Я сидел и желал, чтоб билет был в руках Петара, я ему желал этого. Хорошего фестиваля, мэн! Enjoy![1] Но и Кощея тоже видеть не горел желанием, его высокомерную рожу. Приедет и будет учить меня жить. Поэтому я был не против, если бы его позаимствовал и питерский вор. Укатил бы он на Юлланд и — чтоб ему там понравилось, да так, чтобы он там остался!..

Мы бездействовали три дня, ждали возвращения Кости, но он так и не появился, вместо него пришел Каха и сказал: «Да он в Голландию ушел, бичо! Не надо его ждать, давай вместе ширнемся!»

И мы поехали на Нёрребро...

* * *

Я больше не чувствовал кайфа. Я перестал ловить приход. Остался один облом. Мы ругались с Махди, кричали на него, обвиняли его в том, что товар стал хуже. Особенно давался Ханни-Манни, иранец понимал хинди. Махди говорил, что товар ни при чем: у вас растет доза, вы потеряли контроль, надо делать паузу! попробуйте курить его! старый нарик знает, что говорит!

Его мальчик на побегушках, Хамид, кивал, да-да, лучше курить... Хамиду было лет тридцать, но Махди с ним обращался, как с мальчиком, Махди все время валялся на огромном матраце, посреди своей жалкой комнатен-

---

[1] Кайфуй! (англ.)

ки, где места хватало только на то, чтобы войти, сесть перед ним на низкие пуфики, разложить на подносе, который подносил Хамид, краденое, и ждать, когда Махди оценит его, Хамид суетился вокруг хозяина, за свою работу и преданное служение Хамид получал немного героина и коврик, маленький клочок ковра, метр на метр, не больше, свернувшись на этом кусочке Востока, Хамид разогревал героин на фольге, красная струйка текла вниз, он наклонял фольгу — кровавая струйка бежала вверх, стеклянная трубочка Хамида всасывала тонкий белесый дымок, — для такой простой процедуры много места и не надо, дело нехитрое, он помещался, гибкий малый, повидавший виды молодой человек, бежал с улиц Тегерана, был дилером в Италии, если не врал, воспевал красоту итальянок: длинные ноги, черные волосы, зеленые глаза!.. жил в Амстердаме: пять грамм кокса можно легально с собой носить — его это восхищало: целых пять грамм в кармане носить можно!.. теперь он толкал дурь на вокзале и в лагере, на Istedgade его часто били, там не любили чужаков, Хамид был изгоем, только Махди мог приютить несчастного, он его впускал к себе на матрац, он ласкал волосы Хамида, заставлял его нырять под одеяло, сделал дело — гуляй смело, марш на свой коврик, позабавь себя щепоткой героина, но не залеживайся там, отправляйся на работу — толкать товар!

Мы встретили Магнуса и Лине на Istedgade, типичные обитатели сквотов Vesterbro[1], Лине едва держалась на ногах, у нее было истощение и очень высокая доза —

---

[1] Один из центральных кварталов Копенгагена.

мы пытаемся помочь ей слезть, сказал Магнус и подмигнул ей, правда, детка?.. Лине слабо улыбнулась, она была не здесь, ее почти не было... Магнус шустрил на старом Saab'е, он скупал краденое и толкал колеса, кокс, экстази, у него была хата в старом обшарпанном доме, мотор его машины ревел, как трактор, и еще у Магнуса был брат, Мортен, он умирал от СПИДа в душевой комнате, на резиновом матрасе, так удобней за ним ухаживать, сказал Магнус... Мортен лежал возле самого нужника, прямо под душем, он был в отключке, совершенно голый, весь в экскрементах и рвотных выделениях... Магнус взял душ и помыл брата... Мортен мычал... Лине неловко вытирала рвоту... рулон выпал из рук и покатился... она тихо ругнулась... Да ладно, Лине, скрипнул Магнус, брось... она подняла бумагу... Детка, оставь его, он же овощ, не надо... ее, кажется, прибило, она не слышала Магнуса, ползала по полу, убирала, как одержимая... квартирка в Вестербро — это была круть, если бы на ней не висел огромный долг, Магнусу предстояло съезжать, он не мог выплачивать кредит... его и посадить могли за то, что он тут натворил... квартира была в ужасном состоянии... обнюхавшись, он ходил по пустым комнатам, как по камере, и горько жалел, что ему приходится расставаться с такими хоромами, да еще в таком стратегическом месте, Вестербро!.. Вестербро!.. ах!.. судя по фотокарточкам на стенах, здесь когда-то зажигали: буйство, эйфория, экстаз... видимо, праздник вышел из-под контроля... голые стены и три большие коробки — вот и все, что осталось от мебели, зато в коробках было самое главное: шала, таблетки, метадон... пожитки наркомана с Вестербро!

— Эй! — Ханни теряет сознание, я хлещу его по щекам: —...ddddon' fuckin' die on me motherfucker![1]

Открывает глаза.

—...fffffuck! close shave![2] — говорит слипшимися губами.

Махди неодобрительно качает головой, в глазах вопрос: что он делал бы с трупом?.. Махди больше не разрешает нам вмазываться у себя. Мы вмазываемся, где придется: в библиотеке, в телефонной будке, в скверике на скамейке, присев за кустами, недалеко от Нёрребро, на улице Стефана, на улице Всех Начал я вырвал свою первую сумочку из рук женщины, выпотрошил ее на кладбище, я так бежал, что потерялся, я не знал, где Хануман, а потом столкнулся с ним возле туалета, в котором мы снова вмазались и проблевались, потому что был крепкий, и долго лимон щипал вену и нёбо, а потом меня рвало под мостом, мы долго шли вдоль стены... бесконечной... высоченной... на ватных ногах... вдоль сюрреалистической стены... падая и поднимаясь... держась за стену, исписанную всякими граффити... обоссанную... заблеванную... и на тебя смотрят рожи, изъеденные СПИДом и зависимостью, жаждой, ломкой... они ждут, когда я упаду... чтобы подойти и обчистить мои карманы... Они уже подходят, предлагают, спрашивают, есть ли что у нас... сами изучают, смотрят испытующе... задают вопросы для вида... предлагают что-то... что?.. Можно купить прямо здесь... что купить?.. Можно и продать... Или махнуть кокс на ге-

---

[1] Не подыхай мне тут, говнюк! (*англ.*)
[2] Блядь! Пронесло! (*англ.*)

роин, таблетки на метадон, гашиш на таблетки, что угодно... Ханни, нас кинут... идём!.. на слабых, подгибающихся... Nørrebro — København H — Roskilde... на автобусе до Авнструпа... а утром обратно: Roskilde — København H — Nørrebro... В фольгу завернутый желтый комочек из форточки с напутственными словами *take care*[1]; через другую форточку того же здания — со стороны крыльца — сестры милосердия выдают нам пакеты с «наркоманским набором»[2]; по пути в станционный туалет я краду лимон с лотка арабского магазина, Хануман крадет хурму. Я хотел забыть, кто я такой; хотел умереть анонимно, возле канала; птицы продолжали бы плавать в канале, они продолжали бы летать надо мной, ходить по травке вокруг моего тела; на меня капал бы дождь, плыли бы облака, равнодушные к этому городу; мир бы двигался дальше по кругу, как заезженная пластинка, со скрипом колес, с хрустом гравия под подошвой; мир бы двигался потоком лиц, потоком ног, потоком душ и бездушных машин; мир бы двигался по рельсам поездами, мир бы двигался героином по венам, мир бы двигался дальше, но без меня, неподвижного, безымянного.

...и снова: форточка, *take care*, форточка — пакет со шприцами; зажигалка, ложка, лимон кончался быстрей,

---

[1] Будь осторожен (*англ.*).

[2] Не так давно я начал читать шведские газеты, и в одной газете писали про то, что сестры милосердия (или ангелы) в эти стандартные наркоманские наборы — два шприца и мерный медицинский стаканчик на 30 мл — добавили назальный спрей с налоксоном, который спасает от передозировки тысячи и тысячи жизней! Шведы очень оптимистично пишут об этом. Они хотят ввести налоксон и у себя (я с содроганием узнал крыльцо реабилитационного центра на фотографии).

чем героин... смертоносная метрика нашей новой жизни торопила нас... доза росла... чек на двоих — тьфу!.. подавай два!.. туман и морось над улицами и каналами Копенгаги... кромешный озноб... новые ноты моей симфонии... я торжествовал... такого падения я не знал... в отупении проговаривался, выдавал ему правду... меня ищут менты и бандиты, меня хотят пришить, на меня повесили невъебенный долг, невъебеннейший, Хании... сквозь строительные подставные фирмы идут большие деньги, отмывают миллиарды... русские олигархи... надо же как-то куда-то вкладывать... ты не представляешь сколько бабла, Хании... не знаю, слушал он меня или нет... кажется, ему было плевать, его сознание стало пунктирным: общага, форточка, зажигалка, ложка, лимон... Нёрребро, Вестербро, Видерё, Махди, до которого надо добраться любой ценой, зажигалка, ложка, лимон и ничего больше! Казалось, будто мы примерзли к дверям наркоманской общаги, и наши зубы цедят: зжглкалжкалмн... зжглкалжкалмн...

Выходим из станционного туалета. Надо ехать домой, Юдж. Дом — это где, Ханни? На данном этапе — Авструп. Осторожно отворяем дверь. Покидаем уютную нору, в которой было безопасно, тихо, как в бункере. Звуки в холле станции пугали. Мы были маленькие и зашуганные. Как лилипуты. Резкие звуки копенгагенского дня. Молнией пролетающий поезд. Внимательные снайперские взгляды на платформе. Щелчок сумочки! Кайф сломан. Куда идти? Зачем куда-то идти, Юдж? Все равно мы каждый день сюда возвращаемся... Идем к Магнусу, Ханни...

Магнус ухаживал за братом неохотно. Он садился перед ним, как обезьяна, на корточки, дергал его пару раз, тоже как-то по-животному, даже не глядя на него. Что-то бормоча себе под нос, он вываливал наугад себе на ладонь таблетки из коробочек прописанного Мортену лекарства, поднимал его голову и впихивал таблетки ему в рот со словами: kom nu... kom så!.. såden[1]. Бывает, человек возится с мотором, и ты вдруг замечаешь в его глазах нежность, затаенное сияние, и даже движения его становятся гибче и аккуратней, будто металл может чувствовать (некоторые переходят на шепот, точно машина может слышать), — в глазах Магнуса, когда он кормил своего умирающего брата, я не видел ничего, кроме брезгливости и отвращения; брат давно умер для него, Мортена больше не было, это был уже не человек — думаю, старый драндулет Saab для Магнуса значил больше, чем брат, потому что, находясь под воздействием порошков и смесей, химических коктейлей и прочих препаратов (не говоря о марихуане, заменявшей нам табак), он был на круглосуточных гонках, он дрейфовал вслед за братом, и когда он говорил: «гуманней было бы сделать эвтаназию», — думаю, что он в какой-то степени говорил и о себе, он подразумевал суицид, но, может быть, я его чуть-чуть романтизирую, потому что я сам так думал: *гуманней было бы сделать мне эвтаназию.* Мортену было тридцать четыре, Магнусу — двадцать восемь, их родители давно от них отвернулись, когда Мортену было семнадцать, они еще жили все вместе, родаки бухали,

---

[1] Ну, давай... давай, вот так (*дат.*).

как проклятые, их лишили родительских прав, старший брат пошел работать, младший жил в интернате, что было потом, я не знаю, Магнус говорил сбивчиво, переходил на островной датский, они были с Борнхольма, Мортен служил в армии, Магнус ходил в море, неплохо зарабатывал, но потом они подсели на стоф и... *гуманней было бы сделать эвтаназию*... я не хотел размышлять над этим, гуманизм не входил в список проблем, над которыми я привык раздумывать, вряд ли мы к чему-нибудь пришли бы, даже если бы трое суток кряду просидели, размышляя над этим... я позволял ему говорить, его голос — это всего лишь звуки, слова, что бы они ни значили, на фоне сердцебиения и дыхания, струились почти как органные ноты... получалась небольшая соната... Morten & Magnus... Мортен лежал и всхлипывал, стонал и вздыхал... а Магнус ходил дерганой походкой по комнате, заломив руки за спину, как арестант, и говорил, вскрикивал, приседал, взмахивал руками, кривлялся, гримасничал, то повышал голос до баса, ругаясь на какого-то воображаемого верзилу, которому он что-то доказывал, а тот не понимал, не понимал, Hell's Angels мать твою, верзила была из «ангелов ада», ого, но Магнуса не смущали такие повороты, переходя на ровный баритон он сообщал, что его не так-то просто запугать, хлипкий я, как тебе кажется, но — резкий твою мать!.. он ударял кулаком в стену, из нее летел порошок... он выбил из стены дурь!.. вот так он выбил бы из любого качка мозги, кишки намотал бы на гаечный ключ, отверткой в глаз, коленом по яйцам!.. брат меня научил, Мортен, когда-то он служил в армии и научил маленького живчика-Магнуса, и тот никого не боялся, Мортен лежал и стонал, будто подтверждая слова Магнуса, который шипел: мой брат из меня сделал бойца, я не боюсь улицу, улица боится меня, эта бесконечная улица — Istedgade — она боится меня!.. Магнусу плевать на наезды, он сам кого хочешь прижмет, если надо, в рыло и все... вдруг он говорил тише, с лаской, он говорил о Лине, кто ж позаботиться о ней, если его грохнут или посадят или он разобьется, он гонял как сумасшедший, он был всем должен, он кидал направо и налево VIPs, он банку должен, его могут посадить, его могут вздрючить, его могут закрыть в рехаб, с ним могут вообще не разговаривать, просто закрыть, менты все знают, у них на всех нас заведены дела, наркоши всех сдали, всех, и его в том числе, потому что он торгует на улице, его личико давно примелькалось, там просто ждут подходящего расклада, они ждут, когда я незаметно для себя влезу в сложную игру и стану крючком для более крупной рыбы, тогда эти говнюки в минивэне потянут за леску, они меня возьмут, суки, за жабры... он усмехается, садится... и что же тогда будет с Мортеном и Лине?.. Лине сколется, а Мортен умрет... по всем статьям, позволить Мортену отъехать было бы правильно, потому что он страдает, но... во-первых, в Дании эвтаназия незаконна... во-вторых, я ему даю лекарства, потому что мы получаем социал, деньги на лекарство для поддержания его иммунной системы osv[1]... этого не хватало, черт, не хватило бы, даже если б у него было еще три брата! и он получал бы пособие и деньги на лекарство за пятерых

---

[1] И т. д. (*дат.*).

братьев! шестерых! семерых! Магнус все бабки тратил на стоф: что-то бадяжил и толкал на улице, больше употреблял сам... его душило отчаяние: потребность растет, прибыль падает, способность провернуться уменьшается... все вокруг продались, козёл на козле... на Istedgade не выйти, но уезжать из Вестербро не хочется... я люблю эту улицу, я люблю Enghaveparken!.. там прошли лучшие мгновения моей молодости... но все перекрыли менты... секьюрити, контроль... на каждом втором доме видеокамера... в минивэне сидят менты... в пабах, кофешопах уши... проститутки и нарики стучат... нет, как бы я ни любил Вестербро, надо двигать отсюда... и чем дальше, тем лучше...

Мы с Хануманом любили Вестербро и Enghaveparken, мы глотали грибы на Кристиании и пешком шли в Enghaveparken, гуляли по Istedgade, под грибами эта улица делалась бесконечной, она сливалась с небом... в первые дни моей свободы я был просто помешен на Вестербро, я бывал здесь чаще всего, мне нравились прилипчивые кретины с воспаленными глазами, они мне что-то пытались всучить, но у меня не было денег, мне нравились секс-шопы — потому что мне нравилось все, что было запрещено в Совке... я тащился, когда видел проституток и трансвиститов... однако с Хануманом мы раз наткнулись на очень агрессивных типов, которым не понравился цвет кожи Ханумана, мы вывернулись, нам кричали вслед ругательства... мы решили сюда не совать носа, но иногда... иногда просто другого выхода не было... мы жутко парились каждый раз, здешние дилеры славились своим умением дурачить простачков... Кривясь от едкого смеха, Магнус говорил, что Istedgade названа в честь победы датчан над шведами[1]. Не знаю, почему на улице с таким названием толкутся нарики и шлюхи. Но ведь в каждом городе есть такие улицы... в честь какого события их назвали, не так уж и важно... улица — это всего лишь дома и люди, которые к названию имеют такое же иллюзорное отношение, как к битве со шведами — нарики, шлюхи, альфонсы, пушеры, дилеры и менты... тут у них своя война: они бьются за квартиры, отстаивают право держать кофешопы и секс-шопы, жить в сквотах и старых квартирках... Istedgade — очень длинная улица, тут есть за что воевать... и всегда будет за что умереть... тут своя община, борьба за права, подонки тоже имеют права, и они будут бороться за них со своим собственным правительством, они не отдадут эту улицу, Istedgade будет стоять насмерть, как Сталинград, кто поднял восстание в сорок четвертом?.. рабочий класс именно этой улицы, с флагами и песнями против вооруженных до зубов нацистов... местные выживали, как умели... за свое фуфло они брали больше, чем на Нёрребро!.. но иногда у нас не хватало сил, чтобы ехать на Нёрребро, к тому же там тоже стало небезопасно, и пассажиры часто отъезжали, они менялись, как в электричке, мы ленились заводить знакомства, сегодня тебе прозрачная девочка продает brown sugar с нежным шепотом take care, ты находишь ее сексуальной, она сквозит, ее шатает, тебе хочется ее поддержать, ты испытываешь к ней жалость и симпатию, у нее

---

[1] Битва под Истадом (или Идштедт), 25 июля 1850 года, была одной из битв Датско-прусской войны 1848—1850 гг.

карие глаза и бледная-бледная кожа, сквозь которую уже пробиваются аллергические пятна и вздутия от лекарств, тебе ее жалко, ты ее обнимаешь, целуешь, благодаришь, она шепчет, чтобы я был осторожней с этим дерьмом, знаешь, многие от него отъехали, ей надо возвращаться в рехаб, отметиться, она уходит, а потом ты спрашиваешь Кайсу, где Кайса, давно не видно ее, и тебе говорят, что ее больше нет, hun eksisterer ikke længere[1], ты не понимаешь, что это значит, до тебя не сразу доходит, формулировка какая-то непривычная, тебе говорят: hun er død[2], и ты уходишь, со своим чеком в кармане, долго не можешь прийти в себя, ты вспоминаешь ее бледную-бледную кожу и вздутия под ней, ты вспоминаешь ее шепот, ее тонкие обветренные губы, ее маленькие пальчики, то, как они прикоснулись к твоим пальцам, когда она, Кайса, вложила в твою ладонь чек, и ты не понимаешь, что тебя оглушило так сильно: формулировка или факт ее смерти?.. на Istedgade было проще, там не завязывались отношения, тебя хотели прокинуть, и тебя прокидывали, я это знал, мы это знали, они это знали, все это знают: тебе подсовывают фуфло, особенно когда предлагают махнуться: ты мне герыч — я тебе кокс, у меня необычный кокс... не слушай его, говорит Хамид, и мы идем дальше, необычного кокса не бывает, говорит Хамид, есть только хороший и плохой, я-то знаю, я торговал в Италии и Амстере, есть только плохой и хороший кокс, а необычного не бывает, необычный кокс — это просто дерьмо, мы

---

[1] Она больше не существует (*дат.*).
[2] Она умерла (*дат.*).

идем к Махди, Хамид готовит фольгу и героин, наливает чай, мы курим, глаза Хамида плавают, как две луны в черном облаке... смерть курится, как самая сладкая сказка, героин, героин... Roskilde — København H — Nørrebro: форточка, зажигалка, ложка, лимон... зжгл-ка-лжка-лмон — пружина нашего духа... мы сильно перегрузили эту пружину, она едва держала, скрипела, стонала, и мы залегли на дно у африканцев, потому что я пропустил интервью; я даже не пошел за деньгами — меня бы взяли и закрыли, так мне все говорили: тебя закроют в closed camp[1], и я залег перетерпеть ломку, мне было плохо, я не мог отличить прошлое от настоящего, мне казалось, что я на Центральном вокзале, я вижу город сверху, Копенгаген — это грандиозная мозаика, собранная из несчетного количества невидимых частиц — тел, игл, машин, пробок, бутылок, шпилек, чеков с порошком, денег, кошельков, пузырьков, сигаретных огоньков, зубов с пломбами и дырками и многого другого... Чтобы понять, есть я в этой мозаике или нет, я гадаю на экскрементах: укрывшись на вокзальной парковке, я присел, сделал кучу и теперь ползаю вокруг моего дерьма, рассматриваю фекалии. Передо мной настоящий шедевр! Вот этот, большой вытянутый кусок дерьма, он похож на Vor Frelsers Kirke[2]. Нет, он, конечно, не блестит золотом на солнце и не звонит колоколами, но он тоже немного завивается, будто спиралька. Да, это он, сомнений быть не может. Надо иметь глаз непредвзятого экс-

---

[1] Закрытый лагерь, где люди содержатся под стражей (*дат.*).
[2] Церковь Нашего Спасителя (*дат.*).

перта, чтобы разглядеть в моем дерьме это прекрасное архитектурное строение. Здесь есть эксперты?.. я оглядываюсь: таксисты, велосипеды... менты... А художник? Есть здесь художник? Кто здесь художник? Я кричу во весь голос: «Кто здесь художник? А? Здесь есть художник?» — Меня укладывают в постель: Юдж, тебе надо отлежаться, у тебя жар, на, пей, пей... Я пью и смотрю на велосипеды, тысяча велосипедов вповалку — бесконечная площадь — она разрастается — она становится фрактальной — на каждой площади миллион велосипедов — все вповалку один на другом под одним углом... я прячусь под одеялом, кричу в подушку, кричу от ужаса... успокаиваюсь... выглядываю: так, где обещанный художник?.. огромный город и ни одного художника?.. кроме меня, никто не помешает мне увидеть в моем произведении искусства то, что мне нужно... я сажусь на корточки над моей бесценной кучкой — продолжаем гадание: разломанный надвое кусок — это же разводной мост Knippelsbro! Гениально! А вот это похоже на здание Центрального вокзала. Да я, наверное, даже себя могу увидеть. Надо только в него проникнуть... но это просто, слишком просто... всего-то сосредоточиться... направить себя взглядом... влетаю в здание Центрального вокзала, как летучая мышь в пещеру, распугиваю голубей под куполом, смотрю на людей сверху — ничтожные, суетятся, спешат... вижу Хамида. Он стоит у Восточных ворот, его качает, он одет в обноски, в глазах муть. Он превратился в кусок замерзшей плоти, обернутой в грязную ткань. Я спускаюсь к нему. Встаю рядом. Он жалуется... Махди его выгнал посреди ночи на работу. Он спятил! Старый пидар спятил! Хамид спал в каком-то парке на скамейке, он заблевал себе штаны и ботинки; у него длинные свалявшиеся волосы, местами крашеные. Хамид показывает камешки. Смотри, какие красивые... это моя надежда на новый старт... стоят кучу денег! Украл в ювелирном. Продам и уеду к корешу в Техас. Он рассказывает о нем... Его кореш бросил курить героин. У него есть работа, жена, дети. Хамид тоже бросит. Ведь он же бросил нюхать кокс, вот и героин курить тоже бросит. Всему свое время. Он больше не будет сосать у Махди. Жирный педик ничего не может! Он ни на что не способен! Он — инвалид! Импотент! Махди так много кололся и курил героин, что у него уже не член, а гнилой банан. Хамид больше не вернется к Махди. Лучше он будет спать на улице или пойдет в лагерь, пусть его закроют в closed camp, он отсидит сколько положено, ведь он, как и я, не ходил на интервью, нарушил все пункты, под которыми подписался. Хамид завяжет с герычем — продаст камешки — уедет — найдет работу... У него будет жена, дети, он хочет детей. Он будет жить в Техасе, слушать кантри, ездить на лошадях, жизнь будет сказкой... Америка — страна эмигрантов! Надо продать камешки. Поехали вместе. Отказываюсь. Исчезает. Хануман протягивает трубку.

— Это твой дядя, Юдж... Будь с ним повежливей!

Хм, так-так...

— Слушаю...

— Хотелось бы с тобой повидаться... есть кое-какие дела...

— Как только поправлюсь... я немного приболел... давай на Кристиании... денька через два...

— Что мне на этой свалке делать? Приходи ко мне! Вина попьем, поболтаем... Я тебя моментально вылечу! Тут тебе кое-какие деньги прислали...

Я тут же выскочил из постели и отправился к нему. Как только вошел, он налил вина и...

— В Дании нет и невозможна демократия. То, что они называют демократией, это просто стадное мышление. Они думают у них есть демократия... Не смешите меня! У них просто думающих людей нет, вот и все! Одна только Пийя Кьярсгор! Да и выбора у человека нет думать как-то иначе, потому что выбор ограничивается изначально. Каждый должен голосовать за Фолькепарти — я не вижу другого выхода, иначе Дания рухнет, а вслед за ней и вся Скандинавия, потому что — все на Дании держится, вообще — весь мир должен почитать датчан богами, да, это высшие люди, потому что, сколько бы я ни критиковал их, все равно они живут лучше всех, правильней всех, Дания — образец мирового порядка! Понятно? Есть только один выбор: либо ты налоги платишь, либо нет. Вот и вся демократия! То же самое с религией... Она тоже упирается в налоги. И Библия апеллирует к одному: к уплате налогов! В Дании не стоит верить в плюрализм мнений! Тут все как один... Это у них в крови! В Дании говорят только о налогах, ни о чем больше... Но все заигрывают с Германией, напрасно, нельзя оглядываться на травмированную страну... Германия большая, но датчане всегда своей головой думали, и должны продолжать в том же духе, свой угол прежде всего! Дания — во главе угла, только Дания! Вся внутренняя политика страны: налоги, налоги, налоги... Я готов платить за каждый вздох, с радостью, ведь я — часть страны, скоро стану гражданином, осталось каких-нибудь восемнадцать месяцев, совсем немного, и Фолькепарти получит мой голос! Все прочее — второстепенно! Кому нужны твои идеи? Никому! Тут ценят не многообразие идей. Наоборот: держать фокус на какой-то одной идее, рабская преданность одной навсегда выбранной линии — Фолькепарти! Преданность — вот что ценится в этой стране! Потому, раз уж ты угодил в Данию, со всеми придерживайся одной линии! Ни в коем случае не отступай! Держись выбранного курса! Всем талдычь одно и то же, изо дня в день, и, самое главное, как можно чаще. Ни в коем случае не становись молчуном! Не замыкайся! Не забывай напоминать о себе! И не заштынь окна! Ни на минуту! А лучше не вешай карнизы вообще!

Я был в шоке. Чего он от меня хочет?.. о чем он толкует?.. чтоб я не зашторивал его окно?.. у меня нет окна... я иногда влезаю в окна, но они не мои... что еще?.. чтоб я говорил и повторялся?.. только этим и занимаюсь, постоянно, говорю одно и то же, изо дня в день... я огляделся — слишком много пустых бутылок в картонной коробке — все ясно... все это от одиночества, решил про себя я. Он со мной говорил так, словно продолжал обращаться к кому-то, кто был у него в голове. Скорей всего, это был его друг. Он мне рассказывал про него, он жил на острове, численность населения которого была ниже тысячи, он там жил в строгой конспирации, сходил с ума, наверное... Они переписывались... Редко звонили друг другу... он был молчуном... ни с кем больше мой дядя не общался, всех чурался; и большой проблемой, которую он никак не мог разрешить, было не чье-нибудь, но его собственное окно, которое он хотел и не мог зашторить! А у меня были друзья, друзья, целая банда друзей... банда уголовников... беженцев, змейкой вились вокруг меня, летали стаей вонючих ворон, каркали и срали мне на голову... и окна, в которые я влезал с полным краденого барахла рюкзаком... об этом мой дядя ничего не хотел знать, равно как о чокнутых наркоманах из Кристиании, он слышать не желал ничего о цирке, в котором я принял участие (я танцевал стриптиз и ходил по битому стеклу), он начал плеваться, когда я заикнулся, что сделался актером цирка и театра и выступал в самой «Опере» Кристиании! Я этим гордился, а он с ужасом смотрел на меня и бубнил: ну и чему ты так радуешься?.. чем это ты так доволен?.. нашел чем гордиться... это же позор, срам!.. у него сделались огромные глаза, он был вне себя от ужаса... цирк — это же гадость... он так скривился, будто я ему поведал о том, как ебал овец, коров и прочую живность с какими-нибудь полоумными пастухами! Он считал, что я обязан был жить так, чтобы мной восхищались, или хотя бы так, чтобы ему за меня не было стыдно. Боже мой — ему за меня стыдно! Какая чувствительная натура! Я полагал, что он вычеркнул меня из списка, забыл обо мне — меня нет, ха!.. ему за меня стыдно... Я — причина его бессонных ночей! Я затих и молчал в тряпочку. Меня прижали. Сумел, сумел зацепить. Налей-ка вина... я выпил, он продолжал говорить, я вдруг почувствовал себя виноватым, будто я — подвел его, что ли?.. чем?.. когда?.. когда ушел той мокрой ночью в черноту, пьяный и оскорбленный, гордо засунув руки в карманы — от Коккедаля до центра — пешкодралом всю ночь, только под утро был поезд, поди попробуй!.. я так промерз... самое трудное в то утро было выйти из поезда на ветер... Ты хоть раз ходил пешком из своего сраного Коккедаля в Копен?.. я дошел до Фреденсборга! Он расспрашивал о моем здоровье, выражал сожаления, предлагал лекарства, витамины, вот я тут тебе собрал пачку, и вообще — оставайся, поживи у меня несколько дней, пока не поправишься... чай с лимоном... в чай настойку плеснул... сахарок, бутербродики... я пил чай, прихлебывал, не пожалел настойки, закусывал... мне стало стыдно, я сильно захмелел, погрузился в себя — он продолжал шпарить, я почти не слушал, пил чай с настойкой... нет, все-таки слушал... но думал и о своем тоже. Я решил: лучше не обращать внимания на выбросы лавы и пепла из его пасти. Фолькепарти прошла в парламент — ур-ра! Мой дядя ликует и рукоплещет: вот так надо, понял! Подливает настойки мне в кружку. Отлично, я делаю вид, будто меня эта новость радует... Чокаемся: Ура! Только сделали партию и уже в дамках, радуется: за Пийю!.. Я кричу: да хоть за Глиструпа!..[1] Нет, протестует мой дядя, только не за этого ублюдка!.. ага, за этого грязного урода с сопливым платком он пить не хочет, мой элегантный родственник находит его отталкивающе-одиозным, он смердит, этот Глиструп, у него перхоть, вши и... всегда болтаются шнурки на ботинках... да от него просто воняет!.. — откуда ты-то знаешь?.. стоял рядом?.. — об этом пишут все газеты

---

[1] Могенс Глиструп (1926—2008) — датский политический деятель, известный своими антимусульманскими высказываниями, неряшливым внешним видом, вызывающим поведением и тем, что отбывал заключение за неуплату налогов; основатель Датской Партии Прогресса.

Дании — неужели ты не читаешь газет?.. — Ха! Я-то? Чтобы я читал газеты?.. Никогда! — Ну и напрасно! Откуда тебе вообще известно про Глиструпа? — Я работал в газете... — Ты? — Я! — Кем? — Репортером! — Хохо, как интересно...

Я рассказываю, он изумляется, я начинаю поддевать его: я-то думал, что Глиструп говорит о мусульманах как раз все то, что хотел бы услышать ты... Мой дядя возмущается, его эстетические чувства оскорблены, вся эстетическая система вопиет, нет, Глиструп просто отвратителен... он не может быть выразителем мыслей моего дядюшки... ха!.. мой дядя оскорблен: Глиструпа не будет в Фолькепарти!.. Пийя его не допустит!.. она — молодец!.. она всем покажет, считает он.

Я поднимаю кружку: за то, чтобы Глиструпа не было в Фолькетинге!..[1] Гип-гип — ур-ра!

Мы пьем, бокал за бокалом; первая бутылка готова, прикончив настойку, я подключаюсь к вину — понеслась!..

Он по кругу прогонял одни и те же пластинки, я ухмыльнулся, когда он опять вспомнил о том, что изобрел новое направление в искусстве. Билизм! кричал он, я сам придумал! Я — первый билист в искусстве! Он оптимистично заявил, что сделал первый решительный шаг, я пробился в ту галерею, ну в ту самую, про которую я тебе говорил, молодое искусство, да, они уже посмотрели образцы, говорят: что так мало?.. должно быть больше!.. я буду рисовать, они меня приняли к све-

---

[1] Датский парламент (*дат.*).

дению, они сказали, что записали меня, рисуйте ваши картины и поговорим... и второй очень важный шаг: я ходил в одну из самых крупных галерей в Клампунборге... да, частник-миллионер, металлург, у него свои кузни, я и на работу к нему заодно попытался устроиться, двоих зайцев одним выстрелом, как видишь, я времени не теряю, в его — о, чего там только нет, бардак, но — если попасть к нему, то это известность, сразу, все газеты растрезвонят, он такой — любит пюблисите, и еще, помнишь, тот старик с трубкой, которому я носил свои картины (я представления не имел, но он говорил так, будто я был в курсе происходящих событий), я три месяца добивался аудиенции с хозяином, и наконец-то встретились, и представляешь, он ничего не понял, я ему объяснял, разжевывал (на своем датском-то!), что именно на моих картинах нарисовано, он пригласил еще каких-то людей, называл их экспертами... они смотрели, смотрели, больше на меня пялились, спрашивали, нет ли у меня каких-нибудь дипломов, сертификатов, откуда нам известно, что это вы нарисовали?.. вообрази!.. ну и потом прислали мне письмо официальное, уведомляющее чиновничьим казенным языком, что у них, видите ли, выставляют только датскую живопись, только датское искусство!.. Ни-фи-га-се-бе!.. А мое искусство разве не датское?.. А!.. Скажи?.. Я живу в Дании! Чем мое искусство не датское? И вообще: разве искусство может иметь национальность?.. Разве искусство может быть датским или японским? Разумеется, есть специфика... Но даже если и может, они выставляют почему-то Крога!.. возмущался дядя. Они же выставляют Крога?.. выставляют!.. разве Крог датчанин?.. Он же норвежец! И это все знают! Крог такой же датчанин, как Нердрум — исландец! Ну и что, что Крог писал пейзажи в Эсбьерге! Все равно он норвежец! Если я буду писать Сахару, я же не стану бедуином! А мои картины им непонятны, они не понимают, что я имею в виду, когда говорю о билизм, это новое течение, и оно датское, оно даже от датского слова bil[1]. Они, видите ли, машин на моих картинах не видят вообще! Но почему обязательно должна быть машина целиком? Тут только фрагмент машины! Вот ты видишь машину?.. — Я сказал, что вижу... — А он не видит! Идиот! Просто ничего не понимают в искусстве! Такого невежества от датчан, да еще модернистов, я не ожидал! Вот, — он взял с полки книжку с голубенькой обложкой, я ее сразу узнал, потому что сам ее ему присылал (И. С. Куликова. Философия и искусство модернизма, Издательство политической литературы, Москва: 1980), — очень полезная книга, — говорил он, полистывая, и вдруг бросил ее мне и сказал: — Посмотри, тебе наверняка тоже понравится, найдешь для себя много интересного! Я, во всяком случае, для себя установил: никто еще не делал того, что теперь я делаю.

Я это слышал еще в Эстонии; он звонил мне с пиратского телефона прямо в сторожку, у меня в сторожке был зеленый пластмассовый телефон с отвратительно скрипящим циферблатом и стертыми цифрами, мы с ним говорили, а подо мной скрипело поролоновое кресло, дерматин, воняло пылью и работягами, которые прини-

---

[1] Машина (*дат.*).

мали душ, пили пиво, матерились так, что темнело в глазах, моя форточка звякала, как птичка, она держалась на проволочке, гремели товарные составы, жужжала в столярке пила... я слушал его, он бредил шедевром, рассказывал, как использует вязальную спицу, птичье перо, изучает технику Филонова и Ван Гога... я тогда впервые услышал о Бэконе[1] и необыкновенной технике заливки пространства... мой дядя бредил своим шедевром, пока что у него была серия картин с фрагментами машин, — их никто не понимает, говорил он, у меня только фрагменты шедевра, я по кусочкам его собираю, я нащупываю его... наступит день, и меня осенит вдохновение, он был уверен в этом, жизнь повернется ко мне своей сияющей гранью... я давно жду... Да, он давно ждал, ни больше ни меньше тридцать лет... это долготерпение и делало его художником, я с ним согласен: человека облагораживает стремление... Ты можешь ничего не написать, но все будут знать, что ты вынашиваешь шедевр, говорил он, удачно подбирая ключи к моему сердцу: я вынашивал блокноты под сердцем, это верно, и он знал об этом, я ему раскрывался, не читал из блокнотов, но он их видел, десятки блокнотов, исписанных моим уродливым, похожим на колючую проволоку, почерком, на четырех языках, да, у меня было полно замыслов и набросков, но ни одного романа не было написано, ни одного рассказа, ни одного стиха, ничего, никто, кроме самых преданных друзей, не знал, что я — одержим... таких психов, как

[1] Ф р э н с и с   Б э к о н (1909—1992) — художник-экспрессионист — мастер фигуративной живописи.

я, мало... два романа уже сгорело на Штромке... может, не такой уж он глухой, мой дядя, after all?..[1] нажимает на верные клавиши, пытаясь сблизиться после долгой размолвки... он все же чувствовал себя виноватым, хотя на самом деле виноват был я, глупо поступил — дважды — я, обругал его Мимерингом — я, прокричал спьяну: и вообще ты — Мимеринг, тебе одежку сшили в Коккедале до того, как ты родился, ха! ха! ха!.. отвратительно, он имел право оскорбиться, и тем не менее он сидит и подбирает ко мне ключи, в то время как я должен просить у него прощения за подростковое поведение, за выверт, за то, что оскорбил его, как хозяина квартиры, как человека, как родственника, как... я повел себя неподобающим образом, а он меня успокаивает, умасливает, винцо подливает, пей, Евгений, пей... мурлычет... сигариллу не будешь?.. я хочу покурить ганжи, если здесь можно, Николай?.. он выпускает воздух: пуффф!.. кури на здоровье!.. кури что хочешь!.. и спичку подносит... пытается идти на сближение, подает сигналы: он-де такой же гений без шедевра, как и я... я обязан его понимать... должен посочувствовать... да и мы же родственники... не только гении, не только родственные души... не только соратники, воины духа и так далее, но и — кровные родственники... и у нас обоих есть обязанности... перед другими общими родственниками, например — твоя мама, Юджин, так ты теперь себя называешь, молодец, красиво, Евгений, я должен был догадаться сам, ведь та книга, та очень толстая книга, ха-ха, за десять крон, как там

---

[1] В конце концов (*англ.*).

она называлась?.. Look Homeward, Angel... да, я видел, там главный герой — Юджин, м-да, я должен был быть внимательней к тебе, отнестись с должным уважением, а я был, признаюсь, недостаточно внимателен... сорри... я несправедливо сноббировал тебя, немного, надеюсь, ты не в обиде... самую малость... ошибался, признаю, Юджин, да, мне не хватило воображения, Евгений, слушай, твоя мать давно не получала весточки от сына, она истомилась, Юджин... фотографии кончились, не говоря о письмах... а, вот в чем дело, он хочет, чтобы я написал матери... не понимаю... что это за чувство такое?.. он хочет казаться ей хорошим братом?.. зачем он это делает?.. проявляет эту заботу обо мне и о ней... кто она ему?.. я сажусь и начинаю писать... мама привет знаешь дни по-прежнему серые и слишком длинные а ночи и подавно не пройти не проехать много людей я все время как на вокзале и не успеваю записывать истории слишком много людей очень плотный поток я теперь работаю журналистом пишу о всяком о том, что детям хуже всего, а потом они слишком быстро взрослеют буквально на глазах, превращаясь в отвратительных взрослых, они ненавидят своих родителей, но становятся во сто крат хуже их, не знаю, с чем это связано... он дает мне письмо, что это?.. письмо от мамы, говорит он мягким голосом, я не верю ему, его голосу, его мягкости, он специально пытается надавить на меня, зачем?.. он хочет, чтобы я почитал.. мне уже и так тошно... читаю... читаю... моя мать... это она ее почерк... чехарда слов... я узнаю, узнаю ее жизнь, в словах тот же беспорядок, их потребуется еще и еще раз сложить, там столько складок заплат узелков и заноз вот она по утрам просыпается со странным ощущением, будто левая часть ее тела значительно больше правой: нога мерзнет в подвале, на руке, как на ветке, сидят птицы, ухо — дверь, глаз — окно, и ей отчего-то кажется, будто ее ждут огромные трансформаторы, они вибрируют, гудят (чуть ли не за стенкой); тянется воображаемая длинная тонкая проволока, под жалом старинной сварочной машины проворачивается громадная болванка, как из большого тюбика, раскаленный выплавляется сварочный шов; из горна вытягивают щипцами деталь нового мира, вступает молот нового указа; выплывают обожженные кирпичи для новой жизни; мелькают кисти; летят электрички. *Ты еще маленький, но такой слабенький и беззащитный, и я тебе еще нужна! Иногда я не могу понять, куда мне идти сегодня на завод Пеэгельмана, Калининский или на почту... Все путается. Припоминаю вчерашний день с трудом — за ночь он затвердевает забвением, становится частью пирамиды. В него уже нельзя заглянуть.* Она выходит на улицу; вздрагивает от стука троллейбусной штанги о провод; хруст колесиков под сумкой почтальона манит зайти на почтамт. Садится на трамвай и едет — *вот так ехала бы и ехала...* Она всегда опаздывала, и в этот раз опоздает — *и в этот раз опоздаю...* Ей удивлялись, улыбались, и будут удивляться и улыбаться, найдутся те, кто обманет, но и те, кто скажет: она — бессребреник, тоже пребудут... она им всем улыбнется — *для каждого у меня есть особая улыбка, особая... я помню, у нее были разные улыбки, я удивлялся: мама, а почему ты всегда по-разному улыбаешься? — Так, отвечала она... письма, бандероли, посылки, пачки рекламных листков… *Лужение, столовая машиностроительного завода, депо электричек и керамический — все это осталось в другой жизни — когда у меня кончилось молоко, я натерла ягод, у маленького Андрюши случилось расстройство, мне сказали: «Ведь он у вас еще грудничок!»* Мария Афанасьевна посоветовала сшить ему варежки, чтобы не царапал себя (я не научилась стричь ногти, и вообще, боялась — такой нежный!), «надень ему варежки, чтобы не дергал за разные места, и не дай бог глаз выцарапает себе!». Она не умела шить и вязать — *я надевала тебе на руки носочки…* Она мне на руки надевала носочки, вот на эти, я посмотрел на мои руки… под ногтями был гашиш… и всякая грязь… Она мыла электрички в депо… Все это было тогда, когда я был маленький, ходил на уроки музыки (я ненавидел те уроки), проявлял фотографии, паял… запирался в своей комнате с девочками…

Она останавливается перед витриной с манекенами; долго стоит и улыбается. Кому? Манекену? Она разглядывает свое отражение, гномом замершее в стекле. Туман рассеивается — она идет дальше…

Туман рассеивается — я иду дальше

Она никогда не понимала наш город; я это замечал: когда мне было шесть лет, я ориентировался лучше ее, к тому же я знал и другие тропинки, те, по которым ходили только кошки, я лазил по крышам сараев и веткам деревьев, я был как кошка, я был как белка; я знал все выбитые доски наших садов, я знал Каламая вдоль и поперек, улицы извивались, она не знала, куда они выведут; а Старый город и центр она знала совсем плохо, она не могла отличить Люхике Ялг от Пикк Ялг, ей как-то сказали: это находится на улице Нунне, мать хлопала глазами, она сказала: А где это? Мама, сказал я, мы же по ней каждый день ходим! Центр пугает ее, она теряется, встанет и не понимает, где она, будет стоять и ждать, пока за ней не приедут, отвезут, поставят в очередь, запишут, посадят на поезд...

Обернется и — время движется вспять, она падает, прорывая с хрустом паутинные заросли, пролетая все станции, этажи, витражи времени... Ах, это всего лишь машина сдает задом, и ветер клонит листву туда же...

Она останавливается посреди сквера, удивляется: плиты, скамейки, столбы, молодой человек в клетчатой рубахе, ровно струится сигаретный дым, шуршит газета... все на месте... стук трамвайных колес, сигнал светофора, шаги, голоса...

медленно темнеет

кто-нибудь бродит между деревьев, смеется, говорит, говорит...

хрустит пластмассовый пивной бокал

там даже в самый душный день в тенях на лужайках...

там зимними вечерами на плечах каменного писателя появляется больничный халат, а на руках снежный младенец...

она может сидеть там вечность

и вечность будет ее ждать осторожно постригая ногти стрелками часов

медленно темнеет

над каждой скамейкой свой зажигается фонарь

там даже в самый душный день в тенях на лужайках...

в тенях на лужайках...

сирень приветствует шелестом листвы

аккордеон и попрошайка с баночкой NAPS[1] потряхивает мелочишком

медленно темнеет

она сидит на одной из скамеек с молочно-дымчатым круглым фонарем над головой

вечер становится до пряности тихим

сквер — зыбким

шум листвы и тамтам трамвайных колес

мир наклоняется и катится по плитам сверкая красными-белыми заплатками; вслед за ним тип-топ малыш в синих сандалиях тип-топ

замигает светофор, и ветерок пробежит, прошелестит, словно кто-то перелистнет страницу...

Я откладываю письмо — там еще несколько, вижу, не сейчас... как хочешь... Я беру в руки книгу... я так потрясен маминым письмом, что мне надо куда-то себя деть, надо отвлечься, забыться, перестать быть, мне нужен героин, я листаю книгу, знакомая книга, что это за книга, ах да, та самая, которую я отправил ему, я пью вино и героин героин нет я пью вино и листаю книгу я отправил ее потому что он так просил ему нужна была какая-нибудь героин он мне писал мама по вечерам совсем одна а по ночам когда ветер и дождь бьет по окнам совсем одна героин я пью вино и листаю книгу которую отправил ему нужна была какая-нибудь теория а мне нужен героин глоток и надо покурить хорошо курить когда только вколол тебя прет и ты куришь вино он

---

[1] Шнапс (эст.).

мне писал в Эстонию писал, просил, чтобы я прислал ему какую-нибудь книгу по модернизму — «потому что я понятия не имею, чем я занимаюсь, мне нужна какая-то теория, я должен узнать, не делал ли до меня кто-нибудь что-то подобное, а здесь, в Дании, мне, к сожалению, негде взять хорошей литературы» и т. д., и т.п. — и я прислал ему эту книгу, которую взял в библиотеке им. Горького, в читальном зале, вынес и не вернул, а потом заплатил штраф (семнадцать рублей и сколько-то копеек), о чем писал ему в письмах, но он проигнорировал все это, он расплатился со мной иначе, он прислал мне вещи, книги, темно-зеленый анорак, несколько сотен датских крон, очень щедро (он нас с мамой здорово выручал, мы, можно сказать, молились на его письма и посылки), но он ни разу не признал того, что я для него украл эту книгу, ни разу. Вот и теперь он сказал, что купил эту книжку на дешевой распродаже в Копенгагене. Я вскочил на ноги: как же так! я же ее прислал тебе! я! Он отказался слушать.

— Не выдумывай, — отмахнулся он, — я прекрасно помню, как я поехал в Копен и угодил на продажу книг, где было много на русском языке, и я ее купил, а вместе с ней еще и классику... — Он жестом показал на полку, где у него стояли: «Записки из подполья», «Петербургские рассказы», «Обломов», «Отцы и дети» и т.п.

Я повторил, что похитил эту самую книгу для него, и мне в читательский билет поставили какой-то гнусный штамп, по которому мне больше не давали книги в читальном зале, разве что самые потрепанные, не представляющие никакой ценности, поэтому я прекратил ходить в эту библиотеку, а потом перестал ходить в библиотеки вообще... перестал куда либо ходить совсем...

Но дядя только усмехался, он не верил мне, предлагал найти печать библиотеки в книге, я ее полистал — страницы, где могла стоять печать, были вырваны, тогда-то я впервые и задумался, что он меня намеренно выводит из себя[1].

Я сказал, что даже помню, когда он просил меня об одолжении прислать ему книги по искусству, это было в тот период, когда он жил на исландском корабле в небольшой каюте с каким-то чокнутым поляком, который запрещал ему рисовать в каюте, потому что, как говорил тот поляк, от красок сильно воняло в каюте и у него болела голова, слишком тесное замкнутое пространство

---

[1] Я до сих пор склоняюсь к мысли, что мой дядя намеренно меня дурачит; основанием для этого подозрения служит его недавнее заявление. Года два назад, во время его последнего визита в Таллин, он повел меня в ресторан «Тенкеш», который находился на Пярнумантеэ (теперь там, кажется, греческий ресторан), и мы с ним немного выпили, он жаловался на здоровье и потенцию, заговорил о связи потенции с его творчеством, ему хотелось узнать, насколько ослабление потенции, если таковое у меня наблюдается, влияет на мое творчество — становлюсь ли я менее продуктивным? — Нет, я сказал, что потенция у меня давно и сильно ослабла, но от этого я, наоборот, стал еще более продуктивным, холодным, расчетливым, менее эмоциональным, но более продуктивным. Он стал жаловаться, что ему никак не удается себя заставить писать картины, и как-то вспомнил, что, когда он жил с чокнутым поляком на корабле «Норрёна», то, несмотря на то что он не высыпался, всегда находил в себе силы рисовать по много часов каждый день и даже вел большой дневник (о чем прежде никогда не заикался): «Ну, ты должен помнить — я отправлял его тебе частями в начале девяностых». Я сказал, что не получал от него никакого дневника. Он настаивал на том, что он вкладывал в свои письма фрагменты своего дневника, вырезки, картинки, эскизы и прочие мысли. Я признал, что в его письма и верно частенько были вложены открытки, картинки, эскизы и кое-какие мысли, но он никогда не говорил, что это были части его дневника. «Дураком надо было быть, чтобы этого не понять», — сказал он. Я промолчал. Помутнев

трудно проветривать, говорил поляк, но на самом деле, как считал мой дядя, голова у поляка болела от похмелья и травы, которую он курил каждый день. В каждом письме дядя описывал какие-нибудь выходки своего «сокамерника», так он его называл. Жизнь на корабле была не в радость, для моего дяди там жить было хуже любого заключения; он страдал от клаустрофобии, с трудом переносил узкие коридоры, трапы, лестницы, терпеть не мог круглые окна и узкие койки, он каждую ночь падал или хватался за край, потому что, несмотря на уверения работников Красного Креста и команды, которая следила за судном, будто корабль качать не могло, потому что оно находилось в ка-

---

от воспоминаний и выпитого, он долго молчал, глядя на Пярнуское шоссе, а затем сказал: «Да, вот было время... Помню, как ты прислал мне тогда эту книгу по философии модернизма... Я так был тебе благодарен! Ты не представляешь, я столько ее читал и перечитывал! Она мне столько дней скрасила! Подумать только, какая-то дурацкая советская книжечка, а столько я в ней нашел для себя! После этого я находил в Интернете очень много всего, но никогда это меня не радовало так, как та книжка... Вот же, сколько ни ругали мы Совок, а было в нем что-то... Вот и с музыкой так же!..» Я не дал ему развить мысль о музыке; пропустив мимо ушей маразматические ностальгические излияния, я упрекнул его за то, что в Дании он утверждал, будто купил ту книжку на барахолке. Он возмущенно выпустил губами воздух: «Что за ерунда! Я не мог такого сказать! Чушь! Ты выдумываешь!» — Тогда я и укрепился в мысли, что он меня намеренно водит за нос. Возможно, у него с самого начала был план: изводить меня своей противоречивостью, дабы впечатлять для того, чтобы я, озадачиваясь, писал о нем. Притом что сам он постоянно говорит, чтобы я о нем не писал: «Ну все, ты уже достаточно обо мне написал всяких глупостей. Больше не надо. Не надо!» Я уверен, что это он говорит для отвода глаз; на самом деле он мечтает, чтобы я продолжал о нем писать. Кому он в Дании, кроме налоговой инспекции, нужен? Кто о нем, кроме меня, будет писать? Как ему еще пролезть в историю, если он до сих пор ни одной картины не продал? Уверен, что у него есть тетрадь, в которую он записывает, что и как мне сказать.

нале, где никакого течения не было, его все-таки покачивало, во всяком случае, так казалось моему дяде, и он своими жалобами достал-таки персонал, ему сказали, что это самовнушение, он — параноик, корабль, дескать, неподвижно стоит на воде, но мой дядя не верил и возмущался: от чего же тогда мне делается дурно? Именно на корабле он придумал рисовать фрагменты машин. Изобретением своего стиля он гордился больше, чем если б создал сверхъестественный летательный аппарат.

— Пусть это всего лишь фрагменты машин, — рассуждал он, — но я первый и пока что единственный... Я единственный, кто рисует фрагменты машин и такой сложной техникой... Думаешь, эти полосочки, это что? Чем, как ты думаешь, я наносил все эти миллионы царапинок на холст? Ни за что не догадаешься! Перышком! И как ты думаешь, сколько перьев у меня на это ушло? Тысячи! Тысячи! Притом что я рисую всего лишь фрагменты машин, фрагменты... И ничего больше! Да, я единственный, я рисую только фрагменты машин! И ничего другого! Я буду придерживаться этого направления, и ничего другого больше рисовать не стану... Вообще! Да, да, не смейся... Иначе они не поймут... А ты как думал! Прежде чем тебя заметят, тебе придется подавать признаки существования... Не меньше пяти лет... Да, да, я не шучу... Так уж это водится, что все так начинают... Ничего не делается сразу, ни-че-го! В Дании нужно минимум пять лет, чтобы к тебе привыкли. Это кто там вякает? Ах, так это тот, что написал что-то... Я знал одного поляка, мы с ним вместе на корабле еще были, был такой лагерь на корабле, стоял в гавани, мы на нем в каютах жили. Моя жена тогда еще не приехала, так меня с ним поселили. Сумасшедший был парень. Просто чокнутый. Что творил, если б ты видел! Он жрал колеса и грибы, пил водку литрами. Танцевал по ночам, стучал ложками по бакам и стенам. Прижмется ухом к стене и стучит по ней, слушает. Стены металлические — корабль все-таки, звук далеко раздается. Спать было невозможно. Я устал от этого, говорю: ты чего там стучишь? А он мне отвечает: я с косаткой разговариваю. Я его спрашиваю: с кем? Он говорит: косатка — маленький китеныш, ей мои стихи очень нравятся, я их морзянкой записал и читаю, выстукиваю... Черт! Я не сразу понял, что он просто свихнулся, меня взбесило то, что я потратил некоторое время на то, чтобы в этом убедиться, я даже сходил в библиотеку и проверил слово — Orcinus orca, которое он мне написал на клочке бумаги, навсегда запомнил: Orcinus orca, я тогда еще подумал: что-то поэтическое, латинская античная поэзия, — а это оказалось «косатка». Я вообще с трудом его понимал, у него был такой противный польский акцент, а когда понял, то пошел к стаффам и сказал, что он, кажется, свихнулся, стучит, сам с собой разговаривает, с ним невозможно жить! И меня перевели на сушу. Как я был счастлив — наконец-то! Твердая земля под ногами — не качает, не мутит. Я так был счастлив. Я даже мысленно поблагодарил его. А он остался на корабле и два года на нем прожил, один в каюте, писал стихи, смешанные из всевозможных языков, которые он слышал на корабле, утверждал, что это стихи, которые ему диктует во сне корабль, он его слушает, по-моему, сборник так и назывался — *Norrøna*, как тот корабль, да, точно, вспомнил, так он его и назвал, еще он делал какие-то безумные представления, странно, что в эти постановки впрягались датчане, они участвовали в его театре. Так вот, сам никогда в цирк не вступай и других не втягивай, а если уж влез, то не рассказывай — стыдно все это! Это даже хуже, чем просто стать бомжом. Потому что бомж никому не мешает, ходит себе, бутылки собирает. А вот такие «артисты», — он брезгливо скривил губы, — только жизнь другим отравляют. — Я спросил, что стало с тем поляком (я подумал, что поляк подходил под описание «артиста», который исполнял роль русского матроса: роль состояла в том, что русский матрос выпивал бутылку настоящей водки — ее давали попробовать в первом ряду зрителям — и потом, разбив ее, он танцевал стриптиз босиком на битом стекле, — поляк долго не выдержал, и теперь я его заменял). — Он так и живет, наверное, в каком-нибудь общежитии. Не знаю. Во всяком случае, когда я приходил в порт, *Norrøna* стояла, и я его видел на палубе. Он улыбался и мне помахал, как ни в чем не бывало, кажется, он мне обрадовался, что-то кричал с палубы, я ему в ответ махнул, но я не был счастлив видеть — ни его, ни этот чертов корабль. Ох, намучился я там! Зато он пробился. Пишет рассказы, стихи, пьесы — его ставят и печатают. Вот так! Странно, но... факт. Прошло десять лет, только тогда его начали замечать, его стихи стали переводить, о нем заговорили с уважением... Но прежде чем на тебя обратят внимание, пять лет придется во все инстанции писать и звонить каждый день! Лучше всего что-то черкнуть в газете, какую-нибудь статью, и подписаться поэтом или писателем. Тогда тебя начнут спрашивать: а почему ты так подписался? Ты ответишь: потому что я — писатель. Тебя спросят: а что ты написал? И ты скажешь: пока ничего, но — пишу. Пять лет так будешь всем сверлить мозги, они сами попросят издателей тебя издать, чтобы это прекратилось. Да, надо, надо о себе сообщать: написал книгу, нарисовал картину, проглотил яйцо в скорлупе и снес расписным под Пасху! Пять лет звонить в колокола, расклеивать листовки, раздавать прохожим на Пешеходке буклеты. Поверь мне! Пять лет — минимум. Всем о себе напоминать, даже самым ненужным людям, которых не знаешь, просто пассажирам в автобусе — всем сообщать, всем докладывать... Чем чаще ты говоришь каждому одно и то же, тем большего в Дании ты можешь достичь. Уверяю тебя! Каждый день одно и то же! Без устали! И тогда тебя начнут замечать. Тогда тебя начнут различать, признавать, и очень скоро ты станешь известным. Тверди изо дня в день, и к твоим словам начнут прислушиваться. О тебе заговорят. Все наладится, все образуется... В этой стране необходимо как можно чаще говорить одно то же и не менять точку зрения. Не дай Бог! Это точно. Не отклоняться ни на градус! Носить при себе в кармане штангенциркуль, астролябию, уровень, Библию, Киркегора, что угодно! Только не сбиваться с курса. А так легко сбиться... Ну, ты как никто сам знаешь...

На следующий день — я написал три длинных письма (чтение писем матери отложил на потом, спрятал во внутренний карман) — мы опохмелились пивком, и он потащил меня в дешевую кантину, это была обычная столовая, где питались беженцы и бомжи; он показал мне гавань и причал, где стояло легендарное исландское судно

Norrøna, а позже, в девяностые, там стояло другое судно, «Европа», на котором разместили тысячу боснийских беженцев. Мы долго шли по набережной, а затем вдоль пристани. Возле кантины валялась какая-то груда хлама.

— О, и философ здесь! — воскликнул мой дядя. Я подумал, что это бродягу возле дверей он называет философом, но это оказалась собака, сенбернар, которая лежала, раскинув лапы, возле входа в столовую, нам пришлось обойти пса. — Это собака местного философа, нищего датчанина, который питается тут, — с брезгливостью сказал мой дядя. — Ну, надо же, оба они все еще живы. И собака, и философ. Значит, и поляк где-то рядом, — дядя повел носом, будто принюхиваясь. — Философ и поляк много курили вместе, поляк читал свои стиховины, а философ порол чушь о естественных энергоресурсах. Он был марксист или черт знает кто. Я даже с ним дружил немного, когда поляка рядом не было, философ казался сносным, мы пили в парке пиво вместе пару раз, но я быстро понял, что это за болото. Оно засасывает, и потом ты оказываешься на койке в дурке и всю жизнь лежишь, как тот сумасшедший у Гоголя, и ты думаешь, думаешь, и тебе кажется, что ты думаешь что-то стоящее, тогда как это просто бред о каких-нибудь энергоресурсах, что-нибудь несбыточное, понимаешь?

В кантине он есть не стал, а я сразу заказал себе плов, показал мою «голубую карту», и для меня была необычайная скидка. Я предложил дяде взять хотя бы сока, но он надменно пошевелил усами и отказался.

— Я могу и так купить, но я не буду, — сказал он, — даже если я возьму тут все по полной цене, выйдет в три раза дешевле, чем в каком-нибудь Hard Rock Cafe, не говоря уже о Herzegovina... Ты, наверное, не знаешь такого ресторана.

Я сказал, что прекрасно знаю, и тут же наплел, будто мы с Хануманом обедали там в течение месяца, потому что наш знакомый, у которого мы проживали во Фридрихсхавне, якобы был другом хозяина «Герцеговины», что была полная чушь, но мой дядя поверил и спросил:

— И как там еда?

— О, полный отпад! Тем более мы питались бесплатно, потому что мыли там посуду... В общем, весело провели время, познакомились с кучей сербов...

Мой дядя фыркнул, сказал «да уж веселье» и не стал дослушивать. Он ничего не хотел слышать о сербах, он достаточно насмотрелся на них, практично заметил мне, что если я поступлю на какие-нибудь курсы в Доме культуры, при котором находилась эта кантина, то буду получать бесплатные завтраки.

— Совсем бесплатные, понимаешь? — сказал он, и показал мне философа, который вещал что-то африканцам по-французски в дальнем углу у окна.

Еще не старый датчанин. Ему было лет шестьдесят. Но он выглядел значительно... он кого-то мне этой уверенностью в себя напоминал... в Философе чувствовалась какая-то стильность, несмотря на то что на нем все было изношено, помято, тем не менее он выглядел очень круто, наверняка он донашивал обноски из гуманитарного магазина, и все равно он выглядел очень импозантно: старое пальто с высоким воротником, на воротнике было несколько круглых значков (Led Zeppelin, Dead Kennedys,

Sex Pistols и тому подобное), большие деревянные пуговицы, подшитые нитками разного цвета, длинный шарф цвета тающей радуги, английский твидовый пиджак, под которым бил свитер под горло, и поверх свитера жилет, что, конечно, возмутило моего дядю, это было нелепо, согласен, как и его шерстяные перчатки с обрезанными кончиками пальцев, которые можно было бы и снять в помещении, но, принимая в расчет, что человек жил на своей лодке, которая стояла в гавани неподалеку, на воде, постоянно шатался по Амагеру, обдуваемому со всех сторон, свитер и жилетка были оправданны, как и обрезанные шерстяные перчатки, выставлявшие напоказ закопченные от выкуренных самокруток пальцы, в моих глазах Философ был полностью оправдан, его образ мыслей, который избороздил его лоб тугими морщинами, целиком оправдывал его костюм, который был выражением и логическим продолжением его мыслей и образа жизни. Я тут же хотел с ним познакомиться, но мой дядя не дал мне этого сделать, он поторопил меня прикончить мой плов, допить мой стакан молока и отправляться с ним на какую-то выставку, я хотел от него отклеиться, придумывал повод, никак не мог сообразить, мой мозг туго соображал, потому что мне требовалась новая доза, или хотя бы курнуть, поэтому я послушно поплелся за ним, как выяснилось, он сам не знал, как идти в галерею, мы сбились с пути и вместо выставки пошли в какой-то магазин, но попали на склад, где он долго выбирал и отмерял себе рейки, из которых собирался делать рамки для своих шедевров, краски, кисти, гвоздики и еще какие-то мелочи, я помог ему нести, взял письма и деньги (500 долларов), попрощался и ушел, отказавшись от выпивки. Я направился в центр, разменял бабки и пошел в кантину в надежде на встречу с Философом, но по пути мне стало нехорошо, я увидел, что сенбернара нет у дверей кантины, прочитал надпись, что кантина уже закрыта, черт, я так устал, забежал в магазинчик, купил маленькую бутылочку шнапса, нашел скамейку в тихом уголке без ветра, дернул шнапса, закурил, достал из кармана письма и начал читать...

Дни ее тянулись, как коридоры, в которых было много одинаковых дверей, и все двери почти всегда были заперты; случалось, ей давали ключи, чтобы прибралась и в кабинетах, но это были редкие дни (и ключи ей казались тяжелей, чем обычные, и взгляд, с которым выдавали их, западал в душу, возвращаясь во сне в виде снегоуборочной машины); в основном ей приходилось мыть коридоры: в бухгалтерии, школах, полицейских участках и даже в мэрии... *в мэрии убирать проще всего, потому что там даже пыль не скапливается, потому что там никто ничего не делает, ничегошеньки, и пыль не образуется, одни только мячики разноцветные летают, сидят ряженые в костюмы люди, девушки, юноши, и мэр наш, на Деда Мороза смахивающий, сидят там, мячиками цветными перекидываются, чтобы стресс снять, они стресс снимают, вот и вся работа, никакой пыли, потому что ей неоткуда там взяться, у мэра такие молоденькие девочки работают в аккуратных костюмах, и стрижки у них такие аккуратные, манжеты белоснежные и туфельки на высоком каблуке, земли не касаясь плывут, как ангелы, от них никакой пыли и быть не может, они даже бумаг никаких не пишут, у них там вообще и нет никаких бумаг, и откуда там бумагам взяться, в мэрии, если все эти*

381

девочки только за компьютерами и сидят, сидят и все про всех знают, только посмотрят в свой компьютер, а потом на тебя, и уже все прочли, и где я работала, на Пеэгельмана, лудила, и на керамическом, на обжиге, и на Калининском в ртутном цехе, и на вальцовке, и про машиностроительный завод тоже знают, знают-знают, и что в депо электрички мыла, каждое окошко, и про то, что с тобой сижу на этой скамейке, про это тоже знают, и про твои романы, которые ты сжег, они про все-все знают, а потом ногтями щелк-щелк, нас с тобой, как букашек, в графу вписали, и тут мы и есть, на этой скамееч-ке, две букашки-таракашки, сидим, между прочим, в полицей-ском участке тоже легко убирать, потому что там пол с по-догревом, пока моешь, вода сохнет, можно мыть бесконечно, как отец заставлял, Славка, негодный, помнишь, как он меня мыть пол заставлял, у-у, лютый был, одно слово: полицай! и во всех камерах теперь чисто, красиво, пол с подогревом, можно прямо на полу ночевать!

И она оставалась, она часто оставалась ночевать на работе, даже когда я был маленький, она уходила и не возвращалась, потому что ее тошнило от дома; наши с ней любимые дни — когда отец был на дежурстве, мы зна-ли: он в эту ночь не вернется, а на следующий день будет спать, будет тихий...

Иногда она оставалась ночевать в камере; потому что дома ждало *ничто*, на нее смотрел с дивана большой плюшевый медведь, он сидел в парике подле зеркала, с бантом на шее, и улыбался ей нарисованной помадой улыбкой, насмешливо улыбалось его отражение — гла-зами медведя смотрело *ничто*; она пугалась, но, переси-лив себя, показывала *ничто* язык, запирала дверь и шла в свою спальню, — так зачахли все цветы, которые она разводила в гостиной, так покрылись пылью все мои книги, и все куклы, которые стояли на подоконниках, глядя на улицу, — она им прежде махала рукой и приговаривала: «Иду-иду! Сейчас-сейчас уже иду!» — а теперь перестала, потому что там поселился он — этот насмешник, в парике, с бантом на шее и пустыми *ничтожными* глазами, поэтому она ночевала на работе (в школе языков — ей охранница разрешила, ей сам директор школы разрешил, никто слова ей плохого там ни разу не сказал, потому что она всегда очень чисто убирала и все делала вовремя)...

Ей приснилась всемирная перепись населения. В небе играло грозовое сияние. Вращалось колесо. Барахтался в собственной пене пароход. Гремел и плакал пьяный оркестр. Из дыма вынесли мебель: приоткрыв дверцу, шкаф предлагал купить с подкладки пустые вешалки, черный галстук и грязное вафельное полотенце; на попа поставленная тахта подглядывала пружиной; трюмо бредило лужей весенней листвы. Чистота и свежесть безлюдного проспекта. Из распахнутого окна под забытый скрипучий романс выплывали огромные пузыри. Повисали гроздями. Радужно переливались. Таинственно посверкивали семенем в затуманенной глубине. Мама срывала их, как плоды. От росы по ладоням бежал сок. Они были тяжелые, как те стеклянные шары — с новогодней елкой, с цветком или чьей-нибудь фотографией. Она их встряхивала, где-то в воздухе звякал бубенчик, туман внутри рассеивался, появлялось лицо. Мама улыбалась. Все таяло. Она тянулась за другим, срывала, встряхивала, смотрела, улыбалась...

Так она увидела всех...

Всех, с кем когда-то училась, работала, кому носила письма, с кем стояла в очереди, ездила в электричках и загородном автобусе на кладбище, и многих-многих других...

Градом падали птицы; стены домов становились прозрачными; очереди тянулись к терминалам; на платформах встречали люди в белом, в масках, в резиновых перчатках; по телевизору в новостях показывали распятие, к которому подводили человека, просили раскинуть руки и склонить голову набок, фотографировали, делали замеры, записывали, уводили, приглашали следующего, и следующего... а другие ждали. Платформы удлинялись. К составам подгоняли еще и еще вагоны. Людей становилось больше. Ожидание росло. Семьями выходили на улицы, с повестками и вещами, тележками, клетками с кроликами, птицами, вели коз на поводке, как собак. Всем миром заполняли бумаги, сгрудившись у стола; наводняли площади. Их увозили на автобусах, в маршрутках, грузовиках; ехали с песнями, над ними пролетали ласточки; она смотрела им вслед, птицы ее беспокоили, они множились в стеклах, стрекотали, отражались в лужах, она пыталась понять, что бы могли значить ласточки в дорогу, просыпалась, с трудом выбиралась из сна, как из пирамиды, со стрекотом в голове бродила по городу, как по лабиринту, в поисках выхода, но город не кончался, — значит, я продолжаю спать, говорила себе она, таинственно улыбаясь, и шла дальше...

Город и не собирался кончаться: он растягивался как гармошка, каждая улица давала росток сразу нескольким переулкам, этажи ползли вверх, по лестницам шли упрямые муравьи в тяжелых пальто, очках, обмахиваясь шляпами и говоря по телефону, в лифтах поднимались семьи со своей обстановкой и непрекращающимися сценами, дороги ветвились, мосты росли, мир становился запутанным, как иероглиф, он подсылал к ней странных людей, которые что-то с прищуром спрашивали, записывали в блокнотик, кому-то подмигивали; обеспокоенные ее здоровьем знакомые произносили непонятные слова и становились чужими, мир подсовывал ей непонятные вещи, которые, казалось, были созданы только затем, чтоб сбить ее с толку (вязали мысли в узлы), она старалась ни к чему не прикасаться, — в вещах таится забвение, говорила она, потому что как только она к ним прикасалась, на нее нападал сон, с которым вещь переливалась в нее. Она засыпала в самых неожиданных местах, как раньше, в детстве, она могла заснуть и в гостях, — отец брал ее на руки, как пальто, и относил домой, — проснувшись, она думала, что переместилась во сне.

В сумочке у нее: зеркальце, спички, ножницы (для самообороны), свисток. Она старалась как можно больше двигаться: ходила по домам, собирала подписи, разносила пенсии. Снежинки царапали воздух. Гололедица морочила ноги. Посылки, повестки, рекламные листки... Трамваи, троллейбусы, двери, чемодан с рекламными проспектами, тяжелый чемодан, слякоть и грязь хрустят под колесиками... Она вынимала рубашки отца, резала их, бросала в печь; брала с полок старые книги; строгала на лучины ножки стульев. Огонь занимался в печи. Она сидела на скамеечке и улыбалась; блики пламени играли в ее глазах; она светилась, как лампа, блуждали тени, и сквозь ее черты проступали лица тех, кто давно ушел, кого она давно не вспоминала, — *они* сидели и смотрели на огонь ее глазами, грелись, что-то шептали ее губами...

Дождь, снег, галки, пачки рекламных листков, хруст песка под колесиками сумки. Она ждала. Ходила в парк, кормила птиц. Читала, искала на рынках *особенные книги* (узнавала по шороху страниц — они будто шептали, и запаху — они пахли временем).

Вчера мне почудилось, что ты в городе...

Начинается: *ну признайся, ты приезжал, я тебя видела...*

Он! — будто чиркнули спичкой, и по стенам поползли чернильные силуэты.

Он должен быть в городе! Потому что началась всемирная перепись населения.

Пристально всматриваясь в лица прохожих; увязалась за случайным юношей, который чем-то — возможно, едва уловимым очерком в плечах и тенью на коротко остриженном затылке — напомнил ей меня (каким я был лет пятнадцать назад); ходила на вокзалы, сидела в залах ожидания, читала, с затаенной улыбкой присматривалась к прибывшим; и даже во сне она его искала, открывала большой чемодан, в котором она хранила все его тетради, альбомы, документы, перечитывала дневники... кое-что вымарывала, некоторые листки вырывала, жгла... там было так много всего... и стихи, и рисунки, фотографии и старый фотоаппарат, с которым через весь Крым... Ялта, Туапсе, Евпатория... «Чайка» болталась на моей *тонкой шее* — вот таким ты меня видела, с тонкой шеей?.. разве была у меня шея тонкой?.. *он суту-*

лился — я сутулился, сама знаешь, почему я сутулился... много фотографировал; два раза сдавали в лабораторию (один раз в Ялте, прямо на набережной — там же купили две гибкие пластинки; другой — в Севастополе). Пачка фотографий: развалины амфитеатра в Херсонесе, я между колоннами, она под колоколом, «Ласточкино гнездо», памятник затопленным кораблям, я у памятника матросу Кошке... Вдвоем у чучела оленя, — единственная цветная: в севастопольском скверике бородатый в толстых очках, у него же меняли пленку... он стоял в сквере с чучелом оленя... в убойную жару... что за бред!.. надо было все уничтожить!.. сжечь дом вместе с фотографиями... а там еще она нашла: тетради, записи, перфорированные карточки... надо было все сжечь!.. сжечь!.. с каждой строчкой делалось хуже...

*Об **этом** лучше вспоминать у моря; смотреть далеко в море; пусть взгляд покачивается на волнах, как чайка, и он (обо мне?) — далеко-далеко; и все вокруг покачивается... избегала ходить мимо Харью, — самые отчаянные годы: мама умерла — Андрюши нет — эти раны в земле, как самое страшное... как рыхлые десны, из которых вырвали зубы... как свежие могилы... дымок в небе... черные кляксы птиц... черные платки... черно-белые фотографии...*

Птицы взмывали; земля рвалась из-под ног; кругами, кругами — она смотрела им вслед, мысленно давала имена: Орфей, Тесей, Пелей, Алкей...

Прикрепляла к каждой невидимую нить. Птицы летели, она быстро шептала: Неофей, Кефей, Астерий...

Громко три раза выдохнув, отправляла со стаей свое послание, все книги, что она прочитала, все мысли, все молитвы, все слезы, все письма, что боялась писать — *ему, который там...*

Редкий получала ответ. Он был осторожен, писал под разными именами и на разные адреса, но она безошибочна узнавала его по-детски трогательный почерк, крупные буквы, какой бы наклон ни приняли, сердце начинало биться, и слезы вставали в глазах, — она не могла себя сдержать — *сыночек-лепесточек ты мой!* Прижимала к груди и уносила, читала, расшифровывая, выучивала наизусть, а потом сжигала и быстро старалась забыть, чтобы никто не подсмотрел, не подслушал мысли.

Так, следующее...

Приходили из полиции, выспрашивали; вертелись странные типы, вынюхивали; следователь кричал, требовал, чтобы что-то ему дали, чтобы я ему написала адреса знакомых Андрея, но я не знаю никаких адресов, копались в бумагах, он писал роман, тот смеялся и топтал бумаги, наступал небрежно, выворачивал ящики, выгребал из шкафов бумаги и вещи, многое побил, сумасшедший, я его испугалась, он орал на меня: «Ты блядь что дура нахуй нихуя не понимаешь что будет бля с твоим ебаным ублюдком?» Потом он взял себя в руки, начал остывать, взял стакан, попил воду из-под крана, походил по комнатам и уныло процедил: «Ну, как вы живете! Ну, что это за бардак? У вас в доме совсем порядка нету!» Я сказала, что он сам этот беспорядок только что навел. Он сел на кушетку Андрея и спросил сонно: «Где его записные книжки?» Он мне показался странно сонным. Его вдруг в сон сморило. Я подумала: сейчас он ляжет и поспит. Я бы не стала его будить. Пусть спал бы... Авось проснется человеком? Принесла ему несколько записных книжек — все, что нашла, пожалуйста. Полицейский смотрел в записные книжки сына, на лице его была маска брезгливости и раздражения, такая кошачья гримаса, вот-вот сплюнет, он читал, а там были заметки к романам и стихи, много стихов. «А где адреса, и телефоны, и имена? Он что, кроме стихов, ничего не писал?» — «Писал, — гордо сказала я, разозленная: — Прозу!» Он кинул все и с шумом пошел вон, грубиян, как мой муж, такой же нахал, такой же чурбан, как твой папаша, знай же, сын, теперь отцы твои тебя ищут, Андрей, отец твой размножился, я всегда знала, что он не был человеком, и ты мне говорил, что он умел изменять внешность, он был демоном, и это его вассалы, не убил отец нас, так эти пришли, берегись же и не возвращайся в эту страну! Прислали через три дня бумагу какую-то на эстонском, я ничего не поняла, предстоит нести расшифровывать. Кому? Ума не приложу. Опять приходил и стонал: чтобы сообщили когда и где последний раз... скажите, хоть что-нибудь... мне нужно знать... поймите, в противном случае я ничем уже помочь не —

К чёрту! Другое, другое...

Под окнами стояли машины, через дорогу, за углом — караулили. Приезжала три раза очень красивая красная спортивная, с открытом верхом; в ней было двое; тот, что был за рулем, всегда оставался в машине, курил, сидел в больших солнечных очках и нервно поглядывал по сторонам; другой, тоже в очках, блондинистый, высокий, в джинсовом, поднимался, звонил в дверь; я не впускала, говорили через цепочку. «Можно договориться... — шипел с акцентом, с перегаром. — Передай сыну, чтоб думал и звонил». Просунул бумажку с телефонным номером; отдала бумажку следователю. Решила фотографировать всех, и следователя, и тех, кто приходит и спрашивает, и машины на дороге, у дома, за углом, спортивную красную с водителем; записываю номера в большую тетрадь, в которой Андрюша писал стихи...

По ногам и спине ползли судороги... *красная спортивная... с откидным верхом...* в конце концов, надо хотя бы покурить, решил я, нечего тут читать, все это написано кому-то другому, не мне, нет, не мне, я не должен это читать, я уже не адресат этих писем, я не знаю эту женщину, кто она такая? я уже не тот человек! Финито! Торопливо измельчив письма, побросал клочки в воду и пошел на Кристианию, десять минут, если не меньше, шел по улице Святой Анны и читал свои идиотские стихи, я читал их голубям и прохожим, воротам церквушки и стенам из красного кирпича, я читал их для себя, мычал как сумасшедший, мне не нужны были слушатели, и тем не менее я читал громко, чтобы звезды пали на землю и наступил конец времен.

Заночевал у Дорте... Дорте делала коктейли, она была пьяна... Она была так пьяна, что даже не поняла, что у меня ломка, она предложила выпить, я бросился в туалет, меня рвало, весь плов и все молоко вышло, и еще, вот это очень жутко, мне показалось, что меня вырвало клочками изорванных писем матери, я даже запустил руку в рвоту, чтобы проверить, но это был, разумеется, глюк. Когда я вышел из туалета, она так сильно поплыла, что даже забыла о том, что я пришел, не мог я так долго просидеть в туалете, она забыла обо мне, потому что надралась в одиночку, как свинья, она мне была противна... Она бросилась ко мне: — where did you come from, for helvede?.. I did not know du var hjemme![1] — Неужели я так долго блевал, — промелькнуло у меня в голове, и тут же мысли затянуло густыми мрачными тучами... она растеклась у меня на руках... мы чуть не упали, у меня не было сил ее держать... судороги пробегали по ногам как молнии... и дрожь, параноидальная и неуловимая, проносилась по спине, точно насекомое... мы плюхнулись на кровать... подняли много пыли, она хохотала, как чайка... не человек, а ворох тряпок, — столько на ней было всяких кофточек, платков, шалей...

— Я думала, ты не приедешь, — шептала она. — Я думала, ты больше никогда...

— Как я мог не приехать, моя дорогая! Ну, любимая, как я мог?! Без тебя... Нет жизни... Звезды не радуют...

— О, мой поэт! Мой мальчик!

Куда мне еще было идти... мне нужно покурить, сняться с ломки, перекантоваться как-нибудь эту ночь и с утра пораньше бежать на Нёрребро.

— Как? Ты уже собираешься? — изумилась похмельная Дорте, увидев, что я натягиваю джинсы. — Не останешься на репетицию?

— Я роль усвоил. Все просто. Завтра буду!

— Черт, какая головная боль!.. Сделай мне попить чего-нибудь...

Я сообщил Хануману о кантине, рассказал о философе, но он меня перебил и, в точности как мой дядя, завалил практическими вопросами: сколько стоит плов?.. сколько

---

[1] Откуда ты взялся, черт возьми? Я не знала, что ты дома (*англ. и дат.*).

стоит кофе?.. сок?.. сколько стоит хлеб?.. как?.. хлеб бесплатно?.. Да, сказал я, хлеб дают бесплатно, и сказал, что это такая же уловка, как в той пиццерии на Пешеходке возле ночного клуба «Абсалон», в той пиццерии питается мой дядя, там платишь только за вход, во всяком случае так гласит вывеска: сорок крон вход! — Ты платишь сорок крон и можешь есть столько пиццы, сколько в тебя влезет, но — ты платишь за напитки... к тому же там нет пива, а я не понимаю, как можно есть пиццу без пива... Хануман меня перебил, он продолжал интересоваться кантиной:

— А что там насчет Дома культуры? Туда что, берут и беженцев?

Я сказал, что не знаю, мой дядя сказал...

— Твой дядя сказал то, он сказал это... Я только и слышу от тебя о твоем дяде... давно пора познакомить меня с ним. Может быть, я тогда начну понимать тебя, устройство твоего бредового ума... Ты блуждаешь в потемках, Юдж! Ты бредишь наяву! Я не понимаю тебя совершенно... Как можно не слышать самого главного? Я тебя спрашиваю, что он сказал о бесплатных завтраках?

Я ответил, что это, возможно, спекуляции моего дяди и я бы на месте Ханумана не особенно раздумывал над этим.

— Так зачем ты полтора часа мне рассказывал о каком-то датском философе и его сенбернаре?.. зачем я тебя слушаю вообще? Зачем ты нужен? Вставай и веди меня в Дом культуры!!!

В Доме культуры, как выяснил Хаунман, находилась школа для беженцев и редакция газеты «by asylumseekers for asylumseekers». Хануман смело повел нас к главному редактору, это была женщина из Индонезии, маленькая, с пронзительным взглядом и кошачьими повадками. Он сел перед ней, я встал у него за спиной.

— Мы вам нужны, — сказал Ханни, — у нас масса идей, масса опыта и знание языков, а также вот, — он достал свой фотоаппарат, — здесь отличные материалы.

— О чем хотите писать? — спросила она.

Я сказал, что у меня есть много идей, например, стресс во время ожидания ответа, стресс от полицейского интервью, стресс от интервью с работниками Красного Креста, стресс от проживания в одном транзитном лагере, в другом, третьем, стресс от того, что ты живешь с разными людьми, из разных стран, разных национальностей, все они в стрессе тоже, неопределенность, не забывайте, стресс ослабляет иммунитет, многие беженцы, пока живут в лагере, болеют, они недовольны медицинским обеспечением, кстати, я со многими разговаривал, они недовольны...

— Хорошо, — сказала она, приглядываясь ко меня с подозрением, наверное, догадываясь, что я на порошке, — что еще?

И посмотрела на Ханумана, тот открыл рот, но мне надоело их слушать, они были слишком медленными, от них меня тошнило, потому что меня распирало и несло, я снова включился:

— Язык как зеркало жизни, — сказал я и повел разговор о детях, о том, какой язык они учат, пока живут в лагере, это же совершенно не ясно, я не понимаю их, на каком языке они говорят, это какая-то каша, винегрет, черт знает что, там столько всего намешано, затем я перескочил на другую тему: насилие в лагерях... насилие против личности... изнасилования... приставание... пытки, шантаж, распространение порнографии...

— У нас есть кое-какие фотографии, — перебил меня Ханни, наступив мне на ногу, твердо посмотрел мне в глаза, и я понял, что пора взять себя в руки, я сел, он снова показал фотоаппарат, извлек несколько фотографий из кармана, да, вот, полюбуйтесь, у него были снимки драки, лица с побоями, синяки на ребристом теле худенькой девушки.

— Так, так...

— Грязь, воровство, нервное напряжение, — продолжал тарахтеть я под сурдинку.

— ВИЧ... Многие беженцы не знают, что такое презерватив и как им пользоваться, а в Европе это чрезвычайно важно.

Последние слова Ханумана оказали решающее воздействие на редактора.

— Да, верно, — сказала она. — У нас тут как раз открывается класс HIV-advisers. Вы бы не хотели поступить?

— Volontiers![1] — я вскочил на ноги.

Нас тут же зачислили и в класс ВИЧ-консультантов и в штат азулянтской газеты.

— Даю вам месяц себя утвердить, — сказала она и выдала нам месячный билет для проезда по всему Копенгагену и по всем прилегающим окраинам. О таком мы и мечтать не могли!

---

[1] Охотно! (фр.)

— Юдж, ты понимаешь, что это? Ты понимаешь, что нам дали? Это же клад!

Красивая красная книжечка, в нее было вписано мое фальшивое имя и номер «голубой карты», книжечка действовала, предупредила редактор, только с «голубой картой», и только в означенных зонах. Потрясающий документ! Самый красивый документ, который у меня когда-либо был! Теперь мы катались целыми днями... Мы брали героин на Нёрребро, вмазывались в туалете, садились в поезд и ехали, выходили, садились на другой и ехали в обратном направлении... Мы ездили в Хельсингёр, Клампенборг, в Галилео и Калунборг! Куда угодно, только не в Авнструп, нам надоело туда ездить, надоели эти рожи, говорил Хануман, надоел автобус, набитый азулянтами... Мы решили тайком ночевать в Доме культуры, в мастерской тощего длинного художника, который будил нас по утрам свирепым кашлем и шелестом бумаг, которые он разгребал в шкафах. По мнению Ханумана, он не был подлинным художником, зато был настоящим аутистом. Художник стоял перед мольбертом часами, так и не наложив ни мазка, он писал картины годами и требовал такого же отношения к своим работам от своих учеников, которые были беженцами и которые не располагали таким роскошным багажом времени, какой был у него. Ученики рисовали странные вещи; были самые безобразные работы. Мусульманская женщина в платке, прикованная к мойке с горой посуды. Пылающие дома — похожие на жар-птиц люди выпрыгивали из окон. Расчлененные тела, кровью залитые помещения, разноцветные руки в виде цветка и из бутона этих рук вылетающий белый голубь. Была работа самого художника: стена старого дома, на втором этаже распахнутое окно, из которого рвется занавеска, выгибаясь, как выпадающий из окна человек, повторяющая изгиб занавески тень в окне, под окном — лестница, прислоненная к стене, по стене легшая тень лестницы, и куча прочих подробностей и деталей. Чистая геометрия изломленных теней. Картина не была закончена, как и многие другие. Хануман не верил, что у художника была хотя бы одна картина закончена. Ханни высказывал предположение, что аутизм у художника развился на почве боязни конечности своего ничтожного существования в перспективе бесконечности не-существования. Свой вывод он сделал из наблюдения за художником, у которого была одна ужасная привычка не выбрасывать карандаши, он их собирал, и ни один карандаш не был сточен до конца. Каждый божий день художник начинал с заточки нового, даже если он ему не был нужен.

Быстро прошли обучение в классе HIV-advisers и стали с группой разъезжать по лагерям. Нас было восемь человек, восемь осмелившихся на участие в цирке, для меня это стало привычным, я быстро привык переступать через гордыню; «ну и напрасно», вздохнул мой дядя, когда я рассказал ему об этом, и посмотрел на меня с жалостью, а я из вредности изливал на него подробности о том, какие речи мы с Ханни толкаем на собраниях в лагерях, опуская, что частенько слышал, как за спиной нас с Хануманом называли «клоунами» и «пидорами». Посмотреть на нас приходили в основном не сильно религиозные люди, женщин в бурках там никогда не бывало, особой популярностью мы пользовались у сербских и иранских женщин, последние даже если и приходили в легких хиджабах, то часто бывали без платка, с распущенными волосами, а из-под джильдаба выглядывали кеды и джинсы, но превыше всего я ценил то, как они улыбались — они улыбались так, словно хотели дать нам понять, что они готовы к свободным отношениям. Ханни многозначительно на них поглядывал, а иногда, если появлялись особенно привлекательные девушки, он запускал в свой монолог жар-птицу отступления: лукаво прищурившись, с полуулыбкой он говорил, что иной раз полезно пренебречь супружеской верностью, и если б спросили его, то он сказал бы: если мужчине вдруг представится возможность переспать со звездой уровня Элизабет Тейлор или Мэрилин Монро, то это считать изменой вообще нельзя, такую ночь стоит считать подарком судьбы, алмазом ночей, но и свободу женщины при этом никоим образом ограничивать нельзя, ибо ограниченная верностью супругу женщина мало чем отличается от той, что заперта в гареме или борделе, и если, например, женщина вдруг встретит на своем пути симпатичного мужчину и захочет с ним порезвиться, то она должна на это иметь право, и мужу следует дать ей возможность провести время с любовником. «Например, я, — говорил Хануман, — я женат, но ни в чем не ограничиваю свободу моих жен, я — здесь, с вами, а они — где-то там, и поверьте, я разрешаю им делать все, что им вздумается». Такие отступления вызывали смех и шушуканье (иногда аплодировали), глаза женщин вспыхивали, стреляя в Ханумана искрами, и меня это радовало, эти улыбки компенсировали брезгливые и насмешливые взгляды кавказских подростков и их надменных отцов. Хануман превращал свое выступление в настоящий спектакль, в котором я ему помогал («Раз уж влипли, Юдж, надо разматываться на полную катушку», — говорил он); выпятив дохлую грудь, оттопырив нижнюю губу, он оттягивал подтяжки и очень серьезно говорил о том, как нужно обращаться с презервативом, где его следует хранить, а где не следует, как сделать так, чтобы во время полового акта он не слез с члена или не дай бог порвался, он делал короткий исторический экскурс — рассказывал о первых египетских противозачаточных средствах, которые изготавливали из мочевых пузырей различных животных, перепрыгивал к истории ВИЧа, а затем говорил для чего контрацептивы нужны вообще. Обычно свое выступление он заканчивал каким-нибудь рекламным лозунгом:

«GONE ASTRAY?..
NEVER MIND!
ALL ROADS ARE STRAIGHT
AS LONG AS YOU'VE GOT

your little gummy friend, — тут он доставал из портмоне презерватив, показывал его во все стороны, как какой-нибудь заветный жетон, и громко, с растяжкой произносил: — A CONDOM!»[1]

Его руки порхали как у факира, когда он раздавал программки и презервативы, которыми была набита его кожаная папка. Моим бенефисом был трюк с дил-

---

[1] Пошел налево? Ничего! Все будет правильно, пока с тобой маленький резиновый дружок — презерватив! (*англ.*)

до. После него мы предлагали публике задавать нам вопросы, которых, как правило, не было, а если и были, мы быстро на них отвечали и удалялись вместе со стаффами за кулисы есть какой-нибудь тортик или булочки, я при этом выпивал не меньше семи-восьми чашек или пластмассовых стаканчиков слабого датского кофе. Глядя на меня, Хануман ехидствовал: «Напрасно стараешься — не поможет. Легче не станет, не надейся. По себе чую — не поможет». Как-то, уминая за обе щеки торт, Хануман мне тихонько сказал, что у меня на самом деле очень здорово получается натягивать на дилдо презерватив, и добавил: «Со стороны это похоже на игру ребенка с пасхальным гномиком, на которого ребенок натягивает маленькую купальную шапочку. В любом случае, что бы там с тобой ни случилось в будущем, работу, я уверен, ты себе найдешь — любой секс-шоп тебя примет. Ух-ха-ха!»

Мне было не смешно, а ему было плевать, он шел курить на улицу, где очень скоро его окружали те самые надменные кавказские отцы и насмешливые подростки, которые вот только час назад негромко произносили у нас за спиной, что мы — «пидоры» и «гандоны»; теперь они смотрели в рот Хануману, а тот трещал и лицедействовал, рассказывал свои байки о воровской копенгагенской жизни, произносил волшебные имена героических грузинских и армянских воров, с которыми сидел за одним столом и имел удовольствие здороваться за руку, а через час он соблазнял одну из иранских или сербских женщин, что улыбались нам во время выступления. «Они спрашивали о тебе, Юдж, — говорил он по возвращении. — Где же тот симпатичный русский мальчик? — Я молчал. — Ну, может, им понравился вовсе не ты, а твой дилдо, кто знает».

Я почти не обращал внимания на его трескотню, я кое-как держался на маленьких дозах, ждал, когда наша миссия завершится или лагеря на Шиланде[1] кончатся; меня измотали эти поездки, насмешки, улыбочки, мне это надоело. Наконец, этот день наступил — нам объявили, что мы достаточно сделали в области секс-просвещения азулянтов. «Вы наверняка набрались опыту и готовы написать об этом», — наша редактор подмигнула мне и сказала, что теперь у нас будет свой столик с компьютером. Так как Хануман писать не очень любил, то столик по большей части принадлежал мне, почти все время я писал для себя, рядом со мной сидел какой-то индус, он тоже писал своё, никто не знал его имени, он всем говорил, что не хочет никому его говорить, он был очень скрытным и нервным, он все делал лихорадочно — рассыпал карандаши, ронял бумагу, спотыкался и всегда выключал компьютер, когда шел курить. Мы все его звали Сай, хотя он предупредил, что это не настоящее его имя. «Просто зовите меня Сай, и все, поверьте, так будет для всех проще». Хануману он признался, что написал шесть романов на урду и теперь писал седьмой, но закончить не получалось, потому что условия и обстановка и бесконечный moving around не позволяли ему сосредоточиться и закончить седьмой роман, поэтому он был на взводе. Сай был слишком известным писателем, чтобы позволить всем вокруг знать его

---

[1] Имеется в виду датский остров Зеландия (Sjælland), на котором находится Копенгаген.

подлинное имя. «Это может плохо сказаться на моей писательской карьере. Я думаю о биографии, понимаешь? Не дай бог узнают, кто я такой. Особенно там, не дай бог *там* узнают, что я *здесь*, пишу черт знает что в какой-то азулянтской газетенке. Это же позор! Это конец! Конец! Не дай бог!» Хануман не удержался и спросил: «А полиция-то знает твое имя?» — «Да, да, ублюдкам пришлось раскрыться, потому что они грозились посадить меня за решетку, а для меня это невыносимо». — «Ну, что ты! Это же самый настоящий писательский опыт!» — «Нет, мне это не надо. Я о другом пишу». Хануману захотелось узнать, о чем же он пишет, но тот не сказал, он вывернулся, намекнув, что это имеет отношение к его семье, слишком разветвленной, слишком древней, слишком важной в Индии, чтобы он мог себе позволить чесать языком в какой-то Дании, тем более в такой низкопробной среде («Если б я не был брахманом, — заметил Хануман, — он и того мне ни за что не сказал бы. Он с шудрами даже не разговаривает, представляешь, Юдж?»). Со мной он тоже почти не разговаривал — разве что кивнет и ныряет в свой закуток; как только он понял, что я стал его соседом надолго, он перетащил стеллаж с папками и книгами, поставил его между нами, прикрывал ладонями монитор, когда мимо его стола проходили.

Мне все-таки удалось познакомиться с Философом, у него был превосходный французский.

— О, нет, прошу вас, не говорите мне комплиментов, — отмахивался он шарфом, — мой французский стал много хуже, я сам слышу акцент, поэтому при любой возможности стараюсь говорить по-французски, прошу вас, сделайте милость...

— Для меня это честь.

— Ну что вы, о чем вы...

— У вас восхитительный французский!

— Нет, ну, вы преувеличиваете. Я просто жил в Париже пятнадцать лет, с двадцати до тридцати пяти, я учился, бродяжничал, играл в театрах, рисовал, конечно, писал стихи, в общем, бурно провел мою молодость, учился сперва в Сорбонне, меня интересовала литература, ушел оттуда после революции, прервал свои занятия на пару лет, потом попал в очень интересное место, Париж 8, на площади Венсен, там преподавал сам Делёз, мне повезло, однако в те годы, в те годы — вы, конечно, догадываетесь, что это были за годы — семидесятые, я вечный студент, я и теперь учусь, всю жизнь, а в те годы учиться и жить на площади Венсен было просто безумие, наш университет был похож на сумасшедший дом, все время перформансы, на стенах лозунги, здание просто сквот, в некоторых аудиториях стекла были выбиты, мы сидели и курили гашиш на лекциях, всем было плевать, двери некоторых аудиторий, в которых преподавали идиоты, были вымазаны дегтем и облеплены птичьим пухом, в моей любимой аудитории была огромная разноцветная надпись: «Арто — это всё, остальные — ничто». Вот так! Да, было время там полным ходом продолжалось то, что началось в шестьдесят восьмом. Я б там всю жизнь учился! Но местечко внезапно закрыли. Однажды приехала полиция и разнесла наш бедлам, нас перенесли за город, мне там не понравилось, я вернулся в Данию...

Незаметно оказались на его лодке — *Aletheia* — на ней везде были горшки с цветами, стояли манекены в рыбацких костюмах цвета хаки — я принял их за людей и крикнул: *halløjsa!*[1] Трульс засмеялся: боюсь, они тебя не услышат, они пластиковые, ха-ха-ха!.. Лодка была просторная, мы погуляли по ней, я споткнулся о спящего пса, пошел дождь, в каюте полным-полно книг и хлама, пили вино, Трульс прочитал мне лекцию о философском дискурсе в литературе (или что-то вроде того), я ничего не понял, у него был хороший гашиш, мы курили старый калабаш с оранжевой чашкой и сменными деревянными чубуками... а знаешь ли, ты... если каждая женщина примет решение иметь не больше одного ребенка, то через сто лет людей на Земле станет втрое меньше, и это решит множество проблем, в том числе и проблему бедности!.. я задумчиво курил... затем мы пили смородиновую воду со льдом и курили кальян... человечество должно отказаться от денег!.. полная роботизация... никакого физического труда... никакой эксплуатации людей... если использовать естественные энергетические ресурсы, отказаться от денег и соответственно личной выгоды, человек сможет себя целиком посвятить философии и искусству, медитации, поиску гармонии и счастья... А!.. какая красота, восклицал я...

Ему удалось как-то разместить в каюте немного старой-престарой мебели; как он ее туда затащил?.. он ухмыльнулся, показал большим пальцем на потолок каюты: спилили потолок! Особенно был хорош шкаф,

---

[1] Неформальное приветствие: приветик! (*дат.*)

почерневший от времени, и стол, покрывавшийся так много раз лаками, что было невозможно определить сорт дерева, еще более древний сундучок, в котором были курительные принадлежности и так много травы, что мне не хотелось вообще покидать его лодку, но он не давал мне ночевать, выставлял, на следующий вечер я опять приходил, он не гнал меня, наливал вина, давал затянуться... я засиживался допоздна... как-то мы пили хайтай, вдруг — грохот, рык, крик: Трульс!.. Бум!.. Бум!.. сукин сын!.. Трульс, твою мать!.. гав!.. мы выглянули в иллюминатор: лысый мужик стучал ногой по борту... Трульс!.. он швырнул пивной пробкой в кабину... Старая развалина?.. Трульс!.. Ох, сказал Трульс, это Пшемек, я вас сейчас познакомлю... поляк был пьян как сапожник... он горел что-то доказать Трульсу — меня он просто не заметил — у него были важные новости для старого философа: о гностиках или алхимиках... вот, кричал он, вытаскивая бумажки из внутреннего кармана своей кожаной рокерской куртки, бумажки рвались, падали... ты, Фаллософ, я те щас засажу... то есть досажу... все по полной... старый датчанин успокаивал поляка и что-то ему отвечал, он, как ни странно, воспринимал бред Пшемека очень серьезно: ты ошибаешься, Пшемек, ты в корне не прав!.. я ушам своим не верил — такую невероятную чушь они несли, они буквально лаяли друг на друга, они кричали и плевались, пьяный поляк разворачивал вырванные из книги листы, читал... а датчанин най-най-най обрывал его, настаивал на своем, кричал: ты все не так понял, Пшемек... поляк говорил по-польски, а Философ отвечал на датском, они прекрасно понимали друг друга, но со стороны можно было решить, что они ругаются из-за какой-нибудь ерунды, если бы не мелькавшие то и дело странные имена и такие слова, как: *манихейство, алхимик, философский камень, евангелие от Фомы* и проч., то я обязательно подумал бы, что они спорят из-за того, что кто-то из них помочился в лодку или облевал ботинки... затем Пшемек выругался по-польски, отмахнулся от датчанина и, больше не слушая того, полез к нему в каюту и лег спать на узенькой, не больше двух сигаретных пачек в ширину, скамье, причем сам он был очень крупный... и мгновенно уснул... Пусть поспит, сказал Трульс, ему же лучше будет, так переживать из-за ерунды, его снова не напечатали в каком-то польском журнале, он пишет стихи и прозу, нечто сложное, им там не понять, он переживает, что не существует... я посочувствовал, покачав головой, и мы продолжили курить, Философ мне рассказал про поляка, он прибыл в Данию в восьмидесятые, его лагерь располагался на корабле *Norrøna*, я не подал вида, что меня это удивило, просто сказал, что слыхал об этом корабле, сам поглядывал на спящего и удивлялся: вот он какой!.. я уже столько слыхал о нем, и вот теперь я вижу его!.. Пшемыслав теперь разговаривает только с животными, рассказывал Трульс, с людьми он тоже говорит, но — только-постольку, а вот с животными у него настоящие беседы, его самый большой друг — пингвин по имени Пер... я хотел засмеяться — с трудом верилось, но был ли у меня выбор, да и какое это имело значение: веришь ты им или не веришь... все одно — приходилось выбираться на берег и идти, под дождем или снегом, было неприятно, поэтому я не смеялся, я шел и думал: на одной из полок шкафа у него на лодке стояла русская книга Ленина, том тринадцатый, кожаная обложка темно-синего цвета с оттиском профиля Ильича, я все намеревался заглянуть в книгу, но так и не дошло до этого, как и выяснить, откуда она у него (гораздо позже я узнал, что в книге была вырезана форма для фляги с виски). Жаль, что он не позволил мне пожить у него на лодке... жаль, что Пшемек занял единственное место... я заночевал у Дорте, потом опять шел на лодку, там был Пшемек, он совсем не помнил меня, заново познакомились, и я его теперь рассмотрел получше... он был совершенно лысый и немного мрачный, чем-то походил на ящера, он неряшливо одевался, все время что-нибудь ронял, его футболка вся в дырочках от угольков гашиша, и старые джинсы тоже прожег, подошвы кроссовок стоптаны внутрь, он их не снимал: мои ноги воняют, я не снимаю обувь, предупредил он, шмыгая, у себя тоже оставался в обуви, в нем было что-то странное, долгий пустой взгляд, зеленые отсутствующие глаза рептилии, провел немало дней в дурке — ну и как там, в датской дурке? — нормально, как в любой другой, скоро сам узнаешь, и засмеялся, поначалу он был немногословен, меня ни о чем не расспрашивал... я сказал, что я — русский, — сам знаю, отрезал он, не имеет значения: мы все млекопитающие... пару ночей я пожил у него в грязной общаге за чертой города, мы долго ехали на автобусе, я успел заснуть и поймать ломку, она подкралась как озноб, я подумал: простудился, но это была не простуда... у Пшемека дома было полно барбитуры и всякой прочей порошковой дряни, мы экспериментировали... но следовало поесть перед дозой... сильно рвало... у него тоже не было денег... еще неделю надо держаться до социала... он жил на социале... как и все в этой общаге... скоро перешел на польский, растолок таблеток, понюхал порошка и разошелся: гностики, демоны, стоики, алхимики, ангелы... я ничего не понимал, он говорил по-польски, но даже если бы я знал польский... да, да, Пшемек, я что-то слыхал об этом... ты читал евангелие от Фомы, спрашивал он... нет, Пшемек, извини, не довелось... держи, он дал мне распечатанные листки бумаги на польском, почитай обязательно... я засунул их в рюкзак, он перешел на русский, когда заговорил о дзен-буддизме, к сожалению, меня не спасло его неплохое знание русского, я не смог поддержать, мне было стыдно, еще немного, и он меня выставит, зачем такой оборванец нужен, даже в такой обшарпанной халупе, даже о дзен-буддизме ничего не может сказать... «Бродяги Дхармы», слыхал?... все мимо, в такой облезлой хате как раз и нужны звонкие имена, извилистые теории, красивые истории об ангелах и алхимиках — все они — и даже демоны — нужны затем, чтобы не замечать безысходности и убогости, собственной безнадежной бедности и проч., а я не был способен подыграть, черт меня подери такого, я даже не читал Керуака!.. я не знал, кто такой Джон Ди, невежда!.. эх ты, как всегда не те книги читал... я задвигал ногами, собираясь встать и пристыженно покинуть общагу... и вдруг: Гамбрович!.. да!.. *Фердидурка* — о!.. *Санаторий под клепсидрой*!.. пошло как с горочки... еще с десяток вагонов... один за другим: чух-чух-чух... все встало на свои места, как хорошо, что есть вещи, которые никогда не подводят, простые и надежные, твердыни... такие, как Стерн, например... они никуда никогда не денутся... он достал свои бумаги, читал стихи, мы пили крепкий чай и нюхали какой-то порошок, должно быть, speed... он снова читал стихи, я толок таблетки и нюхал порошок, затем он толок свои таблетки, а я читал — он заставил меня почитать свое... я стеснялся, но читал, немного... когда кончились сигареты, я достал трубку, и мы ее курили, как джентльмены... трубку мне подарил Философ... это была красивая трубка с фарфоровой чашкой и сменными металлическими мундштуками, он мне подарил коробку с табаком, фруктовой курительной смесью, фильтрами и папиросной бумагой... щедрый подарок... когда Пшемек увидел коробку с китайскими рисунками, он обвинил меня в краже: это же коробка Трульса!.. и трубка мне показалась знакомой!.. такие любит Философ!.. ты обокрал старого датчанина!.. он сразу перешел на датский... за шкирку поволок вон, всю дорогу в автобусе он сверкал на меня глазищами и держал за рукав куртки, шипел на датском: du er skiderik... tyv...[1] он не дал мне слова сказать... старый датчанин раздосадованно чавкал и говорил: нет, Пшемко, нет, он ничего не крал, это подарок, Пшемко, подарок, я ему подарил это все, черт возьми тебя, Пшемек!.. Пшемек извинялся и оправдывался: я — параноик, я настоящий параноик, прости, прости если можешь... не надо, Пшемек, не надо... мне было плохо... у Философа была вкус-

---

[1] Ты — мерзавец, вор (дат.).

ная смородиновая вода, она напоминала мне о доме... мама тоже делала брусничную и смородиновую воду... Пшемек от смущения сбежал... где-то надо было ночевать... Философ наотрез отказал: не могу — извини — сегодня никто не ночует на лодке, и прикрыл каюту... я не стал спорить: хозяин — барин... ближайшим местом был магазинчик Дорте, к ней идти не хотелось, она меня повязала... дядя к себе не пускал тоже... у аскета было чудовищно холодно... я ехал в Авнструп, частенько на краденом велосипеде... я пытался прекратить беготню на Нёрребро, мне было плохо... мои статьи напечатали — про детей и язык, про стресс и иммунитет, про напряженное ожидание ответа, про депортированного музыканта, про депрессию и лесопарк Авнструпа, про наркотики и грязную одежду, которую воруют из прачечной в Авнструпе... потом я перестал писать статьи и писал только свое... оно так и осталось там, в компьютере редакции... кто-нибудь когда-нибудь откроет и ужаснется, потому что я там написал про Нёрребро и героин, про Дорте и ее дочку... как-то я пришел к Дорте, а там Рика, обычно ее не было, я знал, что она существует, видел фотографии, все время она была в школе-интернате, который находился на каком-то островке, и там от нечего делать девочка много читала, она была необыкновенно умной, говорила на трех или четырех языках, хотя ей было всего лишь пятнадцать, она писала рассказы и стихи, выиграла какие-то конкурсы, ее печатали в журналах, она даже в газеты писала и пела в панк-группе своего интерната, я застал ее в гневе, она выплескивала ненависть на юношеский журнальчик *Vi*

Unge, который ненавидела за сексизм, за неверное представление о подростковом менталитете, за то, что кретины, которые управляли журналом, диктовали подросткам, что думать, на что ориентироваться...

— Почему я должна читать этот журнал и по нему выбирать, какие парни мне должны нравиться, а с какими мне лучше не связываться? Что за ерунда? О чем они там думают, когда пишут, какая помада парням нравится больше всего? Почему они печатают идиотские статьи, в которых парни будто бы признаются, что большая грудь и задница не так уж важно? Конечно, важно! Тело и сексуальный рот еще как нравятся парням! Это ложь, что они пишут! Но почему они печатают именно этих застенчивых задротов, которые лепечут какую-то херню, будто для них первостепенно духовное развитие, мысли человека, личность, а не красивые ноги и мордашка? Я с такими нёрдами даже и разговаривать не стану! Потому что это ложь! Да и все равно... — Она бросила соломинку своего коктейля, выхватила из руки матери сигарету, которая слушала Рику, открыв рот, и ничего не успела сказать, Рика затянулась, запрокинув голову, выпустила дым в потолок, громко сказала «for helvede, jeg hader det!»[1], она рисовалась, наслаждалась собой... Она сидела в кресле-качалке, забросив на табурет свои красивые длинные голые ноги с черным лаком на ногтях, она смотрела в окно прищурившись, «это кто там ползет, не Бенге-Бонго?», Дорте сказала, что это Крис. — Это какой Крис?.. Тот, с которым ты жила, или какой-то другой?

---

[1] Черт подери, я это ненавижу! (*дат.*)

Она была в центре внимания, она это знала, она мне нравилась, она знала это, Дорте тоже это понимала, прекрасно понимала: у нее красивая дочь, она обалденная, и не может не нравиться мне. Рика продолжала: — Какое мне дело, понравится ли парню моя помада? Какое мне дело? Все это просто ужасно скучно... Я ненавижу мое время. Кругом тупицы. Не с кем поговорить. Я терпеть не могу Фрею и слащавый голосок Лине Нюстрём[1]... — Она запела, передразнивая: — made in plastic... it's fantastic... *Jeg hader det! Jeg hader det! Jeg hader! Jeg hader! Jeg hader det bare virkelig!*[2]

Я не остался на ночь, хотя Дорте сказала, что это о'кей, дочь поймет, она и не такое видела, но мне было неприятно, я не хотел заниматься сексом в ту ночь, потому что в ее магазинчике стены такие тонкие, а Дорте такая страстная, такая похотливая, она бы опять стонала... до хрипа... Рика все это услышит... — Это пустяки, — убеждала меня Дорте, — она и так все понимает, она скоро и не такое начнет говорить и творить, будет приводить парней, она будет говорить о своих проблемах с парнями, будет есть себя и других вокруг, это нормально, гормоны прут... В конце концов, тебе надо ко мне перебираться, у тебя опять следы от уколов, я видела, я не хочу, чтобы с тобой что-нибудь случилось, ты такой нежный, хрупкий, ты ведешь не тот образ жизни, я за тебя боюсь, тебе нужна семья, ты пропадешь... — Она брала меня за руку, она

---

[1] Ф р е я (Freya), Л и н е Н ю с т р е м (Lene Nystrøm) — известные скандинавские поп-звезды.

[2] Я это ненавижу! Я это ненавижу! Ненавижу! Я это просто ненавижу вообще! (*дат.*)

меня гладила по плечу, целовала меня. — Останься, Йоган, останься, я умоляю...

Мне было неприятно... я сам в детстве слышал, как отец... мне это было противно... Я уехал в Авнструп на последнем автобусе... на меня навалилась тоска... я ехал и думал: больше не пойду к ней... больше не буду ширяться... слезаю с иглы, точка... кто-то прочитает мои записи, оставленные в компьютере азулянтской газеты, кто-то их прочитает... мне стало стыдно... это был анонимный файл, вряд ли кто-нибудь поймет, что это был я, но все равно было совестно, потому что не имеет значения, когда ты читаешь такое, не имеет значения, знают твое имя или нет, музыкант не знал моего имени, но он видел, как я влезаю с рюкзаком в комнату мальчишки из Буркина-Фасо, музыкант понимал, почему я так поступаю, мне было стыдно, это чувство обмануть нельзя, это самый чувствительный прибор, лучше компаса и барометра... я устал от лжи, устал сидеть в батискафе чужой личины, я устал от чужого имени... лживый, фальшивый, я... разве это я?.. это не я! Не я! Я пытался вспомнить себя... меня катал на санках пес по кличке Акбар, когда мне было три года, я помнил себя, я помнил себя, когда я упал на льду и сломал руку, мне было четыре... я помнил себя, когда тонул в осенней воде в сливе возле дома дяди Родиона, отец меня вытащил за шкирку, как щенка, мне было около четырех... я помнил себя... это был я, мальчик, который был влюблен в прогульщицу, она целовалась со старшими мальчиками, ее хотели выгнать, сплавить в спецшколу, я был председателем совета отряда нашего класса, на один год у меня была такая дурацкая роль, я был ударником, и вот назначили, и в том году решалась ее судьба, хулиганку хотели выкинуть, весь класс должен был голосовать, наша классная спросила меня, что будем делать, Иванов, ты, как председатель, скажи, я был плохим председателем, даже открытки с поздравлениями ветеранам не мог поручить разносить одноклассникам, настолько стеснялся я своей роли, я был не в состоянии кому-то — даже самым затурканным — давать поручения, я сам разносил те открытки, все делал за других, но тут я поднялся и отстоял ее, пусть ее оставили на второй год, но из школы не выгнали, она была благодарна мне, и однажды она меня поцеловала, это был я?.. она меня поцеловала или того мальчика?.. В моей голове звенел голос Рики: *Jeg hader det! Jeg hader det! Jeg hader! Jeg hader! Jeg hader det bare virkelig!* Какая она честная! Какая настоящая! Я таким тоже когда-то был... Рика... я думал о ней... Она была прекрасна в своем бунте. Я ехал и вспоминал, как она говорила: «Почему считается, что датчанки — блондинки с голубыми глазами? Что это за стереотип? Почему все модели в их журналах — блондинки с голубыми глазами? Мам, ты настоящая блондинка? Нет, конечно. Ты не блондинка. Ты — настоящая датчанка, но у тебя карие глаза. Красивые карие глаза. У меня такие же. Так какого черта они пишут, что датчане — блондины с голубыми глазами? Давайте выйдем на улицу и посчитаем, сколько из прохожих, что нам встретятся, будут блондинами и блондинками с голубыми глазами?» Через три года она будет совершенно нюбильной[1]. Я смогу с ней закрутить отношения. Теоретически. Все будет по закону. Абсолютно. Я не так уж плох. Девочки любят экспериментировать в этом возрасте. Гормоны прут... Мне стало тошно от этой мысли. Ах ты лживый кусок дерьма! Чистенькую девочку захотел! Я был себе противен. Мерзкий жалкий... shoplifter... junky... liar... rogue refugee... wanted... piece a shit![2] Спрятал в анонимном файле свои признания, свои грязные истории... Ты не можешь вот так выйти и крикнуть: *Jeg hader mig selv! Jeg hader mit liv! Jeg hader det! Jeg hader! Jeg hader!*[3] Ненавижу себя и мою жизнь и ничего не могу сделать — чувствую, будто какая-то сила меня несет и я не в состоянии ей сопротивляться, каждая попытка что-то изменить ни к чему не приводит, я все равно оказываюсь на Нёрребро, или встречаю Хамида, или еще кого-то, и все заканчивается иглой в вене, приходом, от которого невозможно уйти, я не могу помыслить мое будущее без этого распирающего меня изнутри потока, это похоже на горную реку, это похоже на ветер, я чувствовал себя дохлой собакой, которую уносит река, я себя чувствовал сорванным с ветки листом, который уносит ветер, я себя чувствовал колесом, которое оторвалось от машины и катится, катится, катится, я был опилками и сосновыми иголками, я был снегом, африканским снегом, который таял в лесопарке Авнструпа, я был

---

[1] От английского слова nubile — достигшая половой или брачной зрелости.

[2] Магазинный вор, наркоша, лжец, лжебеженец, беглый преступник, кусок дерьма! (*англ.*)

[3] Ненавижу себя! Ненавижу мою жизнь! Ненавижу! (*дат.*)

пеплом, который вырывался из трубы крематория от ка-кого-то загробного сквозняка, ветер разносил его по парку, покрывал остатки снега, пепел падал на людей и деревья, я трогал седло велосипеда, и мои пальцы делались черными, пепел залетал в окна и прилипал к белью, что сушилось на бельевых веревках и ветках деревьев, люди жаловались, приезжали специалисты, изучали трубу, спускались внутрь, но ничего не обнаружили, странный феномен повторялся через неделю-другую, пепел вылетал из трубы, это случалось в ветреные яркие солнечные дни, хлопья сажи кружили над Авнструпом, черный пепел, африканский снег, разлетался по комнатам и коридорам... Я замуруюсь здесь, пусть я покроюсь сажей и пеплом, пусть я стану трупом, я не поеду на Нёрребро, не поеду в кантину, потому что: если поедешь в кантину, то потом по улице Святой Анны незаметно пойдешь в Кристианию, чтобы покурить, и так окажешься у Дорте, в ее паутине, на несколько дней... в сладкой неге, из похмелья в ломку... и секс до рвоты... как от морской болезни... Нет, лучше не ездить туда. Совсем. Я перестал выбираться в город вообще, началась весна, жуткая и неизбежная. У меня за окном бушевал свет и кричали птицы, сумасшедшие птицы. Я был на ломке. Меня крутило. Я не мог ходить. Да и крыша потекла основательно от дури и грибов. Я не ездил воровать, я только лежал и страдал, время от времени впадал в ступор. Иногда поднималась температура... в бреду мне казалось, будто мои внутренности распухли, меня раздуло, как бегемота... Очухавшись, я думал, что мне это привиделось неспроста... дабы отвлечься, я смотрел, как мальчишка из Буркина-Фасо молится, слушал

его истории, смотрел, как он распаковывает коробку
с пищей, перебирает содержимое фуд-пака[1], продает
его — он меня вывел из депрессии, я был ему благодарен, я находил его забавным, он был юным и искренним,
он хотел поселиться в Копенгагене, это было его мечтой,
нормальная мечта для юнца из Буркина-Фасо! Когда он
уезжал к своим «братьям» в Копен, я пил чай или воду,
лежал и читал книгу стихов Шойинки[2], которую мне он
подарил, чтобы скучно не было, я был ему за это от всего
сердца благодарен. Я там нашел гениальные строчки про
то, как белые руки лазают во внутренностях покойника,
пытаясь отыскать бессмертие. Меня просто громом пора-
зили эти строки. Я тут же вскочил, набил трубку травой.
Закурил. Стал нервно ходить по комнате. Я вдруг понял,
что все тщетно, бессмысленно, бесполезно... Пришел Хануман, я с ним поделился: прочитал стих... Он сказал, что
у него есть немного бессмертия: снотворное, и он кисло
улыбнулся, видимо, его самого это не веселило. В ту ночь
мне приснилась Рика... она танцевала на крыше какого-то
высотного здания, я ходил вокруг нее с фотоаппаратом,
просил быть осторожной... не подходить близко к краю...
Неожиданно я оказался в больнице на операционном столе. Стоя надо мной, нигерийский доктор говорил, что вы-
режет мне селезенку и все пройдет. Мне надели на лицо
маску, я уснул. Мне снились руки, которые лазали по
моим внутренностям, пытаясь отыскать бессмертие, но не
находили, потому что во мне его не было.

---

[1] Food-pack (*англ.*) — пищевой пакет.
[2] Нигерийский драматург, писатель, поэт Воле Шойинка, лауреат
Нобелевской премии.

9

Я рос неврастеничным ребенком, — для меня очень много значило то, как я выгляжу и что обо мне говорят. Случались ужасные вещи, я устраивал сцены из-за пустяков, — так считала моя мать: из-за всяких пустяков, — она говорила, что я отказывался носить какие-то кофточки, рубашечки и колготки; думаю, что это было проявление моего врожденного вкуса, который во мне загубили, но так как теперь не найти те одежки, то и говорить о врожденном вкусе нет смысла, тем более что со временем мне стало все равно, как я выгляжу и что обо мне говорят.

Она мне рассказала несколько историй, от которых меня бросило в пот, и я стал совершенно иначе думать о себе... но вовремя прекратил, одернул себя: не думать! Потому что — стоит вспомнить какую-нибудь ничтожную деталь из детства, какой-нибудь горшок, потянешь за этот горшок, и вытянешь такой клубок — всех — весь поселок, весь дом, все игрушки, все оплеухи и слезы... год будешь лечиться и не оправишься![1]

Было очень тяжело отходить от этих разговоров, — после поездки в Россию мне пришлось у матери пожить

---

[1] Теперь я проще смотрю на это. Я отправляюсь в мое прошлое, как в музей, в котором есть отдельная, наиболее любимая галерея — Галерея Моих Ошибок — я там постоянно устраиваю выставки, всегда найдется что-нибудь новое, какая-нибудь невинная ложь или кража мелочи становится грандиозной инсталляцией, на ее описание уходят тысячи страниц, эта галерея стала для меня неистощимым источником вдохновения.

немного; после России было нестрашно, было даже ничего. Я, конечно, не стал бы у нее ни на минуту задерживаться, но так получилось, что мы оказались буквально замурованными. Дверь захлопнулась.

— Это не первый раз, не первый раз, этот замок иногда заедает, надо подождать и потом снова попробовать покрутить, — бубнила она.

Старый автоматический замок, который дед сам смастерил. Мать обычно закрывалась на задвижку, чтобы лишний раз не использовать замок.

— Он постоянно заедал, а тут...

Врезать новый не хотела: во-первых, никому не доверяла (новый врежут, а потом придут и обчистят), во-вторых, привязанность ко всем изобретениям дедушки; она так и жила посреди той мебели, которую он сколотил, отказывалась делать ремонт, особенно в туалете, где плитки вывалились и катались под ногами, похрустывали, мать старательно складывала плитки тем же узором. Дед собирал эти плитки годами, находил где придется, тащил отовсюду по кусочку, как дядюшка Тыква из сказки про Чиполлино, а потом вылепил этот ужасный узор на кривом полу в туалете. С этим у нее было что-то связано...

— Нет-нет, ничего, — мать подгоняла плитки одну к другой, притоптывала, — вот так, держится!

С ней произошли странные изменения. Последние несколько лет она меня на порог не пускала: я на нее кричу, — так она жаловалась брату, он мне звонил: ты почему мать обижаешь?.. — да не выдумывайте, я с ней даже не разговаривал!.. — может быть, она права, не знаю, может быть, я кричал на нее: она в таком непереносимом бардаке там живет... довольная, мать распахнула дверь, впустила, и я вошел, и не начал орать, сходил в туалет, я так сильно хотел по-маленькому, что не обратил внимания на плитки, которые перемешались у меня под ногами. Я на все смотрел спокойно, наверное, потому что я съездил в Россию... дверь захлопнулась — трик-трак, и все. Ловушка. Небольшая месть огромной страны. Мы были в таком возбуждении, что не сразу поняли, что произошло. Мы увлеклись разговором... обсуждали дела... какие дела, не помню... быстро забыл, а когда собрался уходить, взялся за ручку — ни туда ни сюда, дергаю, дергаю — не открывается. Держался: так, спокойно, спокойно... но она быстро довела меня до бешенства; сквозь зубы цедил, чтоб она искала ключ, а не устраивала представление: она плясала, подбрасывала вещи, роняла, смеялась, у нее все валилось из рук, как специально; разбила вазу, ключей не нашла, искали вместе... Кругом хаос и крошки. Шуршание каких-то пакетов. Тусклая лампочка подмигивала. День тут же обернулся ночью. Мать шептала, чтоб я не шумел; она все время повторяла, что я себя веду странно.

— Конечно. С поезда. Сутки не спал. Взвихренная Русь!

— Ты все придумываешь. Ни в какой России ты не был. Ты либо врешь, либо тебе померещилось. Россия...

Я взял себя в руки и сдавленным голосом попросил продолжать поиски.

— Только делай это молча, — сказал я. — Не бубни себе под нос ничего, а то я вынесу дверь к чертовой бабушке...

— Уже поздно, — сказала она и пообещала, что начнет искать ключи с наступлением утра.

До глубокой ночи мы с ней проговорили, она готовила всякую еду. И суп, и мясо, и рагу — все одновременно. Она всегда часами возилась с ерундой. Кухонные пары на меня подействовали благотворно, я оттаял и даже не отказался перекусить, чтобы не бесить ее и самому не завестись снова, хотя не в моих правилах питаться посреди ночи, и все-таки... сделал исключение из правил: сильно был утомлен. Ел, пил мой чай, который завалился за шкаф — мы его нашли, когда искали ключи, я решил его немедленно заварить, пока она не высыпала его в унитаз (до этого она с хохотом выбросила в окно карри и чилийские перцы).

На следующий день она потребовала, чтоб я поднялся в восемь утра. Я сказал, что прекрасно себя чувствую в постели, сказал, что мне надо писать, я пишу, лежа в постели...

— Что? Что ты пишешь? — кричала она, стоя надо мной.

— Батискаф.

— Что? Какой батискаф? Ты издеваешься надо мной?

Я сказал, что это роман о тех днях, когда мы погружались в Минной гавани. Это было в ДОСААФ, — необходимо было погружаться в водолазном снаряжении, автономном и шланговом, легком и тяжелом, а также в батискафе с инструктором. Было темно, не покидало ощущение липкого присутствия смерти, темнота была холодной, она так и привязалась ко мне с тех пор. Я подцепил это во мраке Минной гавани, когда погружался в полутяжелом снаряжении, — уверен, что именно в тот раз это и случилось. Меня охватил первобытный страх, такой страх, какого я никогда не знал. Он ощущался как присутствие чего-то другого, и это другое было во много раз больше, чем я, с чахлым фонариком во лбу, марионетка на тросах с порошковым аквалангом. Другое меня проглотило, не помню, как меня поднимали. Никому поведать о своем ужасе я не мог, потому что был отрезан от мира, единственным средством связи с поверхностью была веревка: дергай и тряси. Задачей погружения было найти выброшенный с борта катера груз, закрепить на нем трос и дернуть три раза. С этой задачей я не справился: как только меня охватил ужас, я стал панически дергать веревку, требуя, чтоб поднимали.

Все хитрые из копилок вытряхнули деньги, растрясли родаков на взятку, их отмазали, направили в школу вождения, а меня и прочих убогих засунули в водолазы: нас готовили в армию, мы даже знали, куда нас закинут... кого в Севастополь, кого в Кронштадт... на испытания водолазной техники и декомпрессии в Научно-исследовательский институт имени Ломоносова, в Мурманск, в Баку... на спасательное судно «Кашалот» в Каспийское море! Морей в СССР до хера и больше! Людей тоже!

— Я должен все подробно описать, — сказал я, и она заметила, что я лежу в одежде под одеялом, я был в пальто, я его не снял, — я уже неделю не раздевался: ни в Питере, ни в Москве, — у нее изменилось лицо.

— Ты не можешь свой роман писать тут? Тебе надо обязательно идти *туда*? Туда, где ты поселился, — сказала она ехидно, капая с ложки мед мне на лицо: длинная медовая капля тянулась и растягивалась, замерла, стрелка остановилась, мать превратилась в мумию, по зеркалу пробежала тень, на потолке образовался узор из трещин, закопченный сигаретным дымом потолок и падающие листья за окном — осень.

— Я могу его писать где угодно, — сказал я. — Мне никуда не надо идти. Мой Батискаф — это полигон. Здесь я веду войну с языком, который меня поработил. Язык, как пиявка, присосался, от него надо избавиться. Свобода — это выздоровление, безъязыкое изумление. Необходимо разработать письмо, которое не было бы камуфляжем. Письмо, которое ничего не сообщает. Излеченное от информации, оно, как раствор, который вступает в реакцию по мере добавления новых порций. Если пить такое письмо, оно не должно пьянить. Оно остается бродить во мне, как в нераскупоренном сосуде. Я — зародыш в утробе: сплю и вижу сны. Я — один. Я — невидим. Я могу писать, гуляя по улицам. Все со мной. Я как улитка. Могу выйти из Фредерик-отеля и поехать в Копенгаген когда угодно. Хоть сейчас. Я даже не должен никому объяснять, почему и зачем еду в Копенгаген. Тем более Хадже. На него плевать. Обокрасть его — святое дело, Юдж! Хэхахо! Хануман потряхивает ключами. Мы сейчас поднимем его, зайдем к Сабине, заберем у нее весь опиум и деньги и рванем, наконец-то, в Копен! А, что скажешь? Как тебе такой план? Превосходно, Ханни! Я согласен ехать куда угодно. Меня тут все достало. Но я не обязан вылезать из постели и идти куда-то, чтобы писать. Я могу ехать в Копен с Хануманом и оставаться в постели, подвижным и неподвижным. Я уже в Копене и в Хускего. Я — везде.

— Ну, так сиди тут и пиши...

Капля меда потихоньку приближается к моему лицу, но слишком медленно, никак не упадет, в воздухе растет струна нектара, струя сладостного ожидания. Мать дала мне бумаги. Ночью она вспомнила, как я в бытность ребенком болезненно реагировал на одежды, в которые она меня кутала; я очень сильно сопротивлялся, когда она меня одевала, я никогда не хотел выходить из дома. У меня случались припадки. Она боялась, что у меня мог лопнуть сосуд в голове (я — очень хрупкий сосуд, внутри которого есть очень хрупкий сосуд, в котором таится жизнь).

Когда я жил в Frederik Hotel, погружаться в прошлое было проще, теперь мне это давалось с трудом; еще бы, тут каждый год идет за три, а когда тебе сорок, каждый год, как лишних десять метров глубины!

Сперва мы говорили о том, как я с помочами заново учился ходить после того, как провалился в сливную яму и переболел скарлатиной (мать считала, что в моей жизни есть две характерные вещи, которые сильно влияют на мою судьбу: ко мне липнут всякие глупые люди, от которых одни проблемы, и я постоянно заболеваю всякими болезнями, часто заражаясь от тех, кто ко мне липнет: не успел вылечить одну, как прицепится другая). Когда мне был год, я переболел очень странной болезнью, я покрылся волдырями, которые сильно гноились, был жар и очень дурной запах. Приходилось проветривать, потому что все жаловались. Мать переносила меня из комнаты в комнату, проветривала, совершала манипуляции различной сложности. Выгоняла деда из его конуры, заносила меня в конуру, дед заходил в мою комнатку и выбегал оттуда обмахиваясь: «ну и вонь, едрит тебя...» Мать открывала окно в моей комнате, бежала в конуру, успокаивала меня (я надрывно плакал), она обмахивала меня полотенцами и простынями, обтирала бинтиками с лимонным настоем, затем закрывала окно в моей комнатке, укутав, несла обратно, и так целыми днями, но все равно дышать было невозможно, во всех комнатах домочадцы проветривали, и у меня случился собачий бронхит, лай стоял на весь поселок, и все собаки отзывались: я начинал сухо кашлять, Акбар в нашем загоне подхватывал, и другие цепные псы в соседних дворах один за другим заходились лаем, а следом и вороны — взлетали и каркали, весь поселок меня проклинал, все только и ждали, чтоб я поскорее сдох. И я был к этому очень близок. Приехала медсестра, послушала меня, встала и, глядя матери твердо в глаза, заявила: «Он у вас умрет, мамаша!» Отец вышел в другую комнату, наверное, как считала мать, чтобы спрятать улыбочку, он точно торжествовал! Мать сказала медсестре: «Ну здрасте! Хаха-ха!» — и выставила ее. Дед и бабка подхватили: «Он умрет! Он умрет!», твердили как заведенные: «Вези его в больницу! Надо везти его в больницу!» Отец вышел заводить свой тарантас; возился там, кряхтел, пердел, весь двор запрудил синим облаком дыма... Мать выглянула в окно и поняла: «Ну все! Так точно конец!» Отказалась везти меня на машине отца. «Это не машина, а развалюха! Ты нас всех угробишь!» Все кричали, чтоб тогда меня увезли на «Скорой». «В больницу! Прямиком на

«Скорой»!» Мать настояла на том, чтоб я остался дома... и выходила.

Затем мы немного говорили о моем гепатите, который я подцепил неизвестно где. Было несколько предположений. Мать настаивала на вьетнамцах: на судоремонтном заводе, где я работал, было много вьетнамцев, с которыми я дружил, ходил к ним в общежитие в Копли, ел рис руками из казана, как все, — так, думала мать, я подхватил гепатит. Я смеялся над ней, говорил, что вьетнамцы тут ни при чем, и вообще — какая разница? Теперь-то — какая разница?

Незаметно мать заговорила об отце, о его болезни Рейтера, похождениях по женщинам, и тут вдруг сказала, что она подвергалась насилию со стороны своего отца... Во мне что-то хрустнуло. Дедушка! — Я вспомнил его большой толстый нос, длинные руки, короткие ноги, круглый живот. Он был ужасно волосат. Мать называла его «африканцем»; она так его называть начала в восьмидесятые года, когда выяснила, что его первородиной была Африка; мать ходила в вычислительный цех, где работали с перфокартами программисты первой волны, по вечерам они забавлялись с астрологией и реинкарнациями, вгоняли в ЭВМ хитрые программы, и мать за небольшие деньги проверила всех нас... «Вот я все про всех теперь знаю, — говорила она мне, показывая длинные листы бумаги с дырочками. — Здесь и ты, и я, и отец, и бабушка, и дедушка... африканец.... у каждого была, есть и будет только одна первородина. У бабушки — Канада, у меня — Китай, у тебя — Огненная Земля, Патагония... а у деда — Африка!»

Дедушка насиловал ее с раннего детства, еще когда она была совсем ребенком. Меня охватил ужас, я попытался ее отвлечь, потому что мне стало страшно, — такого нырка я не ожидал, мы резко погрузились в те времена, когда меня еще не было, и там — под толщами вод — жил этот монстр, который издевался над нею: «Ты моя собственность, — говорил он, — что хочу, то и делаю».

— Мне тошно это вспоминать...

Ее кожа расползалась — глаза вот-вот вывалятся из орбит, из-под ногтей выступили капельки крови...

— Так не вспоминай же тогда!

Но она моих слов не услышала, мой голос был слабенький, как писк. Меня распластало; привычная к таким резким погружениям, мать продолжала: когда они оставались вдвоем, особенно в те дни, когда бабушка лежала в больнице, он ей говорил что можно делать а чего нельзя туда ходи сюда не ходи сюда можно а сюда нельзя сюда входит и выходит вот так входит и выходит поняла?

Она закатила глаза, слезы потекли по щекам, руки и ноги ее вибрировали, — она стала похожа на медузу. Я попытался вытянуть ее оттуда... Припомнил, как мы с дедом ходили за грибами и ягодами: он убивал змей, он всегда находил и убивал змею, а затем с важностью вешал ее на ветку: «Чтоб люди видели — здесь есть змеи, внучок». Я уважал змей: они осмеливались укусить человека. Ненавижу людей. С детства стремился от них уползти куда-нибудь, прятался за сервантом, за диваном, под кроваткой, а дед находил и тянул за лодыжку: «Куда ты?.. Вот смешной какой!» На одном из дежурств дед поведал мне о том, как расстрелял двух литовцев, когда служил в пограничном отряде во время войны в Литве, в 1945-м. Дед пришел ко мне в дежурку «Реставрации», где я работал ночным сторожем в начале девяностых, он часто мне приносил еду. «Скоротаем ночь вдвоем, внучок? А?» Я сжимался внутри, мечтал, чтоб он поскорее убрался, просил его: «Дед, а, иди, поспи, отдохни, дед, а?» Глаза его увлажнялись — он думал, что я проявляю заботу о нем, а я просто хотел остаться один, и никого, никого не видеть... хотя бы ночь! Ему не спалось, он не умел оставаться один, он боялся бессонницы, он боялся, потому выходил на кухню, садился у окна и смотрел в сторону «Реставрации», с этим местом у него связана большая часть жизни. Иногда звонил мне: «Что такое с большим фонарем? Забыл включить али перегорел?» Часто приходил: ему хотелось поболтать с внуком, он беспокоился. Его сердце за внука болело. Как я там? Мы пили чай, и он сказал, что они попали под обстрел в лесу, их отряд совершал переход какой-то, и в лесу их обстреляли, они долго выслеживали банду литовцев, которые устраивали засады и мины зарывали подло на тропинках, причем свои же на них чаще и взрывались, потому патриотической такую борьбу он не назвал бы, приходилось пограничникам ходить полями, избегать дороги, плестись холмами и дюнами, а жара, духота, из колодцев пить ни в коем случае нельзя, все потравлено, и вот они вошли после долгого перехода в одну деревню, где никто с ними не стал разговаривать, все отворачивались и притворялись подло, что не понимают по-русски, и в одном сарае в сене они нашли двух парней, безоружных, они были дезертирами, с соломой в волосах, с молоком на губах, в одних кальсонах и рубашках, все мятые, напуганные, прижимались друг другу, необутые, худенькие, совсем еще молоденькие, мальчики, твою мать, и что ты будешь с такими щенками делать, дезертиры, предатели, прежде чем майор решил, куда их девать, мой дедушка расстрелял необутых, неумытых, из ППШ только тра-та-та — и их нет, два человека упали, дезертиры, разговор по военным временам короткий, тра-та-та — и весь разговор, — Ну и суровый у вас сержант, — только и сказал майор лейтенанту, и сделал дедушку своим ординарцем, и называл по имени неуставно — Володя то, Володя это... Мать не знала этой истории, она всхлипывала и говорила, что он хотел и подружку ее затащить к ним, мать ей помогла вырваться и предупредила, чтоб она не играла с ним и не брала его конфеты, если будет ее завлекать, потому что — так она объяснила ей: «Мой папа как злой дядя с улицы, про которых говорят, что они плохое могут сделать».

Рождается ребенок у совершенно незнакомых людей — совершенно чужой человек, который живет с чужими людьми, чужие люди, полагая ребенка своей собственностью, делают с ним, что им вздумается, в первую очередь — они внушают ему, что он — их *кровинушка*, родственник, и так далее, в общем, воспитывают, уподобляют себе, мнут психику, как глину, убеждают его, будто он во всем им подобен, и ребенок верит, называет их папой и мамой. Абсурд! Он хоронит чужих людей, оплакивает своих мучителей... Мать постоянно оплакивает родителей, на могилках убирает, фотокарточки хранит, она даже разговаривает с ними! Вон они — смотрят на меня... на одной — дед на какой-то заставе принимает знамя, отдает честь... где-то в глубине шкафчика его медальки, осколок... Меня охватил порыв ярости и недоумения. Мне припомнилось, как она в детстве меня заставляла рисовать для бабушки и дедушки картинки на 9 Мая, она заставляла меня подписать открытку в день рождения... Я ненавидел все это... Напряженную возню и приготовления... Терпеть не могу праздники, утвержденные каким-нибудь невидимым центральным комитетом, включая мой день рождения (*День Сатурна*, так я говорил тогда), и думать о нем забыл с тех пор, как узнал, что он совпадает с протестантским Рождеством... Узнал случайно, на улице, в девяносто первом, что ли, году, в день моего рождения я вышел купить водки, чтобы напиться в одиночку, но магазины были закрыты, я побрел в центр, на Ратушной собрались люди с бенгальскими огоньками и пряниками, они пили вино из пластмассовых стаканчиков, налили и мне, дали пряное печенье, я обрадовался, выпил и спросил, в чем дело, почему все закрыто, и они мне сказали... О, кто бы знал, какое горькое разочарование меня охватило: я-то думал, что они поджидали с пряниками меня, они меня приветствовали бенгальскими огоньками и вином, и ради меня были перетянуты улицы Старого города пушистыми гирляндами, а деревья увешаны разноцветными огоньками... В тот серый декабрьский вечер я почувствовал опустошение, — я подумал, что у меня украли мой день, меня загнали, как крысу шваброй, за шкаф, сами уселись на диване пить и распевать псалмы! Даже не напиться в собственный день рожденья!.. потому что, как все, будешь праздновать их рождество! Каждый раз, с приближением декабрьских праздников, ощущаю, как сплетается внутри меня паутина, а в ней паук, который жалит меня, и я засыпаю, засыпаю... Мне не дают спать, шлют телеграммы, звонят, пишут письма — исправней всех мой дядя, он всегда шлет мне абсурдные подарки: шотландский шарф, декоративная мусорница с педальным приводом к крышке, игрушечная деревянная машина, которую он мне подарил на тридцатилетие (приобретена в Illum Bolighus, коллекционная «ралли», шведская, ручного изготовления, дорогая вещь!). Матери он тоже все время делал подарки, и даже на 8 Марта я находил у нас на дверной ручке привязанные тесемкой цветы — от него... Он ей делал подарки с чувством жалости и вины; он понимал — как она жила, какому каннибалу досталась... Он помнил, как она страдала... как родители над ней издевались... те письма, которые слал ей какой-то волосатик из Ленинграда... он слал, а хлебные гоблины их сжигали, сжигали...

Я хотел подняться, выкинуть все фотографии, что скопились у нее на трюмо — настоящий иконостас! Но сил не было: мы были на жуткой глубине. Свинцом налилось все тело, как тогда, когда отец брал с собой акваланг, не разрешал с ним погружаться, но нести от машины до воды разрешал, и я шел с аквалангом и поясом, свинцовые грузы тянули к земле... я сидел и думал о ней... мать была где-то там, она покачивалась в своем кресле, ее кресло плыло по реке, река вытекала из-за поворота по улице Ристикиви, огибала магазин, детский сад, лавировала между деревьями, река поднималась до подоконников первых этажей, подхватывала и уносила вещи, вон поплыл мой старый шкаф, в котором я прятал коробочку с монетами, тетрадки и дневники, вода ворвалась в комнату, сдвинула трюмо, от стены отошла и поплыла полка с книгами: «Записки Пиквикского клуба» в двух томах... «Жизнь Бенвенуто Челлини», твоя любимая, мама... и еще одна — обернутая в газету — «Моя семья и другие животные» Джеральда Даррелла... и полетели поезда... мне было пять-шесть-семь лет, мы ездили в детский сад в электричке, ты доставала книгу, обернутую в газету, я любил те истории, я пересказывал их моим друзьям во время тихого часа и — по ночам, ты меня оставляла в детском саду ночевать, хотелось плакать, бывало страшно, некоторые девочки тоже боялись, я им рассказывал истории... неужели она обернута в ту самую газету?.. семьдесят какого-то года... я хотел встать, снять книгу с полки, развернуть, почитать... но у меня не было сил... ее островок уносило... полка дрейфовала, покачивалась, уменьшаясь... стены, жидкие стены... потолок — прозрачный, над нами люди, я вижу подошвы их ноги, я вижу, как они спорят, жестикулируют, жесткие лица — кто они?.. не все ли равно... те, кто придут нам на смену... эпизод из будущего, чужое будущее, такое же бессмысленное, как наше с тобой прошлое... так какая разница... меня несло в другую сторону, куда-то наискосок... я летел, падал, вертелся, как лист, оторвавшийся с ветки... меня несет... мама!.. раньше во мне было много сил, а теперь их нет, я даже воспоминание из прошлого вынести не могу... я понимаю: ты стала одеваться иначе, сменила прическу, красишься больше, волосы совсем седые, тебе надо их красить... я больше никогда не увижу твой настоящий цвет волос... я их больше не увижу... твои темно-каштановые... и лицо... руки... я не увижу прежнюю тебя... ты даже говоришь не так...

ты позволила им с тобой это сделать... *Голубой огонек*, *Малахов* и прочий кал... когда я уезжал, тебе было плохо, твои нервы, которые я тебе основательно потрепал... не то слово... теперь ты носишь платок вокруг шеи... чтобы скрывать свои морщины... каждая твоя морщина — это траншея для меня, траншея времени, окоп, по которому я пробираюсь... здесь не осталось живых... это мертвое время... позади себя мы оставляем мертвецов... вот дедушка... я его трогаю за простреленное плечо... осколок лежит в коробочке, коробочка в комоде, комод уносит рекой... я переползаю... прыгаю вниз... в прошлое, проваливаюсь по колено в миф, насквозь прозрачный, вязкий... зачерпываю горсти: из этого прозрачного воска можно лепить что угодно... и настоящее, наше настоящее — столь же пластично, потому что однажды станет прошлым... из него тоже можно лепить что вздумается... смотри!.. что это там?.. плывет: открытки, стихи, песни, туфли, скатерти, гобелены, волосы... тело бабушки — кровавой брошью цветет разорванная от инсульта рана на виске, глаза приоткрыты, рот как у рыбы, на губах синий налет и — записка зажата зубами, осторожно беру за уголок, тяну — тяну — вытягиваю платок... странный рисунок... нет, это крик, просто крик, ничего больше... прячу платок в карман, бреду дальше... чьи-то ноги, рука... лежит под яблоней, припорошенный белыми лепестками... отец!.. с бутылкой, как с гранатой... сражен в сердце... мама, каждая твоя морщина — это кольцо астероидов вокруг моей шеи!.. даже в отеле Хаджи мне легче давались воспоминания, там было проще... Еще бы, я был на 15 лет моложе! Каждый год после сорока — это как сто метров воды, если не больше. Но как мать сплющило, смотреть страшно! Она уже была неузнаваема, еще немного, и останется лужа воды с лягушачьей шкуркой, — когда за шестьдесят, еще и не так придавит. Я вспомнил фотографию, на которой она была с братом, ей тринадцать, ему шесть, он сидел на деревянной лошадке, она стояла рядом, платье в горошек, он улыбался, она была худенькой и печальной, запуганный, забитый ребенок. Братик ее как-то ударил молоточком по голове, я ей это напомнил, и мы легонько засмеялись. Поползли дальше. Вверх. Я хотел выбраться сразу в те времена, когда я уже родился, но мать застряла в шестидесятых, говорила о брате: он плохо спал, плохо ел, не любил играть, он был такой слабенький... Дальше, дальше!.. Ему не везло с девушками и с женщинами... Ну, вот уже полегче!.. Он нам давал пластинки, помнишь? Дэвида Боуи слушали, помнишь, мама? Она не помнит, мотает головой... Он любил *T. Rex*, помнишь? Молчит...

Когда я приехал к нему в Копен, первым делом мы выпили пива, а затем он поставил *Dandy in the Underworld*, и мне стало невообразимо грустно: стоило ли рвать когти на Запад, если продолжаешь слушать это говно?.. мама, он слушает глэм-рок, голосует за Фолькепарти и ностальгирует по советскому прошлому...

Она не ответила. Тяжело дышала, ее глаза были мутными... наверное, она не слышала меня... даже если слышала, мои слова доносились до нее, как сквозь толщи воды...

Ну, вот она шевельнулась... несколько минут борьбы с тяжестью, и она держит голову, фиксирует взгляд на мне... заговорила: ты сильно болел, когда упал в сливную яму возле дома дяди Родиона, и почти год кашлял, тебе ставили банки, этим занимался отец...

Да, я прекрасно это помню, и как он мне банки ставил, и как я упал...

Она поразилась, в глазах появляется ясность, словно там наступает рассвет, первые лучи бегут по лугам, просыпаются птицы, щебечут, перелетают с ветки на ветку... кожа на лице разгладилась... всплываем потихоньку...

— Не может быть, чтоб ты это помнил... Ты был такой маленький!

— Я отлично помню, как наступил на воду и провалился, я думал, там неглубоко и смогу ступить в моих сапожках, и полетел вниз... окунулся... отец меня выдернул, отнес в дом, укутал в свой свитер, отнес домой, и потом ставил банки... Я помню, как я сидел на стульчике возле елки, вы танцевали, я встал, подошел и тоже просился танцевать, а он сделал губами так: брр, как на Акбара... Мне так обидно стало, он так порывисто отбрил меня... как собаку!

— Он был дикарь. Он привык с собаками... Он и с людьми так же... Но это поразительно, что ты помнишь, как мы у елки танцевали, тебе еще не было трех!!! Это невероятно. Я ставила твои ножки на мои тапки, и мы танцевали вдвоем, а отец пошел поддать... Он тогда все больше и больше закладывал и уже дрался со всеми подряд, а потом он разбился на мотоцикле, у него была сильная травма головы, сильное сотрясение, после этого он стал совершенно сумасшедшим...

Мать вспомнила, как она ходила в больницу навестить его после того падения...

— Монголоид! Сущий монголоид! — Половина лица была нормальной, а другая — распухла так, что стала похожей на тыкву, налитую кровью.

Он ехал на мотоцикле, какой-то алкоголик бросился ему под колеса, — это был не первый случай, тот алкаш выныривал из кустов и бросался на дорогу, — он был псих, занимался членовредительством, кисть себе отрезал в столярке механической пилой, регулярно лежал в дурке; мотоцикл разлетелся на куски; алкоголику хоть бы хны; у отца — тяжелая черепно-мозговая травма, которая, как считала моя мать, усугубила врожденное отклонение.

— Ну, а после того, как он переболел Рейтером, — мать махнула рукой, — нечего говорить...

Он долго был на самом краю, все ждали, чем это кончится; я предательски молился, чтоб он помер, каждый раз, когда мы с матерью ехали в трескучем вонючем троллейбусе в больницу (она стояла в леске, из чащобы торчала жуткая труба), я молил Бога, чтобы тот забрал отца (в детстве, в пику всем, я верил в Бога — так я говорил, и себя убеждал в этом, но это больше было позой: я назло так говорил, чтобы досаждать остальным), но отец выжил (и я сказал себе: Бога нет); дед принес отцу какие-то убойные таблетки и спирт, он пил спирт, глотал таблетки, ходил по коридорам больницы, может быть, останавливался у окна, и, глядя на ту ужасную трубу мыловарни, твердил, как Распутин, свои заклинания: «Буду жить! Не помру! Выживу! Выживу!» — и выжил. У него было много силы; такого могучего существа я не встречал больше за всю жизнь; мне передалось его бешенство... меня тоже переполняет энергия, которой я не могу управлять. Отец утверждал, что это родовое проклятье: наша сибирская прабабка в лесу увидела, как из муравейника вылетел светящийся шар, по преданию, шар в нее вошел, и она стала знахаркой, до конца жизни не болела, ни разу, хотя из многих болезни вытягивала, сила передавалась из поколения в поколение, не имея выхода, без тайного знания и практического применения она разрушала самого носителя.

Я думал об этом, вспоминал ту старуху, которая к нам приезжала — на меня посмотреть: посмотрела, говорят на меня, и померла; что бы то значило?.. я не слушал щебет матери, — оглушенный и пьяный от резкого всплытия на поверхность, я приходил в себя понемногу, будто пребывая в декомпрессионной камере. Мать не особенно усердно изображала, будто ищет ключи: поковырялась зубочисткой в замке, потыкала булавкой... история за историей — мы потихоньку дрейфовали... Заподозрив, что она давно ключи выкинула в окошко, я осатанел и решил ломать дверь. Бешенство навалилось на меня, как старая шуба, сорвавшаяся с крючка. Было это глубокой ночью. Неожиданно я стою посреди комнаты, за окном которой плещется дождливая ночь, бесятся черные ветви, подсвеченные тусклым фонарем, и — детская площадка, игрушечный домик... я чуть не заплакал: отложил взлом до утра.

К утру ничего не изменилось...

Вряд ли это утро — глядя на серые тени и желтеющий снег... Наверняка она подсыпала мне снотворного... Какое сегодня число?.. Где мой мобильный?.. В этом доме что-нибудь работает?.. Нет электричества... кажется, я проспал несколько суток: проснувшись, я забыл, что собирался ломать дверь (пока спал, из меня высосали решимость; разбит, на руках ссадины, синяк на ноге, рядом с кроватью — палка, на ней — насечки, царапины). Еще неделю она удерживала меня в постели, убедив в том, что я болен, поила с ложки микстурой с лакричным привкусом, кашель был натуральный, и жар (она могла открыть форточку, пока я спал, думалось мне в бреду, открыла форточку, и я заболел). Жар я любил с детства; в жар у меня случались видения, я становился змеей, полз, извивался, завязывался в узлы, складывался в иероглифы... но не в это раз... я был здоров... я слышал, как она лепетала на кухне...

— Мы *ему* всем обязаны...

Это она о дяде...

— Если б не *он*...

...и что-то еще, я не разобрал... в трубах забулькало, как в желудке, дом проглотил ее слова...

— О чем ты, мама?.. он что, опять денег прислал?..

Я хотел ей сказать, что он деньги шлет потому, что я выполняю его маленькое задание... я собирал кое-какую информацию — он опять что-то задумал, я пока не знал что именно, интрига... я ходил по инстанциям, встречался со специалистами, собирал судмед справочники и так далее... картина вырисовывалась... но тут мама сказала, что он возвращает деньги, которые она дала ему взаймы... дала взаймы?.. интересно... сколько?.. пять тысяч долларов... что!.. откуда?.. тут побежали пузыри, хлопнула дверь подъезда, и топот, топот — сбить с ботинок снег...

— Что ты говоришь?.. Какие пять тысяч долларов?..

Она призналась, что договорилась с хозяином дома, в котором у нас была квартира, к ней он приходил с полицией, чтобы она не боялась, хозяин ей помог с ними договориться... они с ней поговорили... *Я все утрясла, слышишь?!*. все было законно... он нашел юриста... она получила свою долю, часть уплатила полиции, часть получил хозяин — долг за неуплату рос, пока меня не было...

— Нет!.. Не может быть!.. Ты не сделала этого!..

Я хотел верить, что мы все потеряли естественным образом, потому что мир несправедлив, — кто-то стучал палкой по батарее, стучал, гремел, обрушивал шкафы, — выходит, все было из-за меня.

— Да тебя же обвели вокруг носа!..

...никто за мной не охотился, никто не караулил у дома... она *все утрясла*... и мне не сказала!.. я трясся как осиновый лист... и она мне подыгрывала, выходила на улицу, обегала дом, возвращалась и заговорщицки шептала: никого нету, можешь идти...

— Почему ты об этом сказала только сейчас?.. — кричал я сквозь дверь. — Не притворяйся, что не слышишь!.. Почему ты об этом сказала только сейчас?..

Я распахнул дверь и нос к носу столкнулся с ней, посмотрел ей в глаза и... я все понял...

— Нет!..

Захлопнул дверь.

— Нет!

Закрыл на ключ.

— Не может быть!.. Нет!..

Да, шепчет мне Хануман, глядя в окно, спиной ко мне, да, она тебе не сказала... она хотела, чтобы ты боялся, говорит Пшемек, сидя в моем кресле и стряхивая пепел со штанины... видишь ли, твоя мама, она тебя любит, говорит мой дядя, поправляя галстук перед зеркалом трюмо, она всего лишь *мать*... матери иногда могут творить нечто странное, мямлит Трульс, она укрывала тебя, как Алфея прятала полено, чтобы спасти своего Мелеагра... любовь непостижима, а материнская любовь... да, материнская любовь... она хотела, чтобы я сидел здесь годами, здесь, в этой норе, где ее мучили, где над ней издевались, где ее насиловал дед, она хотела, чтобы я всю оставшуюся жизнь прятался как партизан! Палкой по батарее! Это любовь? По подоконнику! Материнская любовь? Палкой по шкафам, по трюмо — палкой!.. по стенам, по лампе и дедовой люстре... палкой по всем вам, палкой, палкой, палкой!

Лег и накрылся с головой. Опять бульканье, треск, и кто-то ходит по комнате и стучит палкой... Хватит! Прекратите... у меня нет больше сил... Пшемек, давай потолчем твои таблетки... Хани, скрути маленький... кто-нибудь? Эй!..

Надо позвонить по телефону...

Поднялся с одеялом на плечах, постоял, глядя на страшный разгром...

Что здесь произошло, черт возьми?..

Голова кружилась, меня покачивало... пока так шел, прислушиваясь к странному музыкальному чередованию отвратительных звуков, которые порождал дом, забыл, кому собирался позвонить... я, кажется, хотел попросить кого-то, чтобы приехали и спасли меня, спасли всех нас — Ханумана, Томаса, девочку, которую бросил армянин, Скворца и многих-многих других... когда я взял трубку, мне подумалось, что я, наверное, мертв, потому что не услышал гудков; и если так, спасти меня нельзя...

Бежать!..

Положил трубку как в трансе. Это открытие меня захватило: бежать... бежать всем вместе!.. как в примерочной — надеваешь несколько свитеров, а сверху несколько курток и — вперед! Как тогда, в сентябре девяносто седьмого... мы внезапно ушли от Хаджи...

Я взялся за простыни: пока она там на кухне колдует, варит очередное сонное снадобье, скручу себе канат... продала квартиру — договорилась с ментами... все *утрясла*, ха-ха!.. молодец, нечего сказать... и дядя хорош, всю дорогу молчал... ну и семейка... решили втихомолку упрятать меня в лагере, закрыть в дурке — для моего же блага... вычеркивала слова из рукописи, крала мои записные книжки, сжигала письма...

— Хлебные гоблины жгли письма влюбленного в тебя парня, а ты сына заживо замуровала, мама!..

Она всегда считала, что все мои «приходы» были связаны с повышенной половой активностью, подсовывала мне бром, подсыпала какие-то травки и толченые корешки; она считала, что я в Скандинавию убежал только из-за того, что был распутник, связался со шлюхой, а потом совсем с цепи сорвался, решил всех баб перетрахать...

Я спускался из окна, а она кричала мне вслед...

— Но всех баб не перетрахаешь, милый мой, не перетрахаешь! Ты никогда не станешь таким, как они!!!

Она имела в виду европейцев... Она всегда их так называла; она говорила про своего брата:

— Он захотел стать таким, как *они*. Он решил, что в сорок лет можно сделаться таким, как *они*. Но *они* там жили без Ленина и Брежнева! Как он надеется стать таким, как *они*? Это смешно! Таким ему уже никогда не стать! Надо умереть там и там родиться, чтобы тебя воспитали *они*, тогда может быть...

Я не собирался ее переубеждать; я не собирался ей ничего объяснять; больше не о чем было говорить — она же все утрясла — о чем тут говорить?.. да и не полез бы я обратно: во-первых, у меня бы не хватило сил; во-вторых, я не собирался становиться кем-то другим. Я без того всегда был другим. Пусть не таким, как *они*, но — *другим*. Она меня никогда не знала, — зачем мне ей что-то объяснять? Я и без нее знал... Я знал *другое*... Я помнил, как она пришла ко мне в дежурку в «Реставрацию» после концерта Лэйна Дэвиса, ее трясло, лихорадило — от восторга, она не могла успокоиться. Заикаясь, она мне рассказала, как он пел, как он танцевал на сцене Городского холла, как он светился — как божество, сказала она — хотя сама никогда не смотрела толком «Санта-Барбару», она была в восторге, она даже не помнила имени актера, она повторяла: Мэйсон, Мэйсон, он пел — In the port of Amsterda-a-am — бедная моя мама, что с тобой сделалось тогда! Она ничего о нем не знала, но, поддавшись общему ажиотажу, выложила наши последние деньги на билет, она купила какую-то открытку и встала в очередь за автографом, она простояла целый час, потому что людей было много, я дежурил, и ничего этого не знал, для меня вся эта история стала ушатом холодной воды: как, а чем мы будем платить за квартиру?! Ну это же Мэйсон... он так пел, так на нее посмотрел, и сказал: хэллоу!.. Он мне сказал: хэллоу!.. А я ему: хэллоу, дарлинг!.. Ха-ха-ха! Он был так изумлен, смутился, посмотрел на меня, приподнял бровь и что-то проговорил, я не поняла что, но я поняла, что он не ожидал: *да-арлинг*, ха-ха-ха!.. — Она была не в себе, ее трясло, она говорила: мне надо успокоиться, — и ее вырвало прямо на крыльце моей дежурки, ее вывернуло, это естественно, нельзя же в такой затхлой комнатушке говорить о прекрасном, о великом Мэйсоне, как можно, она прозрела, увидела свет, ее потянуло блевать, потому что она поняла: как убого мы живем, в какой тошной комнатенке работает сутками ее драгоценный ребенок, ее дитя, ее просвещенное дитя, ее сын, который мог бы поговорить с Мэйсоном запросто, да, обсудить с ним положение вещей, о чем угодно, но я ей сказал, мама, мама, что ты несешь... до чего ты себя довела... ее рвало... что ты с собой делаешь, мама! Сделал ей чаю, с ромашкой, взял у стариков, с которыми я там дежурил, все они пили чай с ромашкой и мятой, шкафчики были набиты кружками, пачками, пакетиками с травами, пришлись ко двору, мать пила чай, ее ноги не шли, неожиданно напала слабость, силы отхлынули, все силы забрал восторг, ее голова шла кругом, настоящий отходняк, она повторяла: *они* совсем *другие*, не такие как мы, *они*... у них даже кожа *другая*... Мама, ты же никогда не была *такой*! Неужели я тебя идеализировал? Неужели я тебя не видел? Неужели ты всегда была *такой*? Да, она всегда чего-нибудь боялась, любила тесные помещения, старалась жить незаметно, находиться в тени, маленькая мышка делает маленькую работу за маленькие гроши, лишь бы не нести ответственности, лишь бы никто не заметил маленькую мышку... Мама, но как же так, открытка с автографом Лэйна Дэйвиса... за стеклом в нашем серванте... как так можно! Улыбка голливудской куклы в нашей квартире... я закрывал глаза на иконы, картинки кришнаитов и прочую хиромантию... но так трепетать перед тем, о ком ты ничего толком не знаешь... ты же никогда не смотрела этот сериал! Как же ты могла... это уже не ты... мама! Вот поэтому я вылез в окно, вот поэтому я сел на тот поезд, вот поэтому *всё*! Я бежал от людей, друзей, близких, которые, поддавшись неведомой силе, вдруг изменялись, их выворачивало что-то, они делались чужими, они пугали меня, меня охватывал ужас, я не мог объяснить этой трансформации, и бежал... Да, наверное, поэтому... я всегда буду помнить, что мне сказал Райнер, когда мы курили в ночь с двадцать четвертого на двадцать пятое июля 2000 года, в Хускего. Мы праздновали мой день рождения (я придумал себе день рождения 24 июля, перенес ненавистную дату на полгода назад, — я делал все возможное, чтобы отделаться от себя: чтобы не бояться изменений, которые происходят с другими, надо меняться самому, — и я добросовестно прилагал усилия: позволял кайфу и сексу меня унести, отдавался бурной реке жизни). В ту ночь у меня собрались все хиппи нашей деревушки. Басиру сыграл на коре, спел свою импровизацию. Братья устроили небольшой фейерверк. Много курили, пили виски, вино, пиво — кто что с собой прихватил — повальная пьянка! Я прокрутил раз пятнадцать Midnight Summer Dream; Райнеру очень понравилась песня, и он только улыбался, когда я говорил:

— Я еще раз поставлю Stranglers...

Он ничего против не имел. Кивал с улыбочкой, и мы снова слушали ее и курили. Когда все прочие завалились спать, мы с Райнером остались вдвоем у костра, сидели под вишневым деревом. Я перестал подбрасывать сучья в костер. Наступало утро, светлело, и огонь больше не прикалывал. Прохлада бодрила. Мы пили крепкий чай, курили табак без травки, Райнер неожиданно сказал:

— Вот ты бывший гражданин СССР, ты не такой, как датчане и все прочие, кто живет у нас тут, в Хускего. Так? Ты это ощущаешь?

Да, я сказал, что ощущаю, именно так, как он это сказал, так я себя и чувствовал.

— Ты и я — мы очень похожи, ты заметил?

Я насторожено признался: да, что-то у нас с Райнером было общее, только я не мог сказать, что это было.

— Я из Дрездена, из ГДР, — сказал Райнер, улыбаясь, — у меня тоже было советское детство, но это не самое главное, что нас сближает.

Я и не знал, что он был немец. Он говорил без акцента, он так чисто говорил по-датски, что я ни за что в нем не заподозрил бы немца, но передо мной сидел тот самый «немецкий ребенок», о котором писал в свои тетрадки мой друг Томас! Я хотел рассказать Райнеру о Томасе, о его тетрадках, но тут он развернул передо мной такую восхитительную теорию, что я мгновенно позабыл о Томасе и его «письмах из ГДР».

— Бывшие республики СССР и страны СЭВ всегда отличались и будут отличаться от прочих европейских государств тем, что в них не случилась сексуальная революция, — сказал он. — И это всегда будет отличать европейца от бывшего советского человека. Сексуальная революция, ничего более. Потому что это и есть самое первое отличие европейца от советского человека! Нам с тобой уже никогда не наверстать тех, кто родился в Дании, хотя бы потому, что в семидесятые годы у нас не случилось сексуальной революции, а значит, в нашей генетической памяти нет высвобожденного либидо, поэтому такой восточный немец, как я, и такой вот русский, как ты, мы никогда не станем «западными людьми», и это всегда нас будет сближать друг с другом, хотим мы этого или нет. Разве ты не почувствовал тягу, когда мы только познакомились?

Я сказал, что с первой нашей встречи чувствовал к нему неопределенную тягу, сравнимую с той, которую испытываешь к другу детства.

— Вот видишь, — улыбнулся Райнер, — твое подсознание почувствовало во мне что-то знакомое. Только потому, что в нашем прошлом не было высвобождения, которое случилось в жизни прочих хускегорцев. Секс — такая пустяковая вещь... и ничего не поделать! Ты отброшен на столетия назад. Жди, когда твои внуки смешаются с европейцами! Смешно сказать, какая-то пошлая сексуальная революция, которой не было в ГДР, будет еще лет сто отличать восточного немца от немца западного. Потому каждый, в истории государства которого не случилось сексуальной революции в шестидесятых-семидесятых, вынужденно и порой неосознанно устраивает себе персональную сексуальную революцию. — Райнер тяжело вздохнул, поднялся, махнул рукой, сказал: — И все равно не наверстать, ни за что не наверстать! — Отправился в свой вагончик спать. Обернулся, крикнул: — Thank you for the party, by the way![1]

— Y'a welcome[2], — сказал я и не смотрел ему вслед: очень часто, глядя кому-нибудь в спину, мне в голову приходят странные мысли, которым я приписываю тайное знание о человеке, такое знание о нем, которое он от всех либо скрывает, либо о котором сам не догадывается, поэтому — суеверно — я опустил глаза и не смотрел Райнеру вслед; я не хотел, чтоб мне что-нибудь «открылось»; мне хотелось, чтоб все было как есть, чтобы мгновение застыло, и это утро затвердело; хотелось посидеть еще немного под вишней безмятежно[3].

---

[1] Кстати, спасибо за вечеринку! (*англ.*)

[2] Пожалуйста (*англ.*).

[3] Это было мое последнее лето в Дании, лето 2000 года; в основном «датские события», описанные в этой книге, выпали на девяносто седьмой и девяносто восьмой годы. Я бы не делал этой последней сноски, если бы не понимал, что «Батискаф» — моя последняя книга так называемого «скандинавского цикла», которая хронологически этот цикл и предваряет и завершает; я больше не напишу ни одного романа о тех днях, дверь плотно затворяется, сюда больше не войдет ни один персонаж; и хотя я не перестаю чувствовать влекущий к воспоминаниям позыв и желание окунуться в атмосферу тех психоделических дней, герметичность и целостность самодостаточного мира, мною созданного, восхищают меня настолько сильно, что я предпочту ограничиться мысленными путешествиями в Данию моего прошлого, ничего не добавляя к написанному. (2 февраля 2018 года)

Литературно-художественное издание

Иванов Андрей Вячеславович

БАТИСКАФ

Ответственный редактор *В. Ахметьева*
Младший редактор *М. Мамонтова*
Художественный редактор *С. Власов*
Технический редактор *Г. Романова*
Компьютерная верстка *З. Полосухина*
Корректор *М. Козлова*

В оформлении переплета использованы фотографии:
Lightspring, AVN Photo Lab / Shutterstock.com
Используется по лицензии от Shutterstock.com

ООО «Издательство «Э»
123308, Москва, ул. Зорге, д. 1. Тел.: 8 (495) 411-68-86.

Өндіруші: «Э» АҚБ Баспасы, 123308, Мәскеу, Ресей, Зорге көшесі, 1 үй.
Тел.: 8 (495) 411-68-86.
Тауар белгісі: «Э»
Қазақстан Республикасында дистрибьютор және өнім бойынша арыз-талаптарды қабылдаушының
өкілі «РДЦ-Алматы» ЖШС, Алматы қ., Домбровский көш., 3«а», литер Б, офис 1.
Тел.: 8 (727) 251-59-90/91/92. **Интернет-магазин:** www.book24.kz

Өнімнің жарамдылық мерзімі шектелмеген.
Сертификация туралы ақпарат сайтта Өндіруші «Э»

Сведения о подтверждении соответствия издания согласно законодательству РФ
о техническом регулировании можно получить на сайте Издательства «Э»

Өндірген мемлекет: Ресей
Сертификация қарастырылмаған

Подписано в печать 23.03.2018. Формат 76x108 $^1/_{32}$.
Гарнитура «Literaturnaya». Печать офсетная. Усл. печ. л. 21,28.
Тираж 1000 экз. Заказ 3256.

Отпечатано с готовых файлов заказчика
в АО «Первая Образцовая типография»,
филиал «УЛЬЯНОВСКИЙ ДОМ ПЕЧАТИ»
432980, г. Ульяновск, ул. Гончарова, 14

ISBN 978-5-04-092467-7

9 785040 924677 >

18+